天津社会科学院后期出版资助项目（2014 年度）

天 津 社 会 科 学 院 学 者 文 库

张大为

著

当代诗学的观念空间

The Space of
Contemporary Poetics Ideas

社会科学文献出版社
SOCIAL SCIENCES ACADEMIC PRESS (CHINA)

目　录

第二编 "现代性"与"后现代性"的错综

第三编 "传统"与"当下"的融合

第四编　"本体"与"他性"的映照

导论　观念空间的立体展开

一

　　与中国当代文学的其他文体相比较，1978 年以后中国新诗所展现的诗歌艺术构成的极大丰富性与写作实践的多重可能性，无疑是令人兴奋的，但是，它所包含的种种歧义与无序的状态同样也令人困惑。相应地，这样的情形也反映在诗学观念的领域中。当代诗学观念以其复杂的内涵构成与强大的生产能力，丰富了人们的思想空间与实践场域，但也往往对于真实的情形形成遮蔽与混淆。在这种情况下，对于当代诗学的种种观念构成进行清理，对于其生成机制进行探究，无疑是一件有意义的事情。本书名为"当代诗学的观念空间"，表明其重点在于当代诗学观念的关键形态与理论关节点的提取与阐释，以及在此基础上进行的对于当代诗学的真实话语情境的还原与历史构成的复杂性的展示，而非注重作为个体的诗论家与诗人本身的诗学观点的完整复述与全面介绍。由此，希望能够对于新时期以来 30 多年的诗学观念的主要精神动向与理论趋势，予以一定程度的廓清。当然，这里就存在着被指责为将具体历史事实用于说明阐述者自己的某种观念或者理论构架工具的可能性。对此，想说明的是，是否为"工具"，其实只是相对而言，严格讲来，无论在何种学术、何种论述当中，没有观念负荷的纯粹"历史"事实是不存在的，有的只是这种负荷的程度上的区别。虽然如此，这里也将力求在历史的还原及展示与观念承载之间求得某种必要的"平衡"。

　　一般而言，某种观念不仅仅是个别主体的产物，它通常是一个时代或者一个时期人们所分有的共同的精神状态与精神内容，它可以通过个别主体典型地体现出来，但它的产生通常具有超主体的历史必然性。观念是主体间的历史的产物，它反过来又充当着主体间的黏合剂的角色。

同时，种种观念经常是非自觉的产物，因此，观念经常并非主体自身能够完全理解的东西，它甚至是主体所完全不能理解的。这就是观念所具有的非透明的意识形态性质。就诗学观念领域而言，观念因此并不仅仅存在于理论家与批评家的头脑中，它同样也作用于作者与读者的意识与行为中；它不仅仅是思辨的，它更主要是实践的。在这里，需要申明的一个基本观点是，"观念"不是对于历史的复写、再现，"观念"本身就是历史—现实的，它与一个时代的历史经验是一种相互规定、相互生产的关系。

如果说"理论"是自觉的思维形态与成果，那么"观念"就是更贴近于或者更内在于主体现实经验的自发的产物。因此，在本书的论述中，比较注重诗学观念发生与存在的历史情境，关注诗学观念与历史情境的关联，并不意味着要坚持某种粗糙的反映论，而是因为历史情境是连接人们的经验的东西，甚至就是人们的经验本身。也因此，本书大体上采取了以诗论家为单位的章或节的设计，就是因为这样比较容易确定在某一位或某几位诗论家那里体现出来的诗学观念的历史位置与历史情势，以及它们结合在一起作用于观念构成的主体、个体的经验依据。这与前面所说的诗论家与诗人个体并非关注中心不矛盾：因为在这里并没有将个体实体化，并将观念简单地当作这种实体化的个体的产物与附属物，而只是将"个体"当作一种历史经验的汇聚场所与历史事实的呈现场所、历史材料与历史叙事的组织形式。由此出发，本书论述的取材标准，就不是现实的标准而是历史的标准：一些非常热闹的争执也许在本书看来并没有什么意义，因而在书中可能根本不会提及，而一些并不引人注目的观念动向，只要其中包含着可贵的思想品质与引人深思的历史牵连，本书就会着重展开论述。当然，这里所指的"标准"和"意义"，涉及的并不是"正确"或者"错误"的层面。从学理的角度考察，有些观念的表达可能是非常偏颇、片面甚至是荒唐的，但是当将它们放置在一个放大了的历史视野中时，就会看到由它们牵涉的历史的必然性纤维所交织出的残忍的历史真实。实际上这里体现出的，是观念分析与理论思考的价值标准与方式方法的不同：理论思考中，必须先进行某种层次、某种区域的本质假定，这样才能归纳、概括形成概念，进入概念思维，它需要遵守的是思维形式的合逻辑性，评判标准是通过概念、判断、推理对于客观事物的澄清与揭示的程度；而观念分析却恰恰是沿着相反的路径进行的，不管观念多么荒谬，都首先要把它当作已知的、直接的现实接受下来，通过分析去挖掘它背后的生成机制与历史经验依据，对于"观念"构成的分析，并不增长人们对于客体的知识，它只是让人们更加认清主体生存处境的真实情形。

二

在各种不同的"观念"之间，往往形成由高到低的包含关系与相互含纳的层次关系。就以本书而言，贯穿其中的最基本的"观念"是"历史"，本书着重考察的，是这一基本"观念"的不同形态与表现方式：比如，它可以在与"美学"问题的纠葛中被引入，可以在"现代性"与"后现代性"的错综关系中被贯彻，同样也可以在对于"传统"与"当下"的言说中被指涉，或者在"本体"与"他性"的追问中被映射。在这其中，体现着诗歌观念历史处境的复杂构成与被理解方式。同时，这种基本的"观念"，也将在各个不同的层次上包容与衍生其他级别的观念，这些也都在本书的各个章节中有所体现。

第一编《"历史"与"美学"的纠葛》，主要探讨伴随着"朦胧诗"的"崛起"而涌现或强化的诗学观念。某种观念的形成，会在一段时间内支配和影响着人们的思想和行为，并且有其自身的逻辑演化与生长的生命力，因此这一观念谱系从时间上并不以 20 世纪 80 年代初、中期为限，而是延伸到了 90 年代末。以上这样的情形，当落实到具体的诗论家身上时就更加显著。本编涉及的主要是"崛起"派诗论家的诗学观念。正如"崛起"观念本身就表象了一种强烈的历史感一样，"崛起"派的批评，是伴随着强烈的历史意识出场的，他们的历史观念与对于历史的理解方式，成为规定着"崛起"论这一知识谱系也包括他们本人的知识生产的基本线索，"历史"观念成为在他们本人的学术展开以及在当代诗学观念空间构成中延伸的基本的逻辑链条。

谢冕他们可能对于历史进行过批评与质疑，但是他们从未轻慢与嘲弄过历史，他们仍然敬畏着历史的崇高感，并且坚持对于历史的连续性与整体性的理解。谢冕他们以其历史观念与历史理解，对于原先的神圣而空洞的历史概念与历史叙事重新进行了充实与置换。在谢冕的批评中，以"五四"精神为代表的百年诗歌的历史传统，成为支撑其诗歌批评展开的个人知识谱系与基本参照坐标，谢冕以其对于历史的诗性的体认方式，传达了历史变动的最初信息；徐敬亚作为"朦胧诗"的作者成员，他的批评在纵然是情绪化的表达中，也仍然贯穿着某种可贵的历史真实，在其历史的反思中，尤其富有带着生命质感的历史之痛，这些都值得重视；孙绍振标举"价值原则"，表明历史观念与历史理解中的"主体"维度的恢复，并且因此在诗歌的美学观念与历史现实之间，前所未有地发生了复杂的纠葛与牵连；吴思敬诗学建构中的"主体性"原则的贯彻，不仅是诗歌精神与时代氛围的反映与感召，同时也表明诗论家本身的历史身份的确立、定向，与诗学观念本身的自我意识的生成。

应该说，构成谢冕他们的诗学观念的主要成分的，并非来自对于"朦胧诗"的艺术现实的直接提升，他们的诗学观念内容在过往的历史中有其起源与形成过程，但是在这里，这种理论观念与艺术现实的错位关系，形成了美学与历史之间错综纠葛的复杂牵连的一个显著例证：一方面，这使他们虽然坚持对于诗学观念的历史性理解，但是他们不会再将二者之间的关系当作一种简单的反映论的关系，而是在此种理论视阈的可能范围内，对于诗歌艺术本身的独立特性，保持了最衷心的赞赏与最大程度的尊重；另一方面，正是这种错位关系，使得诗学观念从效果历史等维度打开了更为复杂的实现途径。

第二编《"现代性"与"后现代性"的错综》，主要在"现代性"与"后现代性"的错综关系中，分析当代先锋诗论的观念构成。按照一般的理解，"现代性"和"后现代性"并不是一切，由它们出发，也仅能从某个层面、某个角度对于历史事实做出观照与清理。另外，它们曾经是空前热门的争论主题，而且直至今天，也仍然算是最"流行"的一组学术话语，这里仍然以此作为诗学观念问题考察的切入维度，是出自对于问题的不同思路与处理方式：在本书看来，恰恰是在这样的话语大规模滋长增殖中，浮现着当代人共同分享的一般观念，因此，不仅不能而且也无法回避，它们正是需要去正面面对与处理的主题。而且不仅如此，它还涉及方法论方面的问题：诚如在前面所讲的，一般而言，这里拒绝一种对于历史的透明化的理解与认知态度，也就是说，所谓"观念"不仅仅是考察的对象，它同样也连接与蕴含着考察行为本身与考察主体，因此本书虽然在大多数地方没有刻意标榜与大量使用意识形态分析的术语与图式，但就其基本的思路而言，不仅这一章，而且本书都更接近于意识形态分析，而非预设各种不同层次与区域性本质概念的理论思维、理论认知式的方法论。从而，观念考察的视角，相当程度上并非选择的结果，它并不像一个画框一样，具有随意框取景物的自由。

于是"现代性"与"后现代性"的观念，在这里就具有反定义的特征：并不是不能为之下一个定义，而主要是需要从根本上避免这样的一种思维方式，因为它需要具有首先将之接纳下来的意识形态要素的直接性。尽管如此，从目前进行的考察角度而言，在这里仍然不妨将"现代性"与"后现代性"看作一种对于历史的理解方式、阐释方式与叙述方式，或者说至少包含着如上的成分。当代先锋诗论的观念生产与建构，就是在这之下展开的。正像先锋诗歌的写作一样，在"现代性"与"后现代性"的错综关系中展开的先锋诗论，也同样体现了一种对于当下历史的深度楔入与复杂理解。从 20 世纪 80 年代中期以后，"现代性"与"后现代性"观念的接纳与阐扬，不仅仅是对于以往的"历史"观念的具体化与深入反思，它在诗学观念中的实现，甚至打破了"历史"观念对于时间性的基本预设，以一种相互之间的错综缠绕的方式，开阖翻滚于现实的土壤中。这样，中国先锋诗论诗学观念的"现代性"与"后现代性"建构所完成的，不仅仅是从宏大的"历史"观念中的降落，与对于当下现实的指涉与深入，与此同时，它还在元历史的层次与意味上，完成对于原先"历史"知识谱系的"断裂"与"置换"。与其他的许多当代先锋诗论的观念构成一样，这种"断裂"与"置换"的完成，由于缺乏充裕的反思空间与通畅的实现途径并因此缺乏丰富的历史经验的规定，从而经常显得似是而非、歧义丛生，但是无疑，"现代性"与"后现代性"却由此打开了通向其深度实现的可能性。

另外需要说明的一点是，本书中使用了"艺术的现代性"的说法，它有时可能是对于这里的讨论而言内涵过于狭窄的"现代主义"一词的同义词，但更多的时候，却是为了与之区别开来。无疑，"艺术的现代性"可以包含"现代主义"，反过来却不然。类似情形，可依此类推。

第三编《"传统"与"当下"的融合》所涉及的中心主题，是新诗与"传统"关系的问题。任何的"传统"观念的浮现，都连接着当下的历史经验依据，当历史作为"传统"的维度再一次呈现出来的时候，不仅意味着诗歌观念视野的某种深刻的变动，也标示了生存的文化处境的内在要求。因此，对于"传统"观念进行历史化分析的任务，也就落实在了探究传统诗学精神与现代观念形态继承、接续的可能性及可能方式上。

　　"传统"问题大规模进入新诗理论的考察范畴，必将从观念视野的调整与理论资源的支持这两个方面改变着当下诗歌观念与诗歌理论话语的构成。从总体上讲，中国新诗自从诞生之日起，就是在对于"传统"的拒斥与摒弃中前行的，无视"传统"、以反"传统"为荣的情形，直至20世纪80年代都没有根本性的改观。只是进入90年代之后，由于对于自身文化身份的焦虑与对于自身文化品质的关注——这时一般而言"文化"不再像80年代一样被当作贬义词，"传统"的问题，不论是大张旗鼓还是处于潜意识的层次上，才开始成为新诗的自我反思的一个主要维度。不仅如此，90年代以前对于"传统"问题，不仅观念上淡漠，而且对于"传统"的认识本身也存在严重的缺陷：或者是过于表面化，比如往往将中国古典诗歌的"传统"简化为押韵不押韵、有格律与无格律之类外在形式方面的问题，由此突出"传统"与新诗现实的巨大的不适应性，进而肯定会得出或明言或不明言的"传统"过时、应该走出"传统"阴影一类结论——这样的"传统"观念，实际上从一开始就没有认清什么是真正的"传统"，就已经偏离了"传统"，当从这样的观念走向其自身的结论时，便更进一步误解了传统；或者是过于细碎化，比如（以诗人居多）将"传统"提取为一些简单的、具有可操作性语言方式、修辞手法、意象结构之类，尽管各个时代诗歌写作的实践者，可能会因此丰富他们的艺术手段、形成独到的艺术风格，尽管不能说这些不属于"传统"的成分，但是在缺乏对于"传统"的完整观照与总体理解的情况下，以此类方式进行的对于"传统"的认识与"继承"，不仅是远远不够的，而且同样不乏误导作用。

　　本编中第七章讨论了关于新诗"传统"观念的话语构成，及阻碍人们走向"传统"的"诗体"观念，对涉及"传统"的知识形态（诗歌人类学）进行了简要揭示。其余两章是叶维廉与郑敏的诗学观念的综论与阐述，他们分别代表了对于传统进行的"现代"与"后现代"的观照与融会方式，这表明了传统本身的巨大可能性与丰富内涵。但叶维廉与郑敏耐人寻味的共同之处在于，他们都不是从作为一种"文体"的诗歌概念出发，而是从哲学—文化图式的大的视境去整合与诠释传统诗学的真质的，这就表现了一种对于传统的内在精神脱略形迹的深度把握。而这也就要求这里的讨论本身，必须在一定程度上摆脱"诗体"或"文体"观念规定下的诗歌理论与诗学观念范畴的束缚（尽管在一开始这有可能使人们感到非常的不习惯），探入中西会通的文化景深，才能够充分发掘他们的诗歌观念对于今天所可能具有的启示意义。

第四编《"本体"与"他性"的映照》当中，"本体"与"他性"互映、互照，既是贯穿本时期诗歌观念的基本模型与基本思想张力之一，也是这种观念的现实展开领域——学理探究领域的基本观念方式：学理的、理性的探究，总是在或隐或现地预设一个被理性的思维所逼近的对象"本体"，并且往往是通过一个代表"他者"或"他性"的思考框架和思考范式，来通达和透视这个本体的现实构成的，即使在其结果只是论证了这个"本体"的本质的历史性或历史性的本质的情况下也是如此。实质上，"本体"也总是在与"他性"的映照当中在场或呈现的。这应该是对于理论化的观念方式所需要保持的基本分析理性。

三

在本书当中，"当代"只是一个简单的时间概念，甚至它根本就不是一个概念，而只是一个描述词，它所标示的是 1978 年以后的历史时段。对于中国当代诗学观念构成而言，出于种种原因，肯定还有不少应该论及的观念形态与诗学问题在本书中没有涉及。尽管如此，这里还是希望能够通过这种粗疏的论述，展示某些真实。所谓"观念空间"的说法，代表的是中国当代诗学的观念构成的不可还原的具体性，其中包含了历史的绵延与连续，当然也包含了种种断裂与冲突。这里希望对于"当代诗学观念"的论析所完成的，不仅是对于"历史"内部复杂多元构成的重新发现，同时也是对于"历史"概念本身与历史意识内涵的重新丰富与充实；希望在当下的语境中，将"历史"还原或者解构为其复数形态。

构成本书主体的是以下四编：

第一编　"历史"与"美学"的纠葛

第二编　"现代性"与"后现代性"的错综

第三编　"传统"与"当下"的融合

第四编　"本体"与"他性"的映照

这里希望针对它们展开的论述，能够指涉或凸显以下四个问题：

（1）对于新诗本身的历史整体性与连续性的坚持；

（2）对于当下情境的复杂理解；

（3）对于传统的眷顾与接续；

（4）对于新诗的历史性本质或新诗本质的历史性的逼近。

当回顾历史的时候，应该充分考虑到当时的现实制约条件，因此在前面的各个章节中，对于论述对象多从正面考察其观念的型构及其意义；但是当反思历史的时候，理应比历史站得更高，因此，即便是对于在某一层次上充分肯定了的观念形态而言，也并不排除在全书的更大语境中的保留态度。对于中国当代诗学的观念构成来说，在本书看来，以上四个方面，是"历史"观念基本的多重内涵与多元形态，也是今天与未来诗学问题思考与诗歌写作展开必须保持于其中的张力空间。这样的历史观念的有益拓展与历史视野的必要整合，是本书展开的现实出发点，相信在前面的论述中，有不少例证可以说明，历史观念的残缺与历史视野的匮乏，必将造成思想与现实双重的贫瘠——这也是本书对于当代诗学观念空间的描述与论析想表明的基本结论之一。

过去的历史并未消失，它只是不再以线性的时间方式而是以共时的空间方式，交叉重叠于当下的生存情境中，因此本书的书名中"观念空间"的说法，几乎不再是比喻：它因此是对于线性的历史的解构。不过按照本书的看法，并不像通常对于"解构"这个概念所做的妖魔化理解那样，"解构"的结果是使既往的历史成为废墟，它只是将人们从一维时间的单调与紧张中解放出来，还原为多维共存的丰富与舒展——这或许可以称为一种后现代的历史观念，而且这里以为，也只有这样的历史观念，才是真正的"后现代"的历史观。"后现代"恰恰不是继续遵照进化论的、线性的历史观念的一维时间逻辑对于以往历史的不断取缔，它恰恰是提供了让既往历史冲决这种逻辑链条，在当下纵横叠加的可能性空间。

今天确实处于这样一种历史感受之中：以前的一切纷争、对立，对于今天来说，都可以平心静气地等量齐观；并非所有的历史事件都处于悠远的过去，然而即使是那些近在眼前的事实，也仿佛产生了一种距离感。这或许正是后现代的处境给予今天的可能性。有时令人感到吃惊的倒是，仿佛是那些论争中的或前卫或激进的人士身处于另一个时代。这并非一种历史的优越感，它只是让人们清楚地感受到，一种历史境遇的切实变动确已发生，在此情形下，包括诗学观念在内的历史事物，即使不能说有新的希望，也确实存在新的可能。

四

国内专门从诗学观念的角度，对于新时期以来 30 多年的诗歌思潮与诗歌理论走向进行观照与审视的专门著作似乎还没有，单篇论文好像也不多见。这其中的关键，也许不在于研究者的时间、专业、视野等问题，而在于问题本身的困难：当代诗歌现状的歧义丛生、芜杂无序，使得诗歌研究与诗歌评论这样的诗歌观念的重要生产领域，主要被现象的描述与解释占据，根本无暇也没有充分的自信以一种强烈的自我意识与主体精神，对于自身的问题进行考量与观照。但是越是这样，就越需要对于这一问题的重视与深究，以此来改变当代诗学本身的被动无力的状态。后者不能不说是中国新诗现状不尽如人意的原因之一。在笔者看来，中国新诗与诗学的建设还没有真正地展开，然而在世纪交替之际，在上述那种贫乏与疲惫中，竟然也产生着一些衰朽的守成心态。因此，在此方面的研究中，一种扩大的视野是必需的：不能仅仅就诗歌论诗歌、就诗学论诗学，而必须在历史的深度与广泛的关联性的视野内，把它们放到现代文学乃至现代文化的整体中，在与中国古典的辉煌及文学与文化的世界格局的比照中，来展开这里的思考与研究。

就海外的研究状况而言，一些学者与汉学家如顾彬、柯雷、奚密、金龙云等人，有一些类似的著作与文章，但是第一，这些著作较多着眼的是诗歌与诗人，对于诗学观念层面关注较少；第二，作为西方学者与汉学家，其研究视野、关注重心、思路方法、研究目标都与国内学者有很大的不同，虽然在一定程度上可以给人们不少启发，但是总的来说不能取代国内的此方面的研究。

当代诗学建设的出路，脱离历史是不可能的，过分局限于历史现状与历史情景同样也是有问题的。作为历史存在的东西并不就是合理的东西。没有穿透现实迷雾的眼光，没有对于历史的超拔视野，就既不会理解现实，也不懂得历史，由此很有可能几个世纪的劳作，全部是无效的、毫无意义的：人们常常用"黑暗的中世纪"一句话，将欧洲近千年的历史阶段一笔勾销，而"自从建安来，绮丽不足珍"（李白）也是中国几百年的诗歌的命运。因此，对于中国当代诗歌与诗学来说，找到一个真正有效的可以凭依的出发点与思考平台，比什么都重要。本书就试图从历史出发，但又超越历史，对于 30 多年来的诗学观念的内在逻辑与深层肌理进行分解与剖析，对于一些带有思潮性质的问题进行梳理与评判，对于当代诗学中的一些有意义、有价值的观念积淀进行总结，对于诗学的走向与结构方式做一些探究。总的来说，希望能够提出一些引人思考的问题和结论，为当代诗学的建设做一点添砖加瓦的贡献。同时也希望能够间接地给予当代诗歌写作一些启发。目标如此，但限于时间等各方面的因素，本书目前所完成的，只能看作相对完整的阶段性产物，沿着这一思路还有不少问题可以进一步展开讨论，这也需要留待以后去充实、补充。另外，本书无论在考察对象还是在思路方法上，都甚少可以参照和遵循的成果与先例，种种不足与缺陷在所难免，因此希望听取多方面的批评与建议，以后有机会再做进一步的完善与提高。

第一编

"历史"与"美学"的纠葛

第一章　诗意与激情中的历史意识

在 20 世纪 70 年代末 80 年代初，当中国当代的意识形态实践还没有给出大规模的个人化的知识谱系以存在空间时，在某一类"崛起"派的诗论家身上，历史意识以某种诗化人格与诗性体验的方式个人化了。当然，这里的"个人化"所指，不同于 90 年代以后的文学与诗歌写作的"个人化"趋向，它的实际内涵应该是，就"崛起"派批评的意义与有效性而言，批评家的人格构成与个人趣味出人意料地起到了相当重要的作用；同样，就其作为一种知识生产的结果而言，它也并没有完成一种全新的知识型构，它无疑只是起用了某种公共的甚至在旧有的"历史"谱系中也是被视为源头与正统的知识构成，但它奋力指向并且也确实起到了对于健全诗歌秩序的维护的作用。在此意义上又可以说，此类"崛起"派的批评就其实质而言，并非认识论意义上的，而是在艺术伦理学意义上展开的。因此，此类"崛起"派的诗论家在成为历史主体之前，先成为被强烈的历史意识所裹挟的个体。他们以其敏锐的诗性感受与昂扬的伦理激情刺穿了历史的"皮肤"，率先提供了一个极具诗意特征与感性色彩的思想原型与原始概念："崛起"。他们超越了历史，因而他们创造了历史。

第一节　"五四传统"与"百年诗歌"：历史知识的个人谱系与参照坐标

此类批评家的主要代表首先是谢冕。1980 年 5 月 7 日，谢冕的《在新的崛起面前》刊登在《光明日报》上。对于当时被冠以"朦胧诗"称谓的青年诗人创作，谢冕开宗明义直接将它们与五四时代联系起来：

当前这一状况，使我们想到五四时期的新诗运动。当年，它的先驱者们清醒地认识到旧体诗词僵化的形式已不适应新生活的发展，他们发愤而起，终于打倒了旧诗。他们的革命精神足为我们的楷模。[①]

"崛起"无疑在当时只是对于历史的个人体验，在这种体验的背后，起支撑作用的是谢冕对于其无限心仪与神往的五四传统的理解。诗歌的五四传统，谢冕首先将之理解为一种革命的精神、批判的精神。五四前后，在中国新诗诞生之初，它所面对的是强大的古典诗歌的传统，胡适等诗歌的革新者所面临的最大困境是其本身也置身其中、欲罢不能的古典传统的影响的焦虑，"胡适曾经详细地描述了在新诗创立过程中他和其他人对于'旧词调'扬弃的艰难历程。他们那时是要甩掉阴影而让全身心沐浴在新时代的新光之下。此外，那时的旧势力太强大也太猖獗，他们的决绝是一种对于旧势力的反抗的唯一选择。那时来不及或者压根就不准备考虑新诗与旧诗的承传的联系，也不想承认旧诗对新诗会有范围相当宽泛的艺术经验和表现技巧的借鉴和启发。那时一心一意想的是摆脱和排斥，而不是吸收和交融"。[②] 在谢冕的理解中，五四时期的包括诗歌革命在内的文学革命，一方面它并不是突发的，在旧文学的母体内已经孕育着白话文和新文学的因素，对于某些题材如小说而言就更是这样；另一方面，由于旧文学尤其是诗歌的传统异常强大，文学革命尤其是诗歌革命就不得不采取彻底割断与抛弃传统的决绝姿态，这也是由当时的情势所决定的。谢冕对于五四的这种决绝的革命姿态虽然不是没有保留的，而且也指出了其"片面性"，但就总体而言，他对之是持充分认同与肯定的态度的。这表现在对于"朦胧诗"的"崛起"运动的评价上，就是将之与五四的诗歌革命放到同一个层面进行比照：谢冕认为，与五四时期的诗歌革命承受古典传统的巨大压力类似的是，对于"朦胧诗"论战来说，同样拥有一个大的对立物。只不过这对立物本身与"五四"不同的是，它不是旧诗，而是新诗自身：是新诗的严重异化引发了那一场巨大的艺术反抗，是当时那一声"艺术异端"的猛呼，惊醒了人们的传统梦——那呼声把人们引到了受到扭曲的新诗面前。只有这时，人们才有可能从新旧两种形态的参照中，确认当时"朦胧诗"兴起的诗艺锐变的真谛。[③] 而当时的新诗本身之所以成为革命的对象，就在于自 20 世纪 30 年代起，新诗就违背了五四传统精神，在

---

① 谢冕：《在新的崛起面前》，《光明日报》1980 年 5 月 7 日。
② 谢冕：《新世纪的太阳》，时代文艺出版社，1993，第 3 页。
③ 谢冕：《〈朦胧诗论争集〉序》，见姚家华编《朦胧诗论争集》，学苑出版社，1989。

"左"倾思想的支配下，片面强调了诗歌的现实功利目的与诗歌的"民族化"、"大众化"道路，因而走上了一条"越来越狭窄"的发展道路。

这就涉及谢冕对于五四传统的第二层理解：谢冕同时将五四传统理解为一种开放精神、创新精神。在谢冕看来，五四诗人生活在一种"无拘无束的自由开放的艺术空气中"①，他们认准了新的诗歌不仅要有革新的内容，同时也要创造出开放与自由的新的形式来，于是他们对于古典的传统采取了一种大胆的破坏与批判态度，又广泛取用与借鉴西方诗歌的诗体模型，为白话诗歌创造出崭新的诗歌形式来。由此在新诗的第一个十年里，促成了新诗历史上第一次多流派、多风格的大繁荣局面。这种开放与创新的精神，同样也表现在对待传统的态度上，因为开放，所以并不担心外来传统压倒民族传统进而失去自身传统，而是以自信的态度，在广泛的吸收与借鉴中将自身传统保持在鲜活的、动态的生长之中；因为创新，所以也不会在吸收与借鉴中迷失自我，而是以充沛的创造力，在对古今中外的融合与会通中延伸自身的传统。这样的对待传统的态度，可以使中国新诗保持一种与世界诗歌的正常的、健康的关系。本着这样的对于五四诗歌传统的理解，谢冕就将"朦胧诗"的"崛起"，看成对于五四传统的一种修复与回归，无论是从"朦胧诗"所体现的观念形态还是从它所推动的艺术实践来看都是这样。就思想观念而言，它是继五四之后的又一次思想解放运动的产物，这次思想解放运动的本质特征，是在现代神学桎梏之下现代人的自我意识的觉醒，"朦胧诗"的崛起意味着诗歌与神学的决裂，人的主题重新成为诗的主题——这可以看作对于五四"人的文学"主题的重新彰显；② 就艺术变革而言，"……有一大批诗人（其中更多的是青年人），开始在更广泛的道路上探索——特别是寻求诗适应社会主义现代化生活的适当方式。他们是新的探索者。这情况之所以让人兴奋，因为在某些方面它的气氛与五四当年的气氛酷似。它带来了万象纷呈的新气象，也带来了令人瞠目的'怪'现象。③

将"朦胧诗"的"崛起"比况于五四新诗革命，实际上是对于"朦胧诗"的"崛起"在新时期以来的诗歌史上的位置的一种肯定，这也成为谢

① 谢冕：《在新的崛起面前》，《光明日报》1980 年 5 月 7 日。
② 谢冕：《浪漫星云——中国当代诗歌札记》，广东人民出版社，1999，第 18 页。
③ 谢冕：《当代诗歌潮流回顾·写作艺术借鉴丛书》（谢冕、唐晓渡主编）之《总序：朦胧的宣告》，北京师范大学出版社，1993。

冕对于新诗历史的个人知识谱系的结构方式："崛起"之于新时期以来的诗歌，就如同"五四"之于中国新诗的历史，它成为谢冕当代诗歌批评的精神支点、价值坐标与灵感源头。以对于"新生代"诗歌的批评为例，谢冕不仅以期许与赞叹的眼光，肯定了更加年轻一代的诗人将"今天"变成了古老的"昨天"的不断超越与更新的取向①，而且将 20 世纪 80 年代中期以后的"港汉纵横"、"乱流奔涌"的诗歌生态，再一次与五四初期相提并论，并且认为除了那一个短暂的时期，"中国新诗发展的进入常态的运行始于今日"②。谢冕对于五四传统的这种几乎无所保留的推崇，肯定不是没有理想化的成分，然而这种充满诗意与激情的理想主义取向，伴同其个体心性与成长阅历，已经铸入其诗学人格。这种诗化人格的特征，就在于对于其批评对象的真诚的、近距离的靠拢与无所保留的投入，以其生命体验来对其批评对象做出诠释。人们可以不同意其结论，却不能不佩服其卓荦的风骨。事实上，这样的人格与这样的批评同其所指向的历史已经化合为一体，它们执着地守护着那段因为生命的浸润而变得仿佛是透明了的历史的真相。

虽然谢冕在《在新的崛起面前》中就强调历史不能割断、旧体诗词不能消灭，而后来也一再强调中国古典诗歌作为经过数千年的传统文化培养的艺术形态的强韧生命力，和其作为同一个民族文化使用同一种语言文字进行的审美活动及文学创作，与新诗之间的历史义化的连续性③，但是对于五四传统的坚持的精神实质，就是要维护中国新诗独立于古典传统的现代进程与审美诉求的独特性与完整性："中国新诗从中国传统诗歌的母体中分裂而出，它的新生、自立以及迄今为止数十年的挣扎、奋斗，痛苦和欣悦，憧憬和期待，用一句话来概括，那便是：告别古典，进入现代，是一个完整的现代更新的过程。"④

这样的思想自 20 世纪 90 年代以后，在谢冕的关于"百年中国文学"的构想中逐渐明晰，虽然这样的思路本身并非 90 年代之后才产生，它应该

---

① 谢冕：《新诗潮的检阅——〈新诗潮诗集〉序》，《谢冕论诗歌》，江西高校出版社，2002，第 267 页。

② 谢冕：《当代诗歌潮流回顾·写作艺术借鉴丛书》（谢冕、唐晓渡主编）之《总序：朦胧的宣告》，北京师范大学出版社，1993。

③ 谢冕：《新世纪的太阳》，时代文艺出版社，1993，第 1~2 页。

④ 谢冕：《新世纪的太阳》，时代文艺出版社，1993，第 101 页。

是贯穿于 80 年代的一贯考虑的进一步延伸与发展。对于五四传统的坚持与关于"百年中国文学"的构想是统一的，"百年中国文学"命题的提出，就是要从新文学历史的总体上凸显其现代化走向的整一性，这种走向是由五四前后的文学革命运动所开创，并且在谢冕看来是在现代文学的最初十年里达到第一个高峰的。与此同时，谢冕将新文学历史的上限，前移至开中国知识分子思考变革中国之先声的"戊戌变法"发生的 1898 年前后，从这时起中国文学迈出古典的门槛踏上现代之路。这其中当然也包括诗歌。在"百年中国文学"的思考框架内，中国新诗的现代化诉求的果决意志完整地呈现了出来："新诗在实现自身的现代化目标时，一方面要不断抗击来自复古势力的骚扰，即假借农民或民族意识的名义对于改造更新自身的阻挠；一方面，则要不断宣扬向着世界新进文艺潮流认同的现代思维和现代艺术实践。写实主义或浪漫主义，甚至后来的普罗文艺都是这一努力的组成部分，但也是一种初步的形态。"① 中国新诗实现现代化，至少需要冲决传统向未来开放和打开国门向世界开放这两个方面的前提。作为新诗现代走向的对立面，谢冕对于中国古典诗歌甚至使用了"阴影"、"阴魂"、"天敌"这样的字眼：中国古典诗歌在千百年的锤炼中臻于艺术的极致，但是这也使得它因为其完满的艺术规范与历史形成的权威地位具有一种强烈的排他性，因此在诗歌里任何的改变与创新的意图都极难实现；而且，古典诗歌传统的阴影实际上也从来没有从新诗的头顶移开，每当人们对于新诗的现状感到不满时，这一阴影便如神灵般地出现，成为无可奈何之际"疗救"新诗的药饵。与此同时，谢冕指出，由于农业社会的文化背景与传统的士大夫的审美情趣的制约，新诗在走向世界的现代更新过程中，受到形形色色的以"民族主义"借口出现的绵延不断的干扰。作为这种制约与干扰的结果之一的是，新诗一直没有走向作为中国社会的基本人群的农民，而只是与城市及城市知识分子特别是受到西方文化洗礼的知识者有关，由此也就更加具有了新诗的现代化进程的艰辛，它确实是走向了一条越来越狭窄的发展道路。这种情形在 1949 年之后愈演愈烈达到了极致。20 世纪 50 年代所谓在古典诗歌与民歌的基础上发展新诗的号召，就是这方面的典型例子。回归古典就否定了新诗面向未来不断敞开的合法性指向，学习民歌就关闭了向世界诗歌艺术学习借鉴进而与世界诗歌保持同

---

① 谢冕：《新世纪的太阳》，时代文艺出版社，1993，第 102 页。

步发展的大门，让谢冕感到愤慨的是，这两个方面正好是对于五四精神的全面逆转，并且彻底走向了五四诗歌与文学传统的反面："要是说五四当年困扰新诗的是草创期急切间不能彻底迅速地抛弃旧诗的影响，到新诗建立之后，则由于否定了僵硬的旧诗格律，而导致诗的音乐性的削弱以及过于松散自由，而促使变形的古代阴魂对现代诗创造的不断'施暴'。70 年前的缺憾是创造的激情把旧物当成了否定物，因而展现出对待传统的无分析性和片面性。而自 50 年代至今的危险则是在堂堂皇皇的号召和倡导之下，违背五四的革命精神，向着批判精神的反面肯定被批判物。"[①] 新诗在这种无所不在的阻力之下，其现代之途步履维艰。由此谢冕以为，对于中国新诗来说，现代化是它的生成的基本要素，但在传统诗学和传统审美习惯的压力下成为外在的原因。新诗的现代性变得不再是当然的成分，它的存在需要坚持不懈的奋斗。[②] 但尽管如此，谢冕对于中国新诗的现代本质之约定，以及因此而来的对于新诗现代化实现必然性的毫不质疑，所以谢冕坚信，无论新诗的生计多么艰危，它也仍会在现实与历史的困境中通过奋斗求得生存。这一点已被新时期以来的新诗历史所证明，而由此人们也就不难理解"朦胧诗"的"崛起"运动带给谢冕的振奋以及它在谢冕的学术视野中的地位了。

作为百年中国诗歌（文学）之整一性观念的结果，是谢冕的关于文学的"绿色革命"思想。如前面所说，尽管谢冕以五四文学革命来比照"朦胧诗"的"崛起"，但是，就百年中国文学之整体性来看，它只是新文学秩序内部的调整，就中国新诗审美诉求的一贯性来看，它也仅是对于既有艺术传统的某种修复。这就决定了它与五四文学革命中同古典文学势不两立的革命姿态还是有着根本上的不同，如果要将它也称为一种"革命"的话，那它也是一场不作宣告的"绿色革命"。文学的"绿色革命"的提法，不仅从观念上支持着"百年中国文学"的理论构想，而且也必将在实践上对于中国诗歌与中国文学的健康生态起到维持作用。

与上述的对于百年文学历史的时间上的连续与整一相应，"百年中国文学"的设想所包含的题中应有之义，还有"中国文学的整合"。这种整合是地理空间上的整合：它指的是将大陆与台、港的诗歌与文学，跨越地

---

① 谢冕：《新世纪的太阳》，时代文艺出版社，1993，第 3 页。
② 谢冕：《新世纪的太阳》，时代文艺出版社，1993，第 245 页。

理上的隔绝与政治上的对立，统一到中国文化母体与"百年中国文学"的完整概念上来。① 对于诗歌来说，这一点可能尤其重要，港台特别是台湾的诗歌，被评论家沈奇称作80年中国新诗的"三大板块"之一（另两大"板块"分别是20年代至40年代的新诗拓荒期、70年代末至今的现代主义新诗潮），由此可见其在完整意义上的"百年中国诗歌"当中的重要地位。因此，长期以来的诗歌研究中对于台湾诗歌的有意无意的、情愿或不情愿的忽略，造成的可能是学术视野与完整的诗歌概念的严重残缺。而且不仅如此，从更大的方面看，"百年中国文学"观念所带来的中国诗歌与中国文学的整合，更深远的意义在于它意味着文化战胜了地理，艺术超越了政治，这只能表明中国诗歌与中国文学从其内质上在走向成熟与强大。

第二节 "断裂"与"倾斜"：对于历史真实的诗性把握

谢冕的诗化人格所配备的不仅是一套个人化的知识谱系与历史坐标，同时具有一种带着强烈的生命体验特征的诗性认知智能。在中国当代的诗歌评论家中，具有"诗人气质"或者本身就是诗人的不乏其人，但是这样的品性至少并不总是对于批评有所助益——如果不是反而具有负面影响的话。然而对于谢冕来说，诗性智力特征促成了谢冕的批评风格与学术专长：这种诗性的认知方式，使得谢冕在地脉错乱纵横的历史岩体的断层内部，在缺乏时空距离与周旋余地的情况下，总是能够率先对于历史真实做出准确的判断与把握。在谢冕那里，这种诗性智能与认知方式至少具有以下特征。

第一，无距离观照。在这里，无距离观照的所指，一方面当然是对于谢冕的诗性认知方式的情感性与体验性的特征描述，不过更主要的，尽管它应该不是说真的与认知对象之间不存在任何距离——这样的话任何的"认知"和"观照"都不可能存在，但从学理方面在相对的意义上它也确实可以用来标示某种认知方式。就眼下讨论的诗歌与文学研究而言，常用的方法也大致不外以下两种：一种大致是理论的方法，它对于诗歌或文学

① 谢冕：《1898：百年忧患》，山东教育出版社，1998，第264页。

事实需要圈定至少是某种局部性、片段性的"本质"，然后进行垂直方向的探究与建构；另一种是历史的方法，它不做本质上的假定，而是强调历史场景与文学经验的不可抽象的具体性与不容轻慢的合法性，它倾向于对于历史事实进行水平方向的推求与呈现。谢冕的文学研究的认知方式当然总体上是与第二种历史的方法接近，但这里使用"无距离观照"一语是想表示如下意思：谢冕将这种历史方法推展到了某种极致。就《在新的崛起面前》这篇文章而言，也许有的人将其整体基调看作对于"朦胧诗"仍保持一种矜持的距离与保留态度，但我们以为在这种态度中，恰恰可以读出谢冕将自身也置于某种被考验、被审查、被"挑战"地步的意味来。再就其"百年中国文学"的构想而言，谢冕不仅追根溯源、敏锐地感悟到在人们"本质主义"视野中被忽略的五四之前 20 余年的文学现代性根脉，并将其从历史的尘埃中细心地发掘出来，而且大胆地将波涛汹涌的历史之流引向自己的脚下：

> 我在北京写下这些文字的时间，是公元 1996 年的 5 月。由此上溯 100 年，正是公元 1896 年的 5 月。这一年 5 月，出生在台湾苗栗县的诗人丘逢甲写了一首非常沉痛的诗，题目也是悲哀的，叫《春愁》："春愁难遣强看山，往事惊心泪欲潸，四百万人同一哭，去年今日割台湾。"诗中所说的"去年今日"即指 1895 年，光绪二十一年，甲午战败的次年。此年签订了《马关条约》，正是同胞离散、民族悲痛的春天的往事。①

这里体现的谢冕正面历史、在历史的激流中本真地在场的勇气，已经超出了任何历史的方法与学术的范畴，可以看到的是浩气凛然的人格和风范。

第二，对于"量"的把握。对于历史研究来说，真实往往不是以纯粹的、抽象的"本质"就能包罗与概括的，而是需要在经验的连续与绵延中来度量与把捉，因此历史真实经常不是以"质"的范畴而是以"量"的范畴表现出来。这样，在历史方法的研究中最为困难的，也就是需要在没头

---

① 谢冕：《辉煌而悲壮的历程》，见《百年中国文学总系·总序一》，山东教育出版社，1998。

没脑、毫无端由的甚至是错综紊乱的历史情境中——这一切足以将任何的方法与纯净的本质思维粉碎，因此历史的方法实际上几乎可以说就是没有任何方法——斟酌权衡、分析判断，尤其是当面对的历史是当下的历史时，难度系数又会成倍增加。然而，谢冕的长项正在于当历史事实风起云涌扑面而来、使得任何思考的触角无所措手时，总能准确地从历史肌体的最关键部位掠取典型性的切片，并迅速地将其置入思想之光的澄明中，由此组织出一幅关于眼前历史的解剖图谱。这一切往往发生在大多数人还处在对于历史现实的变动无动于衷甚至做着南辕北辙的判断与猜测的时候，也因此，经常只是在事过境迁的多年之后，人们才开始惊叹谢冕的远见与洞识。"崛起"而外，人们熟悉聚合了谢冕有关诗歌与文学的历史观念的思想谱系："断裂与倾斜"、"错动与漂移"、"三次文学'改道'"、"美丽的遁逸"、"丰富而又贫乏的年代"……当轻倩妙曼的思维舞蹈以一种让人担心的、似乎是岌岌可危的准确踩出一行行思想的足迹时，人们大概只有在摆脱了思维与语言的纯粹是艺术上的"美丽"的诱惑之后，在经历了对于那些毫无定性的度量的怀疑之后，才能感受到其中的言之凿凿、触目惊心的思想力量。

第三，谢冕的批评语言与概念术语，都总是那么生辣新鲜、富于直抵人心的思想的激动力量。谢冕的批评文字永远与四平八稳、平庸拖沓、滞重晦涩无缘。作为批评家，谢冕就像诗人一样保持一颗永远开放的心灵与鲜活的感受力。纵观谢冕的著作，可以看出谢冕对于时代现实的超人的解悟能力，但是谢冕似乎很少舞弄各种新潮的西方批评理论术语，这并不能表明谢冕不熟悉不了解它们，就谢冕的心态来说，也很难找到刻意回避它们的理由；这一点只能说明，那些在别人那里使用得欢天喜地、手舞足蹈的概念术语，对于谢冕的思维方式来说，仍然是过于笨拙和生硬了。因此他的语言也就仍然是一贯地优美：在那些飞扬的文采中，朦胧的历史真实得到表象，处于萌动含混状态的历史脉动被强行拖入现时在场的明晰之中；抽象的理论思维被知觉化，洗去了本质概括的武断生硬而增加了学理上的弹性与伸缩余地。因此，可以说，谢冕的观念是现代的，谢冕的语言是浪漫的。谢冕的这种诗性的理论话语，是在对于历史事实进行无距离观照的情况下，由饱含永远新鲜的生命感受力、饱含激情和体验意味及飞溅的灵感火花的思想之流打下的语言印记。而通过这种理论话语所反映出的，是作者与其面对的历史和现实之间的亲密而又并不黏滞的关系，同时还有作者从容自信与乐观的态度。

对于自己的智力特点与学术长项，谢冕本人应该是有着清醒的认识的。谢冕在《谢冕论诗歌》一书的"代后记"里讲，"这本集子编妥之后回首一望，发现还是偏重于诗史和批评的内容，而对诗的本体论及不多，艺术性的分析亦嫌不足。这就暴露了我学术研究的弱点"。同时谢冕对于自己关于诗歌文体方面的理论研究也感到很不满意。[①] 谢冕的理论研究不一定真的薄弱，但是与其诗性的认知方式相关，对于历史进行总体性的综合观照与整体概括，确实是谢冕的专长。有一个事实与此相关：在谢冕的著作中，各种书"序"或"序言"一类的文章应该有相当的数量，可能有的人会对此不以为然。抛开谢冕的"序言"写作是否篇篇精彩这一问题不论，从谢冕的思维特征来看，谢冕应该也是确实善于"序言"、"导论"、"概略"类型的文章的写作，而谢冕的此类文章中，确实也大量存在代表谢冕的学术水准的精到之作。其实不仅如此，谢冕其他的大量的写作，也同样具有与程度不同的"导言"、"概略"类似的性质：像"论当代文学"这样的标题之下其实不过是一篇论文，而像"后新时期与文化转型"的题目也不过用一万多字解决，此外像《文学的绿色革命》这样的 12 万字的"专著"，也未尝不可以看作放大了的"导论"，这些都一定让那些认定论文（尤其是博士论文）必须"小题大做"的人看了咂舌。其实学术之道需要根据各人个性中的长处来发挥这种个性，认定"必须"怎样者，不过是只知其一、不知其二。

谢冕基于他的思维个性与学术品格，对于黄仁宇"大历史"观念产生认同。这对于谢冕来说与其说意味着一种学术观念上的升华，不如说是其个性品格的进一步展开。黄仁宇的所谓的"大历史观"，其要点在于强调有限的个体生命与无限的历史长度之间的认知关系：一方面，个体生命存在及其认知能力都非常有限，人们可以以自身经验证实的历史知识，在无限的时间长河中，不过是微不足道的一段小小曲折，因而个体的聪明才智都不足以仰仗，相反，个体经验与生命意义只有在历史中才能获得；另一方面，历史作为无限延展的"自在之物"，对于人们的认识能力来说，它的规律经常不是在短时间内可以看清楚的，只有在更长的时间段内放大眼界才看得出来。当时人的狭隘视野是必须抛开的，"所以叙事不妨细致，

---

① 谢冕：《谢冕论诗歌》之《代后记》，江西高校出版社，2002。

但是结论却要看远不顾近"①，这样的历史观念，对于文学史与诗歌史的研究来说无疑具有很大的启示意义。我们长期以来将丛杂琐碎的寻章摘句当作历史，相信可以通过一种呕心沥血的、严肃庄重的历史文本圈定历史真实、反映历史规律，这不仅是作为知识主体的一种妄自尊大，而且也泯灭了历史的无限的开放性质与作为人生哲学与生命体验的价值。"大历史"的观念将会极大地刺激人们的历史想象力、开拓人们的思想空间，并促使主体在历史与世界面前重新定位。文学史与诗歌史研究中的"大历史"观念的引入，不仅从学术的角度彻底改变人们关于文学与诗歌发展历史的思考模式与知识谱系的构成，同时也必将深刻触动人们的文学观念，进而影响当代乃至未来的文学生态与文学秩序。基于这样的考虑，谢冕将这种观念应用于其"百年中国文学"构想，并主编了《百年中国文学总系》丛书。这套丛书虽然不是专讲诗歌的，但是在"史"的观念与方法上应该是一致的。据孟繁华的概括，这套丛书的编写在史观与叙事方法上遵循如下原则：第一是"拼盘式"，即通过一个典型年代里的若干个"散点"来把握一个时期的文学精神和基本特征；第二是"手风琴式"，写一个"点"并不意味着就事论事、就人论人，而是"伸缩自如"；第三是"大文学"的概念，即主要以文学作为叙述对象，但同时鼓励广泛涉猎其他艺术形式。② 可以看出，《百年中国文学总系》的思路基本上是与"大历史观"及《万历十五年》的模式相一致的。但也有一点不同，那就是黄仁宇认为的，"将历史的基点推后三五百年才能摄入大历史的轮廓"③，对于"百年中国文学"的研究来说，这样的历史观照距离不仅过于拘泥，而且也是根本不现实、不可能的。因此谢冕大胆地将其由时间上的物理距离修正为一种精神距离——虽然这一点也许只有出于谢冕的学术魄力与过人智慧才能做到：如本章前面所说，谢冕永远不会以自己的研究对象画地为牢、被作为死物的对象所圈死，他与对象之间永远处于一种清通洒脱的、相互诠释的关系之中。谢冕的近距离的诗性认知方式所具有的历史洞察力，同样测绘出了"大历史"的峥嵘气象。因此，谢冕的这种修正是根本性的，谢冕对于"大历史观"的研究方法与其说是强化与强调了其应用于文学研究

---

① 黄仁宇：《万历十五年》，三联书店，1997，第 269 ~ 270 页。
② 孟繁华：《〈百年中国文学总系〉的缘起与实现》，见《百年中国文学总系》的《总序二》，山东教育出版社，1998。
③ 黄仁宇：《万历十五年》，三联书店，1997，第 269 页。

的特殊性，倒不如说是更加凸显了其作为一种认识模型的东方色彩与诗化特征（其实黄仁宇本人的思维方式相当程度上恐怕也是东方文化渗透的结果，虽然他本人说是受康德的影响）。

实际上，谢冕（一定程度上也包括黄仁宇）的思维特征，在此体现出"空中点染"、"烘云托月"式的中国式诗性认知方式："空中点染"是计白当黑，留出大片的空白，让空白本身也来说话；"烘云托月"则是抟虚成实，纯粹就是以空白本身作为塑造与表现对象。这二者的共同点在于，对历史事实本身很少或根本不做圈死的界定、不进行本质的预设，让历史事实本身在差异中呈现自身，而非削足适履地将其归纳进一个抽象的概念之中。这样，历史就并不是支离破碎的死物的堆积，不是黑暗空洞的逝去的时间，也不是"一切历史都是当代史"与仅仅作为"文本"的历史的妄自尊大的主观主义，而是生长在当代生活中的活物。这种彻底改变了历史与当下的关系进而重新结构了生活世界图景的历史观念与方法背后，是一整套的东方式宇宙观与哲学范式。谢冕作为经受了现代学术洗礼与西方思潮熏陶的当今学者，出于其个性特征与环境袭染，仍然在文化心性与文化人格上与中国古典风范遥相契合。

第三节　忧患意识与乐观精神的辩证统一：历史意识的整体基调

无论是对于作为个人知识谱系与参照坐标的历史，还是在对于历史的诗性把握当中，就谢冕来说有一点是共同的，那就是尽管他可以对于历史提出质询与批评，但其前提是他从来都是相信历史、尊重历史的。因此一种完整的历史意识，在他的批评与学术研究中是贯穿始终的，而这种历史意识的整体基调，就是与历史态度相联系着的忧患意识与乐观精神的辩证统一。惟其尊重历史，才从百年诗歌与文学的历程中归纳出"忧患"的中心主题；惟其相信历史，才使其无论在何种情况下，无论诗歌与文学遇到了怎样的阻厄与困境，都始终对于未来保持乐观的态度。

百年中国诗歌与中国文学的命运，是与这一个世纪的中国历史密不可分的，不理解这一段不平凡的历史，也就无法理解这一百年的诗歌与文学走过的艰危曲折的道路。19 世纪中叶以后，清王朝的帝国大厦在积重难返、日渐倾颓的情况下遭遇了世界列强侵凌，内忧加上外患，不仅证明着封建体制走到了尽头，而且面临着民族存亡的大问题。从那时起，这样的问题横加在志士仁人尤其是知识分子的心头，成为难以愈合的大创痛。在当时，救国图强无疑是时代的主题，不过"在那些艰难的年月里，中国人在思考如何拯救民族危亡这一生死存亡的大事的时候，几乎同时的，也在思考诗和整个文学的变革的大问题。这虽是两个不同层面的思考，却非常紧密地、互为因果地联系在一起"。① 造成这种局面的原因，一方面固然出自诗歌与文学自身的发展所面临的困窘，但更重要的也更直接的原因，是现实因素的激发与促动。维新人士希望用诗歌与文学改造社会、改造人心，也就是说，要将它们用作传播新思想、唤醒民众的宣传工具。这是当时的一种普遍期待，诗歌与文学的变革作为中国社会改造与社会革命的一个组成部分，其文化身份与文化地位就这样被确定下来。中国一个世纪以来忧患不断，诗歌与文学在历史总体格局中的这种身份地位，也就不断地被延续与强化，而诗与文学的本体观念与价值观念，实际上也就在这样的趋向中被定位。在这样的情形下，诗歌与文学的内容必然被时代之伤、民族之痛所充斥，"忧患"成为诗歌与文学中压倒一切的主题。

作为谢冕对于百年文学与诗歌的基本判别的"忧患"主题，它的过量书写与过度强调，存在着使诗歌与文学承载过重与丧失自身的危险。谢冕讲到，近代以来，一些激进的知识分子认为文学可以救国，而到了 20 世纪 60 年代，另一种意义上的激进人士又认为文学可以反党、反社会主义，以至于亡国亡党。这二者对于文学的作用的认识，虽然有正面反面之分，但是他们共同的一点就是把文学神化了，赋予了文学以其自身根本不可能承担的功效。同时，他们虽然将文学的功用进行了如此的夸张，但究其实质，却并不是对于文学的真正尊重，因为他们最终仅只将文学当作一种工具来看待。② 在这样的情形之下，真正受到损害的是文学自身，文学本身的性质与规律，它作为艺术的美学特征被无视被忽略了。中国新诗在经历了最初 10 年的繁荣之后，大概从 30 年代起就逐步走上了这样一条越来越狭窄的道路。到了 1949 年之后，这样的状况达到了极致：1949 年前尚存在的不同流派、不同地域上的风格多样性消失了，被泯同于整齐划一的意识形态标准之中，诗歌与政治的简单应和与从属关系被强调到无以复加，

---

① 谢冕：《告别 20 世纪——在大连诗歌研讨会上的发言》，《当代作家评论》2001 年第 2 期。
② 谢冕：《论 20 世纪中国文学》，河北教育出版社，1998，第 43 页。

以至于可以说新时期以前的"当代诗歌的历史,几乎就是诗歌为政治服务的历史"。① 诗歌因此必然在这种大规模的"标准化"工程中,在虚假的表面繁荣背后,实质上萧条与沦丧了。真正的创造停止了,剩下的是文白混杂的僵化形式与空洞浮夸的颂歌内容。新诗不仅丧失了自身,而且也走向了与五四以来的诗歌革命背道而驰的现代性趋向的反面。

因此,另一方面,沉重的"忧患"主题负荷之下的诗歌与文学,也存在着与中国古典的旧文学、旧文化合流的深层危机。从文学观念与价值取向上讲,"近代以来的文学救亡思想与中国传统儒家治国齐家平天下的思想,'文章乃经国之大业,不朽之盛事'的思想,在根源上就已联合。一旦社会发生动荡,中国文学的这种根本习惯便自然抬头。新文学与旧文学在这点上具有同一性"。② 基于此,中国的新文学形成一方面不断地建设,一方面又在不断地自毁的局面,而造成这种局面的因由,一方面是外力的强加,而另一方面却也是文学自身与社会进行调节的结果:反传统的新文学总是在历史的转型期或是被迫迎合或是自觉配合了非文学的要求,获得了独立与自由的文学不时要为社会放弃独立与自由,这是百年中国文学的最大悲剧。在这里,谢冕得出其令人动容的结论,那就是承载了"忧患"主题的文学,在充当改造社会的先锋角色的时候,同时也充当扼杀异端、扶持因循守旧势力的同犯角色。这种两面角色是孕育于旧文学的母胎中时就带有的遗传基因。③ 仍以新时期之前的当代新诗而言,高涨的政治热情挤走了新诗的现代精神取向与文学革命的艺术积淀,为诗歌古典形式的简陋复辟腾出了空间。这种状况发展到后来,形成了以华靡浓艳的程式化语言与讲究严格工整的骈偶与对仗为特征的"新时代的庙堂文学"④。中国新诗至此走上了绝境。

一百年来的时代忧患,把中国诗歌与文学带入空前曲折的歧途,同时它也给中国诗歌与中国文学带来了空前的厚重与严肃。以上所讲只是问题的一个方面,从另一角度来看,这也未尝不是一件幸事。在谢冕看来,百年中国的忧患连绵不绝,忧患主题以各种方式在百年文学中得到接续与继承,这样的文学因而成为拒绝抒情、欢乐退场的文学,成为悲情的文学、

---

① 谢冕:《浪漫星云——中国当代诗歌札记》,广东人民出版社,1999,第 5 页。
② 谢冕:《论 20 世纪中国文学》,河北教育出版社,1998,第 43~44 页。
③ 谢冕:《论 20 世纪中国文学》,河北教育出版社,1998,第 44 页。
④ 谢冕:《浪漫星云——中国当代诗歌札记》,广东人民出版社,1999,第 257 页。

苦难的文学。正如古来所言，悲情与苦难作为文学的最好的滋养，造就了一个世纪的文学的丰富，"从这点看，近代以来的内外苦难的夹攻与袭击，却是中国文学的福祉"。① 因此，谢冕不仅给予了忧患的文学、诗歌与忧患的主题以历史的地位，同时他还要求今天的诗歌与文学从忧患意识的角度进行必要的承担：

> 一百年来文学为社会进步而前仆后继的情景极为动人。即使是在文学的废墟之上我们依然能够辨认出那丰盈的激情。我们希望通过冷静的反思去掉那种即食即愈的肤浅而保留那份世纪的忧患与欢愉。文学若不能寄托一些前进的理想给社会人心以引导，文学最终剩下的只能是消遣和涂抹。即真的意味着沉沦。文学救亡的幻梦破灭之后，我们坚持的最终信念是文学必须和力求有用。②

不过，诗歌与文学的"承担"与"有用"，不再是要求它们去承担那些它们根本无法承担的现实功用，不再是要求文学拯救危亡，而是要求文学承担起"拯救心灵"的责任。诗歌与文学的领地是心灵。在这里谢冕仍然坚持一种启蒙的立场：他认为开启民智、重铸民魂或者直接就叫作"改造国民性"的问题，今天依然存在。在新的环境之下，要求于诗歌与文学的，是阻止人向着世俗的泥塘无限度地下滑，诗歌与文学理应为恢复人的尊严与高雅而抗争。③

对于谢冕这一代知识分子来说，他们所描绘所阐述的历史是单纯的，但也是神圣的，它已经实实在在地织入他们作为个体的成长历程与人格结构，他们也还没有学会与自己的研究对象彻底区分开来的机巧，更不会以嘲弄、戏谑的态度对待历史。历史的忧患就是他们的忧患，历史的欢愉就是他们的欢愉。只要历史没有终结，他们永远不会以颓废、绝望的态度面对历史。因此，无论是谢冕对于百年来诗歌与文学的"忧患"主题的反思，还是要求诗歌与文学对之进行的再次承担，在对于既往历史保持了足够的尊重与严肃的同时，其中有一点是共同的，那就是贯穿于其中的历史

① 谢冕：《1898：百年忧患》，山东教育出版社，1998，第 261 页。
② 谢冕：《世纪末：中国知识分子的思索》，见《20 世纪中国文学丛书》总序，时代文艺出版社，1993。
③ 谢冕：《1898：百年忧患》，山东教育出版社，1998，第 278～279 页。

信念：相信历史、相信未来的乐观态度——这其中自然也包含了对于诗歌与文学的信念。

在本章看来，这种对于历史的乐观态度，其内涵至少包含以下两点：第一，谢冕他们相信，历史虽然有时可以撞入歧途、偏离正道，但是最终必将被引入通衢大路，也就是说，历史是可以"回归"与"修复"的。出于这样的观念，在当年"朦胧诗"的论争中，谢冕除了针对"新诗走着越来越狭窄的道路"的迷失方向的历史现状的批评之外，作为同一个问题的另一面，就是将"朦胧诗"的"崛起"运动视为对于五四传统的"回归"与"修复"，在《失去了平静以后》① 一文中，极力为"朦胧诗"的情感上与艺术上的正当性进行辩护。"朦胧诗"的"崛起"无疑强有力地激发与强化了谢冕的历史信心与乐观态度，这一点从根本上影响着谢冕对于此后 20 多年的当代诗歌发展的历史态度与基本判断。第二，谢冕确信历史本身是无限开放的，在这种指向未来的无限过程中，不存在历史的终点。20世纪 80 年代中期，"后新诗潮"出现以后，谢冕将其放入历史发展的开放视野与动态过程中来考察："诗歌的动态结构作为一种秩序被确认之后，这只受到社会的发展力抽打的陀螺不会骤然停止它的旋转——只要作为运动的现代化的内驱力不消失，诗的任何层次的变革都不具有'最后'的性质。"② 在历史的无限展开中，谢冕指认了"后新潮"诗歌作为诗坛多元生态的组成部分的合法性，并对其未来抱以乐观的希冀："只要诗的生命力没有萎缩，多元结构就不会解体。那么，在纷呈杂现的中国诗中保留一种、若干种'古怪的极端'或'极端的古怪'，当然不会是暂时的现象，甚而可能会是永恒的现象。当然，永恒依然不是唯一。对于那些怀疑的目光，我们的回答是：你们有权利困惑，但你们没有理由忧虑！"③ 当然，后来的历史不仅证明了这种乐观的正确性，而且显得当时的估计甚至有些过于保守。

谢冕坚持诗歌与文学对于"忧患"适度承担的要求，并且始终以乐观的姿态面向历史，但是历史的现状并不总是让人乐观。20 世纪 90 年代以后，随着中国社会生活的全面转型，诗歌写作状况也再一次发生了深刻的变动：思潮性的事件没有了，轰动性的效应沉寂了，诗歌走向个体的内心

---

① 谢冕：《失去了平静以后》，《诗刊》1980 年第 12 期。
② 谢冕：《美丽的遁逸——论中国后新诗潮》，《文学评论》1988 年第 6 期。
③ 谢冕：《美丽的遁逸——论中国后新诗潮》，《文学评论》1988 年第 6 期。

世界与平凡普通的日常生活的开掘与书写。虽然也有诗人强调诗歌与历史的关联，但从总体上讲，即便是这种意义上的"关联"，也不再可能对于诗歌以外的东西进行什么承担，它最多只有主题学上的意义。它与谢冕所理解的诗歌与历史忧患的关系，已经完全不同。在这样的情况下，谢冕的忧患意识与乐观精神相统一的态度，使得他对于 90 年代以后诗歌基本状况的看法是一种"辩证"的判断：丰富而又贫乏的年代。谢冕以其一贯的乐观态度，肯定 90 年代以后的诗歌在主题开掘与诗歌内涵等方面的"丰富"，但是在大量的诗歌表现出的对于历史的隔膜与对现世的疏离中，在与过去的惯性的决裂的巨大热情中，他认为也存在着刻意回避与隐匿"忧患"主题的倾向，从而诗歌也因此陷入了"丰富之中的贫乏"①。在这里，谢冕没有着意批评什么，他对于"理想的星火"仍然不无信心，但是，看得出来，谢冕先生不无内心的犹疑与困惑：

> 我们曾经自觉地让文学压上重负，我们也曾因这种重负而蒙受苦厄。今天，我们理所当然地为文学的重获自由而感到欣悦。但这种无所承受的失重的文学，又使我们感到了某种匮乏。这就是这个世纪末我们深切感知的新的两难处境。②

这不仅是谢冕一个人的困惑，也是留给我们大家的世纪难题。我们应该感到幸运的是，它在谢冕那里又一次被敏锐地感知，并且得到了刻写着丰盈的历史意识的无所顾忌、直抒胸臆的明晰表达。

第四节　从"崛起"到"隐匿"：生命沉潜中的历史反思

在本章中还必须论述到的与谢冕属于同一类型的批评家，是作为三个"崛起"论者之一的徐敬亚。在"朦胧诗"的"崛起"之初，谢冕的"无距离观照"式的对于历史事实的诗性把握方式，使得他不愿意将自己确立为一个从"主体"角度来面向历史的历史规划者与归结者；同时他的历史

---

① 谢冕：《丰富而又贫乏的年代》，《文学评论》1998 年第 1 期。
② 谢冕：《辉煌而悲壮的历程》，见《百年中国文学总系·总序一》，山东教育出版社，1998。

观念，也使他处于一种类似"功成而弗居"的洒脱的历史辩护者的身份，而非以历史的创造者自命。但是即便如此，基本的心理距离与思维定向还是存在的。徐敬亚则不同，他不是一个面向历史的观察者与思考者，而本身就是一个沿着历史的河道顺流而下的浮水者，因此距离与方向感更加淡薄。在他为"朦胧诗"辩护的第三个"崛起"《崛起的诗群——评我国诗歌的现代倾向》的长文一开头，他本人以"朦胧诗"大潮的个中人的口气豪迈地宣称：

> 我郑重地请诗人和评论家们记住 1980 年（如同应该请社会学家记住 1979 年的思想解放运动一样）。这一年是我国新诗重要的探索期、艺术上的分化期。诗坛打破了建国以来单调平稳的一统局面，出现了多种风格、多种流派同时并存的趋势。在这一年带着强烈的现代主义文学特色的新诗潮正式出现在中国诗坛，促进新诗在艺术上迈出了崛起性的一步，从而标志着我们诗歌全面生长的新开始。①

这样的宣告在当时正人视听的意义不必详述。就徐敬亚而言，人们应该注意的是问题的另一面。对于作为"朦胧诗"作者群体中的一员的徐敬亚来说，"朦胧诗"与"崛起"论，不仅是其批评观念的起点与知识谱系的辐射中心，恐怕还是声气相通的生命关联物。这使他对"朦胧诗"产生了超乎一般的认同感："也许是由于身在其中，我一直十分尊敬朦胧诗对中国现代主义艺术的血泪开拓"②，由此，一方面，徐敬亚在强调"朦胧诗"作为对于五四传统的继承的同时，特别突出"朦胧诗"本身的当代合法性与当下生成的必然性，这既反映出徐敬亚对于"朦胧诗"的历史由"身在其中"造成的短视与浅见的局限性所在，同样是这种情形下的近距离、无距离观照的优势。另一方面，这也导致了徐敬亚认定"新生代"以后的诗歌是"朦胧诗"的接续与继武的基本判断，产生了对于历史的"离间效果"，这又使他对于"新生代"之后的诗歌在提供了一针见血的批评的同时，也表现出其由于缺乏足够宽广的历史理解视野所形成的窘迫与褊狭。而贯穿于这一切之下的，是他对于历史的信念与理解方式。

---

① 徐敬亚：《崛起的诗群——评我国诗歌的现代倾向》，《当代文艺思潮》1983 年第 1 期。
② 徐敬亚：《历史将收割一切》，见《中国现代主义诗群大观 1986～1988》的序言，同济大学出版社，1988。

正如《崛起的诗群——评我国诗歌的现代倾向》可以明显看出与《在新的崛起面前》有着观念上的继承关系一样，在对于五四传统的重视这一点上，徐敬亚是与谢冕相同的：五四以来在外国诗歌影响下发展起来的区别于古典诗词与民歌的新的诗歌传统，是中国新诗发展的最直接的基础。但是，在徐敬亚看来，对于五四传统的恢复与回归，在 1977～1979 年这"起死回生的三年"中几乎就已经全面完成，除了随着思想解放运动完成的思想内容的转换而外，与新的社会生活和复杂的社会心理相对应的新的艺术形式及表现手法的探寻，是时代交给"朦胧诗"的任务。而"朦胧诗"在艺术上的更新，固然是受到了外国诗歌的影响的结果，但是更主要的，它作为"一代中国青年的脚步"的艺术反映，具有当下中国的最新现实的依据。徐敬亚认为 20 世纪二三十年代的现代诗艺探索，不仅内容上脱离中国现实，而且危难时局使得艺术上的幼芽也过早地被摧折了。因此，探索远未完成，"朦胧诗"所代表的中国未来的现代诗的主流，"是五四新诗的传统（主要指 40 年代以前的）加现代表现手法，并注重与外国现代诗歌的交流，在这个基础上建立多元化的新诗总体结构"[1]。在《崛起的诗群——评我国诗歌的现代倾向》一文中，正如徐敬亚对于"朦胧诗"主题内容上的感同身受的体会与对于艺术手法上的详尽细致的分析，在为"朦胧诗"辩护的问题上起到了别人无可替代的作用一样，徐敬亚对于新诗历史的主观化解释，至少就其效果而言也具有同样的意义。但问题显然还不仅如此，过于执着的历史信心、与历史本身的强烈的趋同愿望、过度乐观的历史"主体"激情，在与"朦胧诗"的生死与共中被固定甚至更进一步被强化了，徐敬亚这样的批评家本身，从此也就与这一历史时段紧紧地绑缚在了一起。

因此另一方面，对于"新生代"以后的诗歌，徐敬亚虽然也承认它们与朦胧诗在艺术观念与语言观念等方面的分野，以及这种变革的价值，但是显然他更感兴趣的是富有文化意义的历史关联："这是一个继五四、朦胧诗两大破坏过程的继续，它终于使现代诗与中国语言在总体上达到了同构、一致与融合，造成了几十年来诗的最舒展时期"。[2] 同样，徐敬亚对于"新生代"以后的诗歌的批评，也带着洞穿了历史真相的"彻悟"眼光，

---

① 徐敬亚：《崛起的诗群——评我国诗歌的现代倾向》，《当代文艺思潮》1983 年第 1 期。
② 徐敬亚：《历史将收割一切》，见《中国现代主义诗群大观 1986～1988》的序言，同济大学出版社，1988。

主要着重于后者的文化生态以及进入历史的文化权力机制与文化实践技术的分析，着重于"人性"的分析，于是"新生代"诗人被描述为最初是一群悄悄蹲在"朦胧诗"围观者的当中的、吸纳了当时巨量涌入中国的艺术信息的幸运者，他们显然具有一种更为"狡狯"的文化性格："一方面，在现代诗的团伙中，对官方诗歌的嘲笑，已经变成了对公开发表的敌意。把诗变成官方文字，甚至成为现代诗歌舆论中一种约定俗成的流行羞辱。另一方面，现代传媒的诱惑，从改善生存与艺术扩散的双项需要上，蛊惑着急欲成名的后来者"。同时，"新生代"诗歌在用一种优雅的文化策略经营着自己的文化野心："它用双腿追逐着西方，眉心却朝向东方，在反对权威的同时，妄想取而代之的欲望一天也没有安息"。虽然"在言论的意义上，超过了战前弥漫欧洲的先锋艺术，并比肩于 60 年代美国文化可怕的变异"，但是作为"人造流派"与人为催红的果实，"新生代"诗歌留下的是"残酷的局限"与"浅薄的种子"。① 与对于"朦胧诗"的激情认同肯定遮蔽了不少东西一样，在徐敬亚的这种对于"新生代"以来的诗歌的冷漠解剖中，肯定也忽略了一些更为重要的因素。

实际上，徐敬亚在与 20 世纪 80 年代以后诗歌历史形成"离间效果"的同时，也意味着与这段历史的"生命"剥离的开始。不过，在这种剥离的过程中，不但没有形成更为开阔的视野与更为通达的诗学观念，而且仿佛随着这一过程，徐敬亚也失去了对于诗歌的热情、洞见与耐心。与《历史将收割一切》这个题目在今天读来无论如何也掩饰不了的反讽意味及"……话来话去，置身其间，我们也明白了历史是怎么回事"② 的半真半假相应，在这里反映出的是徐敬亚本人也未必意识到的对于"新生代"以后的诗歌的一种含混态度：与其说是"新生代"之后的诗歌的质量令徐敬亚倍感扫兴③，倒不如说徐敬亚对于它们的兴趣原本就远远不及"朦胧诗"，这可能也就是徐敬亚对于这一阶段的诗歌总是"言简意赅"而且多有不满之词的原因。

---

① 徐敬亚：《隐匿者之光——中国非主流诗歌 20 年》，见现代汉诗百年演变课题组编《现代汉诗：反思与求索》，作家出版社，1998，第 436 ~ 437 页。
② 徐敬亚：《历史将收割一切》，见《中国现代主义诗群大观 1986 ~ 1988》的序言，同济大学出版社，1988。
③ 徐敬亚：《隐匿者之光——中国非主流诗歌 20 年》，见现代汉诗百年演变课题组编《现代汉诗：反思与求索》，作家出版社，1998，第 434 页。

徐敬亚与"朦胧诗"之间的密切关系，使得他难于形成一种健全的历史观念，而即使是"历史主义"诗学也需要对于历史的反思态度，但这又恰恰以与历史本身的观照距离为条件，而非将后者设置为一种黏稠的本体论基础。及等到他从这种血肉关系中"超脱"出来，已经耽搁了太长的时间，他会发现他已经不再能写评论了，他迟早会发现一种似乎是"被时代抛弃"的不适应感，因为这种"超脱"的结果，很可能在相当程度上是由一个极端走向了另一个极端。

1996 年，徐敬亚写出了《隐匿者之光——中国非主流诗歌 20 年》这篇长文，徐敬亚在这篇文章中，对于新时期以来的 20 年的新诗历史进行了通览式的回顾与总结，将当年他本人乐观地庄严宣告"崛起"于历史前台的"朦胧诗"，归入了 20 年来与"主流诗歌"对峙的"非主流诗歌"的"隐匿者"的行列："一方，被土地托举着，在碧空如茵的原野上春绿秋黄；另一方，被埋在地层之下，额头迎着砂子与石头的摩擦，苦苦行走。20 年来，二者一直在地平线的上下两侧互望、厮杀、并存"。[1] 中间经由一种对于历史的反讽姿态（《历史将收割一切》）的过渡，从"崛起"到"隐匿"，这种隐喻的使用上的"天渊之别"，意味深长地表明了徐敬亚的历史视角与历史态度确实发生了重大的变化，但是这样的变化却不足以推动其从一种对于历史的近乎绝望的激愤，走向在完整的历史视野中形成的真实的历史观念与复杂的历史理解方式：

> 整整 20 年，中国现代诗生生不灭，至今似乎已流落于自由、无羁的街头。然而它曾冲击过的那一架沉重的文化机器，仍固若金汤。它，只是偷偷沉默着。它只要灌注燃油，即会突然发动——整体的、固有的中国文化，其实一直对现代诗冷眼旁观，阴森地保留着长久不散的批判特权。[2]

20 世纪 80 年代中期以后，"新生代"诞生的文化语境与"朦胧诗"时期相比，已经具有了重大的不同，而 90 年代以后中国社会生活状况发生

---

① 徐敬亚：《隐匿者之光——中国非主流诗歌 20 年》，见现代汉诗百年演变课题组编《现代汉诗：反思与求索》，作家出版社，1998，第 428 页。

② 徐敬亚：《隐匿者之光——中国非主流诗歌 20 年》，见现代汉诗百年演变课题组编《现代汉诗：反思与求索》，作家出版社，1998，第 445 页。

了更加深刻的转型，因此"新生代"尤其是 90 年代以后的诗歌，显然不是"地平线"上下对峙的状况可以穷尽的。更为开阔的诗歌空间正在形成，更为复杂的诗歌生态已然显现，诗歌不再沿着那条"地平线"作上下攀升与争夺，那条"地平线"本身其实也早已经崩解了。比较接近事实的比喻，可能倒是大家都生活在各自的"地平线"当中。这些徐敬亚大体也是清醒的。在生命沉潜与历史反思之后，徐敬亚终于跳出了"历史"，然而他却仍然将"历史"视为不可动摇的铁板一块，历史的这种宿命意味与整一性的幻象，却正可以看作"历史"的同化作用的效果之一。可能与其个人遭遇有关，徐敬亚在超出历史、反思历史时，仍然过于夸大了某种特定"历史"的权能。历史已经进入水天茫茫开阔的入海口，思维却还在那条已经不复存在了的虚幻的狭窄河道的约束中艰难地行进。

因此，徐敬亚的批评就是在与历史的过近或过远的距离、在对于历史的过望与绝望之间跳荡与徘徊："中国现代诗，为了你，我曾畸形兴奋，也曾万分沮丧。如今我的心中只有沉重！"① 没有人怀疑这种表白的真诚，更没有人否认徐敬亚的"崛起"论的贡献。正是超出徐敬亚的"崛起"论的历史贡献以外来看时，如果说诗人身份与气质影响到批评的准确性作为个体现象无论多少尚不足以忧虑的话，那么我们却为又一代人的历史观念与诗歌观念，开始于对于个体情绪的如此过度依赖感到些微的不安。

正如本章并非认为谢冕这一代人的历史观念没有其局限性一样，这里不是苛责徐敬亚，相反，我们始终认为谢冕包括徐敬亚所坚持的新诗历史现代性走向的自足性与整体性，就其基本取向而言是当下诗歌写作与诗学思考展开所需要的必要前提之一。这里所感到遗憾的并且感到忧虑的是，"历史"在徐敬亚的凝固化的理解之外，还可以有其他的理解，因而，历史本来可以在作为又一代人的徐敬亚，或者在作为徐敬亚的这一代人（包括诗人甚至包括"朦胧诗人"群体）这里有着更多的可能性，至少也有着其他可能性：在中国当代，在诗歌与历史之间的、超出诗学意义以外的关系上，本来也可以更加通脱一些，理解方式更加多样一些——相信这些徐敬亚本人至少也是部分地深切感受到了，就他八九十年代之后写的《不原谅历史》等文章来看，显然也正是对于类似内容的、包括他本人的个体生

① 徐敬亚：《隐匿者之光——中国非主流诗歌 20 年》，见现代汉诗百年演变课题组编《现代汉诗：反思与求索》，作家出版社，1998，第 444 页。

命历史在内的足供后人深省的沉痛反思："所谓的历史唯物主义，被理解、运用得狭隘、局促——如果我们永远地'谅解'，永远地'设身处地'，那就永远地裹挟在历史的沉沉的阴影之中。谁没有理由？哪一滴血的后面没有刀子？哪一把刀子不想以肺腑之言发表满腹的申辩？作为一个个可怜的羔羊，地狱的横栏最终将稍加羞辱地放过一切罪人。但是不会原谅历史结局的选择"。① 不管这样的思考路径与结论是否妥当，它所指向的，也正可以看作是在严苛的历史情境与紧张的历史意识内部，对于历史丰富性的理解与寻觅。

第五节　洞穿历史的知识奇观

中国一向被认为是一个注重历史的国度。然而黑格尔认为中国是一个历史最悠久却又最没有历史的民族。诚然中国有着浩瀚的史籍，但这并不能掩盖我们民族历史体验的空洞与单调，而"历史"经常就是在这种空洞与单调中，或者就是因为这种空洞与单调，保持着一种人人敬畏的神秘而神圣的权力。"历史"是中国人的上帝。经历了新时期以前的中国历史的人们都会清楚地知道，这样的情形并非只发生在遥远的古代，此种意义上的"历史"的阴影就在不久之前仍在人们身上停留，并且有可能在某些方面以各种不同的形式继续停留下去。在中国当代文学史上，"朦胧诗"的"崛起"运动，就发生在这种意义上的"历史"知识谱系的边缘。种种夹杂着不可想象的蒙昧与自大的不容置辩的说教与独断专行的话语言犹在耳，而这些都是这套知识谱系的现实展开，或者就是以"历史"的权威名义发布的训导与戒律。"朦胧诗"的"崛起"以及"崛起"派的诗歌批评，就发生在这一"历史"谱系的某种程度的变动的间隙之中，成为在当时的情境之下不可复现的知识生产的奇观："朦胧诗""崛起"之初，从客观上讲，当时的事态发生之迅猛、时代思潮之激昂，使人们来不及作过于细致的学理反思与充分自觉的姿态调整，而当这一切与某一类批评家的个性风格与身份地位结合起来的时候，就成为历史动态与历史信息的最初传达。这一类批评家，也由于在对于历史的敏锐把握中彰显的历史意识，成为"崛起"派批评之知识谱系的基本坐标与最初框架的规定者、构造者。

---

① 徐敬亚：《不原谅历史》，见徐敬亚随笔集《不原谅历史》，东方出版中心，1997，第 4 页。

第二章　价值原则的历史生成与
诗学观念的审美重构

　　与谢冕不同，孙绍振从一开始就有着比较自觉的将对于历史变动与诗歌事实的直观感悟不断提升为"美学原则"的理论意向，而且，在这种对于"朦胧诗"的艺术经验进行美学归纳的时候，孙绍振是从现实对于主体的关系，具体地说是现实与主体之间的价值关系出发的。这可以看作标志着历史视野中的主体性维度的恢复与历史意识的充实。但是，这时的主体仍然是以心理学的主体的方式出现的，正如与之对应的诗歌本体观念是以结构主义为模型的，因此它们都倾向于进行一种静态的、形式的考察，而非在动态的历史中获取其具体的内容。这样的观念构成与理论范式，既是那个时代的思想建构的内在需要，同样也是那个时代的精神风潮的准确反映。

第一节　"同一的主－客体"之下的价值建构

　　从今天的角度来考察孙绍振的诗歌观念与诗歌美学，最有意义的方式，不是斤斤于其作为孤立的理论个体的具体观点及其成败得失，而无疑应该是历史化的：必须把孙绍振的诗学理论从内在于"新诗潮"的整体并与之形成同构关系的视点出发，将其看作与"朦胧诗"的历史生成本质上并无二致的生产机制与过程。在这样的机制与过程中充满了意识形态内容，就像诗歌无权保持自身为审美物自体一样，诗学自身也同样没有维护其为理论物自体的特权。通过坚持这样一种本质上属于意识形态批判的思路，可以发现历史与美学观念之间相互生产的壮丽场景。有那么一些历史时刻，历史意识似乎被蒸发了，时间性维度在日常生活的机械复制与量的扩张中好像被取消了，至少是变得无足轻重，以致人们处于一种一不小心就会对那终究只是一种历史性的表现形式的情景或事件作出错误判断的处境之中；而在另一些历史时刻，历史事件本身似乎是带着历史意识的面具出场的，历史意识像剩余价值一样被源源不断地生产出来，处于一种过剩状态，若是不假思索地、简单地把它接受下来，"历史"可能同样变成一个空洞的能指，不能说明任何的历史事实的真相。事实上，这两种历史语境常常不仅是时间上相继的而且是功能上相互连接与互为动力的关系，因为它们同样是意识形态生产的内在的从而因此是历史性的效果。"新诗潮"整体，包括孙绍振的诗歌美学理论建构的历史情境与现实语境，无疑是更接近于后一种而非前一种情形，但是正如前面所说的，前一种情形作为意识形态的效果历史，以某种理论范式（心理学）的形态，对于孙绍振的诗歌美学的形成起到了过程上的也是范式上的中介作用。

孙绍振自述其理论来源包含"四种成分"："第一，作为美学观念基础的是康德的审美价值论；第二，作为具体方法的结构主义；第三，作为内容的是弗洛伊德的心理分析；第四，将这二者统一起来，使之成为系统的是黑格尔的正反合螺旋式上升的辩证法模式。"① 孙绍振的这个自述，大致上可以作为对于其理论观念和诗歌美学进行考察的线索。

作为孙绍振美学观念基础的是审美价值论，而作为审美价值论基础的是一种价值原则的历史生成：

> 我们的民族在十年浩劫中恢复了理性，这种恢复在最初的阶段是自发的，是以个体的人的觉醒为前提的。当个人在社会、国家中地位提高，权利逐步得以恢复，当社会、阶级、时代，逐渐不再成为个人的统治力量的时候，在诗歌中所谓个人的感情、个人的悲欢、个人的心灵世界便自然地提高其存在的价值。社会战胜野蛮，使人性复归，自然会导致艺术中的人性复归，而这种复归是社会文明程度提高的一种标志。在艺术上反映这种进步，自然有其社会价值，不过这种社会价值与传统的社会价值有很大的不同罢了。②

"价值"存在于与主体的目的关系中。但是所谓"主体"，还有先验主

---

① 孙绍振：《审美价值结构与情感逻辑》，华中师范大学出版社，2000，第1页。
② 孙绍振：《审美价值结构与情感逻辑》，华中师范大学出版社，2000，第3页。

体与经验主体、群体主体与个体主体之分。作为目前的考察对象的"价值原则",其生成之历史性表现在:(1)"新诗潮"的整体进程伴随着中国当代社会的巨大的历史播迁与现实变动,"新诗潮"的美学价值体系的重建,是以社会结构的重新组织与社会体制转型为前提的,它在总体上呼应着人们在与现实的摩擦和砥砺中觉醒并升腾起来的而不是从理念的纯逻辑推演中得出的价值观念和价值意识,它支撑着"朦胧诗"的艺术实践,并且反过来为后者所印证与强化。因此,这里所谓的"主体"是经验主体而不是先验主体,价值原则生成所自来与所指向的,是处于历史实践中的具体的经验主体而非理论思维中的逻辑设定。(2)就当时中国的社会——政治所给出的国家意识形态实践的空间而言,变革前后(这里意指至 20 世纪 80 年代中期以前)其实都不具备个体性价值模式真正大规模崛起的可能性。然而,"朦胧诗"在这种变革的间隙中,以其特殊的艺术实践形式敏锐地感应着一种个体性的价值原则,并且后者在构成其价值吁求的真正指向的同时,以艺术实践形式而非以艺术中的观念内容的形式体现出来。这种价值原则的观念内容与实践形式之间的错位与张力关系,是"朦胧诗"的价值谱系之历史性的真正体现:它一方面作为文化技术形式,对于个体性的价值实践方式进行了示例性的演绎,另一方面也决定了"新诗潮"的"艺术伦理"观念的理论表达的基本走向,和"朦胧诗"及其作者日后的命运。综合以上两个方面可以看出,作为孙绍振美学观念基础的"新诗潮"所张扬的价值原则,只能是个体性主体的历史经验的产物。对于这些,孙绍振本人应该是有着明确的意识的,由此出发,无疑使得其诗论具备了非同寻常的说服力和激动人心的影响力。

然而这还远不是问题的全部。长期以来,在所谓文学批评的标准问题上,人们被教导以某种所谓"历史的标准"和"美学的标准"相"统一"的教义,然而所谓"统一",只不过是无从究诘的思维空套与语言惯习的表演,多数情况下,只是为"历史的标准"与"美学的标准"、客体与主体的分裂,提供了出发点与心照不宣的理由。但是,作为"朦胧诗"的"崛起"运动之历史性的激动人心的表现就在于,它无情地摧毁了一切"理论物自体"的幻觉,通过孙绍振先生这样的理论家的率真性情以理论构造的形态表现出来:当后者从观念内容方面无法容纳这种充溢的历史意识或无意识时,它就冲决理论通常表现出森然的严整形态与思维的同一律,以理论形构的无法完成与悖论的形态来揭示之:《新的美学原则在崛起》论述的中心，由抨击和"挑战""权威和传统的神圣性"、"群众的习惯的信念"①，到反复强调艺术规范的历史积淀和"新的习惯必须向旧的习惯借用酵母"②，它以其近乎前后自相矛盾的文本，只是表明了作者本人并没有意识到但是历史意识或无意识通过扭曲其思维走向，所顽强地揭示出来的一个问题："习惯只能通过习惯来克服"③。正像任何历史主体一样，诗歌主体不单单是主体自身，它同时也是客体，它们是"同一的主—客体"（卢卡奇）。这意味着，不是在主体之外有一条自在的、"客观"的历史的"河流"与"历史的标准"，也不是在这条历史"河流"的某一阶段存在着一个"美学的标准"，并且因为它与前者有某种外在的关联而构成"历史的标准"与"美学的标准"的"统一"；而是说，历史不外在于主体的能动性创造活动之外，主体是自身中介的，历史就是在主体的自身中介的网络中的必然性经验，因而主体同时是历史的客体。对于价值原则来说，这种历史观念一方面凸显了价值的主体性维度：历史的主体同时也是价值的主体，价值原则既是主体的产物又具备历史的客观有效性，因此它就不应该被思考为外在于主体自身的并对主体构成束缚与压抑的枷锁；另一方面，作为历史意识与无意识的体现，这也取消了任何的价值原则的自为的表达与独立的处置的要求与幻觉，并在总体上将其思考为动态的生成过程。从而，甚至于可以说，这种历史观念与历史意识本身便包括了一种价值论维度，或者本身便是一种广义的价值论。

因此，"表面上是一种美学原则的分歧，实质上是人的价值标准的分歧。"④ 至少自康德以来，审美问题无疑可以包含在价值论的范畴之内。但是，在对于"新诗潮"之历史性"崛起"的考察中，这里之所以将审美与诗学问题同价值论紧密联系起来的原因，还不仅仅如此——在前面讲到"朦胧诗"个体性艺术实践的价值方式与其观念内容所代言的群体性的价值诉求之间的错位，以及"崛起"派诗论对于"朦胧诗"从艺术上进行的古典美学式的肯定与基于个体性价值原则对之所作的艺术伦理学的辩护之间的错位，这双重的错位具备了意识形态生产的强大动力性：意识形态产

---

① 孙绍振：《审美价值结构与情感逻辑》，华中师范大学出版社，2000，第1页。
② 孙绍振：《审美价值结构与情感逻辑》，华中师范大学出版社，2000，第7页。
③ 孙绍振：《审美价值结构与情感逻辑》，华中师范大学出版社，2000，第7页。
④ 孙绍振：《审美价值结构与情感逻辑》，华中师范大学出版社，2000，第3页。

生于为寻求第一重差异的弥合而指向第二重差异，后者具有或可能具有与第一重差异相反的内容与形式（主体与客体、所指与能指）的运动方向，通常人们在意识形态研究中所诉诸的无意识的满足与欺骗关系，应该在这双重的相互颠倒的内容与形式的指向关系之关系中去寻找：没有绝对的满足与欺骗，在这种方向相反的指向与意义对流中，各自的内容与形式在颠倒与错位关系中由于某种程度（然而却是在别一方向上）的（内容与内容、形式与形式之间）重合与印证，而得到某种程度上的满足与自欺。因此这里的结论应该是：正如个体性价值原则的生成只是与群体性价值观念的意识形态调停的结果一样，"朦胧诗"的现代诗学规范与孙绍振操持的古典美学观念经历了同样的过程，虽然正因此它们也加入了意识形态的生产。这其间的因果关系是不重要的，意识形态作为对于历史性和历史意识的暂时的取消，它同样也泯没了因果关系，而只是表现为无法窥测的互为因果的关系作用的结果：

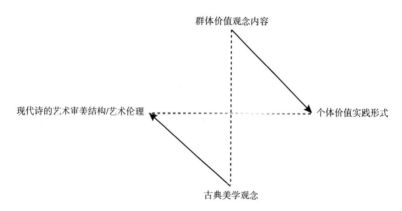

这种意识形态生产模式，决定了孙绍振对于诗学观念（从"庸俗社会学"出发）进行审美重构的基本步骤与框架。首先，孙绍振以古典美学观念为基础，对于审美价值结构关系进行了重新组织。其次，又以艺术形式的审美规范（结构），取代了外在规范——艺术伦理学，这也符合孙绍振从《崛起》开始由诗歌批评家到理论家的身份转换。这其间，孙绍振以作家的心理结构作为连接与沟通这二者中介——这其中的理由随后再讲。

孙绍振的一本主要著作名曰《美的结构》，美的"结构"，在孙绍振那里大致包含三个层次：艺术美的本体结构、作家的心理结构、艺术形式的审美结构。就"艺术美的本体结构"来说，"结构"一词不必太当真，因为它与美学思维形式、范畴关系相重合，它无非等于在说艺术美的一种思考框架的对应物。对于孙绍振来说，真、美、善与知、情、意的古典区分还大有用武之地，而他美学思考的出发点，大概也是朱光潜"美是主观与客观的统一"的说法。孙绍振不满意于"美是生活"命题，因为它意味着美就是真，它把美与真的"有限统一性"当成了绝对等同。但是，"美是主观与客观的统一"仍然只是属于"真"的范畴，而不是属于"美"的范畴。对于审美来说，"主观与客观统一于人的本质，不可能统一于全部本质，只能统一于某一部分、某一层次的本质"[①]，人的本质的这一部分与层次，就是人的情感本质，对于审美对象来说，它对应着艺术作品的审美规范的审美价值。审美价值与认识价值、实用价值属于不同的价值方位，它们之间既不是同位关系，也不是异位关系，而是一种部分交叉的错位结构[②]。康德美学在审美判断力批判的表面之下，所寻求的，事实上是一种无概念的感觉的可传达性或一种经验的人类学统一性，由此才可能构成人的类存在作为世界的最终目的的类价值的基础。因为价值不可能通过概念来规定或获得，它本质上属于历史范畴。因此，孙绍振的古典美学观念，因与当时群体性价值观念的觉醒在错位中的盲目的符合与对应，而加入了意识形态的生产（垂直的虚线），它意外地从本来南辕北辙的观念内容的角度为"朦胧诗"起到了辩护效果：它通过偏离于自己的主客体的同一性诉求的历史努力（下方的箭头）之外，而达到这种（意识形态的）同一。意识形态的同一性是一种盲目的、古怪的同一：它带着明显地表明的不同一而实现同一。我们记得《崛起》一文中对于艺术规范问题的自相矛盾：作为"同一的主－客体"的历史主体被割裂开来，它表现为理性思维的逻辑断裂，但它又毕竟同一地内在于、统一于《崛起》的文本。后者正是意识形态生产本身。这一切不过是说明：意识形态生产内在于任何具体的历史情境，就它是还没有意识到的必然性经验而言，它就是历史本身，虽然它的结果也往往是对于历史性和历史意识的取消。因此最终倒不如说，历史内在于意识形态生产。由此，可以得出一个对于本章是相当关键的结论：黑格尔式的中介概念与中介过程只是思维－哲学的，作为历史化中介而言，它只能是心理学－意识形态的。

---

① 孙绍振：《审美价值结构与情感逻辑》，华中师范大学出版社，2000，第 120 页。
② 孙绍振：《审美价值结构与情感逻辑》，华中师范大学出版社，2000，第 125 页。

第二节 作为中介的 "诗歌心理学"

读读《文学创作论》，就知道孙绍振对于文艺心理学的深切体味。正如夏中义在一篇文章中所说的，在 20 世纪 80 年代初期，只是看到 "文艺心理学" 这个名目本身就让人激动不已。的确，长期以来，人们习惯于作为哲学—科学的人，作为社会—政治的人，而作为感性—情感的人，则只是在以否定性的方式支持着以群体性价值为指归的旧的意识形态的经验模式。在这里需要注意的是，并不是作为感性—情感的个体的人事实上不存在了或不起任何作用了，在后面这种情况之下，也即在感性—情感个体完全缺席的真空状态下，将不能有任何有效的意识形态生产。当个体性价值实践模型带着历史性（历史性意味着经验的必然性，因此它产生于充满大量对于意识形态生产的同一化要求的时刻，而这也正是历史情景与意识形态的剧烈变动的时刻，因此历史性就是更新的意识形态生产的必然性）的面具，从群体性价值方式中冲出时，心理主体充当了协调这二者的中介，当然也是协调的结果。可以想想朦胧诗人从地下到国外的生存轨迹与生活状态：在当时的意识形态语境下，他们仿佛被取消了作为历史性主体的实践能力，他们仿佛是一些漂浮的精魄，只能进行写作的 "心理实践"，而在现实的社会生活中找不到自己的位置。

黑格尔的中介概念是一个动词，中介是一个主体能动的过程，在这其中，主体通过把自身认作自己的客体来回到自身。而人们通常根据列宁式的定义，把它当作一个中性的、静止（在主体之外的运动不是运动）的 "中间环节"，以致 20 世纪 80 年代有人根据列宁式的 "中介" 概念以 "审美中介论" 为题写出来的，只是静态的审美心理学与 "美感系统论"①。这个动词的名词化，也正是意识形态化的机制与过程本身。可以看到在群体价值观念与个体性的价值实践模式之间，心理主体就是这样一个 "中间环节"：之所以如此，就因为意识形态生产使得主体自身变得不再透明、不再能够理解自身，"同一的主-客体" 关系中主体性维度被意识形态的虚假的同一性暂时取消，而表现为作为其横截面的心理主体。要问何以如此，那就等于问何以是意识形态，实际上正如心理学几乎就是意识形态的

①　劳承万：《审美中介论》，上海文艺出版社，1986。

定义一样，在当时的特定情景下，（以将心理真实等同于艺术假定为出发点的）文艺心理学也几乎就是意识形态本身。

"文艺心理学"之所以在 20 世纪 80 年代成为显学，就在于其学科范式以其非历史性的构成，承担起一种历史意识的理论表达方式，以其对于诗人（作家）心理结构之横截面的罗列与分析，对于"生活溶解在心灵中的秘密"的探询，承担起在古典美学观念与现代诗歌的审美结构之间的现实的中介作用。因此，孙绍振在论及诗人（作家）的心理结构时，其基本观念在于强调在审美独立与自律的前提下主体的自由与心灵的丰富："在这个新的（美学）天地里衡量重大意义的标准就是在社会中提高了社会地位的人的心灵是否觉醒，精神生活是否丰富。"[1] 孙绍振的这种今天看来是过于直接和简捷的对于美学问题的意识形态归并，本身作为一种意识形态生产，其实背后还有更复杂的内容和机制。

坚持审美的独立与自律，对于孙绍振来说就是坚持艺术的情感本体论与自足的情感逻辑，而对于诗歌艺术来说，似乎就更是如此。孙绍振为了强调审美的自足，他首先把"真"与"美"对立了起来：科学的真，正是文学的丑[2]，这来自他对于"美是生活"的意识形态生产要素的拆分。在《文学创作论》的头两章，这其间的关系，被表述为生活内容的真实与艺术形式的假定性之间的关系，而艺术形式的假定性恰恰是情感逻辑的起点。在此，用"真实"与"假定"的范畴取代"真"与"美"的范畴，是对于思维－哲学范畴的经验－心理学化，但是它却没有走向历史－实践的范畴，这正是前一阶段的意识形态生产的终点。而对于诗学的情感本体论和情感逻辑的设定既是其必然结果，同时反过来，情感要素的孤立横行也使得诗学范式执着地同步走向心理学化。

情感逻辑不遵循思维的同一律，因而它不同于形式逻辑；它也不讲一分为二的全面性，喜欢极端化与绝对化，因而也不同于辩证逻辑。情感逻辑具有朦胧和不确定的性质，它往往居留在直觉和潜意识的领域。同时情感逻辑一直具有处于理性之外的自发性的特点。总之，"情感在本身的层次上与理性逻辑不是一码事，情感逻辑是超越了理性逻辑的产物，正等于理性逻辑也是超越了情感逻辑的产物。当然在另一个层次，即情感的因果

---

① 孙绍振：《审美价值结构与情感逻辑》，华中师范大学出版社，2000，第 5 页。
② 孙绍振：《审美价值结构与情感逻辑》，华中师范大学出版社，2000，第 119 页。

层次上，情感又有某种向理性逻辑的回归倾向；情感的朦胧、情感的背逆、情感的无充足理由、情感的绝对化，都可以从生活中找到充足的原因和明显的因果关系。所以审美价值也有一种认识作用，只不过是一种间接的认识作用罢了。"① 诗歌（文学）当然也可以看作一种意识形态生产，它是一种生产剩余感性—情感的意识形态生产，它之所以给人以自律性的幻觉，是因为感性—情感似乎在这其中除了这种生产本身之外，不需要与任何东西趋同：

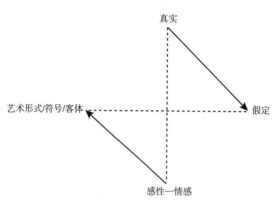

要拆穿这种文学意识形态生产的自律性幻觉，就必须将之历史化或者认识到其历史化的属性。感性—情感通过投入诗歌（文学）的意识形态生产而与艺术符号同一化，与此相应的是真实与假定的同化，剩余的感性—情感被生产出来，它沿着在虚线交点处的垂直于纸面连接两条虚线间的距离向内指向的箭头方向，要求新一轮的形式化/符号化/客体化。于是一切周而复始。剩余感性—情感确实是文学意识形态生产的前提，然而，剩余感性—情感来自真实与假定之间的心理错位——它完全可以是一种历史错位，这种错位可以和艺术形式与感性—情感的差异同化而加入诗歌（文学）意识形态生产，却从来都不仅仅是后者，而剩余感性—情感也并非必然要用于诗歌（文学）生产。诗歌（文学）的生产从先在的剩余感性—情感出发，加入真实与假定同化这一般性的意识形态目标：从逻辑上讲，我们几乎无法对于文学意识形态生产作出本质性的规定，除了这种以明确表明自身是意识形态生产的方式，也就是明确表明自身的心理学属性的方式，透露出某种元意识形态生产的意味之外。这样一重关系，也许就是

① 孙绍振：《审美价值结构与情感逻辑》，华中师范大学出版社，2000，第131页。

孙绍振所谓诗歌（文学）的审美价值的"错位"结构与"情感逻辑"对于科学逻辑的超越与回归的真正内涵，而"情感逻辑"的概念本身，则表明了诗歌（文学）生产对于个体感性—情感的不可或缺的依赖性和意识形态属性，或者不如说，表明了意识形态生产对于个体感性—情感的借重和不可理喻的"诗歌"（文学）属性。

　　情感逻辑当然是一种经验 - 心理逻辑而不是先验 - 思维逻辑，它也就是想象的逻辑。诗歌的想象使得事物形质俱变，因为想象的逻辑是情感作用下的理性逻辑的变异。这种关系，用孙绍振引述的吴乔在《围炉诗话》中记载的贺裳的讲法就是："但是于理多一曲折耳"。或者用孙绍振自己的话说："诗歌的想象艺术好像总是有一种回避正面肯定事物的性状的倾向。"① 这是诗歌想象的最深刻的秘密，也可以说是诗歌的意义方式的最深刻的秘密，它之所以深刻就在于它正好是意识形态生产的秘密：一种曲折和迂回，一种通过离开自身而回到自身的意义方式。

　　　　实际上想象的支柱并非只是依靠情感，光是由情感支撑起来的想象的大厦，充其量越不过浪漫主义的境界，而越过情感从感觉的变异走向智性的想象正是现代派诗歌的特点，这一点，我在写作本文（指《论诗的想象》一文，写于 1982 ~ 1983 年——引者）时，是忽略了。②

　　孙绍振先生后来诚挚而坦率地意识到了自己的偏颇，虽然这里并不想把它当成一种学识上的缺陷。正如"情感逻辑"概念与思路，可以看作意识形态的合成作用的结果，这种观念错位，正是当时的意识形态生产空间所召唤并给出的思维路径，而它也正因此而成就了自身的历史功绩。

　　人作为情感的人也许是自由的，但肯定还不够丰富。诗人的心灵是智能结构与非智能结构的协同作用的结构。在非智能结构中，情感与兴趣、动机、感觉、知觉、意志等组成有机的互相依存、互为函数的非智能结

---

① 孙绍振：《审美价值结构与情感逻辑》，华中师范大学出版社，2000，第 33 页。
② 此为孙绍振《论诗的想象》一文中的一条注解，见《审美价值结构与情感逻辑》，华中师范大学出版社，2000，第 48 页注解（3）。

构，这其中，情感起着主导性作用①，它有时甚至比生活更重要②，但是这种功能不是绝对的，"情感与智能结构特别是思维，是互相排斥又互相依存的"③，情感在理性的智能因素的诱导下，可以摆脱平面的滑行，达到质的深化和量的扩张④。就以作为诗人的智能结构之一的"感受结构"来说，就是一个由感觉、感情和理性共同组成的"复杂的多层次结构"："在它的表层是感觉，在它的中层是感情，而在它的深层则牵动着理性。但是这种理性又不仅仅是简单藏在知觉的背后，而且又通过感情牵制着感觉，使感觉成为感觉感情理性的三位一体"⑤。这种三位一体也就是在想象过程中的统一。因此在这里，"作为三位一体的媒介是感觉和知觉，想象的机制也集中在感觉和知觉上"⑥，而感觉又以视觉为中心组成多维感觉要素的有机结构。其中当然也包含着各种感觉之间的交响与挪移。所有这些构成了诗人的丰富复杂的立体式的心灵结构。由此出发，情感超越了横向的铺展与平面的滑行走向"情感辩证法"：由于理性等智能因素的加入，使得感觉在对自身的感觉中，也就是在对外在感觉的超越中升华出诗情⑦，一方面，这种诗情可以通过超脱了原始感觉的生理与物理限制的想象性的再生感觉来得以传达，另一方面，也可以通向直接抒情的方式。就后一方面来说，可以看到第二层次的"情感辩证法"：为了避免直接抒情容易导致的概念化，通常的做法就是情感的强化，这又可以分为从一个方向上将它推向极端的一极强化，在一个层次内从相反方向突出感情的内在反差而达到强化效果的二极强化，以及以感情的超常微弱的非极限量达到的无极强化这三种方式达到。在这些地方，孙绍振的诗歌心理学得到了淋漓尽致的精彩发挥，说它达到了心理学范式的某种极致也不过分。只不过，对于我们的分析来说，记住这一点仍然是重要的："感情的强化是一种心理的强化"⑧，就是说，它仍然内在于心理学的范式。

这样，诗歌（文学）虽然通常被认作是个体性价值实践的标准模型，

---

① 孙绍振：《美的结构》，人民文学出版社，1988，第124页。
② 孙绍振：《美的结构》，人民文学出版社，1988，第123页。
③ 孙绍振：《美的结构》，人民文学出版社，1988，第127页。
④ 孙绍振：《美的结构》，人民文学出版社，1988，第127页。
⑤ 孙绍振：《文学创作论》，春风文艺出版社，1987，第391页。
⑥ 孙绍振：《文学创作论》，春风文艺出版社，1987，第391页。
⑦ 孙绍振：《文学创作论》，春风文艺出版社，1987，第409页。
⑧ 孙绍振：《文学创作论》，春风文艺出版社，1987，第421页。

但是并不因此永远意识形态地表现为个体性的价值实践方式。这里将诗歌（文艺）心理学看作孙绍振从古典美学观念走向现代诗歌的审美结构的中介。实际上，可以看到，20世纪80年代属于"新诗潮"范畴的具备历史性的诗学范式，不论它实际上在多大程度上借用了心理学的成果，它都必然是心理学的。从理论范型的层面上讲是这样，而从事实的层面上讲也是这样：包括孙绍振本人在内，当时大量的诗学著作即便并不以诗歌（文艺）心理学为指归，也仍然充满了心理学内容和此方面的探讨。因此，在此希望不仅仅将诗歌（文艺）心理学看成对于诗人（作家）心理的一种探究或者进行此种工作的学科，而是说，诗人就当时意识形态给出的实践空间与可能性而言，他的历史身份必然只是作为心理学的人或者心理主体。心理学化就是意识形态化本身。因而，孙绍振对于诗人心理结构中的心灵的自由与丰富的表述，就是个体性价值实践模式的曲折迂回的、心理学化了的也就是意识形态化了表述。所以，不管这种心灵怎样的自由与丰富，它都只是一种心理学的表达，也就是说，孙绍振在此阶段始终都没有超出诗歌（文艺）心理学的范围。

第三节 向着诗歌本体结构的观念倾斜

在孙绍振所使用的"结构"概念中，表面上看来，尤其当与西方结构主义的观念相比照时，似乎包含了一种近似于二律背反的双重意味：一方面时时在强调着结构的自律自足的独立地位，另一方面这一结构中又充满了不可化约与抽象的具体的、心理学的内容。要索解这其间的关系，必须回到上一节的结论上去：文学生产作为剩余感性—情感的生产，它所生产的剩余感性—情感，不可能完全投入文学意识形态的再生产，因此，它一方面重新导致主体（主观）与客体（客观）之间的对立与差异：这一次是剩余感性—情感与作为"心理主体"客体的对立与差异（正如前面不止一次地讲过的，这不过是作为"同一的主-客体"的历史主体被意识形态化的后果，虽然正因此体现为历史性的主体），并因此再次促生历史性的同一化要求；另一方面它从由此引发的历史意识出发，将同样的对立与差异带给诗歌本体结构，并将同一化要求也指向后者。剩余感性—情感的来源并不仅仅是文学意识形态的生产，比如它可以来自意识形态的剧烈变动，因而同样可以导致能够完全符合这里的结论的事实，我们之所以刻意从一种文学意识形态生产的连续性中来寻找，只是想以文学意识形态生产的几乎不可避免的元意识形态功能（对于这一点，可以想一想与"新诗潮"同步的当代文学中从"文学反思"到"反思文学"的置换），来保证这里的分析模式的逻辑自足以及客观有效性与普遍适用性：

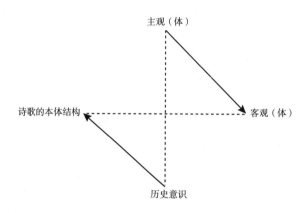

于是可以看到，孙绍振所使用的"结构"概念不同于西方结构主义，它既不是一套先验的抽象思维框架，也不是一套琐碎的分析公式，它一方面被笼罩在主体的历史意识之下（垂直的虚线），另一方面，诗歌的本体结构冲出了此前的心理学的阈限与地位，获得了一种客观化的性质（水平的虚线）。这些观念内容都以"结构"概念为中心点汇合起来，这当然也是一种意识形态作用，但是似乎是一种更"积极"的作用：这其中的缘故并非由于这里的意识形态概念已经由贬义转换为褒义，实际这里所使用的意识形态概念，从一开始就只能是一个中性词，这里的"积极"作用，只能是由于从诗歌（文学）的元意识形态功能出发的缘故。但是正因此人们应该清楚，诗歌（文学）的元意识形态意味，也只能是功能的和情境的而不是本质的，作为意识形态分析，后者（本质）的形成与发挥作用，恰恰是需要破译与拆解的对象而绝不能进行任何此方面的预设。诗歌（文学）的元意识形态意味，取决于特定的诗歌（文学）的（意识形态化的）观念，而它并不总是表现为"真实/假定"的同化：

　　　　主观与客观统一于形式规范是动态的过程，一方面统一于形式规范的确立和稳定，一方面又统一于形式规范的瓦解与更新。因而这种统一是历史的统一。①

当剩余感性—情感指向心理主体、历史意识指向诗歌的本体结构时，必然要求着新一轮的意识形态的同一化生产。于是在这里，诗歌本体结构以承载主观与客观的动态的历史统一的方式，被理解为个体价值的审美实现和"审美价值结构"观念的投射，这就使得从艺术主体的心理经验历程积淀出具备统一性与公渡性的审美规范的艺术形式与本体结构成为可能："……每一个作品都是以其特殊性为生命的，都是不可重复的，不可模仿的，……可重复的只有艺术的具体形式。形式，就因而不仅是与具体的内容共存亡的载体，而且是一种审美价值结构的一种范式或模式，它的功能不仅是被动的储存和积累审美经验，而且还成为审美价值的一种规范，符合这种规范，就能导致审美价值量的增长。"② 孙绍振的"艺术形式"概念，是相对于"生活形式"而不是相对于"艺术内容"而言的，它总是富含了内容的历史产物，因而它与本体结构是同义词。这种艺术的形式规范既具备特殊性，同时具备普遍性，是特殊与普遍的"历史统一"。通过它，在使艺术形式规范成为作家心理结构的客观化同时，也使得结构主义观念历史化了，使得结构主义的理论范式充满了历史内容。而在更大的范围内讲，它反映了"价值原则"与"诗学观念"的"历史统一"。于是我们再一次看到非历史化理论范式的历史性意味，不过这一次，它不再是由于外在地对于历史情境的必然性的嵌入、与因此对之产生的牵动性力量，而是通过将历史意识内在地注入"结构"的观念与通过对于结构主义理论范式的历史化重构，来抵达其历史性的。这样，对于孙绍振来说，诗美结构的观念，确实是对于由审美价值结构的古典美学信仰到诗歌心理学的"历史"过程，进行辩证综合的结果，只不过，它不是像在黑格尔的体系中那样是一个纯思维的过程，而通过深深契入历史的肌理来获得其理论动力与完型方式的。同样，诗美的结构图式也不仅仅孙绍振诗学理论的一个侧面和局部，而是其理论的顶点，在其中凝聚着其全部的思维脉络并构成其理论的总体结构范型。

诗歌的本体结构，作为主观与客观的"历史统一"，首先，从纵向上

① 孙绍振：《审美价值结构与情感逻辑》，华中师范大学出版社，2000，第155页。

② 孙绍振：《审美价值结构与情感逻辑》，华中师范大学出版社，2000，第139页。

讲，它至少体现为以下两个方面：

（1）它是诗歌审美规范自身的历史化凝结。审美规范是历史的产物，不可能在历史过程之外来本质主义地想象作为审美规范之载体的诗歌本体结构。诗歌作为"想象的概括性和写实性"的结合，"……在诗歌发展的历史过程中，二者地位不断消长着，交替着，呈现着某种程度的动态平衡，写实性的优势反复地让位给假定的概括性优势，这似乎是一种相当显著的趋向，不论就某一个民族的诗歌发展过程还是就某一种诗体的发展过程来说，诗歌形象的假定的概括性曲折的递增几乎是一个规律"。① 但是在特定的历史情境之下，审美规范又必须被形构出来历史地发挥其规范作用，或者说，正是因为它是历史的，它才具有审美的规范意义与价值。所以，"一般说来在诗歌中，在抒情文学中，主观感情特征比之客观生活特征更占优势，想象的假定性比之写实性更占着优势。正是因为这种优势，产生了诗歌形象的特殊规律，那就是描绘客观生活特征的概括性和表现自我感情特征的特殊性的有限统一。"② 从而诗歌的审美规范，同时因此诗歌的本体结构是"同一的主客体"的反映：它既是主体的审美经验的历史积淀，同时也是新的审美感性—情感超越与突破的对象，因此主体同时既是主体又是客体，而这些正是审美规范之历史性的具体展开。

（2）正因此，它也凝聚了审美规范的历史变动。孙绍振在论及诗歌中的情感的极化模式时，引用舒婷的一部分诗歌为例，来说明情感强化由极化原则向非极化原则（无极强化）的历史过渡："（感情的——引者）极化原则向非极化过渡，最初是以外延的非极化和内涵的极化为特征的。舒婷的许多诗作体现了这种过渡性，她情不自禁地厌恶那'佯装的咆哮'，她回避流行的外在的极化而保持着内在强度。她说，'也许心里藏着一重海洋，可流出来的却只有两颗泪珠。'这从本质上来说，仍然是浪漫主义的古典极化美学规范在起诱导作用。在她另一首诗中，明明内在的感情已经极化：'如果你是火，我就是炭'，但是又回避外在的极化，外在的剑拔弩张，接下去就连忙温和起来：'想这样安慰你，然而我不敢。'这毕竟是一种过渡。从诗歌美学规范的历史发展来说这样的矛盾是不可能持久的。非极化的美学规范终究要取得内外统一。"③ 就每一诗歌审美规范及其本体

---

① 孙绍振：《文学创作论》，春风文艺出版社，1987，第356页。
② 孙绍振：《文学创作论》，春风文艺出版社，1987，第355页。
③ 孙绍振：《文学创作论》，春风文艺出版社，1987，第433页。

结构的不可还原的具体性来说，过渡本身就是目的。所以，尤其需要注意的一个问题是，这种审美特征的过渡特征与具体作品的审美价值无关。孙绍振在这一类地方，多少有些以其理论的条条框框切割历史的意向，其原因大概仍在于其心理学的超历史范式的影响。

其次，从横向上讲，诗歌的本体结构可以分为情感结构、想象结构、意象结构、语言结构、节奏结构等。孙绍振在缕述这些诗歌本体结构的不同层次时，一般来说都很注意从其负荷的审美规范的历史演历出发，对它们的机理与功能进行探究。这些都是诗歌本体结构的亚结构，从另一角度来进行区分，它们其实又可以进行表层结构与深层结构的区分。其中，"表层结构表现了事物不断变幻的外在特征，而深层结构则往往表现了事物稳定的特征"[1]。于是，诗歌本体结构的历史性，又可以从表层结构的变化多端与深层结构的相对稳定这一张力关系中表现出来。当所有这些亚结构按照由主到次、由里至表的关系组织起来时，它们一方面遵循求同与完型的统一性，同时又遵循求异求变的灵活性，因此它们之间是一种"多样统一"的关系。

最后，当这两者在某种诗歌体式中，在更高的层次上，以极大的丰富性和生动的完型律得到历史的平衡时，在这一诗歌体式中便包含了人们在这一诗体上的全部艺术经验史和审美探索史，而这也便意味着这一诗歌体式的高度成熟。例如，在作为近体格律诗的最辉煌样式的绝句的本体结构中，就纵横交叠着这双方面的内容。孙绍振曾专门写过一篇《论绝句的结构》的论文，对此进行了精彩的分析。绝句形制短小，充其量也不过二十或二十八个字，它却成为中国古典诗歌中脍炙人口的大量的艺术精品创作所最常采用的格律诗体式。这其中的奥妙就在于，成功的绝句写作，常常而且也必须在其间构成一种具备"纵深结构"的意境。这种意境的"纵深结构"可以通过三个层次体现出来：首先，它可以通过句法结构体现出来。在这种情形下，绝句的四个句子常常前两个句子为肯定语气，而后两个句子为否定语气，由此在严谨的格律与单纯的体式之中造成一种灵气往来的效果。但这只不过是表象。因此其次，从绝句深层的内在结构方面讲，这种句法结构的变化，由肯定语气转入非肯定语气"……不过是从客

---

① 孙绍振：《美的结构》，人民文学出版社，1988，第 127 页。

体描绘转入主体抒发的一种婉转自然的方式"①，它是由主体对于客体的超越这一绝句的深层结构的内在要求决定的。从而最后，它从根本上讲，是主观之"意"对于客观之"境"的纵深突破，并以此反映了具备立体结构的"意境"的确立这一民族诗歌传统的核心美学要求。所以，反映为用句法结构的变换而实现的这种主体的超越与突破只是一方面，更重要同时也许更深刻与更具艺术魅力的方式，是以形象本身的纵深内涵的表层结构与深层结构，来实现意境的纵深推进与立体开拓。由此可以看出，在绝句的本体结构中，积淀着其审美规范生成史上的全部基本要求与精细趣味，同时它们又以多层次、多方位的亚审美结构得到统一而又多样的表现。从而对于后世的写作者来说，作为传统的财富的，也就决不仅仅是那个格律形式的空套子。这些对于人们思考新诗的艺术与理论问题可能有相当的启示意义。

孙绍振的诗歌美学是深刻地属于他那个时代的，也就是说，是真正属于"新诗潮"的历史的理论建构。诗歌的本体结构作为个体价值的审美实现只能是一种象征性的实现，因为这是其中一开始就预设了的（审美与认知、道德无关的）古典美学观念之启蒙主义意味的最后升华与最终结论。因而同时，诗歌本体结构也就意味着古典美学的审美复杂性与观念细致化的极限性展现。历史意识从作为剩余感性—情感的对应物凝固为理论结构范型，一方面表明某个范围与某个阶段的意识形态生产的终点，另一方面，就像一开始指出的，这也意味着历史意识正在走向面具化，因而必须成为下一阶段的意识形态分析破解的对象。正如"结构"一词本身所意味着的那样，从其自己的前提与方式获得的理论上的完满解决，也具有一种封闭性和排他性。虽然按照本章的结论，理论作为一种意识形态生产具有如此特征并不意外，但是这一点在孙绍振身上确实表现得比较明显。作为思维的力量与可能性的历史性表现，这一切几乎像宿命一样不可避免。

第四节　古典诗美观念的"现代"价值实现

最后来总结一下本章的基本思路与结论。本章的基本结构（见第一个分析图形）如题目所示，是在两种处于主体－客体、内容－形式、所指－

---

① 孙绍振：《美的结构》，人民文学出版社，1988，第197页。

能指的同一性诉求张力中的历史努力，即"价值原则的历史生成"（上方箭头）与"诗学观念的审美重构"（下方箭头）之间的错位关系中，探讨一种诗歌美学如何被构造与生产出来。在这两种历史努力中各自的主体－客体、内容－形式、所指－能指之间的差异与不平衡是先在的，而且是永远不可能完全弥合的，这可以看作先前的意识形态生产的效果，因为意识形态生产不是从真空开始，而总是从先在的意识形态开始。这种差异与不平衡恰恰是意识形态生产的动力。因此，在特定的历史情景之下，古典美学观念与现代诗歌的审美规范结构，群体性价值观念与"朦胧诗"作为现代艺术生产的个体性的价值实践方式，这两方面之间的同一性的历史努力由于某种错位中的观念重叠与形式平行，通过偏离自己的历史努力方向加入意识形态生产，而获得一种意识形态化的暂时的统一：古典美学与现代诗歌艺术规范通过作家的心理结构而得到中介，群体性价值观念与个体化的实践方式通过心理主体而得以协调。所有这一切，都在意识形态中获得一种盲目的同一性，一种不同一的同一：我们总是可以在两条虚线的交叉点上，设想一条垂直于纸面的箭头（箭头指向的方向是朝里还是朝外无关紧要）——它是意识形态生产所努力掩盖的、暂时也确实被视而不见的绝对的差异性，它的同一化曾是前一阶段的意识形态生产附带的目标，它的差异性却也是意识形态生产的无可奈何的后果，因而要求着新的意识形态生产的同一化作用[1]，而对它的辨识与分析，则是意识形态批判，也是本章论述的起点。

　　在第二阶段，被意识形态同一化作用取消了其历史性维度的心理主体，成为价值实践的主体。与此相应，借助于诗歌心理学展开其理论建构，是孙绍振也是许多人当时在古典美学观念与现代诗歌艺术之间实行调停与中介的必由之路。正如历史没有出口一样，同样历史也没有断裂带与黑洞，一种非历史化的理论范式完全可以发挥其历史性的作用，而一种历史意识同时也必然在起着某种意识形态化的作用。因此就像没有绝对的历史性（对于差异性的同一化诉求）一样，也没有绝对的同一化/意识形态

---

　　① 举例来说，这正可以看作"第三代"诗歌以来的情形：古典美学观念完全失去了对于"新生代"诗歌的论证与辩护意义，它以及群体性价值观念，作为类存在经验与历史性内容，如何在趋向极端的私人化写作方式、艺术实践方式与纯诗"纯粹"的语言结构或者语言游戏——从今天的眼光看来这些都是不折不扣的某种意识形态幻觉——中得以形式化或同一化，正要求着新一轮的意识形态生产。

化。历史性中的非历史性与意识形态的非同一性，正是新一轮的意识形态分析开始的地方。

因此，在第三阶段，个体价值作为审美价值部分地得到实现，历史意识也进入了诗歌本体结构，虽然这里对之似乎较少批判的色彩，但是并不意味着此次观念同化过程包含较低的意识形态化程度。对于获得历史化重构的诗歌本体结构观念中的非历史性与非同一进行分离，因而对之进行意识形态批判总是可能的。我们只是想把这一工作放到别的地方与课题下来作。

最后还需要指出的一点是，在三个分析图式中左端的要素是同一的，这恰好说明它是各种意义化/意识形态化的中心目标，无论后者是以美学观念的构造、诗歌写作的心理实践还是以历史化意识的方式来指向它。同样因为它在目前的语境内恰好不是分析的中心，所以这里我们容忍了它作为物自体的幻觉/意识形态。

第三章 "主体性"精神与全方位的诗学开拓

当"主体性"一词用在吴思敬身上时，可以有两种含义：一是作为诗学人格精神表现在其生命境界、人生态度和价值取向中，二是作为逻辑脉络、诗学思想贯穿在其理论构架、学术理念和审美标准中。前者是一种精神向度，后者属于原则、观点。前者标志着"新时期"以来诗论家的历史主体地位的确立与诗学观念的自我意识的高度自觉，后者意味着诗学理论建设的水准提升与诗歌批评展开的精神昂扬。从"朦胧诗"的"崛起"之初诗歌写作主体的自我意识的觉醒，到"主体性"精神在诗论家的诗学观念与诗学理论建构中的全方位贯彻，这其间实现了巨大的历史跨越。

第一节 "主体性"精神与"艺术伦理"的自觉承担

这里先谈前一方面。曾经有人做过统计，与小说评论家不同，当代中国的诗歌评论家，大部分都有过写诗的经历，或者本身就是诗人。这里并不是说诗人不能从事批评或写诗对于批评有妨碍，也不是否认诗人批评家常常对于诗歌有着职业批评家时常难以达到的细微的体悟和把握。然而问题在于，诗人评论家经常是凭着来去飘忽的灵感和偶然的兴致来投入理论与批评工作的，这种投入的热情在当时不可谓不高，但是其理论观念很容易走极端，其视野与价值判断的标准肯定也就很受局限，难以理论家的客观公正的态度和批评的事业心来对其作过多要求。甚至一些非常著名的评论家在表面上的思想石化和江郎才尽背后，这其中的缘故也恐怕是其沉默的主要原因之一：因为过于固执于自己的趣味和观念，便不愿意也不可能做到以更为客观理性的态度、以对于诗人诗坛负责的态度，不断拓展、调整自己的学术视野和知识结构，接受新生的艺术观念。而今天一些更年轻的批评家在其惊世骇俗、声嘶力竭的观念和口号背后，恐怕总难逃哗众取宠的动机——这当然又属于另外一种情形。吴思敬不是诗人，透过吴思敬数十年如一日的不懈奋斗与辉煌的学术成果，首先可以看到的是吴思敬以一种近乎神圣的、无上虔诚的主体性精神，对于学术良知的自觉秉承和对于诗坛的道义感、使命感和责任感的自觉承担。这其中当然包含着吴思敬这一代知识分子的成长历程与心路历程所铸就的人格构成的整体基调这一共同因素，但是，当这一道义精神与诗歌批评这一在当今社会中比写诗更加寂寞、加倍寂寞的事业①结合起来的时候，便具有了一种令人肃然的精神高度。此其一。

正因为以这样的精神高度投入学术与事业，只要时机成熟，迟早会有学术奇观的出现，事实上也正是如此：

> 同年（指1978年——引者）12月，一个寒冷的星期天，我在北京朝内大街路南人民文学出版社的围墙上读到了油印的文学刊物《今天》，首次接触到后来被称为"朦胧诗人"的舒婷、北岛、芒克等人的诗作，心灵受到极大震撼，我的固有的文艺观受到强烈冲击。此后，我结识了青年诗人一平、江河、顾城、杨炼、林莽等。特别是一平、江河在那段时间同我来往最多。尽管我属于文革前的大学生，他们是"老三届"，但是我与他们的年龄相差也不过七八岁，即使有"代沟"，也还较易沟通。应当说，同这些青年诗人的交往，对他们生存状态、思想状态与创作状态的感性了解，是我在后来的"朦胧诗"论争中一开始就旗帜鲜明地站在支持青年诗人一边的重要原因。②

在当年的"崛起"派的主要批评家中，吴思敬是较为年轻的（除徐敬亚以外），从年龄构成上说也具有代表性——可以说是这一派批评家的年龄底线。因而以下所讲的，也就不只限于吴思敬一人而具有普遍意义。这里愿意用一种更积极的眼光，来看待"崛起"派批评家与"朦胧诗人"群

---

① 吴思敬：《走向哲学的诗》，学苑出版社，2002，第202页。
② 吴思敬：《诗学沉思录》，辽宁人民出版社、辽海出版社，2001，第2页。

落之间由于"代沟"所造成的人格构成的差异。在那种特殊的年月里，七八岁的年龄差异不算大也不算小。"朦胧诗人"在当时主要是以一种叛逆者、反抗者的身份出现，而"崛起"派的批评家虽然有肩负起传统观念的闸门的重任，但总体上还是现存秩序的主体。这其中当然也包括双方的社会地位、身份职业、知识结构等方面的差异所造成的结果，但是总的来说，"朦胧诗人"是凭借一种看似离经叛道的美学原则，要求、呼吁一种只能算是基本的道义精神、人道主义——他们本来可以专心诗艺对此不闻不问，而"崛起"派的批评家则主要是凭借一种（虽然是对于艺术的）道义精神的支撑，维护了一种并不算新奇的美学原则的合法地位——虽然经历了几十年的封闭隔绝的状态，以他们的学识修养不会不明白这新诗潮实在也新潮不到哪里去：这二者构成了一种奇迹般的错位与互补关系，没有这层关系，恐怕就不会有"朦胧诗"的"崛起"的造山运动和美学奇观。在这里揭示出这层关系本身就意味着，这其中当然包含了非学术的成分在内，但这非学术成分的加入，与其说是历史所给予的局限，倒不如说是历史所给予的机缘和动因。正是附着与凭依这种"不纯粹"的成分，当这种错位互补关系的螺旋上升到一个新的层次时，"崛起"派的批评家由道义的主体走向历史的主体，而作为历史主体的他们，又恰恰不再是艺术道德家而是以诗歌批评家的身份确立与强化自己的主体性地位的，或者说，是以诗歌批评家的主体身份承担与张扬了艺术道义与艺术伦理——历史进程有时就是这样富有戏剧性，而这时一个真正广阔的艺术实验空间才被打开。从新时期以来当代诗歌发展的更为长远的历史眼光来看，"朦胧诗"和"崛起"论批评，主要不是从美学上确立了一个可供继承与借鉴的源头，而主要是从艺术伦理学的意义上为当代诗歌的发展提供了一个富有动力性的起点，一种美学叛逆的伦理原型。当"朦胧诗"被社会秩序和意识形态全面接受并被经典化的时候，在当代诗歌的艺术实验空间内，作为一个历史时代的文化象征符号，它早已成为抗拒与超越的对象；同时，作为"文化英雄"的"朦胧诗人"群体，其由地下到国外、以地理的流亡来完成心灵的归依的活动轨迹，也可以表明"朦胧诗"的"崛起"远不是一个简单纯粹的、直线性的艺术进化运动，而是与当时的社会文化场域有着复杂的错综纠葛关系，同样也对于后者有着广泛深远的震动与影响。于是，当代中国诗坛有了谢冕、有了孙绍振、有了吴思敬……这是中国当代诗歌的幸运，而"崛起"派的批评"……不仅负载了沉重的历史内涵，还闪烁着诗论家人格的光辉"①，这种内化了道义原则的人格主体精神，反过来强有力地撑开了辽阔的历史天空。此其二。

如前面所说，主体性精神在吴思敬身上既然表现为一种对于批评道义良知的自觉秉承，那么自然地，这种主体性精神同样也反映在以下事实上：吴思敬不只是坐而论道的纯粹理论家，他同时也是一位实践家，是诗歌活动的组织者和积极的参与者。大凡诗歌界的人士大概没有不知道《诗探索》的。在相当长的时期里，作为全国唯一的新诗理论刊物，它一直以其纯正的学术品位、厚重的学术含量和整肃的编辑风格，为诗歌圈子内外交口称赞，但这其中倾注了作为执行主编的吴思敬的多少心血，恐怕连他本人也无法统计。此外，多年来，吴思敬组织和主持了一系列的诗歌理论方面的学术会议和诗人诗作的研讨会，有力地推动了诗歌研究工作的展开，活跃了诗坛气氛，帮助了诗人创作水平的提高。尤其是首都师范大学"中国诗歌研究中心"成立以来，依托"中国诗歌研究中心"，此项工作得以更加有计划、有步骤地进行。在吴思敬的周围团结了一批校内校外的诗歌研究人员和学者，使得首都师范大学成为中国新诗研究的重镇……仅仅挂一漏万地举出这两个例子，只是想说明，吴思敬知行合一，为了诗歌不遗余力，他对于当代诗坛的贡献是任何人都难以代替的。少见吴思敬谈论中国传统文化，但是在这里很想说，吴思敬是当今诗坛的儒者。缺少这样的认识，对于吴思敬只是就学术论学术、就理论谈理论，恐怕未必能真正理解贯穿于其学术思想中的真精神、真气度与真抱负。

第二节　"主体性"原则在诗学理论建构中的贯彻

当20世纪80年代中期，吴思敬写作他的第一部诗学专著《诗歌基本原理》的时候，中国文艺理论界正处于"方法论"热之中。系统论、信息论、控制论乃至各种人文社会科学甚至自然科学方法，都被文学研究领域热烈地引进、讨论和应用，而当时的显学"文艺心理学"以及稍后的"文学主体论"思潮也都显赫一时。这一切都呼应着当时的社会状况、心理状况与文学状况。处身于这样的思想与学术氛围之中，完全不受其影响是不

① 吴思敬：《走向哲学的诗》，学苑出版社，2002，第53页。

可能的。但是当我们说主体性原则作为吴思敬的诗学理论的逻辑框架和学术理念的时候，却不是当时的理论潮汐对他的浸染所能概括的，更不只是指吴思敬的诗学研究中心理学方法的应用和心理诗学的研究。恰恰相反，这一切倒是要从他的庞大、完整而严密的沿着主体性原则展开的诗学体系的构想出发来理解。

　　首先需要说明的是，虽然吴思敬对于心理学方法有所借重甚至也可以说有所偏爱，并且在其第一部诗学专著《诗歌基本原理》之前，就已有一部写作学的著作《写作心理能力的培养》广泛应用了现代心理学的原理和成果；虽然即使《诗歌基本原理》本身有一些部分也已经具有心理诗学的色彩；虽然吴思敬有其"用心理学的方法追踪诗的精灵"的力作《诗歌鉴赏心理》和《心理诗学》；但是，"心理诗学"绝不构成其所构想中的诗学体系的全部。至少，吴思敬曾不止一次地说过，他一直在考虑着写一部"诗歌社会学"或"社会诗学"方面的著作。由于种种原因此项工作现在尚未着手进行，但是下面的分析会表明，正像"心理"与"社会"在吴思敬的观念系统中不是相互割裂、不相连属的两个领域一样，心理诗学与社会诗学加起来，也只是吴思敬丰赡的诗学基本思想在某种层次、某种向度上的进一步细化与展开，并不意味着它们二者合起来便可以包罗万象、包打一切。① 同时，在这样做的时候，吴思敬也不像有些人那样，为了理论的严整和易于操作，把自己所应用的理论范式绝对化、封闭化，而是使这两种理论范式相互渗透、相互含纳，以将各自的逻辑阈限压缩到最小，将各自的理论内涵撑展为最大，使它们在具有强大的逻辑整合力的同时，也具有最大限度的逻辑弹性。最后，当吴思敬将主体性原则贯穿于这两种理论范式之中的时候，也便赋予它们以行云流水般的、生动的逻辑动力性。

　　这里还是必须先从吴思敬的第一部诗学专著《诗歌基本原理》说起。作为一部诗学原理性质的著作，诗歌"本体论"是不可或缺的重要组成部分，也是首先需要面对的问题。但是，要解决"什么是诗"这个"斯芬克

────────────────

① 通过吴思敬的一些文章和指导学位论文的思想来看，吴思敬显然在构想着一个庞大的诗歌本体的透视系统，以此来作为建设现代诗学的学科体系的基础，比如吴思敬显然想到了语言诗学、自然诗学、网络诗学、诗歌意象学、诗歌传播学……当然不能说吴思敬对它们已经具有完整的构想，而它们的完成也绝非一人之力可为，但是揭示出这点来，至少有助于理解吴思敬现有的著作和已经呈现的诗学思想。

司之谜"，靠简单地给诗下一个定义是远远不够的。为此，吴思敬采用了系统论和信息论的方法。从纵的方向上，吴思敬首先将诗歌确定为属于"第三自然"的中介系统的一个子系统："由诗歌到中介系统之间起码要经过一个三级跳。在中介系统中，诗歌隶属于艺术系统而有别于科学；在艺术系统中，诗歌隶属于语言艺术即文学系统而有别于空间艺术和时间艺术；在文学系统中，诗歌又有别于叙事类文学系统与戏剧类文学系统。"①在横的方向上，吴思敬则引入了信息论的观点，这样纵横交叉，便形成了诗歌的"信息系统"：按照信息在诗人、诗作和读者间的运动过程，诗的信息系统可分为诗歌信息加工系统（诗人）、诗歌信息贮存系统（诗作）、诗歌信息的接受系统（读者）以及诗歌的根本信息源和最终信息宿（客观世界）。然而至此为止，系统论和信息论的引入，虽然可以跳出对于诗歌及其构成因素的静止、孤立的分析模式，但对于诗歌还仅止于一种对其系统构成的客观描述。要建构系统严密、生动有力的诗学体系，还需要找到理论展开的充分的逻辑根据、逻辑动力与逻辑指向。于是，吴思敬就找到了"主体性原则"："我们认为诗歌与小说、戏剧的区别固然可以从内容上、形式上列成许多条，但其中最根本的一条就在于诗歌依据的是主体性原则，而小说戏剧依据的是客体原则"。②在这里，主体性原则既是观念原则也是逻辑原则，是诗学理论的观念内容与逻辑展开形式的统一。既然以主体性原则作为诗学思想的中心理念和观念原则，吴思敬在诗歌"本体论"问题的探讨上，继诗歌的系统构成的客观描述之后，便将诗歌当作一种主体掌握世界的特殊方式，从主体观、社会观、运动观、时空观四个方面对诗歌本体进行了透视，确立了以主体性原则为中心的诗歌本体的基本观念系统：主体是主体性原则的出发点和承担者，社会是主体性原则的实现场域与中介，诗歌是主体生命律动之表现，诗歌中的时空是主体的心理时空的投射和主体生命律动展现的先验感性条件。这四者不是相互割裂的，而是被主体性所融会贯通在一起的，"本体论"作为诗学理论体系的最重要的组成部分，因此也就意味着诗歌观念的系统结构。这样就回答了"什么是诗"这个永无定解的斯芬克斯之谜，终止了向着客体性方向的徒劳的求索，实现了诗歌"本体论"探讨的"哥白尼式的革命"。与此同时，

---

① 吴思敬：《诗歌基本原理》，工人出版社，1987，第20页。
② 吴思敬：《诗歌基本原理》，工人出版社，1987，第37~38页。

作为诗学"本体论"的探讨,不但在以其观念内容论证着,同样也以其思维运动方向和观念组织形式指示着:主体性原则必须也作为诗学理论展开的逻辑脉络。于是,在前面对于诗歌信息系统构成所作的客观分析,此时也因此被赋予了一种逻辑方向性,被整合到诗歌观念系统空间中来,并相应地以诗歌信息的加工、储存、接受为单位,构成诗学基本原理体系的三个部分:诗人论、创作论、鉴赏论。在每一部分中,主体观、社会观、运动观、时空观都被贯穿着主体性原则,综合应用、渗透于问题的分析与展开之中。这样就可以在保持理论体系的严整的同时,避免了因理论视角的单一造成的理论内涵的干枯,而保持着多维的、充满张力的开放性和意蕴的充实厚重。这里耐人寻味的是,构成基本原理体系的每一部分,又都是沿着主体性原则展开的,因此首先,与诗歌信息储存系统和接受系统相应的本来应该是"作品论"、"读者论",但在这里却被赋予了一种与主体的创造性和能动性相应的理论观照的逻辑维度,变成了"创作论"、"鉴赏论"。而这其中最具显著特点的又是"创作论"编:既然将诗歌看作一个信息流动的过程,既然从创作论的角度,将这个过程可以看作是主体生命律动通过社会的中介在心理时空中的表现这一特殊的掌握世界的方式,那么"创作论"这一诗歌信息的最关键的处理流程,就被纳入主体性原则之中予以观照和展示。于是,比如,在通常的诗学理论著作和一般的文学原理著作中常见的,对于诗歌的意象、语言、结构、建行等问题的琐碎的、孤立静止的分析、罗列不见了,而是分别被置于"诗的构思"、"诗的传达"之中来综合考察。就以前三者为例,"炼意"——"取象"——"发想"——"角度"——"结构"构成一个绵绵不绝的心意运作链条,生动地展示了诗歌构思的复杂机制与完整过程,而对于诗歌构成因素的系统全面的分析也就包含在其中了。在这样做的时候,主体性原则也就是这样纵横交叉、层层下渗、一以贯之。应该看到,这里不是简单的名目的改换与章节结构的调整,而是体系突破意义和逻辑动力性的最充分、最生动的体现。

前面的论述已经指明了以下事实:心理观与心理学的视角已经在诗歌基本理论的建构中被综合应用,在诗学原理的某些(比如诗的构思、诗的鉴赏等)方面,甚至充当了相当重要、相当突出的角色。无疑,为了对于诗歌本体进行更细致深入的透视和考量,只要时机成熟,心理学的视角是可以也需要单独拿出来,作为诗学范式将诗歌的基本理论引向深入和细化的。但是鉴于吴思敬的有关以主体性原则为中心的诗歌观念系统和诗学逻辑脉络的诗学本体论思想的成熟建构，可以推想吴思敬的心理诗学范式一定具有以下特点：（1）心理学不是一个简单的、单维的透视窗口，而一定是处于成熟的诗歌观念系统的整体压力与张力场中，因此它在吴思敬这里一定具有观念、方法上的多维互渗和逻辑上的自由灵活的特点；（2）因为主体性原则贯穿其间，吴思敬的心理诗学一定具有学理上的层次井然和体系上的简洁明了的长处。诚然不可否认，吴思敬当初选择"用心理学的方法追踪诗的精灵"可能带有鉴于"传统的局限于社会学的诗歌理论与批评，多停留在外部规律的探讨上……心理学方法的引入则有助于冲破这窄狭的思维空间，为诗歌研究开拓新的领域"① 的动机，但是作为成熟的学者，并且其心理诗学的研究是以新的诗学体系的建设为落脚点②，社会诗学的观念方法在吴思敬这里便一定不是简单地一棍子打死了事——从观念上讲它一定是辩证综合的对象，从体系上讲，它必然是逻辑动力的原初发动者和最终指向。这从《心理诗学》的体系结构上就可以看出：《心理诗学》把诗人进行诗歌创作的心理结构分为三部分：创作心理过程、创作心态和诗人的个性特质。创作心理过程从诗人创作的心理能"内驱力"开始讲起：就以社会诗学的观念方法为例，它在这里的综合渗透，不仅仅体现在当讲到内驱力的生成时，把"社会因素的诱导"作为一项重要诱因来予以论述；也不仅仅因为当讲到内驱力的调节导向作用时，把"社会导向"先于"自我导向"来予以并列；而是说，将"内驱力"界定为"多元的行为动力系统"的基本观念本身，就是映衬与连接着社会诗学的观念，寻找某种内在于创作主体的行为动力源，其逻辑前提在于诗歌主体及其创作行为的社会属性、外在属性的无可置疑。也正因此，当"创作心理过程"的探讨，通过诗人的"创作心态"的中介抵达"诗人的个性特征"时，作为诗学建构的中心观念与逻辑线索的主体性原则，在这里最鲜明、最清晰地体现为由内而外、由里及表、由心理到社会的视角融合与动力指向："诗人的个性特征"的探讨又浮上了社会诗学的堤岸，它既是心理诗学的终点，也构成社会诗学研究的最佳入口。这样，从体系建构形式上讲，《心理诗学》也就有了一种计白当黑、要言不烦、

①　吴思敬：《心理诗学》，首都师范大学出版社，1996，第358页。
②　吴思敬：《心理诗学》，首都师范大学出版社，1996，第361页。

清通雅洁的妙处。

如前所述，既然主体性是吴思敬诗学理论的观念上的也是逻辑上的基本原则，那么吴思敬的诗学思想当然也可以被称为一种"主体论诗学"。正像任何理论范式的建构都意味着某种逻辑上的自足与封闭一样，这里不想无限夸大主体性原则与主体论诗学的理论范式之可能性阈限，同样，也不否认主体性与主体论和心理诗学有着天然的亲和性，但是在吴思敬这里，主体性原则除了给予了他一种具备充足理由律的构建宏伟的诗学体系的逻辑根据之外，吴思敬也以其社会诗学的构想，凭着他缜密的理论思维和丰厚的诗学修养，把主体论诗学的理论内涵和逻辑可能性扩充到了某种极限。或者更确切地说，不是吴思敬的诗学思想附和、印证、充实了"文学主体论"的思潮、观念与方法，恰恰相反，是"文学主体论"给予了吴思敬的学术兴趣的充分发挥以机缘和学术思想的充分展开以形式。

第三节　"主体性"原则在诗歌批评开展中的贯彻

吴思敬不但是以纯粹的诗歌理论家而且也是以一位重要的诗歌批评家的形象，出现在诗坛并发挥自己的影响的，后一重身份与前一重身份至少是有着同样的无可替代性。作为批评家，吴思敬一开始就以高度自觉的意识，将主体性原则贯彻到作为实践理性的批评观念之中："新潮诗论的浓重的人道主义色彩除去在批评态度上表现为呼吁容忍与宽宏外，在批评观念上则体现为批评家主体意识的复归……批评家把强烈的主体意识渗透到作品中去，将他的艺术感觉转化为理论形态的表述，它既非对批评对象的简单阐释，又不是批评家目无作品的任意发挥，而是基于作品又独立于作品，完全属于批评家本人的一种创作。"① 这种批评的主体意识的回归，不但在"朦胧诗"的"崛起"年代有力地推动了批评民主化的进程，即由传统诗论中强使批评代表社会公众意向的大群体心态，推进到允许批评代表小的读者群乃至批评家个人的小群体心态及个体心态，而且即使到了今天，这种批评家的主体精神的张扬也有着同样重要甚至更加重要的意义。因为，人们可以看到，以今天的诗歌批评而论，

----

① 吴思敬：《走向哲学的诗》，学苑出版社，2002，第77页。

在某种程度上、在某些方面，有着从另一个方向走向"批评民主化"的反面的态势。

在当下诗坛，从批评模式上讲，常常可以见到两种批评趋向：一种是迂腐冬烘的老式批评，从根本上就对于新的艺术观念缺乏理解，对于艺术作品毫无感觉。通篇批评文章四平八稳、不温不火，表面上看去也条分缕析，但实际上却是隔靴搔痒、不着边际。另一种批评则是永无休止的琐屑的细读式批评，从头到尾只见对于修辞技巧的钟表匠人式的拆解、对于私人隐喻不厌其烦的猜测——当然，对于现代诗歌来说，文本细读在相当程度上不但是必要的，而且也是不可缺少的，但问题就在于，这种批评模式在实际操作中往往以细读始并且也以细读终，同时还以此洋洋得意。这两种批评模式不管从表面形态上讲有多大的差异，在它们之中却包含着一种共同的、对于健康的批评生态来说是致命的缺陷，那就是批评的主体性意识的缺乏，而观念和方法上的落后或褊狭倒还在其次。另一方面，从批评主体角度讲，尤其是进入 20 世纪 90 年代以来，一种倾向值得注意，那就是诗人从事批评成为风气。不可否认造成这种情形的主要原因之一，正在于相当一部分的职业批评家，面对当下的诗歌写作与诗坛态势时由于种种缘故不知所措、失去了发言的能力，但是也正因此，在另一个方向上加剧了问题的严重性。如果说，老式批评和细读式批评只是给予了早已不合时宜的文本中心的观念以借口，助长了文本中心主义，那么，诗人批评的过度发达则可能造成一种新型的作者中心主义。这除了对于职业批评家的身份的合法性无疑是一种考验之外，更重要的是这些对于树立正确的诗歌批评观念、造就一个健全的诗歌场域是很不利的。这是因为，诗人批评由于其批评主体自身的机制，往往具有结构性的缺陷：在诗歌写作当中，今天的诗人恐怕很少有人不懂得尊重语言的客观性，但在批评当中，诗人批评家（尤其是在对自己和与自己同族类的诗人的批评中）往往沦为一个意向主义者、一个文本研究上的主题论者。这也就是说，诗人批评往往不顾文本实际，而倾向于还原作者的心理的、创作的原初意向，并且以此作为价值评判的标准。而批评文本也就往往在一种看似谦卑的、无关价值的、形式主义方法的展开中，不自觉地迁化为一种价值寓言。因此，一个健全的诗歌场域对于职业批评的需要，主要还不止是出于学理上、知识上的原因，而更是出于结构性的原因：勘破诗人自我论证的神话，将诗歌写作导向学术乃至社会的公共领域，是诗歌批评有效地展开的也许残忍的却不得不然的初始步骤。总结以上两方面的情形，可以看出，这其中最关键的问题在于强化职业批评的主体性原则。这种主体性原则的强化包含两个方面的意思：一是充分确立作为职业批评家的主体意识，不被诗人和作品牵着鼻子走；二是提高主体的理论水准和艺术感受力，拓展学术视野，一句话，提高批评主体的职业能力。

在这样的前提下来看待吴思敬的诗歌批评，才能对其意义与价值作出充分的估计与准确的定位，吴思敬在当今诗坛的重要地位也恰恰是在这种格局中被决定的。随着时间的流逝，当年与吴思敬为了"朦胧诗"的崛起一起并肩作战的一部分批评家，由于过于固执于自己那未必靠得住的诗歌与美学观念，实际上已经丧失了与当下诗坛展开实质性沟通与对话的能力，这是令人遗憾的。然而，吴思敬的情形却正好与之相反：作为批评家的身份与使命，高度自觉的职业批评的主体意识，使得吴思敬先生不是把个人的趣味而总是把对于中国新诗的前途命运的责任放在第一位；由于同样的缘故，吴思敬从来也不仅仅满足于各种程度不同的印象式批评，多年来孜孜不倦的理论探索，使得他不仅有愿望、更有能力对于日新月异的写作趋势作出强有力的阐释与评判。正是在这种情形下，吴思敬在当今诗坛日益显示出其批评大家的风范：既有能够与主潮诗歌和先锋诗歌一起展开对话的统观全局的视野与胸怀，同时又能有效地与诗歌写作尤其是先锋诗歌的写作保持密切的沟通。以视界的宽广与见解的精微而言，对于当下诗坛有着直接的指导意义。除了对于顾城、江河、赵恺等诗人的研究文章早已为人们所称道外，进入 20 世纪 90 年代以来，《90 年代中国新诗的走向》、《精神的逃亡与心灵的漂泊》、《转型期的中国社会与当代诗歌主潮》、《当今诗歌：圣化写作与俗化写作》等文章，不仅为众多的同行所瞩目，同时也令桀骜的诗人折服；不仅对于当代诗歌现象作出了确切的判断分析，同时也充分地体现了批评的职业尊严。

通观吴思敬的诗歌批评，可以发现另一个特点在于，主体性原则不仅如前面所说贯穿在作为实践理性的批评观念中，同样也体现在批评实践的学理展开中。伴随着巨大的社会历史状况与文化语境的变迁，20 世纪 90 年代以来的诗歌写作无疑发生了很大的变化。诗歌不再是理性主义的审美机制和美学理念整合以联系于宏大的历史和意识形态叙事的对象，而是直接地构成人们的经验。但也正因此，从批评的角度讲，恰恰就应该从对"内容"的迷恋和直义的探求中解脱出来，把诗歌像其他的文化产品一样看作存在的功能：诗歌批评必须求助于主体，联系主体的社会生活状况，以一种间接的方式化解当代诗歌那看似或过于简单或过于坚硬的物化形式（这也许可以看作"诗人意识形态"的结果），以对其进行全面的理解和作出有效的诠释。这样看来，一种"社会学－人类学诗学"的重建似乎是必需的——这不是多种诗学模式中的一种，而是某种不得不然的最终视域，这不是一个理论性的命题，而是一个历史性的命题。这里的"社会学－人类学诗学"与庸俗社会学诗学根本不同的地方在于："社会学"与"人类学"的视野，在这里只是一种反思诗歌与诗学的中介，只有一种结构功能的意义，而不再像在后者当中具备实体性的、本体论的意义。这样的"社会诗学"的思路与方法，在吴思敬的诗歌评论文章尤其是 20 世纪 90 年代以来的评论写作中，已经被广泛地应用和充分地展示。上文曾经讲过，吴思敬早有"社会诗学"的构想，而且因为"社会诗学"的构想是沿着主体性原则的深层逻辑展开，而不是沿着"心理学－社会学"的学科划分的表面思路进行，所以决不应该仅只将吴思敬的尤其是 20 世纪 90 年代以来的诗歌批评，看作其诗学原理的应用和印证，更不应该将其看成是放弃了心理诗学而走向了心理批评的反面，而是必须将其看作吴思敬构想中的宏伟的诗学理论框架沿着主体性原则合乎逻辑的延伸、发展、补充，和其"社会诗学"的预演。这在说明了吴思敬作为理论家的远见卓识和敏锐的时代洞察力的同时，也意味着其批评观念作为实践理性充分地体现了历史与逻辑的统一。

第四节　诗学视野的全方位拓展

不全不粹不可以谓之美。吴思敬可以说是既粹且全。"粹"指其精神境界之高洁、学术志向之专一，"全"指其人格实现之完满、学术视野之全面。唯有"粹"才能"全"，不"全"也就不能"粹"。以上着重介绍了吴思敬在诗学基本理论和诗歌批评这两大方面的学术展开，它们二者构成了一种互相支持、互相补充的关系，正如吴思敬自己所说："在诗学理论建设和诗歌批评领域，不断地变更角色，不断地交叉换位，这就是近 20 年来我所走过的道路。在我看来，诗学理论的研究与诗歌评论的写作是相辅相成的。诗歌批评需要诗学理论的指导，诗学理论越是精辟、科学、有说服力，诗歌批评才越深刻、透彻、一针见血。诗学理论贫困失血，诗歌批评自然软弱无力。诗学理论又需要诗歌批评的推动，诗学理论是思辨性很强的学问，但它不是悬在半空的抽象玄虚的清谈，而是诗歌创作与鉴赏的实践经验的科学概括和升华。诗学理论研究与诗歌批评的进行最好能保持同步。"① 但是仅此而言，还远不足以显示吴思敬的深宏的学术探索。仅就诗学理论的方向而言，他在重视诗学基本原理的构建的同时，也极端重视对于新诗理论史的整体考察与诗论家的个案研究：首先他自己身体力行，写下了一系列的这方面的研究论文，如《中国新诗理论：在现代化进程中的诗学形态》、《李金发与中国象征主义诗学》、《启蒙·失语·回归——新时期诗歌理论发展的一道轨迹》、《1980—1992：新潮诗论鸟瞰》等属于宏观的审视，而《闪烁的光透明的雾——〈新意度集〉读后》、《诗美奥秘的新探求》、《〈钟声照耀的潮水〉序》、《营建诗歌的意象大厦》、《诗化人生的实录》、《语言诗学与史识》等则构成诗论家的个案研究。其次，他编选了《20世纪中国新诗大系·诗论卷》，还有就是那本引用率极高的新潮诗论选本《磁场与魔方》，这些是对于新诗理论史材料方面的收集整理工作。第三，早在多年前，他就指导研究生以"中国新诗理论史"为题进行学位论文的写作，现已完成从胡适到"文革"的理论史写作（三四十万字），这是他本人的学术思想的延伸，而他本人也承担了此方面的研究课题。就诗歌批评方面而言，他除了着重于当代诗歌的评介之外，也深入中国新诗的源头中去，沿波讨源，企图以一种文学史的整体性的眼光来考量新诗的发展与走向，在这方面，他写作了《冲撞中的精灵》的专著和《回望〈女神〉》等论文，编选了作为"90年代文学潮流大系"之一种的《主潮诗歌》这一类当代诗歌选本。在这般深广的领域中矢志不渝地进行如此全面精纯的诗学探索并取得如此丰硕成果者，在当今诗坛实为罕见。

　　这里愿意将体现于吴思敬身上的"主体性"精神与"主体性"原则，看作"崛起"派的诗学观念谱系的逻辑上的终点与总结。"崛起"派的诗论家还有不少，与之相近的诗学观念更多，不过，通过对于这里所选择的这几位有代表性的诗论家的诗学观念的论述，相信已经可以勾勒出一个"崛起"派的诗学观念演进的逻辑链条：从在谢冕那里的历史意识的最初涌现与历史观念的大体成型，到孙绍振标举价值原则、恢复诗学观念的主

---

① 吴思敬：《诗学沉思录》，辽宁人民出版社、辽海出版社，2001，第5页。

体性维度，再到主体性观念在吴思敬这里转化为学理形态在诗歌理论建构中得到全面贯彻，主体性观念不仅完成了环环相扣的逻辑演绎，充分地显示并且发展了它所蕴涵的理论可能性，而且也通过诗论家主体性人格的确立走向其历史化的实现方式。逻辑的主体性与历史的主体性趋向于重叠，观念和现实之间落差趋向于消失，也就是说，（如前面所曾讲过的）它们之间的相互生产、相互规定趋向于终结，这些都意味着走向了这一观念谱系的边缘地带。

第二编

"现代性"与"后现代性"的错综

第四章　后现代面孔下的现代性变革

20 世纪 80 年代初中期之际，是"新时期"以来的中国当代历史的合法化过程趋向完成的阶段。"朦胧诗"的现代主义艺术探求，那时已经被整合进国家话语与正统艺术观念的言说之中，因此，即便是"崛起"派的批评家，在当时从艺术角度似乎对于"朦胧诗"也没有多少道理可讲。这里存在着一个前面讲过的观念与现实的错位问题：观念与现实的区分不是绝对的，而二者之间的错位与落差关系，又从来都是历史前进的动力性源头。不能将二者作简单的虚假与真实的划分。从艺术上讲，"朦胧诗"与"第三代"的诗歌不应该有那么大的分歧，起码这种分歧应该是属于艺术与美学内部的分歧。但是，就历史负载与现实指向而言，"朦胧诗"直指社会政治的革命，而"第三代"诗歌则主要是进行一场文化政治的革命。"第三代"诗歌变革的动力，除了来自社会政治的层面以外，更主要的倒是来自（包括对于社会政治的）文化记忆与文化政治方面的动力。这就决定了，对于前者来说，诗歌基本上不能改变社会，而后者因为较少历史负担和具有较大的言说自由度，可能比前者采取更加激进的姿态。但就其"效果历史"而言，由于文化的层面可以容纳观念的过滤与积淀中的重组，所以就"第三代"诗歌的诗学观念最终的艺术价值指向以及艺术与社会层面的关系而言，在大的趋向上讲它并没有超出现代性的艺术观念的范畴。实际上，正是这种在相当程度上依赖正反两方面的文化记忆展开的悬空的"文化革命"也只能从"文化"开始"革命"的方式，规定了"第三代"诗歌观念中的一种潜在的然而同样是不可救药的乌托邦主义，只不过它不是社会历史的乌托邦，而是价值的乌托邦、文化的乌托邦、语言的乌托邦。因此，"第三代"诗歌的艺术变革，往往以颇为张扬的颠覆与解构姿态始，而以回归到艺术本身与艺术自律的拯救"理想"终，最终，"第三代"诗歌的诗学观念，在社会历史的现实语境的规约下，不得不成为后现代观念的现代性投影。

第一节 消解权力的 "民间" 立场

20 世纪 80 年代中期，较早洞彻了权力话语对于 "朦胧诗" 进行的出人意表的改写与整合关系，并且起而对于这种关系进行批判与反抗的，是 "他们" 诗歌群落。就诗学观念而言，"他们" 不仅具有较大的代表性，而且具有较为广泛深远的影响，而在这其中，韩东的言论又是 "他们" 诗歌群落的观念代表。

对于 "他们" 与韩东而言，真正的创痛其实来自对于政治权力失衡的记忆，这使得他们对于横加于诗歌之上的任何权力形式都极为敏感与警惕。韩东在其诗论文章《三个世俗的角色之后》中，对于多年以来中国当代诗歌所承担的 "三个世俗的角色" 进行了分析，它们分别是政治的角色、文化的角色、历史的角色。在韩东看来，作为政治的角色，诗人习惯于将艺术变革的努力，当作一种政治行为和在一个政治化的社会里安身立命的手段，习惯于把诗歌运动看作一个政治现象，不仅旁人而且诗人自己也总以这种政治性的角度来理解诗歌、理解自身；作为文化的角色，是指按照西方对于中国人 "生活在一块古老的土地上的神秘的文化动物" 的理解方式，来塑造自己并以此获取西方的文化强势话语的青睐，因为正是后者在当今世界中规定着人的概念和文学与诗歌的标准；作为历史的角色，诗人从一种典型的生存功利主义出发，依附于人类历史中的利害关系，再从个人角度作出肯定或者否定的判断，或者将历史时刻区分为重要的与不重要的，同时只为那些 "重要" 的时刻写诗，以使自己的诗歌也因此 "重要" 起来。韩东以为这 "三个世俗角色就是对肉体的证明，诗歌作为精神的出路却不在此。我们扮演三个或者更多的世俗角色，但诗人却是另一个世俗角色之外的角色"[1]。因此这三个世俗的角色是必须彻底被拆解与抛弃的。在这里，韩东他们的观念上的激进与偏颇是毋庸置疑的，但这并不是很重要，真正重要的是在这样的激进与偏颇背后，他们痛感于以往时代的权力对于诗歌艺术的戕害、歪曲与挤压，包括当时由于 "朦胧诗" 的遭遇而对于进入体制与历史的绝望的当下感受[2]，而力求为诗歌争取一方较为

---

[1] 韩东：《三个世俗的角色之后》，《百家》1989 年第 4 期。

[2] 参见吴思敬先生的文章《叶硬经霜绿，花肥映雪红——〈他们〉述评》，《贵州社会科学》2002 年第 4 期。

宽绰与自由的书写空间的历史性举措。在这里，偏激的观念的反作用力，实实在在地转化成了对于这种空间本身的自觉确立与精心守护，因此这里同时可以看到"他们"与韩东诗歌观念的另一侧面：一方面是激进的反抗姿态，另一方面又是诗歌艺术上的冷静自持，这应该说是"他们"不同于20世纪80年代其他诗歌流派的重要特征之一。这样的态度，在韩东90年代以后追述"他们"的文章中犹可仿佛：

> 当时在命名问题上普遍存在着耸人听闻的想法，反传统观念是一致倾向，即便这个传统是为了反对的目的而臆造出来的。最后我决定用《他们》作为刊名……这个词透露出的那种被隔绝同时又相对自立的情绪也让我喜欢。而且"他们"没有分外的张扬。至今，我仍很满意这个刊名。①

"他们"群落艺术变革的目的明确、目标实际，在当时那种激进的文化语境中，仍能对于这种变革的手段及其限度保持必要的克制与清醒的反省，因此，在"他们"与韩东那些颇为癫狂与偏激的消解姿态之下，人们可以看到的是非常纯净、敏感甚至纤细的现代主义式的艺术品位。

诗人不仅面临来自"三个世俗的角色"所牵连与维系的政治的权力、文化的权力、历史的权力的裁制，他同时也必须面对由艺术史本身的积累而来的文化压力："当人们预感到各种激情不再如想象中那样发生奇迹般的作用时，反而会因为文化负载的沉重压得透不过气来。因为他们终于明白：个性的作用是极其微弱的，文化史的积累对文本的影响远远超出了作家个人'创造力'对文本的影响"。② 因此，诗人不仅需要从与现实历史的功利关系中解放出来，同样也需要从与艺术史的功利关系中解放出来。因为在韩东看来，艺术史与科学史的经验累积的构成方式不同，科学的发现在人的灵魂之外，科学史的演进需要前代的已有成果为基础，但是艺术不同，"艺术的唯一根据是个体生命。艺术史的编排只是一种简单的归纳，不含有超生命的逻辑。相对于创造的生命，艺术史并不那么重要。"从而，

---

① 韩东：《"他们"略说》，《诗探索》1994年第1期。
② 程光炜：《非个性化——对实验诗创作论的解释》，见陈旭光编《快餐馆里的冷风景》，北京大学出版社，1994，第297页。

最后的结论是，"诗人与艺术史的关系从根本上说是一种毫不相干的关系"。①

这样，诗人的个体生命被确立为诗歌的唯一根据。就此而言，韩东固然以为"诗人不是作为某个历史时刻的人而存在着，他是上帝或神的使者。至少作为诗人时他这样。他和大地的联系不是横方向的，而是纵的，自上而下，由天堂到人间到地狱，然后返回"，"诗人永远像上帝那样无中生有，热爱虚幻的事物，面对无穷尽的未来与未知"，② 但是同时，这种个体生命本身又不是玄虚的、空泛的，而是具体的、实在的，尤其是和语言结合在一起的。韩东清楚地知道，对于个体生命的回归，不同于"朦胧诗"时期的"回归自我"的论点。他在与于坚的一篇对话中讲到："这种使诗歌回到个人的愿望，是不能和几年前讨论的有关'自我'的命题相提并论的。'自我'是一个非常抽象的概念。而'回到个人'就是回到你于坚、我韩东这样具体的独立人"。③ 这个生命的个体，不仅仅是诗歌的坚实的基础，而且也是历史感、时代感、文化感等超个人的因素汇聚的场所，它们并不曾因为向着个体的回归而受到损失，只不过经过了个体的生命化的处理，化作了诗人的生命本身。这样，诗歌有个体生命作为其根据，人们就不会再以诗歌以外的任何概念去解释它了。而且不仅如此，对于韩东来说，他很难容忍别人在诗歌中把语言和生命分开来讲："诗人的语感一定和生命有关，而且全部的存在根据就是生命。你不能从语感中抽出这个生命的内容，也不能把二者截然分开。语言是公共的，生命是个人的，而它们的天然结合就是语感，就是诗。所以我们说诗歌是语言的运动，是生命，是个人的灵魂、心灵，是语感，这都是一个意思"。④ 在这样的前提下来看待韩东的名言"诗到语言为止"，一方面固然如有的论者所言，"旨在反对朦胧诗人所扮演的'历史真理代言人'的角色以及他们强烈的社会意识"⑤，但是另一方面，也必须看到其在对于语言上沉积的过量的政治的、文化的、历史的踪迹进行大规模清除的同时，实现诗歌本体的生命还原的诉求。这两个方面，也正好对应着前面说过的"他们"群落对于权力的激

---

① 韩东：《诗人与艺术史》，《百家》1989 年第 4 期。
② 韩东：《三个世俗的角色之后》，《百家》1989 年第 4 期。
③ 于坚、韩东：《在太原的谈话》，《作家》1988 年第 4 期。
④ 于坚、韩东：《在太原的谈话》，《作家》1988 年第 4 期。
⑤ 洪子诚：《中国当代文学史》，北京大学出版社，1999，第 314 页。

进消解，与对于艺术的冷静自持的双向努力。

20 世纪 80 年代其他诗歌流派，或者激进的观念超出了可操作性的限度，以至于成为理论空谈与永远达不到的幻想，或者口号与行动淹没了诗歌艺术本身，与这些情形不同，"他们"这样的一种艺术态度，或许也是"他们"之所以对于当代诗歌甚至当代文学产生比较持久深远的影响的主要原因。这样的态度甚至在 90 年代末，仍然被坚持下来并得到新的阐述与澄清，这就是所谓的"民间"立场。韩东在 90 年代末完成的《论民间》的长文，可以看作对于"他们"精神的总结，与"他们"精神在新的历史语境之下的再生，就其与当下诗歌及文学的文化品性之间产生的或者可能建立起来的某种意外的亲和性而言，也可以反照出这一精神的强大生命力与非凡意义。在这篇文章中，韩东将真正的"民间"立场总结为三点：（一）放弃权力的场所、未明与喑哑之地；（二）独立精神的子宫和自由创造的旋涡，崇尚的是天才、坚定的人格和敏感的心灵；（三）为维护文学和艺术的生存，为其表达和写作的权利（非权利）所做的必要的不屈的斗争。① 这里的问题的关键，仍然不在于这种表述是否存在逻辑上或者学理上的缺陷，就其总体倾向而言，作为一种仍未完成其使命的写作立场与文学精神，作为一个不必依靠任何的对立面而成立的自足的、本质的、绝对的概念②，"民间"仍然可贵地保持了对于权力的消解精神与对于艺术的自我寻找这双重的指向。当然，这种关系也可以表述为，在"他们"和韩东的诗歌观念中，后现代的精神与现代性的诉求二者之间，获得了一种不一定非常和谐但是对于诗歌而言是较好的、有益的平衡。

第二节　激进的文化批判与偏至的"语言诗学"

在中国当代的历史语境之中，一种后现代性话语展开的基本困难，并非是中国没有一个"后工业"的物质基础，而是在于因为缺少一个宽松的意义空间所导致的思想本身的自省维度与回旋余地的匮乏，由此也就导致了思想范式本身往往得不到历史经验的具体规定，而成为一种空洞的悬浮物。思想主体于是失去了通过这种规定而获取自我意识与经验统一性，并

---

① 韩东：《论民间》，《芙蓉》2000 年第 1 期。
② 韩东：《论民间》，《芙蓉》2000 年第 1 期。

以此赋予历史—现实意义与对之进行命名的能力。思想因此只能停留在一种单向度的直接性中。它因此永远走不出自己的皮肤也意识不到自己的皮肤，它的最高成就也只能是在自身断裂中，不自觉地滑落入一种自我批判与自我寻找，而这使其奇迹般地转向现代性。

在本书看来，上述过程正是发生在"非非"主义的诗歌观念中的情形。就"非非"的理论构成而言，据周伦佑讲，包括四个部分："前文化"理论、"艺术变构"论、"反价值"理论以及诗歌语言理论。[①] "非非"曾以其"理论的辉煌"而被称道，"非非"成员自身可能也以此自负，但是从今天的眼光看来，"非非"的所谓"理论"观念，很少有能够经得起学理上的推敲和诗歌实践上的验证这一点倒还并非是主要的，"非非"理论的主要问题，在于其对于思想观念本身的刻舟求剑式的自身沉浸。因此，就以现实与历史被"理论"本身的激情与光芒所遮蔽而言，"辉煌"的说法倒也可以得到一种理解角度。在这样的情形下，现实的历史的问题，或者成为观念的自身投射与同义反复，或者在某种狭隘的思想范式的裁割之下走向极端化，或者被根据某种理论的范型极大地予以减缩与简化。拿"前文化理论"为例，蓝马在《前文化导言》中，将"前文化"与"文化"的关系认定为"紧密相连的两个独立本体。'含'与'被含'，'生'与'被生'，'源'和源上的'水之影'……"[②]，但实际上，"前文化"世界只不过是"文化"世界的再一次推展与投影，是透过"义化"眼镜的"文化"视线的再一次延伸。从而相应地，其所谓的"前文化语言"与"前文化思维"，不仅仅是将已经包含于"文化"领域中东西的绝对化，而且它们根本就是只有在"文化"世界中才能展开与进行的某些文化行为与文化演算的隐喻性表达。在这种表达中，包含着对于文化体制的某种不满情绪，所以也只能将"非非"的"前文化"观念，看作是一种并非有着自觉意识的文化批判与观念的自我批判。"前文化理论"之外，还有"艺术变构"论。在这里，"非非"的观念实际上是结构主义和某些现代心理学观念的混合。周伦佑在文章中将人的"一度结构本能"与"二度结构本能"区分开来，"一度结构本能是所有的人都共有的，具有类的性质，外

---

① 周伦佑：《异端之美的呈现》，见《打开肉体之门——非非主义：从理论到作品》中周伦佑为该书所作的《编选序言》，敦煌文艺出版社，1994。

② 蓝马：《前文化导言》，见《打开肉体之门——非非主义：从理论到作品》，敦煌文艺出版社，1994，第298页。

化为形态化的集体意识……但是，人之所以是人，他还有一种更伟大的能力——那便是少数人所具有的二度结构本能，体现在诗人艺术家身上便是一种变构的创造冲动"。① 结构主义的思想方法，作为一种思考范式本来就有很大的局限性，但是它也毕竟帮助人们简捷清晰地发现了不少问题，从这一点上也不应对之过于苛责，然而，在"非非"那里，范式本身被实在化了，结构主义的局限不但没有被反思与超越，反而成了简单化地面对世界与处理问题的根据与理由。因此，一方面，结构被当作"上帝"一样永恒的世界基本构造，另一方面，这种构造又被当成是艺术创造的出发点与超越对象："一度结构的投射到语言为止；诗人却还要以语言为材料，在原构现实之上创造一个新现实——超原构世界。这便是艺术的创造。"② 这其中的问题，不仅仅在于这一套讲法实际上并没有讲出什么新的东西来，而且完全以"结构——变构"的程式去归纳艺术创造行为，无疑是大量割舍了艺术创造行为的多样性与复杂性，将原本就褊狭的思维范型进一步推向极端化。在此之外，涉及的就是"反价值"理论。周伦佑的"反价值"理论同样坚持"反文化"立场，不过他认为，价值作为"人类生存的自我肯定值"与"意义的结构形式"③，是更为抽象的、隐藏更深的文化的基础，文化的问题实际上是价值的问题，人类已有的文化，只是一些既有价值系统的延续与重复，它们从内到外阻碍着新价值的诞生，因此"为了创造新价值，便必须反价值"④。而作为周伦佑价值考察的结果，认定价值只能通过词语显现并栖身于词语中，词语是价值的居所。这样，对于价值词语及其意义结构的清除与清理，就成为"反价值"的主要任务。价值的问题，也就这样被减缩与简化为语言和词语的问题。

正如周伦佑所坚持认为的，"非非"是且仅仅是一场诗歌艺术运动⑤。在这些惊人的文化批判的宏伟目标之下，实际上"非非"理论观念的主要

---

① 周伦佑：《变构：当代艺术启示录》，见《打开肉体之门——非非主义：从理论到作品》，敦煌文艺出版社，1994，第 227 页。

② 周伦佑：《变构：当代艺术启示录》，见《打开肉体之门——非非主义：从理论到作品》，敦煌文艺出版社，1994，第 227 页。

③ 周伦佑：《反价值》，见《打开肉体之门——非非主义：从理论到作品》，敦煌文艺出版社，1994，第 254 页。

④ 周伦佑：《反价值》，见《打开肉体之门——非非主义：从理论到作品》，敦煌文艺出版社，1994，第 272 页。

⑤ 周伦佑：《异端之美的呈现》，见《打开肉体之门——非非主义：从理论到作品》中周伦佑为该书所作的《编选序言》，敦煌文艺出版社，1994。

指向与真正兴趣所在，确实也只是以诗歌为限。这就可以解释此前的文化批判中对于语言的倚重与赋予语言以特殊地位的真正原因所在——当然反过来，也让人怀疑这种批判的周全性与可信度。从而，"非非主义诗歌方法"也就顺理成章地成为一种"语言诗学"："非非意识是从对语言的不信任开始的。作为诗人变构创造的材料，语言不像大理石或者青铜作为雕刻材料，颜色作为绘画的材料那样，因为大理石、青铜和颜色是自然之物，是一种被动的物质，语言却是人自己的原构投射，它顽强地体现着由群体意识积累而成的文化传统。当你接过它时，它就把包括你在内的这个民族的某些偏见和局限也一齐强加给你了。"① 因此，"非非"的做法，不仅包含从"感觉还原"、"意识还原"到"语言还原"的"创造还原"过程，而且还具体落实为"非两值定向化"、"非抽象化"、"非确定化"的语言三度处理程序。这样的"语言诗学"的基本缺陷，诚如周伦佑在 20 世纪 90 年代以后所讲到的："80 年代的诗人普遍是持'语言中心'论的，不管是'诗到语言为止'，或对'语感'的强调，都视语言为诗的根本问题和归宿"，而在 90 年代以后的反思中，"不是以语言为目的，而是以诗为目的；不是语言纯化诗，而是诗纯化语言——诗是使一个种族的语言得以纯洁的唯一可能和保证"。② 这样的过程，虽然可以说是当代绝大多数先锋诗歌流派的共同经历，但对于"非非"来说又有不同的意味。在前者当中，诗歌是悬浮于历史之上的、从观念出发的文化反动与语言实验，因此，它最终不得不以观念的自我拥抱、艺术的自我寻找和自我发现这样的艺术现代性观念与取向为其极限：

> 非非主义面对自身，它不以表现艺术之外的意义为目的，它以自身为目的，"目的性的形式在于形式的目的性"（康德）。它自身就是意义。③

而后者实现的，则是诗歌的具体性的历史本质。因此，对于"非非"

---

① 周伦佑、蓝马：《非非主义诗歌方法》，见《打开肉体之门——非非主义：从理论到作品》，敦煌文艺出版社，1994，第 318 页。
② 周伦佑：《新的话语方式与现代诗的品质转换》，《文论报》1993 年 7 月 23 日第 3 版。
③ 周伦佑、蓝马：《非非主义诗歌方法》，见《打开肉体之门——非非主义：从理论到作品》，敦煌文艺出版社，1994，第 319 页。

而言，在这里体现的，并不只是一种纯粹观念上的差异与转换。

诚然，一种非历史性的理论范式的判定，不等于同时也取消这种理论范式（产生、出现、演历）的历史性，就此而言，"非非"的诗学观念，不但是而且构成极端性的也是具有代表性的中国当代某种历史情境的反映，与某种历史意向的表达。因此，一方面，如有的论者所言，"对于'非非主义'的理论和提倡的诗歌方式主要应从其中表达的现实情绪与态度去理解"[1]，但是另一方面，仅仅作如此的理解还是不够的，同时还要看到这种理论范式由于现实－历史的制约而具有结构性缺陷。这是因为，前一方面的过度操作，容易走向取消思想观念的独立性的还原论，后一方面又容易走向忽略历史情境对于观念移植与观念生产的制约作用的纯思想的独断论。后现代理论范式与相应思想观念（比如语言观念等）在"非非"的诗学观念中，由于不可能被历史经验规定与从历史经验那里获取理论动力而实现历史化，但是，面对中国当代诗歌由于其历史境遇而来的持续不断的现代性诉求，并不妨碍"非非"（非自觉、无意识地）超出其自身的理论或思想的逻辑之外，去回应历史境遇的召唤，并获取其外在的历史性。在这里，"逻辑"与"历史"的统一断裂了，"逻辑"以牺牲自己来迁就"历史"：一种后现代性的文化解构，仅仅成为服务于艺术现代性趋向的观念清场工具，而不能按照本身的逻辑展开，一种空前的理论投入的激情，却使理论沦为历史的牺牲品，前者是此一阶段许多诗学观念的共同命运，而后者却是"非非"独有的特征。在这其中，刻写着当代诗学观念与当代历史的双重真实。

第三节 历史缺场中的"行为主义"诗学

在 20 世纪 80 年代中期的当代诗歌变革中，"莽汉主义"代表了与"非非主义"完全相反的另一种极致：如果说"非非"是由于对于理论观念的简单沉溺，走向一种非历史化的诗学观念，那么"莽汉"则体现为一种冲决历史的规定性网络与历史秩序、无视历史的"行为主义"的诗学观念。

过多地为"莽汉主义"的诗歌事件寻找历史根据与编织因果逻辑，并不见得就能赋予其更为丰富的意义，当然在尊重其发生的自发性的同时，

---

[1] 周伦佑：《新的话语方式与现代诗的品质转换》，《文论报》1993 年 7 月 23 日第 3 版。

也可以找到一些内在的根由。这里以为，李亚伟在一篇文章中以一种隐喻与调侃的口吻进行的总结，大致是符合实际的，这就是"莽汉"诗人的个体生命力（"低年级女同学的魅力"）与文化记忆（"集体生活的魔力"）①。就前者来说，"当初的'莽汉诗人'们几乎是清一色的20岁毛头小伙，他们年轻、粗糙，身体好、胃口棒，同时读书少、思考少，在生活和文化面前好奇而又鲁莽，没有教条和规章，无视方法和视点，凭着'莽劲儿'以及对生活的热情和厚脸皮对诗歌创作大倾了热血和青春！"② 这种健旺与鲁莽的生命力，不仅使得"莽汉"诗人对于一切秩序充满了破坏冲动与无畏精神，而且也是决定他们精神视野中生活与历史"缺场"的空虚感的原因："'莽汉主义'幸福地走在流浪的路上，大步走在人生旅程的中途，感到路不够走，女人不够用来爱，世界不够我们拿来生活，病不够我们生，伤口不够我们用来痛，伤口当然也不够我们用来哭。"③ 就后者而言，时代与年龄的（或许也有地理的）因素，转化成了一种文化品性，"革命行动拒绝了我，革命行动就这样拒绝了热烈的孩子，因为孩子还小，不懂事。但我牢牢记住了长大后要批判的对象，那就是封、资、修，那就是权威"④。虽然李亚伟经常以反讽、戏谑的口吻提到"文革"，并且也明确表明了对于"文革"的"批判"态度，但是这并不妨碍"文革"以抽空了其沉痛的历史重量与惨烈的政治内涵的方式，被"莽汉"抽象继承为一种类似于西方"反文化"潮流性质的文化人格、叛逆精神与行为方式。这样的文化姿态，在假想中被当作历史化的行动本身，并且被赋予内在的历史意义。

作为"莽汉"的宣言，"……诗人们唯一关心的是以诗人自身——'我'为楔子，对世界进行全面地、最直接地介入"⑤，但以上两个方面的动因，促成了"莽汉"非历史化的行为主义的诗歌取向与诗学观念，或者正因为它的行为主义，所以它是非历史化的。因为这样的行为主义，只是文化姿态的空洞演绎与仓促展开，而不能作为历史化的主体行为汇合为历史合力。

因此，首先"莽汉"精神被以文化抽象的方式，赋予了一种"普遍

---

① 李亚伟：《英雄与泼皮》，《诗探索》1996年第2辑。
② 李亚伟：《英雄与泼皮》，《诗探索》1996年第2辑。
③ 李亚伟：《流浪途中的"莽汉主义"》，见陈旭光编《快餐馆里的冷风景》，北京大学出版社，1994，第284页。
④ 李亚伟：《流浪途中的"莽汉主义"》，见陈旭光编《快餐馆里的冷风景》，北京大学出版社，1994，第286页。
⑤ 见四川民刊《现代诗内部交流资料》（1985年），第41页。

性"与"广泛性":如李亚伟所说,"我这里不仅要指出'莽汉主义'的广泛性问题,我还想提及的是'莽汉'精神不同程度地出现在整个这一代人的梦想、生活或诗歌中,欧阳江河、柏桦及张枣、廖亦武和周伦佑,当然还有号称'莽汉'第一兄弟的杨黎和刘太亨、渠炜,尤其是宋炜,纯粹就是到处乱说乱走的'莽汉',以及许多根本就不写也不读诗的'莽汉'……"①,而且,不仅同代人的精神状态,古今中外的凡是处于某种类似的情形之下者无不可称为"莽汉",如李白被称作"老莽汉",儿童可以称作"小莽汉",乃至于"洋莽汉"、"女莽汉"、"张莽汉"、"王莽汉"……总而言之,"'莽汉主义'可以来自于任何时代和任何人类生存的地域,因而它可以走到任何时代和地方"②。在今天看来,作为事后的追述,李亚伟对于"莽汉主义"所作的这种无限抽象与泛化,并不能赋予"莽汉主义"更为重大的历史意义,反而是削减了这种意义,而且丝毫无助于甚至混淆了人们对于"莽汉"历史的认识与评价视野。

其次,"莽汉"的行为主义与行事方式,以一种促迫的"非主体""反主体"的方式展开:"也许因为大伙都才20岁,年青、体壮,也许因为80年代初的文化背景,应该'批评'和'自我批评'一起上,在跟现有文化找茬的同时,不能过分学好,不能去找经典和大师、做起学贯中西的样子来仗势欺人,更不能'写经典'和'装大师',要主动说服、相信和公开认为自己没文化。只有这样,才能找到一个史无前例的起点"③。这样一种姿态,使"莽汉主义"不可能将自身确立为历史的主体,这一方面固然是反对已有的文化秩序与语言体制的策略需要,但是另一方面,它也使得任何的主体反思的维度,由于不能够被历史化而变得毫无意义,任何的历史经验与历史合力的积淀成为不可能。"莽汉"行为总体上因此不得不成为一种历史寓言:它以其莽撞冲动、混乱无序诠释了某种文化图式,只是这种诠释因为无法整合进入历史经验与历史合力,而成为薄薄的一层,仅只停留在文化的层面上;它可以昭示与启示人们不少东西,但是它的意义却不在它自身内部,而是在于它所外在地指向的地方(在本书的行文中,以"历史化"与"历史性"来区分这种关系)。作为这种"非主体"与"反

---

① 李亚伟:《流浪途中的"莽汉主义"》,见陈旭光编《快餐馆里的冷风景》,北京大学出版社,1994,第288~289页。
② 李亚伟:《英雄与泼皮》,《诗探索》1996年第2辑。
③ 李亚伟:《英雄与泼皮》,《诗探索》1996年第2辑。

主体"的结果，就是"集英雄和泼皮于一体"、"集好汉和暴徒于一身"，
"在做诗人的同时几乎做上了流氓"。①

当然同时，这种"非主体"与"反主体"姿态也是一种语言的态度：
"诗歌是莽汉寄给语言的会诊单，又是语言寄给诗人、酒和伤口的案例，
是给全世界美女的加急电报而且不要回电，因为我们的荷尔蒙在应该给我
们方向感的时候正在瞌睡。因此诗人看见其中很多东西难以成为事实，它
使'莽汉'动作永远发生在诗歌的路上，幽默的产生不过是跑过来帮着赶
路的第三只脚，但还是走不拢！诗人撵不上诗歌，他看见脚下的路老是绊
脚，低头发现那是现代汉语，上面垃圾太多，但他仍不停地走，自己也成
了垃圾"。② 正如李亚伟引述的诗人杨黎的看法，"文革"是一个汉语口语
的书面化与大规模的体制化的过程，其结果就是确立了以《毛泽东选集》
文体为标准的现代汉语的统一的口径、语气、语法与修辞。对于这种语言
体制的破坏与反抗，构成"莽汉"诗歌的最直接与最切近的目标。"莽汉"
诗歌诚如上文中所讲的，是一种永远"发生在诗歌的路上"的诗歌，它之
所以永远撵不上"诗歌"，就在于它从来、也永远走不出"诗歌"。因为，
仅仅是一种直义的自我解构的姿态，并不能成就并且走向诗歌的历史本
质。实际上，这种姿态只应该成为诗歌走向自身的转义的借口，在这种
"意义转换"的脱胎换骨并滑向自身历史本质的过程中，诗歌应该为自身
留出周旋的空间。而后者正是历史涌现并且使诗歌得到具体规定的地方。

20世纪80年代确实是一个"文化的时代"，一方面是过度的个体激情
与由此而来的历史缺场的空虚感，另一方面是被以各种途径制造出来的大
量剩余的所指与意义，这二者结合的结果，就是"文化"主体占据历史的
主位，与作为其结果的历史行为的空洞的形式感。李亚伟与一些批评家心
安理得甚至不无自豪地不断强调，"莽汉主义"不完全是诗歌，"莽汉主
义"更多地存在于莽汉行为，③ 大概就是由于如上的原因。诗歌的"行为
主义"成分，本来是无法实现与进入诗歌的历史本质的剩余物，但在这里
却骄傲地获得了其文化意义，甚至是诗学意义，因此"莽汉主义"便成为

---

① 李亚伟：《英雄与泼皮》，《诗探索》1996年第2辑。

② 李亚伟：《流浪途中的"莽汉主义"》，见陈旭光编《快餐馆里的冷风景》，北京大学出版
社，1994，第289页。

③ 李亚伟：《流浪途中的"莽汉主义"》，见陈旭光编《快餐馆里的冷风景》，北京大学出版
社，1994，第285页。

理直气壮的"行为主义"诗学。其结果，就是如前面所说的，"莽汉"诗歌成为永远停留在通往诗歌的路上的、永远撵不上诗歌本身的"诗歌"。当然问题也还有值得乐观的一面，那就是这种与个体激情相连接的"行为主义"，同样不能与被文化记忆书写（赋予意义）的遭遇长期兼容：

> ……似乎渴望"过集体生活"的"热爱组织"诗人投入组织后只可能相互摩擦进而与组织发生摩擦而成为无组织无纪律的人。暗示了"流派"与"社团"等诗人出没处亦是如此，诗歌终将归还到个人的手头和心上。①

李亚伟的这段话，似乎可以这样来解释：被文化记忆（"组织"、"集体生活"）所书写的文化主体（诗人），迟早会发现自己头脑中文化暴力的伤痕所投射的乌托邦幻象的荒诞，也势必也不能长久容忍作为文化意义秩序的被派定所指与意义符号的地位，他宁可甩开身上一切由文化记忆规划的意义秩序的红色纤维，一身清白地作为一个漂浮的能指，永久地奔波在走向意义的"诗歌的路上"。"莽汉主义"的价值，也就在于在一窝蜂似的混乱之余使人们看到，向个体回归的诗学的现代性变革取向，仍然是当代诗歌所必须经历的一个过程，并且在作为一种文化创伤的释放的同时巩固着这种变革的成果。

在本章所描述的后现代面孔下的现代性诗学观念变革中，"他们"在现代性与后现代性之间取得的平衡，换一个角度来看，基本上可以看作现实－历史与观念之间的平衡，而"非非"与"莽汉"分别从两种对立的然而同样是非历史化的极致上，发挥了后现代性的某些可能性。如前面所提到的，这种停留在文化层面上的变革，是历史本身的结构性缺陷所致，而这就使后现代性不能超出文化甚至诗学话语本身的意义阈限，因此也就不能从根本上触动与改造诗学观念，它只能成为按照当代诗学观念本身的演化逻辑顺序进行（或早该进行的）变革的借口、触媒与工具。这使得其意义极为有限，但也毕竟重新组构与积淀出一些基本的现代性诗学的观念模式——这又是文化层面本身的富有弹性与脆弱的一面，后者在 20 世纪 90 年代以后获得充分的历史经验的规定与充实，而成为诗学观念展开的基本思想原型。

---

① 李亚伟：《英雄与泼皮》，《诗探索》1996 年第 2 辑。

第五章　历史意识的再生与诗学观念的现代性重构

20世纪80年代末90年代初以来，伴随着诗歌本身相对沉寂但扎实有序的艺术上的自我寻找，一场诗学观念本身的不那么大张旗鼓但仍然明显有迹可寻的现代性重构过程出现了。这里的诗学观念的现代性重构，一方面由于80年代末90年代初以来，在中国的理性实用、平稳有序的历史进程中萌生的历史感，很容易与现代性的观念和意向合拍，另一方面也由于这种历史转型导致的文化语境与文化氛围的变化，使得诗歌不得不走向自我的冷凝、回归与反省。如果说现代性意味着一种寻找自我的建构性力量，艺术的现代性的比较泛化的理解，意味着艺术的纯粹、自足的走向，那么当这一切与新诗自来的大规模艺术探求空间的匮乏与诗质诗意单薄的实际情形相遭遇时，在诗学观念上走上一种现代性的重构、或重构一种"现代性"的诗学观念，是很自然的事。虽然人们未必有明确的意识、未必乐意接受这样的名号，但无疑，这种现代性的重构具有建设性的意义。

第一节　艺术自身的历史与"个体诗学"

中国新诗90多年的历史，从一开始，就被编织进了以革命手段推动进行的社会进化运动之中。因此，在唐晓渡所描述的新诗自"五四"开始的现代性诉求中，可以看到，一方面，"……五四新诗从一开始就不是一场独立的艺术运动，而是一场远为广泛的社会政治、文化和意识形态启蒙运动的组成部分"①，这从根本上决定了新诗本质上的功利主义倾向；另一方面，作为前无古人的新诗，只能以一种"全盘反传统主义"的、彻底诀别

---

① 唐晓渡：《唐晓渡诗学论集》，中国社会科学出版社，2001，第26页。

过去的姿态，从遥远的未来汲取前行的动力与自身存在的合法性根据。这两方面，决定了中国新诗现代性进程中的根本缺陷：功利倾向使得它无法坚守自身，抵押未来又使得它不能反求历史、把握现在，新诗从来没有形成自身的艺术的自由意志①，对于艺术而言，这一点无疑是致命的缺陷。所以，至少至"文革"结束，伴随中国革命历史进程的中国新诗的历史，几乎可以看作反（艺术）现代性的历史，也就是自我丧失沦亡的历史。而与之互为表里因果的，是避之唯恐不及的对于被时间抛弃的焦虑，一种对于"时间神话"的崇拜。所谓"时间神话"，按照唐晓渡的定义，"……就是指通过先入为主地注入价值，使时间具有某种神圣性，再反过来使这具有神圣性的时间成为价值本身"②。这种建立在直线性的时间观念之上的"时间神话"，作为支持革命观念、推动"光明在前"的现实革命斗争的武器，它的具体表现，就是将时间的制高点当作价值与话语权力的制高点，一切事物是否具有意义、有多大意义，全在于它在时间上是否占先，是否拥有时间上的"新"。相反，一旦成为时间上的"过去"，马上就变得一钱不值。而且尤为严重的是，这种"时间神话"本身并没有成为过去，它顽强地支配了几代人，并且今天仍然支配着与革命无缘的年轻一代的思维方式。就以诗歌及文艺领域而言，从先锋诗人竞相以"某某代"自居并以此骄人，到"后学"批评家对于当代文学与文化现象命名的"后一切主义"，无不在证明着"时间神话"的强大余威，及其支配下当代诗歌及其他文艺形式的凄凄惶惶。因此，唐晓渡反思中国诗歌具有根本性缺陷乃至变质的现代性诉求及"时间神话"迷信的结论，是坚持艺术创造与艺术经验本身的时间：

> 这是在表面看来一去不返、分分秒秒都在死去的时间中回旋、递折，忽而升腾其上，忽而沉潜其里，聚散不定、辐射无疆的生生不息的时间，是不断从历史性中寻求活力和可能性，而又通过共时呈现对抗、消解和超越其时间性的时间，是空间化了的时间、时间中的时间！③

---

① 唐晓渡：《唐晓渡诗学论集》，中国社会科学出版社，2001，第 26 页。
② 唐晓渡：《唐晓渡诗学论集》，中国社会科学出版社，2001，第 3 页。
③ 唐晓渡：《唐晓渡诗学论集》，中国社会科学出版社，2001，第 14 页。

艺术创造遵循自身的时间，创造主体无论如何"……都不会背弃属于他的时间，不会背弃使他的作品之所以作为作品存在的自身依据。他既不会为了'进入'或'告别'某个'时期'、某种'状态'写作，也不会认同于任何意义上的'伟大进军'……他以这种坚定的个人方式写作，因为他的写作既不是在追求，也不是在放弃什么今日或昔日的'光荣'，而仅仅是在尽一个作家的本分"①。对于艺术自身时间的坚持，并不表明唐晓渡是一个追求艺术的纯粹性的唯美主义者，或是一个"纯诗"论者，正如引文所表明的，唐晓渡时刻都保持着敏感锋锐历史意识，而且对于唐晓渡来说，艺术本身也必须对历史敞开，在与历史保持经验沟通与交换的动态关系中，超越过于强大的、将一切抹平并纳入自己线性时间与整齐秩序的历史权力。艺术之所以是艺术，就在于它不是对于历史权力的消极承受。唐晓渡清楚地知道，这里所强调的一切，并非是什么新鲜的东西②，但是唐晓渡的诗学观念的意义，就在于对于新诗问题发生的具体历史情境而言，它是在一种历史的关联性中提出的敏感准确的回应。这其中最典型的，是唐晓渡提出的"个人诗歌知识谱系"或者"个体诗学"的观念：

> "个人诗歌知识谱系"具有显而易见的自我相关性质。它既是诗人写作的强大经验和文化后援，又是他必须穿越的精神和语言迷障；既是布鲁姆所谓"影响的焦虑"的渊薮，又是抗衡这种焦虑的影响，并不断有所突破的依据。使这样一个本身充满悖谬的系统具有可操作性，而又相互生成的知识，我称之为"个体诗学"。③

从理论的角度讲，"个人写作"、"个体诗学"中的"个人"、"个体"范畴，并无优越性可言，这里所需要做的，是在其历史的关联中去理解这种观念本身是如何被生产出来的，以及其意义何在。对于"个人写作"与"个体诗学"，唐晓渡讲到："我的意思不是要给它下一个确切的定义，而是要提请注意聚集在这一概念上的若干'踪迹'和'投影'。这样的'踪迹'和'投影'包括：意识形态写作、集体写作、青春期写作、对西方现代诗的仿写，或许还得加上近些年大行其道的'大众写作'和'市场写

---

① 唐晓渡：《唐晓渡诗学论集》，中国社会科学出版社，2001，第15页。
② 唐晓渡：《唐晓渡诗学论集》，中国社会科学出版社，2001，第29页。
③ 唐晓渡：《唐晓渡诗学论集》，中国社会科学出版社，2001，第113页。

作'。所有这些都有助于我们意识到'个人写作'在一个缺少'个人'传统的历史和现实语境中的针对性，及其更多从反面被界定的语义渊源"。①"个人写作"与"个体诗学"，正是在对于以上所说的非个人与反个人写作传统的断然决裂中，沉入自身的本质性的历史位置，向着历史洞开自己的巨大的写作可能性。因此，所谓"实验诗"的可能性，正在于这种写作本身作为一个动态的创造过程，向着历史的不断展开。② 但是，也同样在此意义上，作为"个人写作"与"个体诗学"的基点的"个体主体性"的确立，"它不是、也不可能被一次性地、一劳永逸地达到，而是在一个不可逆的过程中被反复重临"③。作为一个需要"不断重临的起点"，这种所谓的"个体主体性"精神，可以看作对于五四新文化传统的呼应与激活④，只是"由于中国近代历史发展的特殊形态与特殊需要，这一立场一直未从根本上得以贯彻"，然而，这种"重临"，"这种呼应和激活并不意味着简单的回归与重复，而是表现为在新的历史条件下，以新的姿态探寻新的可能性"。⑤

在肌理错综的历史内部，作为一个批评家，唐晓渡不仅非常清醒理智地说着他要说的话、做着他要做的事，而且，对于自身的所言所行的意义与限度，他常常出人意表地保持着超然的反观省思态度，这就使他的思考总是可以达到一种难得的辩证的高度。这方面的例子，可见于他对于"纯诗"问题的思考。首先，唐晓渡提出，"纯诗"是一个诗歌美学的命题，它所涉及的是诗歌艺术如何得以存在，并将继续存在下去的本体依据，它与人们看到这个词就会联想到的"诗与政治的关系"之类，不是同一个层面上的问题⑥。在新的历史语境下，面对商品化洪流的冲击，诗歌的发展迫使它越来越在更大的程度上接受美学的检验，因此，"纯诗"将越来越成为诗歌所无法回避的客观规范和价值尺度⑦，"纯诗"命题将具有多重的现实指向意义。咬住问题本身，并对之进行的冷静的、残忍的凝视，一个辩证的过程发生了，此时问题本身变成了答案（詹姆逊），"纯诗"问题被

① 唐晓渡：《唐晓渡诗学论集》，中国社会科学出版社，2001，第111～112页。
② 参阅唐晓渡《实验诗：生长着的可能性》一文，见《唐晓渡诗学论集》第43页。
③ 唐晓渡：《唐晓渡诗学论集》，中国社会科学出版社，2001，第28页。
④ 唐晓渡：《唐晓渡诗学论集》，中国社会科学出版社，2001，第30页。
⑤ 唐晓渡：《唐晓渡诗学论集》，中国社会科学出版社，2001，第30页。
⑥ 唐晓渡：《唐晓渡诗学论集》，中国社会科学出版社，2001，第49页。
⑦ 唐晓渡：《唐晓渡诗学论集》，中国社会科学出版社，2001，第54页。

无情地历史化了，它被置入纵横交错的历史肌理的关联性中，达到一种残酷的历史真实："……对纯诗的追求既不会妨碍诗人们在不同领域内对素材的占有和对不同创作方法的选择（既然它是'对语言支配下的整个感觉领域的探索'），也不应导致与现实（包括政治）无关的现象（我们的语言和感觉领域只能是现实的）；同样，它也不和诸如'非诗'成分的大量渗透和'反诗'的实验倾向根本抵牾。真正的纯诗，乃是那种无论在最传统或最'反传统'、最习以为常或最出人意表的情况下，都能体现出诗的尊严和魅力的活的诗歌因素"。① 这种辩证观念的达到，显然与新的历史时期人们的历史经验的重新获得及对其复杂性的深刻体味有关。不同于 20 世纪80 年代初期的那种步伐整齐、高亢激昂的宏大叙事，也不同于 80 年代中后期的无历史的混乱冲动，80 年代末 90 年代初以后涌现出来的这种再生的历史意识，肯定是一种可以尊重和包容差异性的历史，或者也可以说，正因为它可以尊重和包容差异性，它才是历史意识，一种更新的历史意识。在这其中，允许这种与社会历史平行的独立的艺术史的存在，允许个人本于自身的艺术经验经历一种不同于客观历史时间的"艺术时间"，并在其中伸展自己的"自由意志"，正是真实的历史肌理的构成本身。因此，艺术史本身并不是对于客观历史的否定，正是在对于后者的沉潜、深入、碰撞、摩擦、感悟中，一种新的历史观念及其规定下的诗学观念，才重新构造起来。在这一意义上，唐晓渡的诗学观念，无论是从对于历史情境言说阐释的敏感与力度上讲，还是从学理观点的构成上讲，都具有某种标志性的意义。

第二节　文本现实的历史转换

在当代的诗歌批评中，很少有人像欧阳江河那样，能从理论的角度专注地观照文本的内在构成与语词意义的复杂机制，又能以犀利而畅达的方式表达出来。虽然不是没有混乱、抵牾之处，但除了丰富的启发性之外，欧阳江河的诗论深刻地记录、折射了一种历史情景的转换，并且它自身同样深刻地经历了这种转换，因而，将一种厚实的历史感包括进那看似有着显著的文本主义和形式主义倾向的诗学观念之中。

欧阳江河将发生在 1989 年的那场风波的影响描述如下："对诗人来

① 唐晓渡：《唐晓渡诗学论集》，中国社会科学出版社，2001，第 57 页。

说，也许最重要的还不是对具体事件的看法，而是持有这些看法的人的命运。"① 的确，在具体的历史情境中，时代变故的浓重阴影，绝不像唐晓渡在论及欧阳江河的观点时所认为的，它们只是起到了对于有着独立进程的诗歌发展"高速催化"的作用②，历史真实地进入了曾被认为是自律、自足的诗歌史与文本内部。在语境的剧烈震荡与挫动面前，一种深刻的改变从诗歌的内部发生了，这种改变从诗歌主体的改变开始。在欧阳江河早期的一篇诗论《对抗与对称：中国当代实验诗歌》中，诗歌主体的经验与灵魂深度，曾被认为是无须见证的支撑诗歌文本真实的唯一基础，且这种真实也不必为自己仅仅停留在"主观的真实中"而感到不安，因为在这种"孤立、简单、绝对"诗歌要素之下，实际上是一个也具备同样性质的"光秃秃"③ 的主体。这个主体也许是一个文化或反文化的主体，是一个"生命"的主体，但却不是一个有着丰富的历史规定性的历史的主体，无论是以"对抗"还是"对称"的姿态，都不足以建立起与具体的历史情境之间的更复杂的意义牵连，及对于历史的更有效的处理方式。这一点是 20 世纪 80 年代中期以来，先锋诗歌"后现代面孔下的现代性变革"的根本缺陷，同样，如王家新所说，"这就是为什么这些年来一旦社会生活发生震荡，诗歌一下子就显得那么苍白、虚幻、不真实的原因"。④ 情况在 1989 年之后的诗歌写作中的变化，在欧阳江河的描述中，就是诗歌主体的"知识分子"历史身份的确立。以"知识分子"身份进入诗歌写作，意味着"为自己的阅读期待而写作"⑤，这其中包含着两方面的意思：一方面，这意味着此前空洞的、悬浮的诗歌主体被赋予了具体的、丰富的身份内涵，它本身被具体化了，"这一命题中的'自己'其实是由多重角色组成的，他是影子作者、前读者、批评家、理想主义者、'词语造成的人'。所有这些形而上角色加在一起，构成了我们的真实身份：诗人中的知识分子"。另一方面，就"知识分子身份"而言，它本身也包含两层意思，一是说明写作带有了工作的和专业的性质，二是说明了诗人不仅在一般的社会阶层

---

① 欧阳江河：《89 后国内诗歌写作：本土气质、中年特征与知识分子身份》，《花城》1993年第 5 期。
② 唐晓渡：《唐晓渡诗学论集》，中国社会科学出版社，2001，第 106 页。
③ 欧阳江河：《对抗与对称：中国当代实验诗歌》，《艺术广角》1989 年第 1 期。
④ 王家新：《夜莺在它自己的时代》，东方出版中心，1997，第 110 页。
⑤ 欧阳江河：《89 后国内诗歌写作：本土气质、中年特征与知识分子身份》，《花城》1993年第 5 期。

中、而且也在知识分子阶层中的边缘人身份，因为诗人既不属于行业化的
"专家性"知识分子，也不属于"普遍性"知识分子。在这种诗人身份的
集体转换中，"显然有某些非个人的因素在起作用"①，这一非个人因素就
是历史。是历史场景的深刻变迁，赋予了诗人以新的历史身份与社会地
位，迫使试图继续写作的诗人重新定位、重新设计自身。在这其中，那些
真正有实力的诗人，会确立起一种新的姿态与新的品格来重新面对变化了
的现实："诗歌中的知识分子精神总是与具有怀疑特征的个人写作连在一
起的，它所采取的是典型的自由派立场，但它并不提供具体的生活观点与
价值尺度，而是倾向于在修辞与现实之间表现一种品质，一种毫不妥协的
珍贵品质"。② 在此前提下，欧阳江河不仅将知识分子写作看作是以偏离权
力、消解中心的姿态③，对于"群众写作"与"政治写作"包括"'普遍
性话语'代言人"与"带有表演性质的地下诗人"式的写作的终结④，而
且在更大的范围内，将写作看成一方面是偏离终极事物和笼统的真理、返
回具体的相对的知识的过程，另一方面又保留着对于任何形式的真理的终
生热爱。⑤ 对于真理的热爱是"知识分子写作"的基本精神特质，而偏离
则是对于中心性的、整体化的话语权力的警惕与质疑。

对于中心与整体的偏离并不意味着放弃历史，"我们称之为历史的东
西，实际上并不是已知时间的总和，而是从中挑选出来的特定时间，以及
我们对这些时间的重获、感受和陈述。它一旦从已知时间中被挑选出来，
就变成了未知的、此时此刻的、重新发明的"。⑥ 这里就涉及"89后"的
"知识分子写作"的又一"线索"：中年特征。欧阳江河起用这个隐喻性质
的、引起许多不必要的含混的概念，所要表达的意思，大概是一种对于时

---

① 欧阳江河：《89后国内诗歌写作：本土气质、中年特征与知识分子身份》，《花城》1993
年第5期。

② 欧阳江河：《89后国内诗歌写作：本土气质、中年特征与知识分子身份》，《花城》1993
年第5期。

③ 欧阳江河：《89后国内诗歌写作：本土气质、中年特征与知识分子身份》，《花城》1993
年第5期。

④ 欧阳江河：《89后国内诗歌写作：本土气质、中年特征与知识分子身份》，《花城》1993
年第5期。

⑤ 欧阳江河：《89后国内诗歌写作：本土气质、中年特征与知识分子身份》，《花城》1993
年第5期。

⑥ 欧阳江河：《89后国内诗歌写作：本土气质、中年特征与知识分子身份》，《花城》1993
年第5期。

间的复杂的体验与感受方式，这同时也将意味着对于以时间为形式的经验的多样化的处置、组织与表达：与"青春期写作"对"有或无"这样的整体性的本体论问题的笼统关注不同，在"中年写作"中，最重要的是"多或少"、"轻或重"这样的表示量与程度的问题，因为在现实经验领域，我们面对的首先是经验本身的具体而有限的连续性，而只有被限量的事物与时间也才真正属于个人、属于生活和言语。① 于是，从前在空泛的文化沉思与本质探询中被那些宏大的语词与叙事推到遥远的"别处"的历史机体，在一种变化了目光与态度面前，猛然之间被发现就是触手可及的身边事物，与此同时反过来，从前的写作就如同手中的望远镜被颠倒过来，看起来一下子变得遥远与不真实。那种抽象悬空的诗歌姿态终结了，取而代之的是对于历史机体本身的沉潜与深入，至少，这样的诗歌姿态与诗歌方式，没有理由拒绝与阻止历史本身对于诗歌的"强行进入"。

这样的历史转换如何体现在文本与话语的层面上，或者说因之而采取的文本与话语策略，无疑是欧阳江河的兴趣专注之所在。在向着历史的跌落中，诗歌中的"本土气质"的确立，应该是文本现实的历史转换的标志之一。因为"本土气质"既不能在大而化之的文化本质的追问与反抗中确立起来，也不容易在极端的个性书写与私人话语中体现，它只能在无限的历史关联中的中介性位置上体现出来，也就是"在话语与现实之间确立起来"②。可以看到，这里是对于诗歌本身与历史的关系的一种根本性扭转：由与历史的"对抗"或"对称"的关系确立起自身的"超越性"位置，到将自身置入历史肌理的现实牵连之中。由此导致的，不仅仅是文本中出现的写作场景的变化，比如，在诗歌写作中经常出现的处于私人生活与公共生活之间的"中介性场景"③，而且，对于诗歌而言更具实质性意义的转换，在于话语构成策略的全面置换：

这意味着我们实际上不再采用一种特殊语言——例如，18 世纪英

---

① 欧阳江河：《89 后国内诗歌写作：本土气质、中年特征与知识分子身份》，《花城》1993年第 5 期。
② 欧阳江河：《89 后国内诗歌写作：本土气质、中年特征与知识分子身份》，《花城》1993年第 5 期。
③ 欧阳江河：《89 后国内诗歌写作：本土气质、中年特征与知识分子身份》，《花城》1993年第 5 期。

国"新古典主义"诗人们依据贺拉斯在《诗艺》一书中提出的"仪轨"准则所采用的"诗意辞藻"——来写作，而主要是采用一种复合性质的定域语言，即基本词汇与专用词汇、书写词根与口语词根、复杂语码与局限语码、共同语与本地语混而不分的语言来写作。①

与此相关联，涉及的是"语码转换"与"语境转换"。前者指的是"在同一次对话或交谈中使用两种甚至更多的语言变体"，而后者则是指"……在同一个作品中出现了双重的、或者是多层的上下文关系"（同上）。作为对于变化了的写作场景的回应，在这种话语策略的深刻转换中，不仅历史经验被诗歌话语的复杂构成牵连与网罗进文本，而且这种话语构成与话语策略本身，就给出了一种新的诗歌历史经验与诗歌历史本质。就诗歌本身也作为世界的经验模式与理解方式而言，诗歌也就因此幸运地陷入了与历史的更深层次的错综与缠绕中。诗歌的这种复杂的话语构成结构，实际上打破了"个人写作"、"个体诗学"中的把"个人"与"个体"当作写作意义的最后依据的神话：在欧阳江河看来，人们所想象的那种绝对的、纯粹的"个人语境"，从来就是大可质疑的，因为即便是在所谓"个人语境"中，"词与物的初始联系并不像看上去那么单纯，就其起源而言，早已布满了外在世界所施加的阴影、暴力、陷阱"，这其中的缘故就在于，由文本所规定的词语的意义，一旦进入由交叉见解构成的公共语境，"……一方面个人语境难以单独支撑意义，另一方面它又无力排斥公共理解所强加的意义"②。在这样一个被欧阳江河称为"升华"的过程中，词语的文本意义可以以"类型化"的方式，凭借一种由某个权力机制或者神话结构所规定的二元对立模式自动获得，而诗人亦可以由此界定自己的文化身份与写作立场。在这种情形下，意义的语境压力和经验的具体规定性消失了，成为一个空洞的修辞结果，而诗人主体也因此绕过了严肃的自我分析。由此确立起来的写作方式，成为一种在词与物、词与"反词"（在二元对立的类型化的意义模式中，与一个词的意义相反的意义结构的另一极）之间的凌空蹈虚的"转译"，成为一种没有精神内涵的姿态。然

① 欧阳江河：《89后国内诗歌写作：本土气质、中年特征与知识分子身份》，《花城》1993年第5期。
② 欧阳江河：《当代诗的升华及其限度》，见欧阳江河《谁去谁留》，湖南文艺出版社，1997，第269页。

而，问题不在于词语的公共性质，也不在于词与"反词"之间的"转译"，问题的关键在于，为词的意义公设寻找不可通约、不可公度的"反词"，为"转译"的语境找到个体经验的限制，这被欧阳江河称为"个人化的反词立场"："反词是体现特定文本作者用意的一个过程，这个过程将词的意义公设与词的不可识读性之间的紧张关系精心设计为一连串的语码替换、语义校正以及话语场所的转折，由此唤起词的字面意思、衍生歧义、修辞用法等对比性要素的相互交涉，由于它们都只是作为对应语境的一部分起临时的、不带权威性的作用，所以彼此之间仅仅是保持接触（这种接触有时达到迷宫般错综复杂的程度）而不强求一致，也不对差异性要素中的任何一方给予特殊强调或加以掩饰"。[1] 欧阳江河的观念在此不是没有问题的，比如，这里所谓的"个人化的反词立场"由什么来支撑与保障呢？既然"个人语境"无法保证其纯粹，那么"个人化的反词立场"就不能由公共语境横加侵扰吗？既然已经撕破了有关"个人"的神话，又何必在问题的解决上进行此方面的无效诉求呢？

不过从总体上看来，欧阳江河的诗论反映出的，是诗歌观念被历史意识进行的深刻改写，在这其中，一些类似后现代观念的引入，打碎了凭借"对抗"与"对称"的方式确立艺术与历史关系的幻觉，并且对于这种关系重新进行了历史化的规定。然而，欧阳江河的诗论，从总体精神上也仍然以一种诗歌的现代性的自我建构为最终的指归，因为，欧阳江河最终仍然将诗人看作游离于历史之外的、具有追根溯源的先验气质的"一群由词语造成的亡灵"[2]——虽然在这样的表述中，依然可以看到历史的伤痛、嗅出历史的气息，并且依然可以把它看成是在对于历史的全面接纳与诸多纠葛之后，被历史所允许与在历史中所可能作出的诗歌自身确立的一种姿态。

第三节　向历史跌落中的"自我意识"

王家新的诗学观念，代表了一种新诗在 20 世纪八九十年代以来的尤其是 90 年代以来诗歌本身的"自我意识"建构与演历的过程。这与他们这

---

[1]　欧阳江河：《当代诗的升华及其限度》，见欧阳江河《谁去谁留》，湖南文艺出版社，1997，第 283~284 页。

[2]　欧阳江河：《89 后国内诗歌写作：本土气质、中年特征与知识分子身份》，《花城》1993 年第 5 期。

一代人的成长环境及写作语境的跌宕、变动有关，新诗本身伴随着他们写作的成熟也逐渐走向成熟。这其中，新诗"自我意识"的高度自觉并不断丰富复杂化，就是成熟的重要标志之一。王家新在早年的一篇诗论《人与世界的相遇》中，就明确地谈到了这一点："就我们这代人来说，写诗的过程好像就是诗本身逐渐意识到自己的过程"。① 而在这样的一种过程当中，王家新的观念又显然具有突出的代表性。

诗歌本身的"自我意识"，既不同于"自我中心"论，也不同于所谓的"自我表现"论。就前者而言，"自我中心"论不是走向自我封闭，就是用一种绝对的"自我"君临一切，于是诗歌再次降低为自我的"工具"②；就后者而言，"自我表现"论的出发点，却是抽象的人性价值与模式。③ 与此相反，诗歌本身的"自我意识"，只能在"人与世界的相遇"中、在对于主体自我的超越中凸显。"人与世界的相遇"始终是王家新的"诗歌理想"④，不过，诗歌"自我意识"在王家新诗学观念中的体现，诗歌"自我意识"的构成，随着王家新诗学观念的变化，也有一个变迁的过程。

在 20 世纪 80 年代，与其当时的写作实践相应，诗歌的"自我意识"在王家新那里，主要体现为一种对于诗歌本体论观念的自觉。不过这种观念不一定来自"新批评"派的理论，可能倒是主要与中国古典诗学的观念相关。这一观念自觉的过程，开始于由"以我观物"到"以物观物"的人与世界关系的转换，以此破除"自我"的牢笼："创作是必须从自我开始时，但'自我'却往往是一座牢房。只有拆除了自身的围墙，我们才能真正发现人与世界的存在，才能接近诗并深入它"⑤。这时，诗人便可以从诗的表层退出，让他所创造的世界替他说话，让诗歌本身通过他开口歌唱。⑥ 诗歌本体论观念的自觉，是"新生代"以后诗歌的共同趋势，但是王家新抵达这一观念的途径，虽说也许会有海德格尔之类的影响，但结合其写作实际看，可能更多的是本土性的文化灵魂的本原呈现。这一点，可以回应对于王家新过于依赖西方资源的"洋"化倾向的指责，并且它也决定了 90

---

① 王家新：《夜莺在它自己的时代》，东方出版中心，1997，第 1 页。
② 王家新：《夜莺在它自己的时代》，东方出版中心，1997，第 2 页。
③ 王家新：《夜莺在它自己的时代》，东方出版中心，1997，第 79 页。
④ 王家新：《夜莺在它自己的时代》，东方出版中心，1997，第 42 页。
⑤ 王家新：《夜莺在它自己的时代》，东方出版中心，1997，第 2 页。
⑥ 王家新：《夜莺在它自己的时代》，东方出版中心，1997，第 4 页。

年代以后王家新的诗学思考路径与关注重心。

90 年代以后，王家新诗学观念中带有根本性的重要转变之一，"是不再把文学视为一种抽象的言说，而是把它作为一种和具体的社会历史及权力运作相关联的'话语'来看待；换言之，文学作为个人言说，它只有（也总是）和某一时代人们要说什么、怎么说以及对谁说这一系列话语实践发生深刻关联才能获得自身的意义"。① 因此，虽然"诗歌永远是人与世界相互演变（在语言中）而成的一种境界"，但是面对新的生存与历史语境，"人与世界的相遇"比之古典诗歌境界，要"相遇"得更为尖锐也更为复杂。② 随着社会的全面市场化转轨，"大众传播、大众文化的兴起，正以商业化社会特有的贪婪，无情地吞噬着这个时代仅存的精神"③，诗歌彻底散失了"文化"的精神掩体，直接彻底地暴露在了比以往任何时代都更加严酷的生存压力之下。这时的诗歌写作便再无路可退，同时，也宣布了任何凌空蹈虚的、"为永恒而操练"的写作方式的苍白无力与无效。这时诗歌的"自我意识"，体现为一种"向着历史的幸运跌落"中的"自我疗治"，即以一种富于巨大的历史包容性的写作方式，去"承担"诗歌的命运、诗人的命运、时代的命运。在王家新看来，在当下的历史境遇中，"承担"本身就是自由，不可能再有别的自由，而这种"承担"的自由正是中国现代诗多少年来最为缺乏的能力与品格。就这种"承担"的具体内涵而言，"……它首先意味着的是把我们自己置于历史与时代生活的全部压力下来从事写作；同样，这种承担也不限于某种道德姿态，它在今天还会要求我们从一个更为开阔的视野来反观我们自身的文化构成"④。在这两个方面当中，前一方面所涉及的就是"个人写作"的问题。

"个人写作"是一个在特定的历史语境之下提出的诗学概念，"这个历史语境就是多少年来这种或那种意识形态对我们的塑造，更远地看，还有几千年以来的文化因袭"。⑤"个人写作"的出现，意味着诗歌写作（包括阅读）的共同规范与标准的散失，意味着裂变在诗歌内部甚至是先锋诗歌

---

① 王家新：《夜莺在它自己的时代》，东方出版中心，1997，第 198 页。
② 王家新：《夜莺在它自己的时代》，东方出版中心，1997，第 42 页。
③ 王家新：《夜莺在它自己的时代》，东方出版中心，1997，第 129 页。
④ 王家新：《夜莺在它自己的时代》，东方出版中心，1997，第 113 页。
⑤ 王家新：《夜莺在它自己的时代》，东方出版中心，1997，第 78 页。

内部业已发生，一个充满差异性的时代已经到来。这也就抵达或者说回到了这样一种状况：在艺术领域，没有针对所有人的真理，而只有针对个别人的真理，宣称占有了普遍真理只能是一种虚妄。这是因为，在艺术领域，差异本身就是真理。① 在此前提下，"个人写作"将自身置于广阔的文化视野、具体的历史语境与无穷的人类生活样态之中，也因此，王家新在这里仍然继承着他早期的基本诗学观点："其实在我看来个人写作恰恰是一种超越了个人的写作"。② 当然也可以说，这是在新的语境下，对于原有的诗学观点的进一步充实与深化，或者更准确地说，是对于原有的诗学观点的深刻的历史化：因为在王家新看来，现在最需要的就是"……一种历史化的诗学，一种和我们的时代境遇及历史语境发生深刻关联的诗学"③。可以从此种诗学视角来总结"个人写作"："在80年代末我们所经受的一切，并没有使我们返回到类似于早期今天派那样的写作之中，而是以个人的方式对诗歌的生存与死亡有所承担"。④

"承担"的第二方面的含义，要求从一个更为开阔的视野来反观我们自身，以及当代汉语诗歌的文化构成，这里涉及的，是"中国话语场"与"现代诗歌的自我建构"的问题。国内的批评领域中存在的王家新所谓的"非历史化的理论悬空倾向"⑤，导致了批评与诗歌文本实际的脱节并最终导致批评本身的失效，而西方的种种"非历史化"的阐释话语的消极影响，也同样有可能以这种或那种方式，作用于当下中国作家和诗人的写作意识和叙事行为⑥。比如说，这种阐释话语无视其对中国语境实际的隔膜，一再要求中国诗歌成为意识形态对抗的产物，或者以某种方式暗示，中国诗歌的价值，正在于其由对于中国性与政治性的背离而获得的某种"普遍性"。这些似是而非的结论都很可能对于国内的诗人产生危险的导向作用，这样的危险就在于，它有可能使诗歌写作脱离"中国语境"与"中国经验"的实际，无视话语的具体性与差异性，去按照西方阐释话语所遵循的判断逻辑与价值标准去写作，以求得与国际诗歌的

---

① 王家新：《夜莺在它自己的时代》，东方出版中心，1997，第77页。
② 王家新：《夜莺在它自己的时代》，东方出版中心，1997，第78页。
③ 王家新：《夜莺在它自己的时代》，东方出版中心，1997，第82页。
④ 王家新：《夜莺在它自己的时代》，东方出版中心，1997，第79页。
⑤ 王家新：《夜莺在它自己的时代》，东方出版中心，1997，第74页。
⑥ 王家新：《夜莺在它自己的时代》，东方出版中心，1997，第105页。

"接轨"。那样做的结果是，中国诗歌必将付出面对现实、处理现实的品格和能力的弱化甚至散失的代价①。这就有必要提出"中国话语场"的问题："提出'中国话语场'，我想正是从一个更大的范围看到了语境的差异性、具体性以及它对写作的限定和要求"②，具体讲来，就是"为了使我们的写作在我们所意识到的历史条件下重新达到一种自我限定，重新考虑我们的写作依据，差异性、具体性及指向性等问题"，自觉地置身于这个充满活力的话语场中，我们就有可能把诗歌写作从"纯诗的闺房"中引出，恢复社会生活与语言活动的"循环往复性"，并在诗歌与社会总体的话语实践之间，重新建立一种"能动的振荡"的审美维度。③

　　前面提到，正是从"国际视野"出发，才提出"中国话语场"的问题。因而，这个话语场不是与世界隔绝的，相反，它集中体现了当今世界各种话语的交汇与冲突④，也正是在这样的情形下，它成为中国现代诗歌自我建构的现实语境。20 世纪 90 年代以来，中国新诗一直处于一种对于自我身份的文化焦虑中，而中国新诗又是一开始就没有自己的文化身份的存在，因为新诗的历史就是开始于一场"全盘反传统"的"弑父"行为，在"文学革命"的旗帜下，彻底割断了与自身文化及语言传统的关系。⑤因而，在这样的情形之下，如果说，"中国话语场"的提出只是在全球文化的视野中进行的新诗自我反思的第一步，那么在"中国话语场"的现实关联中，作为一种艰巨复杂的话语实践而展开的"中国现代诗歌的自我建构"，则成为新诗自我意识的更为具体、完整的顽强涌现。"自我"的建构需要多重的参照系统，由于历史的原因，新诗作为一个迟到的"模仿者"，一直与西方诗歌的关系较为密切，然而，90 年代以来中国诗歌写作中最优秀的部分，已经在艰巨的努力中逐渐改变了这种关系，具体地讲，就是由与西方诗歌之间的单向度的"影响与被影响"关系，逐渐转向对于西方诗歌主动的"改写"与"误读"的平行、互文关系。类似的情形，也出现在与古典诗歌传统之间：古典诗歌的传统作为新诗自我建

---

① 王家新：《夜莺在它自己的时代》，东方出版中心，1997，第 111 页。
② 王家新：《夜莺在它自己的时代》，东方出版中心，1997，第 114 页。
③ 王家新：《夜莺在它自己的时代》，东方出版中心，1997，第 116 页。
④ 王家新：《夜莺在它自己的时代》，东方出版中心，1997，第 117 页。
⑤ 王家新：《中国现代诗歌自我建构诸问题》，见《诗探索》1997 年第 4 辑。

构的重要参照系统之一被重新引入现在，但也不再是一种"继承与被继承"的关系，而是更多地作为"缺席的在场"，隐匿在诗歌写作的深处。王家新的这一类说法，虽然不无大而化之的浮廓空洞之处，但也确实体现了新诗在强烈的自我意识之下的文化自觉，以及其应该具有的某种文化抱负、尺度与理想。①

王家新在其诗学随笔《卡夫卡的工作》② 一文中指出，卡夫卡属于那种难以归类的作家，但是又恰恰是"作家中的作家"，因为在卡夫卡的工作的中心地带，是我们这个世纪的文学在巨大的压力下所形成的对其自身的意识。正是在卡夫卡的无法归类的边缘性写作中，或者说，正是在这种原有的文学分野的瓦解中，文学自身的性质倒是凸显了出来。可以看到，类似的情形也发生在中国的当代文学、包括当代诗歌之中③。这样，对于卡夫卡的讨论，便意味着对于来自卡夫卡那里的"对写作的召唤"的回应与对诗人自我的重新设计，"而这一切，势必会成为当今文学自我意识的一部分。正是这种自我意识将引领写作走出原有的封闭体系，而在一种更为开阔的历史语境中形成它自身"④。因此，就其写作的性质与地位而言，王家新之于当代诗歌，正如卡夫卡之于 20 世纪文学，他对于卡夫卡所说的也正适用于他自身。如前面说过的，王家新的意义，就在于他身上所体现出的新诗在 20 世纪八九十年代之际逐渐生成与强化的自我意识。但这种类比可能会让人感到疑惑与沮丧的是：这是否只是又一次的"迟到"？首先可以看到的问题的乐观的一面是，中国新诗艺术上的现代性建构与长足长进，正是 90 年代以后的中国历史所给予新诗写作的召唤与可能，而实现这种可能的必由之途，在于遵照使王家新受到激励的福柯"把现在'英雄化'"⑤ 的现代性态度。因为，福柯借阐述波德莱尔所道出的这种现代性态度，与其说是说明了某一阶段的历史的本质，倒不如说是说出了某种程度上的艺术的本质，至少是某种艺术地面对历史、理解历史的态度。由此出发，在中国新诗的艺术现代性问题上，人们便可以从容地也是根本性地回答上述的问题。

---

① 王家新：《中国现代诗歌自我建构诸问题》，见《诗探索》1997 年第 4 辑。
② 王家新：《卡夫卡的工作》，见《夜莺在它自己的时代》，代序，东方出版中心，1997。
③ 王家新：《夜莺在它自己的时代》，东方出版中心，1997，第 86 页。
④ 王家新：《卡夫卡的工作》，见《夜莺在它自己的时代》，代序，东方出版中心，1997。
⑤ 王家新：《夜莺在它自己的时代》，东方出版中心，1997，第 309 页。

第四节　现代性历史观念认同下的"写作主义"

在对于现代性历史观念的认同之下，对于新诗自身的合法性等问题进行辩护，并且将这种观念本身落实为对于现代诗歌的可能性——"写作"的指认，是臧棣的诗歌批评和诗歌观念的主要取向。

现代性本身是一个歧义纷呈的概念，但一般说来，它包含着一种对于历史的理解与指涉，虽然现代性经常被赋予一种"历史的自我崇拜"、自我指涉的形象。具体到中国新诗的问题，在臧棣看来，就其评价等问题而言涉及一系列的难题，"而用新诗的现代性的框架以解决新诗的评价问题，也许是我们迄今所能发现的最可靠的途径"。这是因为，"在我看来，新诗对现代性的追求——这一宏大的现象本身已自足地构成一种新的诗歌传统的历史。而这种追求也典型地反映出现代性的一个特点：它的评判标准是其自身的历史提供的"。① 在这种情形下，现代性被认定为一种对于未来的投身与敞开，而非对于过去的继承，它的原创性力量在于它对于自身存在的确认，它的魔力也就在于它有能力为自身制定规则与标准。由此而来的价值评判，最终实际上只能是一种自我评判，因为这种评判所需的标准与尺度，都来自其自身而无法从外部获得。从这样的现代性的评判框架来考量新诗的结论是，"新诗的诞生不是反叛古典诗歌的必然结果，而是在中西文化冲突中不断拓展的一个新的审美空间自身发展的必然结果。并且，这个新的审美空间的自身发展，还与中国的不可逆转的现代化进程紧密联系在一起。"② 于是，此中的逻辑是，不但"传统"的概念与说法本身是在现代性的视野中才浮现出来，而且现代与传统之间的连续性，也被臧棣认为是一种"心理预设"，因而就新诗来说，不存在与古典诗歌之间的语言同构关系，而反传统也只是一种表象，它所追求的只是不同于传统，拒绝传统用其自身的审美规范逾界来衡量新诗。最后的结论是，新诗有其自身的传统，自己相对封闭的审美空间，现代性本身的内在逻辑是决定新诗的面貌和走向的根本力量。③ 臧棣的说法，应该说准确地道出了某种新诗的研究和评价中最容易被导向的惯性思维模式的狭隘与局限所在，对于缓解

---

① 臧棣：《现代性与新诗的评价》，《文艺争鸣》1998 年第 3 期。
② 臧棣：《现代性与新诗的评价》，《文艺争鸣》1998 年第 3 期。
③ 臧棣：《现代性与新诗的评价》，《文艺争鸣》1998 年第 3 期。

新诗的"影响的焦虑"有相当的意义，用现代性观念对于新诗的合法性进行辩护也有相当的力度，可以打开人们思考与评价新诗的视野。但是也并非没有可以商榷之处，其中最主要问题在于，一方面，臧棣好像把现代性理解为一种实体或者实在的东西，而非一种思考范式与叙事策略，这与通常对于现代性的理解相左，可能也非臧棣本人的初衷（因为如果现代性本身就是实体或者实在，它本身也就成了需要别的观念与范式支撑与论证的东西，成了需要被辩护的东西），而这就使得其论述在很大程度上成了同义反复：用来为新诗作辩护的东西，正是作为一种阐释模型与叙事策略加在新诗之上的东西；另一方面，臧棣对于现代性的限度本身很少有反思的态度，比如他很难接受后现代性的维度以及由之而来的对于现代性的拆解与批判①，因而把现代性绝对化了："我想在新诗的评价与新诗的现代性之间强调一种价值同构关系，应该说是合乎情理的。至少现代性应该既是这种评价的出发点，又是它的归宿"②。新诗的现代性诉求问题本身，是近些年来对于新诗问题的一种思考维度与新诗历史的一种叙述模式，比如唐晓渡就写过《五四新诗的现代性问题》的文章。但是包括唐晓渡的文章在内，通过现代性的框架更多的也更重要的发现，是新诗在这种诉求中的偏颇与局限、缺失与遗憾，今天所处的历史位置，也应该使人们在一个更高的层次上、从一个更开阔的视野中来考察新诗的问题。就以现代与传统的关系为例，古典语境中的那种对于连续性与同构关系的理解诚然包含着幻觉的成分，但仅仅以现代性的"断裂"姿态自居也很难让人信服，因为这只是新诗本身已经存在的问题和人们已经知道的道理。在这类问题上，显然需要一种更复杂的态度与更辩证的观念。

尽管如此，臧棣的诗学观念也仍然是值得重视的。因为，就这种诗学观念本身对历史的理解与关联性而言，如果将这种观念本身予以历史化，那么，这种观念的可能性与限度也仍然是当下历史给出的，由此，可以得到对于历史与对于诗歌的双重理解。可以从臧棣对于"后朦胧诗"的批评入手看起。在这里臧棣对于现代性的观念与态度是一贯的。臧棣在《后朦胧诗：作为一种写作的诗歌》③ 一文中认为，"汉语现代诗歌应该在一场激

---

① 臧棣：《假如我们真的不知道我们在写些什么》（访谈），肖开愚、臧棣、孙文波编《从最小的可能性开始：中国诗歌评论》，人民文学出版社，2000，第281页。
② 臧棣：《现代性与新诗的评价》，《文艺争鸣》1998年第3期。
③ 臧棣：《后朦胧诗：作为一种写作的诗歌》，《文艺争鸣》1996年第1期。

进的语言实验中来重新加以塑造；不仅如此，还应把汉语现代诗歌的本质寄托在写作的可能性上"，而对于写作来说：

> 写作发现它自身就是目的，诗歌的写作是它自身的抒情性的记号生成过程，针对诗歌的写作不再走向诗歌，不再以成为诗歌为目的，它开始作为一种独立的语言领域向诗歌敞开。诗歌的本文性已不再被写作毫无主见地追踪，写作本身包含着诗歌，诗歌的本文性可以在这样的写作所触及的任何地方生成。在古典的诗歌写作中，写作小于诗歌，至多是等于诗歌；而在后朦胧诗的写作中，写作远远大于诗歌。

在过去的时代里，写作只是诗歌产生过程中的一个可以忽略的阶段，而现在，诗歌反过来要由写作来规定，大于诗歌本身的诗歌可能性——写作，表明了一种对于历史的乐观主义的信赖与指涉。这里当然也是这种"写作主义"与20世纪80年代的"莽汉主义"之"行为主义诗学"区别开来的地方：这种"写作主义"仍然具备一种力图赋予诗歌一个历史位置并开创一个话语空间的明确意向，不管其结果如何，这本身已经深深地陷入历史之中了，一种对于历史语境虽不确定但却也绝非盲动的感应与指归；而"莽汉"则体现为悬空的无历史的文化喧闹与行为冲动，对于"莽汉"来说，行动远远大于语言，语言以其堤坝的彻底崩溃成为无限度的个性张扬的牺牲品，同时牺牲的还有诗歌本身。在臧棣的观念中，写作是"对现存语言秩序采取行动主义"，就其作为"脱胎于行为主义的一种新的信仰"[①] 来说，可以说是"莽汉"精神的某种程度的继承，但根本的区别在于，这种写作的行为主义是在语言中发生的，通过语言，写作进入历史，并且在这里遭遇到自身的历史限度。臧棣反对那种将写作的可能性不加控制地恣意挥霍的做法，"写作的可能性是后朦胧诗的起点，也是它主要的写作内驱力之一。它的先锋性在于它为束缚在中国现代诗歌的写作上的绝对的价值标准松了绑绳。但在历史的具体的写作情境中，写作的可能性也不会是纯粹无限的，它自身必然渴望同历史的趋向性结合起来"。[②] 也就是说，当写作推进到一定的程度以后，写作主体需要为自身所面对的写

---

① 臧棣：《后朦胧诗：作为一种写作的诗歌》，《文艺争鸣》1996年第1期。
② 臧棣：《后朦胧诗：作为一种写作的诗歌》，《文艺争鸣》1996年第1期。

作可能性划定出一个历史的写作限度。在臧棣看来，这种写作的限度在 20 世纪 90 年代以后逐渐明确起来，那就是写作可能性地向着诗歌个性的收缩。但是臧棣在这种写作限度的指定与言说中，也仍然没有达到对于现代性观念的反思的地步，因此也很难令人感到满意，因为臧棣虽然意识到了现代性内部的"革命"的转型机制①的局限性，但他也仅是再次借用和重复了这种局限性。这也就是说，臧棣所谓的写作限度，只是现代性本身对于自身历史（写作）的"断裂"与压抑机制的体现，从而这也使得这种对于"限度"的提法显得过于简单和空洞，而这又导致对于历史的单向度理解。历史既是给出者也是接受者，既是原因也是结果，在这样的前提下，才可以谈论一种深刻的历史性。否则，只有沉溺于思想范型的偏颇（从某种意义上讲，范型都是偏颇的，问题就在于能否对之进行一种历史化的理解）中不能自拔。臧棣诚然讲过，诗歌是历史的异端，但这并不能简单地理解为诗歌对于历史的超脱与非历史性，而只是艺术现代性在历史中的自我确立本身，因为这种所谓的"异端"，只不过是"……幻想在意识形态的话语系统之外，创造出一种独立的自足的权力话语"②。实际上，臧棣将对于现代性观念的偏执一直带入写作艺术的内部，因此，作为不断敞开的诗歌可能性的写作与作为"自在之物"③ 的文本之间，也即"写作的可能性"与"写作的文本性"之间的"亲近和缠绕"④，这时就成了始终难以压抑抹平、阐述清楚的暧昧难明之处，而这也使得关于技艺等问题颇难调停。其实这里是走到了现代性观念本身的边缘之处，是现代性的"断裂"与压抑机制最显豁的终极呈现："自在之物"作为乌托邦照亮与召唤着一个永恒的"现在"，从而不断地将身后的历史"断裂"并压抑进黑暗的"过去"之中。现代性的这种"断裂"机制本身是非历史的，它是现代性观念本身的意识形态。

或许正是对于现代性观念本身的偏执，与对于历史简单化的单向度理解与指涉，给了臧棣的诗学观念以一种乐观的色彩，这并非不真实，也不是没有意义。但是与其乐观地理解与指向历史，倒不如指向一种值得乐观

---

① 臧棣：《现代性与新诗的评价》，《文艺争鸣》1998 年第 3 期。
② 臧棣：《后朦胧诗：作为一种写作的诗歌》，《文艺争鸣》1996 年第 1 期。
③ 臧棣：《假如我们真的不知道我们在写些什么》（访谈），肖开愚、臧棣、孙文波编《从最小的可能性开始：中国诗歌评论》，人民文学出版社，2000，第 284 页。
④ 臧棣：《后朦胧诗：作为一种写作的诗歌》，《文艺争鸣》1996 年第 1 期。

的历史真实，那就是，当代的诗歌在艺术的现代性建构之外，显然还有更广阔的实验与书写空间，而当下的历史实际也已经毫不吝啬地给出了这种可能性。

就 20 世纪八九十年代以来所发生的这一中国新诗诗学观念的现代性重新建构过程来说，从以上的描述中可以看到的一个特征就是，这种诗学观念重构的过程，始终伴随着一种对于历史的不断的理解与接纳的过程，并且正因此，也就可以看成是从观念上将诗歌的可能性不断向着历史敞开的过程。在这样的过程中，现代性观念不仅帮助人们走向与理解了历史，同时也帮助人们反思与建构了新的诗学观念，或者说，是在走向与理解历史的过程中重新反思与建构起了新的诗学观念。因此，现代性本身在此间表现为一种艺术的、审美的现代性与历史现代性融合生长的形态。这不仅是理解这一时段的诗学观念的锁钥，也是现代性观念本身的新生。

第六章　现代性与后现代性
张力中的诗学观念

当代先锋诗歌的诗学观念的演进，是不可能被这两种动向："后现代面孔下的现代性变革"与"历史意识的再生与诗学观念的现代性重构"所全部囊括的。事实上，在具体的历史情势之下，前面描述过的这种现代性与后现代性的错综张力关系，不是减缩了而是拓展了观念空间与诗学话语的可能性，因此，还可以看到这一关系之下的诗学观念的多样性发展与多向度流变。现代性与后现代性的张力关系，存在于一种具体的历史语境之中，或者说，这一关系真切说明或者具体指向了后者——在这里观念真实而又具体地遭遇了历史，而在这种关系中生长起来的诗学观念，不一定每一种都以内部张力或裂隙的方式来复写这种关系，它们可能是在以种种方式穿透、偏离、澄清、深化着这种关系。这一切共同加入了诗学观念的历史情境的建构。此类处于现代性与后现代性张力中的多元演进与多维指向的诗学观念，在以其更为复杂的构成体现了中国当代诗歌历史遭遇的特殊性的同时，也可以看作现代性与后现代性本身的共同推进与深度实现。

第一节　诗歌本体的生命构成

作为一种品格的标志，陈超的诗学观念，从一开始就保持在这样的紧张关系与或许是"主动寻求"和自我设置的"困境"之中："如何在自觉于诗歌的本体依据、保持个人乌托邦自由幻想的同时，完成诗歌对当代题材的处理，对当代噬心主题的介入和揭示"[1]，而陈超的"生命诗学"观念，就是自觉地展开在这样的紧张关系与"困境"当中，并且最终成为以理论建构的方式对之进行的系统回答。

---

[1]　陈超：《生命诗学论稿》，河北教育出版社，1994，第19页。

如陈超本人所说，他的"生命诗学"观念，是对于诗学的"个别问题"的超越，是在广阔的哲学人类学语境中，在坚持诗歌本体依据的前提下，探究诗歌的审美功能。在这里，诗歌被看作世界观、立场与方法，是对生命和生存的特殊命名。[①] 现代诗人与诗歌批评家对于诗歌常常抱有一种近乎神圣的感情，传统的美学视野将诗歌当作一种文体形式对之进行的审美鉴赏，远远不能满足他们对于诗歌的期许与膜拜，因此，只有从这样的"哲学人类学"的角度出发，才能从广度和深度上构成对于诗歌本质的新的把握。实际上，对于诗歌的"哲学人类学"的考察方式，也是西方现代哲学如狄尔泰、海德格尔、伽达默尔等人的思路，他们从来没有将诗歌仅仅当作一种文体来看待，而中国古典诗学中对于诗歌的观照方式，究其实质也庶几近之。从"哲学人类学"的视野出发，其核心任务，就是揭示现代人的生命/生存与语言之间的严酷关系，这是由现代诗歌的本体构成所决定的：

> 诗歌作为生命和存在的共相展现，它的本体方式是语言，而它的个人方式则直接存在于诗人的灵魂。因此，诗歌从源始显示上就呈现了两种状态：被写出的和可能写出的。这就告诉我们，诗歌在其亲在的意义上说，永远是居于诗人的生命内核中，而形式则被看作是存在的场所……[②]

在"生命诗学"的描述中，诗歌的发生包含了两条交互的线索与动向：一方面，是由个体的"生命源始"通往"天空"的旅程，另一方面，是语言"插入疼痛的大地"的"向下之路"，诗歌就发生在生命与语言在临界点上交锋的瞬间，它因此就成为生命通往"天空"、获得拯救的桥梁。

生命意识是诗人的现代生存，也即现代诗歌的显著标志，对于诗人来说，"肉体的我、感觉的我、理性的我、死亡与新生的我、自足体与自足体以外的关系……，共时错综而来，催动生命开放"[③]。这种强烈的生命意识，并不仅仅是由于生存压力之下的生命分裂与错综，更为本质的原因，在于诗歌自我与其个体生命的非同一性，在于生命是诗人观照的"准客体"[④]。正是这种生命漂泊的异在感，决定了现代诗的基本困境，与在困境

---

① 陈超：《生命诗学论稿·写在前面》，河北教育出版社，1994。
② 陈超：《生命诗学论稿》，河北教育出版社，1994，第3~4页。
③ 陈超：《生命诗学论稿》，河北教育出版社，1994，第208页。
④ 陈超：《生命诗学论稿》，河北教育出版社，1994，第26页。

中生长的现代诗歌的坚卓品性。因此，伟大纯正的诗歌，内在地包含并规定出一种精神运行的向度，并以此成为在严酷的生存现实中获得拯救的信仰之途，后者便是"从生命源始到天空的旅程"。在这里，诗歌信仰意味着一种"个人乌托邦"，它与一般的宗教信仰的不同之处在于，宗教不但蔑视个人，而且宗教徒也只是单向度地要求精神沐浴，要求承诺与拯救；诗歌信仰则不同，诗歌只是作为"信仰"而信仰，作为"乌托邦"而乌托邦，它永远不会是一个具体的地址，而是一种不可能中的可能。诗歌作为信仰和"个人乌托邦"，并不是为了满足诗人个人的超离愿望。① 因为，在诗歌信仰的引领下，在个体生命的拯救途中，有一个由个人性包容人类性的过程发生。以"个人性包容人类性"为根本素质的诗歌②，"……承担着展开它自己的类人性动力系统。它的伟大意图和进程本身，不会由诗人个体的智性所充分控制和把握，这种个人体验的可怕的'继续滚动'，以难以忍受的强烈速度不停扩张，直至加入到人类精神共时体之中。由对个我的不断'放弃'，到对人类生存的关怀，是一种合乎生命逻辑的结果，其前提是诗人已经培养起来的个体主体性"，最终"将个体生命包容进人类命运之中"。③

从个体生命源始出发，生命本身一方面临渊不惧、一意孤行地向下插入黑暗的生存，另一方面又保持向上攀缘的姿势，在这种不是"向前"而是"向上"④ 的拯救之路的中途，将会遭遇到语言。就诗歌而言，一方面，"诗歌是诗人生命熔炉的瞬间显形，并达到人类整体生存的高度，不多也不少。是生命本身催动我们一次次与语言的重围进行较量。我们主动寻求困境而不愿自拔"⑤，因此，可以说语言甚至是诗人主动寻求的困境，另一方面，语言又构成诗人信仰的"圣体"："从诗歌特殊的生成因素上看，诗人是信教者。但他信奉的宗教乃是语言。与通常意义上的教徒不同，在诗人这里，并不存在一个绝对的、高高在上的语言上帝。语言的上帝，存在于诗人的精神信仰，他自身的语言创造力和现实生命相互打开的关系中。换句话说，在这儿，语言的上帝并不先于诗人存在，而是受造的。它被诗人创造出来，沿着通往天空的路程出发，分离出创造者，乃成为比诗人更

---

① 陈超：《生命诗学论稿》，河北教育出版社，1994，第30页。
② 陈超：《生命诗学论稿》，河北教育出版社，1994，第227页。
③ 陈超：《生命诗学论稿》，河北教育出版社，1994，第78~79页。
④ 陈超：《生命诗学论稿》，河北教育出版社，1994，第5页。
⑤ 陈超：《生命诗学论稿》，河北教育出版社，1994，第24页。

永恒更高贵也更纯粹的圣体。"① 在这二者之间，就是生命与语言交锋、在语言中历险的场所。在此过程中，诗人不是借以高蹈遁世与逃避现实，而是使自己的个体生命深深地沉入并展开在生存的残酷之中："生存巨大的空洞和黑暗，引领他们向下走，但他们并不为空洞和黑暗所困扰。在地狱的核心，他们置放了语言的军火，成为与地狱水火不容的灵魂"②；因此诗人对于语言的态度，就不是为自己设置与规划一套唯美的、稳定的语言"纲领"，诸如黄金、火焰、光芒、粮食、磨房、玫瑰等，而是应当尽可能广泛地占有当代鲜活的、"日常"交流的、能激活此在语境的话语，将日益变滑变薄变滥的大众信息语言上升为本质性的、根源性的诗性话语，以此深入沉沦的、异己的现实，在将其包容进诗歌的同时，完成对它的"命名、剥尽、批判、拆解"③。由此看来，语言与诗人的生命之间体现了一种非同寻常的亲密关系，"语言不再被仅仅视为工具，它所展开的是与生命同构的空间。语言和生命是互为因果、互为表里的完整形式，是一种相互照亮和发现的过程。"④ 因此，在这样的生命/生存与语言尖锐紧张的临界点上，诗歌澄明无蔽地发生了。陈超认为，"诗"字，从"言"从"寺"，它从构字方式上告诉我们，它是对一种神圣言语方式的祈祷和沉思⑤。而"对诗歌语言的沉思，就是对生命的沉思。当它用自足而纯正的形式确定自身的时候，我们知道，它并没有放弃将存在者导入终极关怀的任务。诗歌不仅是美感，也是能直接影响人类价值取向的精神力量"⑥。这样，个体生命通过诗歌语言走上了拯救之途，来到获救的"天空"也即伟大的"诗歌共时体"面前。

在"生命诗学"的观念中，伟大的"诗歌共时体"，可以说是真正的诗歌本体。虽然从文体的角度讲，诗歌文体也可以从生命本原上找到根据，比如陈超认为，诗歌与散文的根本区别是，诗歌有时可以是一种零度的客观物，它的文辞通过粉碎恒定的秩序展示生命中一次性出现的图景，其所有的文字显示都不可能是虚假的；而散文则更强调文辞之间的关系意

---

① 陈超：《生命诗学论稿》，河北教育出版社，1994，第 10 页。
② 陈超：《生命诗学论稿》，河北教育出版社，1994，第 11 页。
③ 陈超：《生命诗学论稿》，河北教育出版社，1994，第 19 页。
④ 陈超：《生命诗学论稿》，河北教育出版社，1994，第 223 页。
⑤ 陈超：《生命诗学论稿》，河北教育出版社，1994，第 7 页。
⑥ 陈超：《生命诗学论稿》，河北教育出版社，1994，第 12 页。

向，它是坚卓的、可验证性的、有背景的生命过程的缓缓展开。① 但是，晦暗的源始生命虽然可以说是诗歌发生的动力源头，它本身却也处于被遮蔽的非存在中。另一方面，在陈超那里，"本体"一词与通常在当代诗学与文艺理论中见到的意义有所不同，它意味着存在的承担者与达到存在的澄明者，所以同样，语言本身作为诗歌的"本体方式"，它也仅是存在的澄明场所。这样，在"生命诗学"的理论规划中，语言与源始生命都不能简单地认定为诗歌本体。实际上，源始生命只有经历诗歌的拯救之桥，向上攀升，才能到达"精神高迈的圣洁天空"与"伟大诗歌共时体"：在这里，在这种人类由始以来一直脉动不息的"伟大诗歌共时体"中，"交流着不同时代和民族诗人的血液——在苦难和斗争中轮回的不灭的向上信念"②，个体在这里已经被超越，欢腾舞蹈于其中的，是生命之澄明圣洁的存在的庆典。不仅如此，生命存在在充实时间的现在的同时，也从此在精神上脱胎换骨："我可以说，伟大诗歌共时体的存在，就是我们的精神得以进入时间的最大根源。它始终不可被消解的原因，乃在于我们对生命和生存临界点上语言复杂可能性的渴求、展露。向天空伸展的意志是如此强烈地攫住了我们，在这种伟大的向度中，诗歌与真理内在地聚合了。它不可能被耗损，更不会毁灭。当它用崇高而审慎的方式把我们的精神拔向超过个体命运的人类共同的高度时，我们会真正进入天空的庆典，依照诗歌的形象来认识真理的新人！"③ 这样的生命，才是激活与充实人类语言并在其中复活与更生的诗歌的本体构成。

从其写作的时间上考察，陈超的"生命诗学"观念，应该主要成型于20世纪80年代末与90年代初。以"生命"作为诗学话语的主符码来进行诗学理论上的建构，应该说大体上也是受到了当时的理论思潮与流行观念的影响。但是，陈超在这样的建构中，不仅将诗歌的形式本体论观念推进到生命/生存的本体论的地步④，而且将前两者放置在"哲学人类学"的理论视野中，对于它们之间的关系进行了复杂的思考。这在体现出当代诗学观念的某种综合与反思的维度的同时，也显示出其根植于当代诗歌实际的独立生长与逐渐强大的趋势。

---

① 陈超：《生命诗学论稿》，河北教育出版社，1994，第 122 页。
② 陈超：《生命诗学论稿》，河北教育出版社，1994，第 7 页。
③ 陈超：《生命诗学论稿》，河北教育出版社，1994，第 17～18 页。
④ 陈超：《生命诗学论稿》之《写在前面》，河北教育出版社，1994。

第二节 非诗处境中的诗歌精神

大概没有人会否认当下属于一个非诗的时代,虽然这并不意味着,我们会简单地将一些历史阶段指认为"诗歌时代",或者由此断定诗歌写作从此不再可能。不过这种诗歌处境,对于诗人与诗歌本身确实都是一种考验,它将促使诗人对于自身进行重新定位,重新确立自身与诗歌及世界的关系,同样,它也将催动诗歌的新生。而在这其中贯穿着的,是像火焰一样燃烧而且薪尽火传、永不熄灭的"诗歌精神":"只有那些真正关心自己,关心人类命运的人才会对当代诗歌感兴趣。诗歌灵魂的声音,在文化、哲学、宗教、精神缺失的地方,诗歌挺身而出……"①,诗歌精神始终保持着对于人类的幸福与命运的无尽关怀。

在当代先锋诗人中,西川对于诗歌写作具备高度严肃认真的态度,同时又保持着神性般的内心的镇定与宁静。在西川的诗歌观念中,他就是把诗歌提升到一种"精神"的高度来加以认识与尊崇的。1989 年之后的中国社会生活状况发生了深刻的改变,经济逻辑的喧腾促生了广泛的社会投机心理,而后者摧毁了在长期稳定的社会形态中完善起来的道德理想与价值体系。诗歌受到了空前的冷落,消费与对眼前利益的关注,成为人们主要的生活内容与精神状况。在这种情况下,社会艺术趣味与文学标准之间的关系发生的失衡,导致了诗人的生命中尴尬。② 西川对于这种尴尬进行探究的结果,是发现它正是构成诗人的现实经验,它源自世界本身的荒诞。这种荒诞反衬出了主体思维与逻辑本身的限度:思维和逻辑并不能解决世界上所有的问题。从作为诗人的角度,西川又追溯了主体的构成,即主体自我的构成,除了"逻辑我"之外,实际上还包括"经验我"和"梦我",这三部分合起来才是完整的自我,逻辑出现裂缝的时候,就是后两者在作怪。作为诗人的命运,就是要使语言符合并且呈现这样的矛盾人生的矛盾性。③ 其实这里表现的,是诗人的存在本身荒诞的一面,这种荒诞正是诗人的宿

① 西川:《写作处境与生存处境》,见西川《大意如此》,湖南文艺出版社,1997,第 290 页。
② 西川:《写作处境与生存处境》,见西川《大意如此》,湖南文艺出版社,1997,第 286 ~ 288 页。
③ 西川:《视野之内——西川访谈录》,肖开愚、臧棣、孙文波编《从最小的可能性开始:中国诗歌评论》,人民文学出版社,2000,第 305 ~ 306 页。

命。不管进入自身的宿命是幸还是不幸，从荒谬出发，是诗人的思想的起点，也是诗人语言的起点①，在这种存在的巨大荒谬面前，诗人必须对于自身的身份进行重新思考、重新选择与重新定位。在西川看来，面对生存与诗歌的双重困境，"诗人既不是平民也不是贵族，诗人是知识分子，是思想的人"②。这里的"知识分子"身份，是在 1989 年后运动式的诗歌写作于内耗与政治经济压力中转变为个人诗歌写作的前提下，在诗人的"立法者"与"代言人"的角色褪色之后，诗人对于自身文化身份与道义责任的重新选择。这种选择并不意味着诗人从此放弃社会批评，相反，他们将走向更深的层次，对于历史、现实、文化乃至经济作出内在的反应，并试图从灵魂的角度，来诠释时代生活与个人的存在、处境。因此，这里所谓的"知识分子"，不是指那些受过大学教育的白领阶层，"而是专指那些富有独立精神、怀疑精神、道德动力，以文字为手段，向受过教育的普通读者群体讲述当代最重大问题的智力超群的人，其特点表现为思想的批判性"。③ 这种诗人的"知识分子"身份以及相应的"知识人格"，在"信息取代思想、机会稀释欲望"的当代生活中，不仅是诗人站稳脚跟所必须依靠的，同时也是诗歌本身精神强大的要求。"知识分子"身份与"知识人格"之所向的最冰冷但也最需要的知识也许是哲学，但哲学同样可以充满激情。诗歌中所需要的充满激情的哲学，或许可以称之为"伪哲学"："伪哲学同样是思想，同样具有逻辑性（或反逻辑性，或假逻辑性）。它不指向对于天地宇宙的终极的正确解释，它更关心揭示人类自相矛盾的、浑浊的、尴尬的生存状态。"在人类的精神被细致地划分为条条块块，某些区域在不为人知的情况下成了禁区和废墟的时候，恢复心灵的完整、拔掉界碑，使禁区和废墟上焕发生命，就需要诗歌的工作，同时那辽阔、复杂的心灵内部的巨大幽暗的海洋，也需要启示之光的照耀，而"……伪哲学，以及其他看似荒诞的模糊的无法诠解的东西，有可能蕴涵着所谓真正的哲学所放弃了的启示之光"④。"诗人相信启示和秘传真理"⑤，而"伪哲学"

---

① 见西川《大意如此》之自序，湖南文艺出版社，1997。
② 西川：《诗歌炼金术》，《诗探索》1994 年第 2 辑。
③ 西川：《写作处境与生存处境》，见西川《大意如此》，湖南文艺出版社，1997，第 284 页。
④ 西川：《写作处境与生存处境》，见西川《大意如此》，湖南文艺出版社，1997，第 279 ~ 280 页。
⑤ 西川：《诗歌炼金术》，《诗探索》1994 年第 2 辑。

正是诗歌所传达的启示与秘传真理。

　　作为启示与秘传真理的诗歌，一方面，它是对于当下的回应，"事实上，中国当代诗歌恰恰是对于当下生存困境的回应，并将当下的生存困境纳入历史文脉。在这种品质的支配下，诗歌拒绝墨守成规，其自身始终包含着革新的动力和可能"①。在真实的存在领域，事物是模糊的，尤其是眼下的事物，我们容易把握过去和未来，但是我们最难以看清此刻与面前的生活。② 因此，要紧紧把握住当下，不仅需要思想和技艺，同样需要巨大的勇气，"许多人漠视生活中的诗意是因为他们没有勇气切入生活，触及事物"③。当然，这种对于当下的回应与切入，不是从"素材"意义上讲的，而是整体的诗歌意识观念的当下品性。④

　　另一方面，诗歌是"童话"、是"海市蜃楼"，或者说就是乌托邦。它们的要义，都在于对于世界既定秩序的超越与反抗："乌托邦的一切美，恰好映照出现实的一切丑，这使我们得以以灵魂出壳的方式反观我们身在的现实"⑤，而乌托邦思想家因此被西川称为"真正的诗人"："由于多数人无从超越他们自己，因而社会对于那些乌托邦思想家，真正意义上的诗人，就必须保有一份尊敬。在物质生活中，是他们，让生活惭愧，是他们，让我们看到无比辉煌的幻景和理想的胜利。"⑥ 诗歌的意义也就在于这种超越性的启示作用。

　　由此两方面，决定了"诗人首先要热爱生活，其次要蔑视生活。热爱生活使诗歌丰富，蔑视生活使诗歌精练"⑦。诗歌要回应当下，就必须热爱生活，诗歌要走向乌托邦，就要蔑视生活。西川被当作"神话写作"的代表诗人，由此看来，在西川的观念中，写作并非单向度地皈依"神性"——这种皈依只是诗歌走向超越的一种策略，是诗歌借以完善和完成自己的一种手段：就诗歌的本体构成而言，真正的诗人应该由热爱生活走

---

① 西川：《写作处境与生存处境》，见西川《大意如此》，湖南文艺出版社，1997，第291页。
② 西川：《诗学中的九个问题之我见》，见西川《大意如此》，湖南文艺出版社，1997，第257页。
③ 西川：《诗学中的九个问题之我见》，见西川《大意如此》，湖南文艺出版社，1997，第259页。
④ 西川：《视野之内——西川访谈录》，肖开愚、臧棣、孙文波编《从最小的可能性开始：中国诗歌评论》，人民文学出版社，2000，第320页。
⑤ 西川：《乌托邦札记》，见西川随笔集《让蒙面人说话》，东方出版中心，1997，第13页。
⑥ 西川：《乌托邦札记》，见西川随笔集《让蒙面人说话》，东方出版中心，1997，第15页。
⑦ 西川：《诗歌炼金术》，《诗探索》1994年第2辑。

向蔑视生活，真正的诗歌应该由回应当下走向乌托邦，由经验走向超验：
"从经验的诗歌到超验的诗歌，是一个诗人的超水平发挥"，作为启示与秘
传真理的诗歌，以其诗意使得人在对于诗意的发现与感受中有一种幸福的
"再生之感"①：

> 诗歌的诗意来自我们对于世界、生活的看法，来自我们对于诗意
> 的发现。诗人发现事物诗意的一刹那，也就是海德格尔所说人与世界
> 相遇的一刹那，而在这相遇的一刹那，灵感降临的一刹那，人和世界
> 都会有所改变，生活因此变得迷人，有光彩，神秘，不可思议。②

在诗意的照临之下，人们原先的麻木、散漫、黯淡无光的生命，获得
了一种飞升于事物的一般状态之上的超越感觉，在这刹那之间，完成了对
于世界、对于生活本身的重新认识与重新发现。这样，诗人就超出了历史
之外，"诗人集过去、现在和未来于一身。诗人之梦既不属于现在，也不
属于过去，也不属于将来"③。诗人由此获得了在对于历史的超越中追溯历
史、发现历史的必然性的权能④，并且因此具备了从"命运的高度"说话
的权利⑤。当然在西川看来，这也造就了诗人不被世人理解的孤独与"晦
涩"，针对中国当代诗歌所被常常指责的"晦涩难懂"的问题，应该从解
释诗人的"晦涩"状态开始，向世人解释中国当代诗歌。⑥

西川的写作一向被视为"文化写作"、"神话写作"、"隐喻写作"、
"学院派写作"等等，在这其中，其艺术上的现代性品性似乎无可置疑。
但是，纵观西川对于诗歌众多的甚至不无神秘的言说，给人的感受仍然
是：人们比较清楚的是"诗歌不是什么"，而非"诗歌是什么"。这其中的
原因也许在于，西川的言说本身也是一种"启示"，因此，一方面，它作
为一种寓言性质的表达，是对于后现代语境下"转喻－寓言"性的意义机
制本身的秉承，另一方面，从观念内容上讲，"诗歌精神"的表述，除了

---

① 西川：《诗歌炼金术》，《诗探索》1994 年第 2 辑。
② 西川：《诗学中的九个问题之我见》，见西川《大意如此》，湖南文艺出版社，1997，第
 259 页。
③ 西川：《诗歌炼金术》，《诗探索》1994 年第 2 辑。
④ 西川：《写作处境与生存处境》，见西川《大意如此》，湖南文艺出版社，1997，第 288 页。
⑤ 西川：《诗歌炼金术》，《诗探索》1994 年第 2 辑。
⑥ 西川：《写作处境与生存处境》，见西川《大意如此》，湖南文艺出版社，1997，第 289 页。

可以与此种语境下对于诗歌的多元化理解相兼容之外，它本身也体现了在生存的后现代压力与激励之下，忽略众多外在形迹与样态的对于诗歌本质进行深度把握的取向。

第三节　写作姿态的本体性变迁

对于当代诗歌写作中从艺术上的现代性到后现代性的转型而言，虽然李震不是最早进行描述与论断的批评家，不过李震在此方面的思考，显然是在一个比较系统的理论建构的背景下进行的，或者至少可以将之合乎逻辑地置入李震本人的诗学观念的言说空间。由此，可以见出其穿透"现代性/后现代性"的现成话语程式，对于当下诗歌现象奋力命名的勇气与独立思考的深度。

李震对于诗学问题的思考，起始于诗歌的"本体论"。现代诗歌观念把诗歌作为人类的本真性的存在"家园"来看待，诗歌的这种地位，使得人们对于诗歌的"本体"构成进行了并且仍然在进行着无尽的猜测与追索，但结果势必是以诗一样的激情始，而以理论的疲惫终。这其中的原因，就在于人们总是习惯于静止地、一厢情愿地认定绝对的、终极的"本体"，因此这种惰性的思维方式，恰恰是割裂、肢解了诗歌的"本体"。在李震看来，"本体"实际上并不是孤立与静止的终极存在，而是随着人类对于自身和宇宙自然认识的深化，不断被发现、开掘和创造的动态展开过程。"本体"绝不是本体本身，而是人类寻求"本体"、返回家园的过程和意向。就诗歌"本体"来说，它作为诱惑人类不断探索前行的虚幻的"所指"，只能是诗歌本质的历史化实现，或者说就是诗歌的不断展开的历史化本质。诗歌史上曾经被指认过的种种名目繁多的诗歌"本体"，实际上就是同属于这个动态序列的各个不同阶段与层次，在这动态序列的各个阶段与层次上产生着不同的诗歌模态与文本样式。① 这种对于"本体论"的历史化理解，并不意味着就诗歌进行共时态考察的不可能，与对于"本体"范畴本身所代表的理论意向的取消，作为对于诗歌进行的横剖面上的理论揭示，"诗符号论"仍然是李震诗论展开的主要基石。不过李震的"诗符号论"，不能简单地看作历史化了的本体论的替代物，因为即使从西

---

① 李震：《语言的神话——诗符号论之一》，《艺术广角》1990 年第 5 期。

方的理论源流看来，符号学理论本身就是对于意识哲学与本质主义的消解与颠覆，因此，这里的理论范畴与其所指内涵的十字交叉式的错位关系，只是表明了观念本身对于历史情境的纵深推进与对于具体现实的复杂理解。李震将符号系统区分为两大部分：认知符号、文化符号与表达符号、艺术符号。前两者是认识的、指称的、逻辑的、推理的，后两者是直觉的、不确定的、感性的、美感的；前两者所代表的是作为前语言思维的象征思维，后两者所代表的是程序化、理性化了的语言思维。诗符号作为一种特殊的艺术符号，它始终以一种悖论形式出现："既肩负着隐喻家园表象的艺术符号的共同使命，又始终以最文化的符号——语言符号的面目出现"。① 作为艺术表达与语言定性的交锋的结果，只有在处于象征思维与语言思维之间的第三种思维系统即神话思维中，这种悖论最终得以和解，"诗，便是神话思维的符号形式，诗符号正是神话思维的形式和标志"。②

由于李震将他的"诗符号论"建立在"自然——人——符号"同构的世界整体性构想之上：人是自然的同构性隐喻，符号是人的同构性隐喻，是自然的隐喻之隐喻，因此，一方面，由"诗符号"构成的文本现实，在"动态本体观"的视野之内，将承载诗歌本体构成的历史性变动，另一方面，在更深层次上，它将刻写一个时代的人的存在方式与精神状况——这可以说是作为符号结构的诗歌的最深层"本体"，任何对于诗歌本体的说法，都是在这 "本体"的隐喻意义上进行的。在李震的批评视野中，与这个时代由现代性向后现代性的历史转型相应，前者体现为由"文化文本"向"非文化文本"的诗歌"本体的觉悟"，后者体现为由"神话写作"到"反神话写作"的写作姿态的播迁。

就前者而言，当代新诗史上由以文化作为诗歌本体的文化文本，到以语言和生命为本体的非文化文本的变动过程，李震将它称作"诗歌本体的全面觉醒"③。在李震看来，文化文本即是以文化语言追寻文化现象及其背后的文化心理为目的的文本，"文化本体论"作为中国古老的"诗言志"、"文以载道"的实用诗学传统的继承，实质上是无视诗的。它在本质上仍然是一种工具论。非文化文本的创造是从个体生命的觉醒开始的，以崇尚"生命体验"与"生命还原"为标志的个体生命的觉醒，也就是恢复生命

---

① 李震：《语言的神话——诗符号论之一》，《艺术广角》1990 年第 5 期。
② 李震：《语言的神话——诗符号论之一》，《艺术广角》1990 年第 5 期。
③ 李震：《从文化文本到非文化文本——中国新诗本体的觉悟》，《艺术广角》1989 年第 5 期。

本真状态的神秘、复杂和无限性，进而确证生命的非文化存在或超文化存在。生命作为一种运动着的存在，由于其形式的具足而被意识到，并且也只有其形式才能实现为诗歌，并且被诗歌语言以同构的方式复现出来。因此，"生命体验"与"生命还原"的过程，实际上也就是寻找生命形式的过程，具体地说是诗人通过语言来捕捉生命运动的形式的过程，这个过程从语言始到语言终。而这时的语言，也从文化文本中传达工具与交流手段的地位上解脱出来，它作为非文化文本诞生的关键步骤在于，诗歌创造与其本体所在由"言外"回到"言内"：诗人不再信任语言所荷载的任何东西，不再承认语言之外有任何诗的目的，而是由追求语言的象征转向追求语言的语态，也即使语言由意指符号向显现性符号转换。这样，在非文化文本中，语符不再是代表着什么、象征着什么、喻指着什么，而是它本身是什么、怎么样即是它所呈现的语态。语态的主要构成是语音、语象和在特定语境中语义的直觉化，如强弱感、重量感、色彩感等。因此，作为非文化文本的诗歌，就有生命与语言双重本体，其目标就在于用超文化的语言的语态，来创造某种与生命形式同构的文本形式。最终，李震将文化文本归结为"现代文化"的产物，而作为"后现代文化意识超前地投影在中国诗坛的后现代主义的产品"，"非文化文本无论它怎样逃避瘟疫一样逃避文化，却依然是一种文化现象"。① 于是诗歌文本的本体性变迁，就被纳入一种连续性的历史考察之中，并且彰显了一种深刻的历史意识。

就后者而言，李震在《神话写作与反神话写作》② 的文章中的描述，包含着对于诗歌情境变迁的富有穿透力的洞见。所谓"神话写作"是指以类似神性情怀与宗教热忱，保持着对于终极归宿与精神乌托邦的向往的写作，而"反神话写作"则是在否决神性的前提下，立足于个体生命及其在现实生存场景中的出场的写作姿态。从写作文化学的角度来看，神话写作实际上是人类为自己重建集体象征意象的过程，人类自己则在神话写作中成为神圣象征体的卑微的所指；反神话写作则是要使人走出庞大沉重的象征体系，使人由"所指"浮现为"能指"，它作为一种精神的解放、能量的挥发和对神性的彻底背叛，它将人自身直接变成艺术的材料，以凸显人

① 李震：《从文化文本到非文化文本——中国新诗本体的觉悟》，《艺术广角》1989 年第 5 期。
② 李震：《神话写作与反神话写作》，《诗探索》1994 年第 2 辑。

的生命潜能。从诗歌行为所处的世界情景来看，神话写作企图在现代世界背景中再造一个世界的整体幻象，并在太初与终极的意义上对之作形而上的追根究底；反神话写作则不去企求这世界会破镜重圆，而是勇敢地去面对这些碎片，并使它们闪现出诗意的灵光。从写作主体的主体形象上讲，神话写作其话语主体是类、族、代等意义上的主体或其代言人，再就是人们崇拜的神或英雄，诗歌话语所凭依的仍然是集体无意识、集体经验、集体想象力；反神话写作由于其承认破碎、分裂、无中心的世界，所以诗人无法再成为代言人，而只能依据于个人经验、个人无意识与个人想象力，并以此来确认个人存在与世界的丰富性。从写作动机来看，神话写作的动机原型是作为母性文化原始意象的"补天"，它意味着包容、含纳和固守完美的被动性倾向；反神话写作的动机原型，则是作为父性文化的原始意象的"射日"，它意味着穿透、攻击和毁坏的主动性倾向。从神话写作与反神话写作在当代诗歌史上的历史标志来看，海子之死标志着神话写作的终结，而朱大可《超越大限》一文则彻底解构了神话观念，是从理论上支持反神话写作的开端。从写作所采用的汉语母语的构成来看，神话写作主要采用经典性书面语，而反神话写作则主要使用天然状态的口语，有的诗人甚至将以口语创立"新民谣体"诗歌作为写作目标。

虽然这里不能否认李震理论概括上的偏颇与思维上难以弥合的裂隙，但是统合这两方面而言，仍然可以看出李震在诗歌本体观的系统思考之下，对于当代诗歌精神与写作状态敏锐的整体性把握与发人深省的深度命名。李震清醒地洞悉并揭示了现代/后现代之间的张力与吊诡关系："不管是在中国，亦还是在西方，现代主义者几乎是没有勇气来确认和认同现代文明这个现代社会的基本现实的，几乎是反现代的，而真正认可了现代文明的则是后现代主义者，后现代艺术和文化的创造才是真正基于现代文明发展的基本事实的"[1]，因此李震的思考与命名，不仅穿越了"现代性/后现代性"的概念算式与思维屏幕，它在实现了对于历史真实的准确呈现的同时，也标志着中国当代诗学中富有理论价值的自我话语的萌生，这在先锋诗歌的理论批评中尤其具有不容忽视的意义。

---

[1] 李震：《伊沙：边缘或开端——神话/反神话写作的一个案例》，《诗探索》1995 年第 3 辑。

第四节　沟通传统的"转喻"诗学

在于坚的诗论写作中，可以见到深刻的理论洞见与透彻的写作体悟，但同时也充满了大胆有趣的奇思妙想和对于基本的学理的无视。这就需要抛开形迹，对于其基本结构与前后变化作出总体上的把握，同时对于其谬误和偏颇之处进行必要的纠正。

对于于坚这一代诗人来说，"文革"中泯灭个性的意识形态暴力，使得他们敏感的诗人心灵蒙受创伤，故对于任何的权力关系总保持着格外的警惕。在激进的20世纪80年代，这也影响着他们理解历史传统与中国古代文化的视角。因此，在较早的诗学文字中，于坚实际上是从政治文化的"文化修辞"的角度，将中国古典文化理解为一种"隐喻"的文化，在这里，"隐喻不是修辞手段之一，而是汉语的基本用法"①。于坚认为，在"文明"世界之前，存在着一个对于世界进行原初命名的时代，这个时代是先知的时代、创造的时代。这种命名的过程是作为"隐喻"发生的。这时的隐喻与后来继发的隐喻的不同之处在于，它的能指与所指尚未分裂，也就是说，声音与经验－意义是同一的，因此，这时的隐喻是元隐喻。在原初命名与元隐喻之后，作为"文明"的结果，人们开始用理解和想象代替直接的经验－意义，用正名掩埋了命名。命名的结果是"元诗"，正名的结果是"后诗"。随着"文明"时代的开始，与中国古代的封闭的、超稳定的社会结构相应，富有创造性、开放流动性的"元诗"，被复制性、封闭凝固性的"后诗"所取代。诗被遗忘了，它成为隐喻的奴隶，成为精神文化的载体与工具。所谓作为汉语的"基本用法"的隐喻，实际上可以看作古典汉语文化的"文化修辞"的政治学，或者文化系统的基本意义机制。作为汉语文化的意义机制的"隐喻"，其基本特征，于坚认为是"言在此而意在彼"、"只可意会而不可言传"；其成因，一方面在于汉语作为一种封闭的语言体系，由于能指系统不发达，导致命名成为沿着纵深或垂直方向展开的意义与所指的无穷复制，另一方面，也是在一个专制主义的国家政治与生活中的恐惧压抑的表现。因此，虽然"隐喻从根本上说是诗性的。诗必然是隐喻的。然而，在我国，隐喻的诗性功能早已退化。它令

① 于坚：《棕皮手记》，东方出版中心，1997，第242页。

人厌恶地想到谋生技巧。隐喻在中国已离开诗性，成为一种最日常的东西"。① 从而，至少就当代中国的诗歌写作而言，富有诗意的不是隐喻而是转喻。

因此，写作便成为以"拒绝隐喻"的方式展开的文化反抗与文化批判形式，写作意味着对于隐喻性的语言世界的解构过程，同时也就是语言恢复其命名能力的还原过程，与对于世界重新进行的创造性命名过程。与中国古代直觉的、空灵的整体主义文化特质相反，此种意义上的诗歌写作，注重的是日常性、具体性、片段性、细节性。作为写作机理的中心的，不是灵感、直觉和想象，而是一个理性的、分析的、客观的、控制语言与操作语言的过程。因此，"诗歌"在这里不是一个名词，而是一个动词。这一过程是对于语言进行的解剖与垃圾清理的过程，为的是将语言从因为文化垃圾与隐喻积淀而变得词不达意的境地中解放出来，回到词的表面，回到能指，重新恢复其生产能力与命名能力，同时也使世界在语言的意义上重返其真实的存在。

于坚的说法，无疑是与当代诗歌的某种写作向度尤其是与他本人的写作精神相符合的，但是不可否认的是，于坚在这里有一个基本的判断上的错误，那就是他认为"转喻"是西方的诗歌传统，而"隐喻"却是东方的传统②。实际的情形，与于坚的说法正好相反，就作为哲学 - 文化的基本意义机制的"隐喻"与"转喻"而言，"隐喻"的大面积实现，需要一种强大的本体论 - 神学的一元中心的意义体系为前提，这时"隐喻"就可以以分有这种意义体系所环拱的最高意义的方式，展开无尽的内在性的意义复制——这正是于坚曾讲到的情形，但是这样的意义体系在中国文化中从来都是阙如的。其实在中国文化中，其基本的意义机制是"转喻"：它可以是诗性的，正是它构成了《诗经》中的"兴"的手法，促使华夏文明中的原始诗性的大面积崛起；当然它也可以是人格面具和说谎工具，"主文而谲谏"、"可以意会而不可言传"正是其功用及特征，而尼采也说过，一个诗性的民族往往堕落为一个喜欢说谎的民族，可以看作正是指其诗性的颓败形式而言的；同样，它也可以退化成为僵死的、枯燥的"寓言"，后者才是真正意义上的"言在此而意在彼"——"寓言"只是外在地关涉到

① 于坚：《棕皮手记》，东方出版中心，1997，第 266 页。
② 于坚：《棕皮手记》，东方出版中心，1997，第 178 页。

某种抽象的寓意、主题，"寓言"本身作为传达工具在抵达主题之后随时可以被抛开。总之，是本真意义上的"转喻"或者"兴"，保证着中国文化与诗歌中诗性意义的经验依据与其具体性。

于坚之所以发生这样的错误，其根本原因，如前面所说，首先就在于，他是将对于20世纪新诗诞生以来的成长环境与文化政治氛围的激愤，加诸具有复杂构成的古典传统之上，并因此对于后者进行了简单化的批判与理解。于坚后来承认，他的"反传统"姿态，实际上针对的只是20世纪的小传统，或者说20世纪的"反传统"的传统。① 其次，他实际上是根据雅各布森的"诗歌本质上是隐喻的而小说却是转喻的"一类话头，来理解"转喻"与"隐喻"的内涵与特征的，但实际上，雅各布森的说法本身也仅只是一种朦胧的比喻，"隐喻"、"转喻"在这里，只是对于诗歌与小说的某一方面特质的含混比照，而且不一定适用于所有类型的诗歌与小说。于坚的"隐喻"、"转喻"的概念取义于此，但他所探讨的极其复杂的关乎中国文化特征的庞大主题，根本不是此种褊狭恍惚的概念内涵所能够承担的。所以说，于坚对于中西文化的理解缺乏学理上的根据，而常常出自想当然与直觉感受，概念的理解只是其中之一，因此出现上述的问题并不足为奇。

其实就于坚本人的价值取向、写作姿态与诗学观念的理论实质来说，回指传统、重新确立传统的精神依据与价值标尺的地位，似乎倒是有着必然性的。一方面，于坚指出，他是从中国传统视角出发理解所谓的"后现代"的②，实际上，中国传统文化精神及其意义机制，至少从逻辑上讲确有与后现代文化沟通的可能：中国古代涣散清明的实践理性，从来聚合不起西方传统上的形而上学－神学那样紧张的、以一元性的超验指向为特征的意义体系，但是与作为后者的颠覆与解构的后现代文化，却完全可能构成整体精神上的对应、重合关系；中国古典诗性文化的基本意义机制"兴"，也可以与哈桑等人从后现代主义文学角度对于后现代文化"转喻－寓言"的意义机制的揭示相兼容。另一方面，于坚对于"传统"本身也重新进行了界定，他认为"历史"与"传统"不同：历史来自群体与革命，而传统来自个人与保守，历史是群体的整体的美学氛围，而传统则是个人

① 于坚：《于坚的诗》，后记，人民文学出版社，2000，第402页。
② 于坚：《于坚的诗》，后记，人民文学出版社，2000，第402页。

的具体的文本，历史是由业余诗人创造的，而传统的形成则来自专业诗人①。这种对于"历史"与"传统"进行的区分与重新理解，意味着考虑到了历史与传统构成的复杂性，而避免了对之进行的简单化的处理，可以同时顾全对于"历史"的批判维度与"传统"的有效性的确立。事实上，在于坚晚近的诗学文字中，于坚本人对于"传统"保持着无上的尊重，并且付出了诠释与沟通的努力（如他写的《诗言体》等文章）：

> 在我看来，它们——唐诗宋词，乃是世界诗歌的常青的生命之源。这个黄金时代的诗歌甚至为我们创造了一个诗的国家，诗歌成为人们生活的普遍的日常经验，成为教养。它构成了人们关于"诗"这个词的全部常识和真理。我们要做的是仅仅是再次达到这些标准。我们当然不是叫诗人们去写古诗，我们要探索的只是再次达到这些标准的方法。②

这样的态度，对于于坚本人，甚至对于整个当代诗歌，迟早会产生出其潜移默化的、多方面的影响。

于坚的诗学写作体现的，是后现代性与中国古典传统由对抗与批判到磨合与融汇的过程，这其中不仅体现了后现代性的诗学观念在中国的复杂遭遇、表现与演历、变迁，同时也彰显了传统自身的潜在活力与多样可能，而所有这一切，又共同指向了中国当下历史情境所给出的诗学观念本身的开阔的思想空间，与巨大的深化、拓展余地。

处于现代性与后现代性张力中的诗学观念，包含了对于当代诗学观念的较为复杂的思考。这样说并没有价值判断的意味包含其间，并不说明在理论建构上它们更为成功或更有意义。不过，这当中现代性与后现代性的思维范型，在提供其强大的思想动力与观念支持的同时，本身确实也不同程度地处于被偏离与被改写的过程中。这有可能指向某种本土化观念建构和诗学话语的独立、强大，与对于当代历史与诗歌的历史本质的深度把握。

① 于坚：《棕皮手记》，东方出版中心，1997，第280~282页。
② 于坚：《于坚的诗》，后记，人民文学出版社，2000，第402页。

第三编

"传统"与"当下"的融合

第七章　新诗"传统"话语与传统的当下展开

在当代诗歌观念领域中，"传统"（这里包括新诗自身的"小传统"与中国古典诗歌的"大传统"）话语作为一种诗学问题的考察维度，其较大规模的涌现，主要是20世纪90年代以后的事。因为在80年代及此前的年代里，正如吴思敬先生在文章中指出的，主要是一种"反传统"的情绪占主流："现在看来，他们喊出'反传统'的口号，一方面是一种策略，目的在于消解来自传统意识形态与传统诗学批评的压力，意在表明，我的写作与你们的传统无关，你们不要用传统的那套东西衡量我，以求使自己的写作能维持一种自己的、不受成规约束的状态。另一方面，这也是一种遮掩，遮掩自己对中国文化传统的无知"①。进入90年代以后，在变化了的诗歌写作语境中，当代诗歌艺术的自我探求与自身文化身份的焦虑，使得"传统"问题重新进入人们的视野，而后来发生的一些关于"传统"问题的争执，又因其问题的尖锐性让人们不得不严肃对待与认真思考这一问题。

第一节　新诗"传统"的话语谱系与当代论争

前些年发生的一场关于"传统"问题（郑敏与野曼）的争论，在关于新诗是否有其自身的"传统"的问题上，产生了尖锐的分歧。对于新诗自身有无"传统"这一涉及新诗历史的整体评价甚至其存在合法性的关系重大的问题，实际上应该不是简单的一两句话就能说清楚的。大家对于什么构成"传统"的内涵的理解既各不相同，而近百年来作为新诗成长背景的崎岖曲折、大起大落的中国现当代历史进程，又使得不同的阶段与情势下，在对于"传统"的界定以及对待"传统"的态度上充满了歧义。这不

---

① 吴思敬：《90年代中国新诗走向摭谈》，《文学评论》1997年第4期。

是下一个定义或搬出词典所能解决的，对于"传统"话语本身进行某种谱系学的清理，是探讨新诗"传统"问题的必要的前提。就这里所关心的问题而言，有关"传统"的话语至少可以作以下三个层次的区分：古典语境中的"传统"话语，现代性叙事中的"传统"话语，后现代与全球化视域中的"传统"话语。

一 古典语境中的"传统"话语

在古典语境中，"传统"是一种体制性的存在，在社会机制与意识形态的规约、保障下，是社会全体成员的集体意向之所指向。同样也正因此，"传统"往往充当着意识形态的合法化的功用，对于什么是"传统"解释权，掌握在最高的权力者手中。在这种情形之下，"传统"对于每一个人来说都是一种直接的在场，是一种人们（包括统治者与被统治者）所达成的普遍共识，从而每一个人都生活在"传统"之中。所以，"传统"这时倒恰恰不是需要时常提及的，往往是在不满现实、抨击当下以及托古改制、改革当下时，才需要借重于"传统"的威灵。当然，"传统"的威力也同样可以被相反的力量所利用，而"传统"也就成为权力争夺与斗争的场所，所不变的只有"传统"自身。因此，古典语境中的"传统"具有封闭与自足的特性。艾略特在《传统与个人才能》一文中，对于"传统"所具有的这种特性作了形象的描述。艾略特是人们印象中的现代主义大师，但是在对待"传统"的问题上，却充分表明他是一个古典主义者（当然，这种古典主义的"传统"态度，也许只有在现代语境中才得以明晰，但这种对于"传统"的意识和态度，与对古典"传统"中的观念内容本身的接受还是两码事）。具体到诗歌的艺术"传统"而言，古典语境中的"传统"内涵，于是就至少有以下三个方面的特征：

（1）什么构成"传统"以及"传统"的艺术规范，受到体制性的规定。比如中国古典诗歌，就受到儒家诗教观念和科举等形式的国家机制从内容与形式两个方面进行的规定，欧洲的"新古典主义"艺术也是这样。这时，"传统"就是社会结构和社会生活的内在的有机构成成分。

（2）"传统"具有超强的稳定性、独断性和排他性，变革"传统"绝非轻而易举之事。

（3）"传统"具有正面的价值论的色彩。投身"传统"，具有生存的价值皈依与安身立命的意味。

二 现代性叙事中的"传统"话语

古典"传统"的语境是新诗发生的母体，是新诗展开的背景与讨论新诗的"传统"问题的参照系统。但新诗的历史本身，一开始就是在现代性叙事中发生与展开的。现代性叙事的基本特征，就是将"传统"与"现代"截然区分，并将它们尖锐地对立起来。现代性诉求的内在张力充斥中国近现代的历史，也构成环绕新诗发展的巨大气压。凭借社会革命与制度上的除旧布新，也凭借现代性诉求的果决，胡适取得了黄遵宪、梁启超等人的"诗界革命"所没有取得的成功。在现代性叙事的框架之内，"传统"是在历史进程的自身差异化与自我裂变中，不断地被"生产"出来的叛逆的标靶，而历史自身也在这种张力之下获得一种前进的动力性：从郭沫若"新新诗"的表述，到朦胧诗以来层出不穷的诗歌流派之间竞相"pass"、"超越"的景观，都清楚地表明了这一点。于是"反传统"本身便成为"传统"："说什么把诗歌变成了是非之争、价值之争、立场道德倾向之争。这是二十世纪的小传统。我所谓的'反传统'从根本上说，乃是二十世纪的'反传统'这个传统。"① 当"反传统"自身成为"传统"时，"传统"本身通常不会被赋予正面价值，大规模地从正面讨论"传统"问题也将是不伦不类的。当然，在总的历史走向中，也有一些例外的情形：比如，在四十年代的战争时期和五六十年代的具有封建性质的集权时代，继承"传统"、创造"民族形式"、学习古典诗歌与民歌，具备了社会运动和意识形态的合法化程序的性质。自然这一切被意识形态表述为一种独特的现代性诉求和现代化道路。可以想见的是，处于这种黏稠的意识形态运转机制之中，无论是对于"传统"事实上的继承，还是对于这一问题的理论探讨，都不具备艺术创造所要求的必要的回旋余地和思想展开的基本的自由空间，因此它们很难取得多大的实质性成果。

现代性具有一种自我反思、自我质疑和自我差异化的深刻性，但是同时也一定要看到现代性叙事作为一种话语策略的片面性。前些年，诗人臧棣写过一篇文章《现代性与新诗的评价》，在文章中，作者认为："……现代性不是对过去的继承，而是对未来的投身（或说敞开）。不可避免地，它会借用已经处于过去的一切。但这只是借用，而不是沿袭。因为它的原创性力量源

---

① 于坚：《于坚的诗》，后记，人民文学出版社，2000，第402页。

于它对自身存在的确认……它的最大魔力就在于它有能力为自身制定规则和标准……"①，因此，从这样的角度着眼，"……新诗的诞生不是反叛古典诗歌的必然结果，而是在中西文化冲突中不断拓展的一个新的审美空间自身发展的必然结果。"② 臧棣的这种看法，一方面，不是将现代性看作一种叙事，一种策略，一种意识形态态度，而是将现代性本身给实体化了，另一方面又将这种作为实体的现代性理想化、绝对化了。现代性自身的局限性、片面性也被成比例放大。由此导致的确乎是"一种历史的自我崇拜"③ 式的自大。而就新诗来说，在这里需要郑重考虑的问题恰恰是：如何超出现代性叙事本身的局限与片面的视野，在一个更为开阔的思想空间中来思考新诗的"传统"问题。

三　后现代与全球化视域中的"传统"话语

这里不必叠床架屋地去说明"后现代"只是一个文化层面上的界定，而中国在物质层次上还停留在"前现代"的水平上。后现代之所以为后现代，就在于物质世界的抵达需要经过符码化的中介过程，"后现代"本来就是一个人类学层次上的文化态度，而不是一个物质文明的指标。在后现代状态下，古典"传统"的体制性保障和连续性幻觉被消解了，作为反向压力与历史驱动力量的现代性叙事中的"传统"也不复存在，生存本身被抬举到某种作为无名的漂浮的能指的层次上，构成存在根据的只能是经验符码化所给出的某种经验的人类学统一性。这时，"传统"在后现代境遇中是一种超越性存在，它并不是像空气中的悬浮物一样可以轻易地拉到眼前来，捕捉"传统"需要一种现象学的构造意识。因此，郑敏先生"新诗现在还没有自身的传统"的看法，在这里可以将其看作是在后现代与全球化语境中加剧的、对于文化断裂的焦虑和新诗自身文化身份的危机意识的表述。所以，首先它就是一种对于"传统"意识的召唤："如果文学创作对语言的音乐性抱着很粗糙的态度，那么文学的高峰就很难达到。至于具体的形式，可以有多元的探讨，但首先我们必须重视这个问题，只有这样，我们才会去解决。如果根本不重视，那就连希望都没有了。"④ 以听之任之的态度，只会导致"传统"的风流云散。

---

① 臧棣：《现代性与新诗的评价》，《文艺争鸣》1998 年第 3 期。
② 臧棣：《现代性与新诗的评价》，《文艺争鸣》1998 年第 3 期。
③ 臧棣：《现代性与新诗的评价》，《文艺争鸣》1998 年第 3 期。
④ 郑敏、吴思敬：《新诗究竟有没有传统?》（对话），《粤海风》2001 年第 1 期。

令人欣慰的是，在 20 世纪 90 年代以来的文化语境中，在当代的一些优秀的青年诗人那里，不约而同地产生了对于"传统"的意识。于坚感慨："作为诗人，我以能够用汉语写作并栖居在其间感到庆幸。我以为，世界诗歌的标准早已在中国六、七世纪全球诗歌的黄金时代中被唐诗和宋词所确立。……在我看来，它们——唐诗宋词，乃是世界诗歌的常青的生命之源。"① 而王家新则在一篇《中国现代诗歌自我建构诸问题》的文章中，谈到了以中国古典诗歌"传统"为参照的现代诗歌的"自我建构"："中国现代诗歌正处在这样一种自我建构中。以上谈到中国古典传统作为多重参照之一正被重新引入现在，即使看上去它们并没有出现在一些当代诗人的创作空间或文本里，但恐怕仍是一种'缺席的在场'。"② 这种"传统"意识的回归，表明当下的诗歌艺术创造空间确实发生了很大的变化，人们可以期待中国新诗的逐渐成熟。然而，这种对于"传统"的指认和言说的问题在于，它们除了很空洞之外，在相当程度上也有自我辩护的性质。因此这里倒是觉得，人们虽然不一定同意郑敏先生的说法，但从现实的意义上讲，郑敏先生的说法可能在现今的形势下是利大于弊的苦口良药：新诗确实还很幼稚，西方优秀诗歌的现代汉语翻译文本，从艺术上讲恐怕仍然是当代中国诗歌整体艺术水准的提升目标，现代汉语本身的诗性潜力还远未被充分开掘，因此，任何的夜郎自大和自以为是都是要不得的。郑敏先生的说法至少有一种警醒作用。

经过以上对于新诗"传统"话语的清理，再来面对眼下这场关于新诗是否有其自身"传统"的论争，就比较容易理出头绪了。争论的起因是由于郑敏先生的一个提法：郑敏先则曰"中国新诗到现在还没有形成自己的传统"③，再则曰"我们今天新诗的问题，就像一个孩子长大了，但还是半文盲。因此，我一直认为新诗到现在没有自己的传统"④。随后，野曼先生

① 于坚：《于坚的诗》，后记，人民文学出版社，2000，第 402 页。
② 王家新：《中国现代诗歌自我建构诸问题》，《诗探索》1998 年第 4 辑。
③ 郑敏、吴思敬：《新诗究竟有没有传统？》（对话），《粤海风》2001 年第 1 期。
④ 见《郑敏访谈录》，《诗刊》（上半月刊）2003 年第 1 期。在笔者整理的这篇访谈录中，无论是郑敏先生当时的录音，还是笔者交上的稿件，郑敏先生的原话均是"我们今天新诗的问题，就像一个孩子长大了，但还是半文盲"。但在刊物刊出后，"半文盲"变为"半诗盲"，其间是排印错误，还是经谁的手笔改动不得而知。郑敏的原话整体上是一个比喻的说法，她想说明的是新诗本身的文化含量和文化品位上的欠缺。如果做这样的改动，则实际是扭曲了郑敏先生的原意，其实是不通的。这句话后来被人们一再引用，以致以讹传讹。不过虽有这样的错误，整体上却也并不致影响到郑敏先生的基本态度。

在《华夏诗报》、《文艺报》上撰文表达了相反的意见。在这里不准备去判断谁是谁非，这样做也没有意义。这里所要做的，仍然应该是对于话语本身进行结构构成上的知识谱系学的分析，而不是将其看作某种中心理念的表述，并将其归结为某个宏大主题。在我们看来，就"传统"话语构成的复杂性与其相关的知识谱系之间的诸多纠葛与牵连而言，就今天谈论"传统"问题的现实语境的需要而言，郑敏先生和野曼先生的观点虽然截然相反，但他们对于"传统"的指认与言说，都具有一元性、简单化的意向和结构性的缺陷：

其一，郑敏和野曼都倾向于将"传统"看成某种单质的、宁静的整体，这多少有古典式"传统"的意识形态功用所造成的幻觉成分的影响在其中。郑敏较少透过现代性叙事策略自身的片面性，考虑新诗乃至文化的现代性诉求的合理性，以及后现代与全球化语境中"传统"本身的多元化与原子化的事实，凭着她对于古典"传统"的无限神往，多少是将古典"传统"过于理想化了。野曼先生则倾向于忽略现代性叙事中"进化"话语本身的假定性和策略性，以及现代性本身具有的内在冲突和自我反思的质性，而将新诗的历史看作一个平缓的、直线性的发展进化过程。这样，也就取消了"传统"通过主体实践而具有可变动、可批判的属性，在这种情况下"传统"遂成为某种近似宿命的东西。总的来说，他们都把"传统"客观化为某种与主体无关的自在存在。

其二，郑敏先生虽然没有明言，但是其所谓"传统"，很大程度上指的是发源于古典诗歌的"传统"，以及对于这种"传统"的继承，也就是说，她拒绝给予新诗自身以"传统"的地位与合法性。野曼先生则更倾向于与现代以来的正统诗歌史的全面认同，而这种诗歌史是与中国现当代历史的宏大书写合拍的。因而，他们的观念虽然不同，但是又都有将一种价值论色彩赋予"传统"的趋向。这也就是说，在对于"传统"的认定上，他们都缺乏一种批判性的眼光。他们对于"传统"的态度都颇具古风。

主体性维度的匮乏与批判性视角的缺席，是存在于郑敏先生和野曼先生的"传统"话语构成中的共同的结构性缺陷。前面的分析表明，古典、现代与后现代之间并不存在可以划出的清晰的界限，反而是常常可以出现错综纠结的局面。当这一切被整合进后现代与全球化的视野之内时，一方面它正生动地表明了这个时代的多元处境，另一方面也提示人们，绝不可以简单化地对待"传统"问题。在后现代与全球化的语境中，"传统"成为文化个体的隐秘资源，对于什么是"传统"的认定只能是个体性的。这使谈论"传统"问题变得更加复杂和艰难。人们当然也可以期望，古典"传统"在当代的文化创造中的大面积生长，并汇合为某种整体性的景观，但是这也只能基于艺术与文化创造的个体性处境的批判性过滤之上。就新诗而言，对于有无"传统"、什么是"传统"的问题的来说，在相当大的程度上，还取决于今天与未来的写作实践对其进行的反向确证，也取决于"传统"在现实的艺术创造活动中的生长与发扬光大：只有能输入今天的艺术血脉、流淌在今天的艺术血液中的才是"传统"，否则只是博物馆里辉煌的文物陈设与粗陋的考古发掘。而所谓作为"缺席的在场"的传统，很多情况下也只能是自欺欺人之谈。因此，与其孜孜以求对于"传统"进行一元性的界定，将价值论的色彩赋予"传统"，倒不如以主体性的意识、批判性的眼光与态度面对"传统"，讨论"传统"本身对于今天所具有的意义与价值。"传统"意识的应有之义，是成为"传统"意识的主体。这里好像回到某种似曾相识的古老训导之中，但是在也只有在今天的社会与文化语境中，它才可能有切实的内容和现实的意义。

第二节　"诗体"观念的超越与
诗歌文化品性的重建

对于新诗自身"传统"的有无的问题，似乎不宜作出简单化的结论，但是，对于这一问题的论争与这里对于"传统"话语进行的分析，却将我们引领到了论争双方与各种"传统"话语的共同的预设前提面前，那就是作为整体的中国诗歌的传统。后者的主要构成当然是中国古典诗歌的大"传统"。无论是这场论争的双方，还是其他各种"传统"话语，都不缺乏对于中国诗歌的古典传统的存在指认，都没有理由从原则上拒绝新诗与古典诗歌传统的关联与连续关系，都不会当真不希望古典传统的当下"复活"。因此，如果将古典诗歌传统正面引入这里的问题讨论当中，无疑将大大扩展问题考察的理论视野：在这种扩大了的视野中，原先的争论与意见分歧的双方，将显现出因视野狭小而造成的把问题绝对化的共同缺陷，从而，双方的观念不但因此变得只有相对的意义，并在相当程度上获得和解，而且在此基础上提示人们扬弃原先的思路，在一个新的更高的层面上重新展开思考。

当面对中国古典诗歌传统的时候，阻碍人们对于古典诗学传统进行确当阐释、因此必须从理论上予以澄清的顽固观念，是伴随着新诗的历史形成的关于"诗体"的观念。早在五四时期的文学革命运动中，胡适宣称，文学革命，具体地说应该是新诗革命的前提，就是要求"诗体大解放"。在今天来说，首先需要考虑的是这里的"诗体"这个概念意味着什么。应该说，这个"诗体"是一个中国化了的文体概念，它在某些方面与中国古代的文体观念或者有一种思路上的继承关系，或者是一种地位上的近似关系：中国古代的文体观念是一种非常外在化、形式化的功能区分，它与艺术、与审美无关，或者关系不大。至南朝时期，《文选》和《文心雕龙》均已经区分或者论列了三十多种文体。在这些五花八门的文体当中，不乏大量的实用文体，但这并不妨碍它们一起被纳入艺术观照的范畴，尽管《文选》以其严苛的"纯文学"标准著称，而《文心雕龙》一般被认为是一部高度自觉的文学理论著作。因此，当在这种性质的"诗体"或者文体概念的意义上，将新诗与古典诗歌尖锐地对立起来的时候，一方面，胡适等人对于中国古典文学和文学史采取了一种非常褊狭、有时是自相矛盾的评判标准，另一方面，着眼于、着重于这种"诗体"观念，肯定忽略了大量的属于是新诗的艺术本质的东西。实际上，在今天看来，对于中国诗歌来说，无论新诗还是古典诗歌，"诗体"都不是一个很重要的问题。当然，本于这种"诗体"观念的五四时期的文学革命与诗歌革命，确实也取得了很大的成功，因为这样的"诗体"观念指导下的革命方案具体实际、目标明确甚至不无琐碎。如王光明先生在其文章中指出的，"……白话诗时期的尝试，重心是白话，而不是诗"①。胡适本人也写诗，没有理由认为胡适不想把诗写好，不想关注与解决诗学问题，但是他所关心的确实只是这样的"诗体"观念范畴以内的诗学问题，而这些诗学问题主要构成，又确实只是一些语言学方面的问题：白话文言、押韵不押韵、音节节奏乃至于双声叠韵之类。胡适等人或继承、或强化、或开创的这一"诗体"的观念空间，在相当大的程度上规定了以后的诗歌实践与诗学问题的思考的思路：或者洋洋自得于新诗的诗体解放与语言变革的胜利，以为一切已成定局裹足不前，或者斤斤以求重新规范定型诗体，不知世殊势异而一味刻舟求剑，或者出于各种西方现代后现代观念的支持，钻入语言的迷宫迷途不

---

① 王光明：《中国新诗的本体反思》，《中国社会科学》1998 年第 4 期。

返……总而言之，这样的"诗体"观念，从实践上使得新诗成为与社会历史情境及文学传统甚少深刻的文化牵连的非常"纯净"的语言织体，从观念上使得人们很难超出那些表面化的语言学问题，就新诗的艺术真质的构成展开大规模的深入思考与探讨。

然而，这种"诗体"观念与中国古代的"诗体"、文体观念的根本不同在于，在这种"诗体"观念的背后，与这种"诗体"观念相联系的对之起潜在的理论支撑作用的，是一整套的与中国传统观念格格不入的关于人的生命存在与诗歌关系的哲学规划与文化图式。它们基本上是源自西方的哲学文化传统，但随着五四新文化运动的开展以来，它们被引入并且构成了中国现代的思想观念与诗歌实践中的主要现实。因此，长期以来存在于人们观念中的"诗体"概念，就是以其非常简单狭窄的中国式（文体）内涵，嫁接于西方的哲学文化观念之上的混合产物。在此情形下，作为"诗体"观念的最严重的后果，还在于它导致的诗歌与生命的疏离，"诗体"的观念，成为理性"主体"对于作为一个具有实体性质的"对象"与客体的诗歌，进行静态考察的结果。因为这套主客体关系模子，主要建立在西方哲学的思维图式与认识论模型之上，所以在这里，人的生命存在被减缩与定向为以理性的思维与认知为基本功能的"主体"，而诗歌被当作一个自足存在的"客体"，在时间、也即在"主体"动转不息的生命之流以外被生产、被观照。以这样的主客体关系模式，当然也可以在理论认知与实践功利的领域中建立起一整套世界意义秩序来，但是它们却只是非常松散地框套在生命存在之上的意义支架，甚至是意义囚笼。诗歌附着于这样的意义秩序中并受到其删削剪裁，将导致诗歌与生命的致命割裂，以及诗意的稀薄与寄生性质。这样的主客体关系的诗歌模式，在西方的现代主义诗歌与"新批评"等形式主义的批评观念中发展到极致（在西方传统中，一方面，其"文体"概念内涵非常丰富，另一方面，西方传统中的形上眷顾与超验关怀引起的紧张度，压紧了生命与语言之间的距离，因此从诗歌实践的角度讲，这二者使主客体关系模式的局限性在相当大的程度上被克服了。但这二者对于这里讨论的中国式的"诗体"观念，却是双重的缺失），但很不幸地，无论从观念上还是实践上，后两者却仍然是中国当下诗歌与诗歌批评仰慕与效法的对象。因此，即使到了 20 世纪八九十年代之后，上述的观念模式，也仍然在花样繁多的诗学话语中以种种改头换面但不离根本的方式被传播着。比如，在西方哲学传统中，主体既不是个体的，也不是整体的——这样的划分只有在经验的层次上才有意义，主体在多数情况下是纯思维的先验主体，因此人们生造出的"集体主体性"与"个体主体性"的区分，也并没有解决主体的困境，反而不自觉地又一次复制了这种主客体关系的模子，并影响着当代的诗歌生态与诗学思考，使得很多人以为只要回到"个体主体性"，就抓住了解决一切问题的根本。

由此看来，"诗体"观念的超越与新的理论视野的获得，是今天重新思考诗歌问题与进行诗学建设的必要前提。在对于今天而言具有重要的理论参照与现代转换价值的中国古典文化与诗学图景中，以个体生命存在的自由与全方位舒展为特征，而这又与一种人类学意义上的"类"的存在方式互为因果。这是因为，只有舒展的个体生命，才能使"类"的存在完整呈现，而不是将其割裂并推向"对象"与"客体"的地位；而只有"类"的存在，也才提供给个体生命以一个实现平台，并免于使之成为孤独的意义死角。比如，在主客体关系的诗歌模子中，作为第一人称的"主体"（我）所指向的，只能是作为第三人称的"客体"（它），第二人称"你"在这里实际上是意义指向所永远达不到的盲区。但是从经验的层次上，也就是从人类学的存在状态上讲，当主体"我"在言及第三人称的客体"它"的时候，其基本前提与意义指向，是作为第一人称"我"与第三人称"它"之间的中介的第二人称的"你"的在场，这一点甚至可以从日常经验中得到验证。由此看来，主客体关系图式实际上最终是一种唯我论，因为即使别的主体当处于被观照的时刻也将转化为一个客体，而人类学图式基本单元，则是一种"二人"（儒家核心范畴"仁"的构字方式）结构。这种人类学的诗歌图式不是对于主客体图式的局部修正，而是与之有着根本性的不同：主客体图式调动的是片段、局部的生命经验，而人类学图式则是全面的整体性的生命经验的诗意表达；主客体图式中的意义关系是等级的、单向的，而人类学图式中的意义关系是平等的、对流的。总而言之，人类学的诗歌图式，打开了一个真正的、开阔的生命经验与诗性意义的实现场所与传达途径，将诗意全方位、多向度地织入生命的也是文化的根基处。实际上，以人的"类"存在方式为基础的不同程度的"诗性共通感"，是诗歌存在的前提，缺少"诗性共通感"这一人类学事实将使对于诗意的经验成为不可能，因为诗意不可能像理性意义一样被复制、转译与重设（这里当然可以引向一个文化哲学甚至认识论哲学的宏大命题，不过在这里不可能展开这样的问题）。在以上前提下，前面所说的中国古代的文体系统的繁复稠密，就与中国古典文化与诗学中"主体"观念极为灵活、多样、富于生命质感与多元指向有关。生命摇曳于变动不拘的诗意书写样态当中，展开与实现着自身的全面本质。如果不致自相矛盾的话，这种主体模型可以称之为"人类学主体"。

这样，沟通中国古典诗歌传统的关键，在于退出"诗体"，重建诗歌的文化品性。重建诗歌的文化品性，意味着要从根本上重新确定诗歌与人的生命存在之间内在的密切关系。这和"文化寻根"与"文化大诗"写作毫无关系，也不是任何意义上的"文化本体论"与"文化诗学"，恰恰相反，在今天看来，以上的这些诗歌的文化取向，正好是以对于人类既有文化系统的惰性认同与阐释为前提的。从"人类学主体"的视角看来，文化就是在"类"的共在中的意义的错综编织，而所谓的诗歌的文化品性的重建，是要使诗歌成为与人的生命的"类"存在方式密切相关的文化的创造性根源与意义基底——这正是中国古代诗性文化结构的基本成因。相信这样的目标与当代大多数的诗歌努力并不矛盾，只是随着对于这种目标的重新发现与逐渐逼近，当代的中国诗歌将会获得一种真正来自传统的力量与质地上的整体性的脱胎换骨。

第三节　"诗歌人类学"：中国古典诗学传统的精神原型

从诗学观念的意义上，这就形成了"诗歌人类学"的视野。所谓的"诗歌人类学"，作为中国古典诗学的内在精神与思维范式，需要一种超拔通透的理解，而不能拘泥于形迹。当然，中国古典诗学的历史与形态极为漫长与复杂，为了便于阐述分析，这里可以对之进行大体的区分，"人类学"的意味在此大体可以包含如下的两个层次的含义。

（1）首先，它当然是指对于一种个体性（诗学范式）的超越，或者不如说，是从一种前个体的、类的共在的经验出发来规定个体与个体性，而不是相反。

（2）它也指一种不同于形而上学的理性－思维的审美主体的全幅的生命整体性，这时，即使是个体，他也不是以作为思维机器的僵硬主体，来朝向与面对世界及他者的——这样世界与他者将僵化、凝固为了无生气的死的"对象"，他是作为一个冲虚谦抑的、负的主体（如果还可以叫做

"主体"的话），来使世界与他者在他的存在中呈现的，他本身就是一个世界与他者的空明澄澈的呈现场所。这时，他的存在，自然不是作为居高临下的思维与理性主体，君临世界与他者，他的存在是与世界及他者的共在；而世界与他者的存在，也不是因为作为一个思维－理性主体的对象所以才存在，而是存在于类的共在的生命经验的相互尊崇与意义感知的平等交流之中。

作为中国古典诗学的精神原型，"诗歌人类学"的这两层含义，大致上可以同西方的现代与后现代主义的诗学观念进行理论上的沟通。由此，也可见其阐释余地与当代意义之巨大，它的当下展开，将极大地拓展与丰富当代诗学的精神空间和诗学观念的构成。这方面的详细论述是随后两章的任务。在这里可以肯定的是，新诗"传统"问题，也将从中重新获得其言说的参照系统与理论坐标。

第八章　古典境界的现代生长

通过对于叶维廉的诗学研究的论述展示当代诗学某方面的问题，选择叶维廉作为本章论述对象，并不仅仅是因为叶维廉先生国际水准的学术水平及影响，尤其是在大陆诗歌理论领域的深远影响。按照本章的考察目的，不应该把这种论述对象的选择，看作旁逸斜出的越界与跑题，相反，应该把叶维廉所开创的一方学术景观，看作当代诗学本于其内在逻辑与内在需要而导致的必然结果——至少是我们所乐于看到的一种结果，虽然可能是某种意义与价值尚不显著与未被充分认识的结果。现代主义的诗学观念，是叶维廉用以阐释中国古典诗学的主要思想资源。但是在这种阐释中，见不到一般意义上的"阐释"行为和以"阐释"的名义所带来的生硬的、外在的框套与对接的感觉，可以看到的，是中国古典诗学仿佛是本于其自身的逻辑，自为地澄明、廓清并穿透时间之雾，在现代语境中融合化生的强大生命力："欧美现代主义已进尾声，其价值已先后被人怀疑和否定，而我们却刚刚开始，那么我们是不是正重蹈别人的覆辙呢？但我们又不应完全漠视这个动向，因为这个动向是很自然发展的。那么我们最大的困难是：我们如何把握它而超过它？亦即是说，我们如何一面极力推进，一面又步入诗的新潮流中，而同时又必须把它配合中国的传统美感意识？于是我们的方向可以确立，我们应该用现代的方法去发掘和表现中国多方的丰富的特质。"① 从这段引文可以看出叶维廉关心的核心问题是什么。该文（《论现阶段中国现代诗》）写于 1959 年，当属叶氏早期之作，但这样的看法，已经规定了其后来的基本研究思路。后来的研究，只是这种很早就筑入其灵魂深处、构成其心灵动力的思维模型的进一步展开、充实与丰富。同时还有一点需要说明的是，在叶维廉那里，在阐释古代的诗学观念时，是直指现代、以解决现代诗歌的语言－美学困境并沟通中国古典的语

① 叶维廉：《叶维廉文集》第 3 卷，安徽教育出版社，2002，第 203 页。

言与美感经验传统为鹄的；而在探讨现代诗学问题时，古典诗学则是其直接的灵感来源、思想材料以及主要的参照系统。叶维廉关于现代诗歌的发言与基本观念，如重视"实境"①，强调"因境造语"、"依着自然事物出现的弧线来捕捉其在现象里的意义"②，对于"以外象的迹线映入内心的迹线"的表现方式的"深爱"与倚重③，看重"语言的发明性"④ 与意象的"自身具足"⑤，对于"以物观物"的境界的神往⑥等等，无不来自中国古典诗学观念的浸润与启发。因此，要比较彻底地探讨叶维廉的诗学理论，仅仅涉及他那几篇有关"现代诗歌"与"现代文学"的文章是远远不够的，因为在后者那里，往往只能看到结论与在现代诗学问题上对结论的应用。东方西方的情况也是一样。所以在叶维廉那里，不必区分古典与现代、东方与西方，其实本来，他本人既然是中国人，他的一切思考自然以中国的文化与诗学问题为皈依，他既然是现代人，也不必担心他是在为古人搞研究。

第一节　"无言独化"的真实世界与东方诗性的真理观念

无论是否愿意承认，西方的哲学与理论范式，是长期以来（并且可能在以后相当长的时间内）影响中国现代的理论思考与理论学科建构的思维模型。在大陆的学术语境中，只是到了近些年来，只是借力于西方现代后现代的反传统思潮，才有可能对其进行批判性的反思、重认，并且可能与之保持一定的距离。同样，也只有在这样的情况下，才有可能实现对于中国传统学术观念与思想方式的某种程度的回归。当然，这样的描述并不包含价值评判的成分在其中，这其间的是非纠葛也并非几句话可以讲清，不过在这里有一点是明确的：想要回到纯粹的传统中去是绝不可能的，也是绝无必要的，而只有经历了西方精神洗礼的某种回归，才可能是不无意义的幸事。叶维廉的学术研究一直处于海外与国外的语境中，西方思想传

---

① 叶维廉：《叶维廉文集》第3卷，安徽教育出版社，2002，第236页。
② 叶维廉：《中国诗学》，三联书店，1992，第229页。
③ 叶维廉：《叶维廉文集》第3卷，安徽教育出版社，2002，第304页。
④ 叶维廉：《叶维廉文集》第3卷，安徽教育出版社，2002，第233页。
⑤ 叶维廉：《叶维廉文集》第3卷，安徽教育出版社，2002，第214页。
⑥ 叶维廉：《叶维廉文集》第3卷，安徽教育出版社，2002，第231页。

统、学术体制的气压与自身的文化心性二者之间的张力，可能感受得更为强烈，当然同时也可能使之对于二者的特性有更清晰、明了的体认。经历了一个不管其程度与形态如何、但肯定应该存在过的前面所说的"洗礼"与"回归"的过程，叶维廉仍然体证并了悟（而非仅仅作为一种学术观点来"接受"）一种本质上是东方式的世界观点与哲学原则，来作为其文化灵魂底色与学术思想展开的中心理念：

> 张眼看外在世界，我们不难认知一个基本的事实：那便是宇宙现象万物是一整体，宇宙万物伟大的运作是一整体连续无间地演化生成的过程，无论我们有没有文字或用不用文字去讨论它和表现它，它将无碍地继续演化、继续推前生成。我们一旦完全了悟到各物象共同参与这个整体不断生成的运作，便会对自此一融汇不分的浑然涌生出来的物象产生尊敬并设法保存其原貌本样。①

当我们疲惫地挣脱西方理论的巨大磁场，当穿越那钢铁一样黑暗和锈迹斑斑的概念的森林时——我们不得不这样做，因为西方的形而上学的理论传统不光是西方人的现实，也是我们自己思想中的现实——我们发现，一个遥远而又至为切近的风和日丽、水碧花红的诗意的思想王国，早已在那里等待着我们。说它遥远，是因为它至少在现实的世界中是一个早已飘逝的古老的梦；说它切近，是因为它也许还深埋在每一个人的拳拳之心的无意识深处。或许，只是因为这个心灵深处的诗意乌托邦的作为无意识的召唤，才给予了我们在异乡中艰难跋涉的力量和勇气。作为老庄与道家美学的不倦的开掘与阐释者，不待海德格尔后期哲学的启示，道家哲学对于叶维廉的诗学探究来说，一直具有规定性的影响力和源源不断的思想发动力："道家的宇宙观，一开始便否定了用人为的概念和结构形式来表宇宙现象全部演化生成的过程；道家认为，一切刻意的方法去归纳和类分宇宙现象、去组织它或用某种意念的模式或公式去说明它的程序、甚至用抽象的系统去决定它秩序应有的样式，必然会产生某种程度的限制、减缩、甚至歪曲。"②道家宇宙观的核心，在于任物之自然，尊重万物的本性，听由

---

① 叶维廉：《叶维廉文集》第 2 卷，安徽教育出版社，2003，第 125 页。
② 叶维廉：《叶维廉文集》第 2 卷，安徽教育出版社，2003，第 125 页。

其无言自化、天机独完。但是，人们经常忘记了自身的限度及对之进行的反省，以一种理性和知识的自大，企图对世界进行规划，对万物强作区分，并且将这种只是主观的模式与系统当作世界万物的本样：

> 人们往往以偏（一切人为的概念必然是片面的）概（简化）全的抽象思维系统硬套在演化中的宇宙现象本身，结果和万物的具体性和它们原貌的直抒直感性隔离。①

道家哲学所代表的东方式的诗性真理观念的做法是：对理性的、知识的、语言的主体进行抑制或消解，至少是以一种完全不同的"主体"（如果还可以叫作"主体"的话）模式，来面对世界与他人，来操持语言与知识。可以把这种"主体"叫作"负的主体"，这种"负的主体"具备一种"负的主体性"，或者借用济慈的用语，可以叫作"负的能力"、"消极能力"（negative capability）。这样，诗人的心灵就成为一个虚灵明觉的客体呈现场所，诗歌于是从总的趋向上讲，就不是侧重于主观化的情思意绪的再现与表现，而是侧重于主体向着客观化方向的依寓、冥化。由此导致的，是一种迥然不同的真理观念和审美观念：真理不再是片段的本质，也不是客体对于被割裂的心灵区域的符合，美也不再是表象形式，美与真一起融合为浑然一体的原初真理形态："美即是真，真即是美"（济慈）。于是，所谓"……让近乎电影般视觉性极强的事物、事件在我们眼前演出，而我们则仿佛在许多意义的边缘前颤抖欲言"②，不仅是美学的，也是认识论的，不仅是诗境，也是东方式的真理观念指向的世界的实相实境，或者不如说，它正是东方式的、诗性的真理观念：对于万物存在之本样的小心谨慎的呵护与维持。于是，这样的真理观念，意味着在思维（语言）的指缝间撒下的希微的意义光线，而非让理性钻头穿透"非理性"的世界，沿着黑暗的意义隧道回到自身的自我论证的圆环。在这样的真理之光的照耀下，事物居留于其本性之中，按照其存在之本样来呈现，事物之间的不可化约的差异性，不是被知性的绌绎所抹平、忽略，而是被保存、被珍藏，正如其共通性一样。但是即使是后者，也只是水平方向的、经验层次（思

---

① 叶维廉：《叶维廉文集》第 2 卷，安徽教育出版社，2003，第 125 页。
② 叶维廉：《叶维廉文集》第 1 卷，安徽教育出版社，2002，第 58 页。

维－语言本身也保持在这样的层次上）的相互映照、相互发明，而非垂直方向的本质萃取。"万物并作，吾以观复。夫物芸芸，各复归其根"（《老子·第十六章》），这样的真理观念，代表着与西方形而上学的、科学的思维范型的全然相反的精神运动方式。

同时，这同样也意味着一种完全不同的"整体性"取向。整体性的问题与其说是一个诠释学的问题，还不如说是理论思维、理论学科本身的一种内在的深刻要求。对于思维的整体性的自觉，是包括文学、诗学在内的学术研究是否具备靠得住的理论前提、能够得出经得起理论上的推敲的结论的必要条件。当然，对于何为"整体性"，不同的哲学－文化圈可以有、也应该有不同的理解。叶维廉本之于东方式的诗性哲学与真理观念，使用了一个形象而又深刻的比喻："整体性是一个没有圆周的圆"①，这也就解决了（西方的科学与形而上学意义上的）完全意义上的"整体性"如何可能的诠释学的理论难题。在这样的理论框架内，叶维廉论语言则强调古典汉语所具有的水银灯似的呈现效果、秘响旁通的文义派生及其对于整体诗境的逗引与启示功能；论诗境则倾心具体经验自然呈露的、无言独化的道家美学境界；论美感则反求"以物观物"的通明浑融的主客关系；论批评理论则申论任何理论范式与思考框架的暂时性与假定性……由此，叶维廉的诗学思考指向了一种"诗歌人类学"的诗学范式，在我们看来，这是中国古典诗学深层潜在的真精神、真境界。它作为渗透于中国古典文化整体中的规定性的原始基因，虽不能断为道家的独创，但是道家哲学对这一问题的发挥与阐述，无疑是最精彩生动、最具魅力并且是对后世的诗歌与艺术形态最具有实质性影响力的思想资源。道家哲学通常被描述为具有"反本复初"的精神动向，但道家哲学远不是一种蒙昧主义与倒退思想，就目前的"诗歌人类学"的问题而言，可以说是对于远古初民的文化（更准确地说，应该是"前文化"）生态的深刻的哲学反思与诗性提升：

　　初民的至知，说是无知无欲，实是不同于死硬之知和私欲之欲。其至知之至，乃没有排斥其他生命的知识与行为，其意识的中心是：生命、人、自然浑为一相互尊崇的一种圣仪的情操，生命是艺术，艺

---

① 叶维廉：《叶维廉文集》第 1 卷，安徽教育出版社，2002，第 52 页。

术是生命，完全含孕在、发放自此一谦逊的无我。①

"无我"的境界是另一种方向上的精神能动性的体现，是迄今为止其他的文化形态无法开发甚至也无从想象的精神空间："在一种极其神异而亲切的情形下，一种现代人或西方人无法了解也不能实践的状态，初民与动植物都共享一个世界、一种语言、一种仪节。那时诗是语言的一部分，语言是与自然界会谈通话所需要的一部分。那时没有假造的语言、假造的诗、假造的仪节。这三而为一的活动是与动植物界交谈的自发性的行为。"② 于是，一方面是世界、经验、语言的同一，另一方面是哲学、意义、诗歌的同一，因此也可以说就是世界与哲学、经验与意义、语言与诗歌的整体同一。作为一个人类学的诗学思考范式，这种整一性可以兼容语言、历史、文化："……在我们互照互识的构思中，便必须把双线文化或多线文化的探讨导归语言、历史、文化三者不可分割的复合基源。因为作者所需要用以运思和表达、作品所需要以之成形体现、读者所依赖来建构、解构、再构一篇作品的，正是这包含了历史、文化的语言领域。"③ 当然兼容了历史、文化、语言这几种理论向度，并不就意味着可以包罗万象、穷尽一切的理论可能，但是就目前而言，它是叶维廉站在世界批评理论发展的前沿，以比较文学与比较文化的眼光和视角潜心思索的结果，因此它具有较高的综合程度和较大的包容性。尤其重要的是，它作为中国古典诗学内在精神的现代提取和潜在范型的观念廓清、显著化，它对于中国诗歌和中国诗学问题来说，具有比较强大的阐释力量和逻辑弹性。

第二节　语言的通明与意义的解放

然而，人们总是生活在语言的世界中的，日常的、政治的实用功利行为尚且不能离开对语言的依赖、不能不重视"言"，对于诗歌来说，语言就更是无法规避的现实。但是这里应该注意到在语言行为中所包含的危险性："……'指义'的行为，则是属于以语、义运思的我们（观、感的主体），居中调度和裁定事物的状态、关系和意义。指义行为，是从原来没

---

① 叶维廉：《叶维廉文集》第3卷，安徽教育出版社，2002，第158页。
② 叶维廉：《叶维廉文集》第3卷，安徽教育出版社，2002，第159页。
③ 叶维廉：《叶维廉文集》第1卷，安徽教育出版社，2002，第61页。

有关系决定性的存在事物里，决定一种关系，提出一种说明。原来的存在事物，在我们做了选择与决定之前，是无所谓'关系'的。也可以这样说，它们的关系是多重的；观者从不同的角度去接触它们，可以有多种不同的空间关系，多种不同的理解与说明。换言之，指义行为亦包括和事物接触后所引发出来的思考行为。这种行为，基本上是对直现事物的一种否定，一种减缩，一种变异。所以当黑格尔说：思维是一种否定的行为。亦即此义。"① 语言行为与指义行为，本来是试图更大程度地规划和占有世界，但它实际上却必须同时是一种封闭与限定，至少需要以之为前提。语言本来是为了澄明、传达意义，但它同时也无可避免地包含了遮蔽与减缩的阴影。

叶维廉在读诗、写诗的过程中，由翻译进入到比较文学与比较诗学问题的思考②，在这其中引起叶维廉注意的，最显著的就是中英文（与其他西方的语言文字）之间的语法结构构成的差异问题。因此，中英文诗歌语法结构构成的比照分析，就成为叶维廉对于中国的诗学问题思考的出发点与具体的落脚点。与玲珑剔透的古典汉语相比较，西方语言以及受其影响的现代白话，从语言的语法构成上讲，明显地增加了许多对被表述事物进行限定、抽象的附加成分，对事物进行定时、定位、定义的成分。于是作为一种表达方式，它就由对事物的直接呈现，变成了一种本来状态的"译述"、"说明"、"解释"："这些表式或其他可能的表式，都没有为直现事物作为直现事物的真质指证，它们只是真实事物的'译述'、'说明'、'解释'，把真实事物减缩、改变、限制。人用了定位定义的借口，把事物原有的自由，具有多重时空关系的自由剥削了。"③

这当然是叶维廉作为诗人对于语言、语法的敏锐感受所致，比之于许多对于中西诗歌与诗学的差异所发的空泛、朦胧的感悟，叶维廉的说法显得具体、细腻，有"法"可寻，同时印证着对于中西哲学、美学与文化的宏观比照与思辨，也并不显得琐碎支离：

　　……事实上，中文也有限指、限义、定位、定时的元素。分别是，由于道家美学把真实世界的原貌放在我们感认的主位，所以能把限指、

---

① 叶维廉：《叶维廉文集》第 1 卷，安徽教育出版社，2002，第 125～126 页。
② 叶维廉：《叶维廉文集》第 1 卷，安徽教育出版社，2002，第 23 页。
③ 叶维廉：《叶维廉文集》第 1 卷，安徽教育出版社，2002，第 130 页。

限义、定位、定时的元素消除或减灭到最低的程度而并不觉得不自然。①

　　中国古典汉语诗学在艺术的核心问题方面，实质上深受道家哲学的浸润与感染，但即便如此，作为诗歌艺术来说也不可能真正弃绝语言，不可能"知者不言、言者不知"，只不过诗歌作为语言的技艺，自然有其平衡、调理的能事在："语言虽不能自然如'风吹''鸟鸣'，但如果能对真秩序有通明的了悟，语言的性能可以借被解放了的观、感活动，调整到迹近'风吹''鸟鸣'的自然"。② 一方面，可以把中国古典汉语诗学看作对于老庄哲学的某方面（比如语言观念）的深化与具体化，另一方面，通过中国古典诗学，也可以达到对于老庄哲学的新的认识与理解：焉知老庄的哲学文本不是在召唤这样一种诗意的、通脱的而非一种直义的、字面的简单化的理解方式呢？"风吹""鸟鸣"的比况，来自《庄子·齐物论》（"夫言非吹也，言者有言，其所言者特未定也。……其以为异于鷇音，亦有辩乎？其无辩乎？"），遵照道家哲学精神的做法是，将岿然具足、大化周行的世界实在摆在第一位，放弃对于"外物"的执着，放松主体精神的紧张，约束、抑制、协调理性规划下的语言活动与语言秩序。这其中的关键，在于一个"放"字，"放弃"、"离弃"：

　　　　……了解道家哲学中"离弃"的过程同时可以成为"合生"的作用，我称之为"离合引生"的辩证方法。这个方法表面看来是一种否定或断弃的行为：譬如说道不可以道，说语言文字本身的缺憾与不足，说我们应该"无为"，应该"无心""无知""无我"；我们不应言道；道是空无一物的。但事实上，这个看来似是断弃的行为却是对具体、整体的宇宙现象，对不受概念左右的自由世界的肯定。如此说，所谓离弃并不是否定，而是一种新的肯定的方法，也可以说是一种负面的辩证。③

　　这样对于语言的处置与理解，将导向老庄的语言观念甚至其整体哲学中未曾言明的生动的辩证层面，而这样一种处于张力平衡中的语言则导向

---

① 叶维廉：《叶维廉文集》第1卷，安徽教育出版社，2002，第141页。
② 叶维廉：《叶维廉文集》第1卷，安徽教育出版社，2002，第141~142页。
③ 叶维廉：《叶维廉文集》第1卷，安徽教育出版社，2002，第137页。

诗意的丰富："语言文字仿佛是一种指标，一种符号，指向具体、无言独化的真世界。语言，像'道'字一样，说出来便应忘记，得意可以忘言，得鱼可以忘筌；或化作一支水银灯，把某一瞬的物象突然照得通明透亮。"① 这样的语言，处于饱含意义的抑制与矜持状态中，持盈欲滴，却又入口即化，使人立即直接沉浸入诗意的甘醴之中。"离合引生"的辩证过程"把抽象思维曾加诸我们身上的种种偏、减、缩、限的观、感表式离弃，来重新拥抱原有的具体的世界。所以，不必经过抽象思维那种封闭系统所指定的'为'，一切可以依循物我的原性完成；不必刻意地用'心'，我们可以更完全地应和那些进入我们感触内的事物；把概念化的界限剔除，我们的胸襟完全开放、无碍，像一个没有圆周的中心，万物可以重新自由穿行、活跃、驰骋。"② 东方式的心灵不是实体，而是一种负的、消极的（negative）能力，是一个虚怀纳物的语言与意象可以自由出入穿梭的客体呈现空间，因此，是东方的心灵成就了东方的语言而不是相反。由此也就决定了以下两点。

（1）汉语语言与意象具备实体化的特征，在总体上被呈现出其"客观性"地位："……每一个字，像实际空间中的每一个事物，都与其附近的环境保持着若即若离、可以说明而犹未说明的线索与关系，这一个'意绪'之网，才是我们接受的全面印象。"③ 这样的实体性的特征具有一种"自身具足"的性质，这种性质不仅是提炼白话的必要条件，而且是诗人的"出神"状态的反映，并且在这种"出神"状态中超脱时空的限制，使白话的意象表现力具有旧诗的水银灯效果。④ 另外，语言与意象共有的实体性碰撞与磨合的结果，是它们互相揭示、互为映照，而语言的心灵化特征又使得语言仿佛是透明的，非常明澈、清晰、准确地将意象的画面内容直接呈现了出来。

（2）同时，语言和意象具备心灵化的性质，由此也就决定了汉语诗歌中语言与意象在很大程度上是"同一"的。这种"同一"绝不是指汉字的象形特征容易引发形象思维之类，而是指其存在层次与本体论地位对于心灵的同一性，或者说，这种同一解构与消融了理性逻辑与实用思维中形而上学的、或具有此趋向的世界架构："……诗人利用了文言特有的'若即

---

① 叶维廉：《叶维廉文集》第 1 卷，安徽教育出版社，2002，第 143 页。
② 叶维廉：《叶维廉文集》第 1 卷，安徽教育出版社，2002，第 137 页。
③ 叶维廉：《叶维廉文集》第 2 卷，安徽教育出版社，2003，第 49～50 页。
④ 叶维廉：《叶维廉文集》第 3 卷，安徽教育出版社，2002，第 215 页。

若离'、'若定向、定时、定义而犹未定向、定时、定义'的高度的语法灵活性，提供一个开放的领域，使物象、事象作'不涉理路'、'玲珑透彻'、'如在目前'，近似电影水银灯的活动与演出，一面直接占有读者（观者）美感关注的主位，一面让读者（观者）移入，去感受这些活动所提供的多重暗示与意绪……"①

所有这一切，最终汇聚为"秘响旁通"的意义世界：

> 打开一本书，接触一篇文，其他的书的另一些篇章，古代的、近代的、甚至异国的，都同时被打开，同时呈现在脑海里，在那里颤然欲语。一个声音从黑字白纸间跃出，向我们说话，其他的声音，或远远地回响，或细语提醒，或高声抗议，或由应和而向更广的空间伸张，或重叠而递变，像一个庞大的交响乐队，在我们肉耳无法听见的演奏里，交汇成汹涌而绵密的音乐。②

所谓的"秘响旁通"绝不是以诗歌语言的语义繁复多变所能概括的，它已经超出了语言的问题，而进入了一种在诗性文化中的诗意存在的问题：当"诗人在写下一句诗，他已经活动在这个空间里；我们说一句话，已经呈现出我们历史的根源"③，因此诗歌意义的"旁通"与"派生"，它所要竭力做到的，是"为读者重现某种'人的情况'在整个历史过程与空间呈现的诸貌与演出、变化的种种关联与组合"④ 这一"文、句外的整体活动"⑤。这样，当一个诗人写作一首（比如有关送别的）诗的时候，他总是有意无意地企图通过有着深厚无比的语词与典故的历史意义踪迹积淀的文言，将古往今来一切送别的声音沟通、复现并带入读者的意识，而作为读者来说，他所读到的并非署名的作者一个人的心曲，而是"仿似总合前人的别情"⑥。当然，这创作和接受的全部活动，需要以一整套的诗性文化及其意义机制为前提，并在其内部发生。

---

① 叶维廉：《叶维廉文集》第 2 卷，安徽教育出版社，2003，第 58 页。
② 叶维廉：《叶维廉文集》第 2 卷，安徽教育出版社，2003，第 59 页。
③ 叶维廉：《叶维廉文集》第 2 卷，安徽教育出版社，2003，第 68 页。
④ 叶维廉：《叶维廉文集》第 2 卷，安徽教育出版社，2003，第 68 页。
⑤ 叶维廉：《叶维廉文集》第 2 卷，安徽教育出版社，2003，第 66 页。
⑥ 叶维廉：《叶维廉文集》第 2 卷，安徽教育出版社，2003，第 68 页。

第三节　生命的还原与诗境的整合

通过以"离合引生"的辩证方法对语言的处理，导向"密响旁通"的意义释放，这就给语言与理性之外的整体生命经验与诗意生成敞开了呈现的空间。因为在叶维廉看来："……没有诗的意念，是因为缺乏了艺术激荡的生活环境，若单是在语言里写诗，便是越过生活本身而造境，徒具虚饰而已。"① 道家意义上的诗学观念绝不会将诗意框定在语言的范畴内，它之否定语言、超脱语言，道家之所以为道家，正在于其超脱一己的私人空间与语言的小巧游戏，对于语言之外的广阔浩邈的类存在之诗意的肯定与激赏。在诗歌和语言之外，一方面有自本自根、不可还原的运转不息的洪荒宇宙，另一方面有作为内在于前者的一部分的活泼泼的飞扬洒脱的生命整体。在这里，心灵是生命的形容词。

这便不同于生长在形而上学的文化意义空间中的生命－心灵机制，在后者当中，心灵构成生命的本质：作为审美主体的心灵，受着叠床架屋的形而上学理性框架的支撑、割裂与拘牵，美被当成某种与真悖反、与善绝缘的表面化、形式化的东西，而这其中的根本原因在于，以与求真相同的正向运动的心灵力量来求美。其实，美与真不同，美的领域应该是一个更加开放和自由的领域，至少，求美与求真可以采取不同的路径和方向，这种方向与路径所指向的，是有似于在原始人那里所保持的全面感性：

> 原始人没有这种赘累（指私心私欲的狭小境界——引者），因为他的全面感知的存在从未割切、区分、间隔而为个人孤立诡异的单元，他与自然环境的关系始终是浑然一体的。没有"自我灵魂的呼喊"，只有与全世界共存的群体意识，好比他所有的感官都如此调和齐一（知、感合一），与其周围的存在物作同时的并生并发，继续无间地交媾，好像全世界的一切事物都成了他整个有机体的延伸。由于他这种浑然的意态，他能更具体地接近物象而不歪曲其原貌，物自可为物，完整纯朴，与他并存相认，以一种现代人无法洞识无法拥有的亲切感。②

---

① 叶维廉：《叶维廉文集》第 3 卷，安徽教育出版社，2002，第 144 页。
② 叶维廉：《叶维廉文集》第 3 卷，安徽教育出版社，2002，第 169 页。

　　原始人没有私心私欲，没有被割裂的灵魂，同样也没有"个体"的意识、"主体"的意识。因为没有"主体"意识，所以没有君临万物的优越感，没有凭借自己理性装备与思维机能不把客体世界的秘密彻底钻探明白誓不罢休的意向；因为没有"个体"意识，所以没有将生命及其意义限定于个体的身体感官与思维阈限的规定之下。原始人将自身与客体看作可以沟通的、平等的关系，个体自我的疆界是不存在的，而只有混沌的、宽广的、无限延伸的类意识（当然后者并不是建立在个体意识的集合的基础之上，而是一种尚未分化与割裂之前的状态）：当这样的主体与客体、自我与他者之间的鸿沟尚不存在的时候，建立在感性（而非思维与理性）基础上的、以感性为主体的生命经验，才是真正全面的、完整的、自由的。只是随着世界的日益理性化、功利化、符号化，这种原始感性与生命经验才逐渐散失，"现代艺术家喜用混合媒体试图把我们的全面感性唤醒，这是因为我们已经失去这种全面感性之故"。① 艺术逐渐变成个人才智的产物，变成一个被制造或被观赏的客体与对象，那种被编织进流淌于人的类存在空间、并与之水乳交融的诗意河流中的艺术的时代结束了。在这样的万劫不复的历史 - 文化趋向面前，西方人只能竭尽所能在艺术中对于原始经验作一些支离破碎的回溯，但是在东方的中国，在中国的古典世界中，却有着一整套哲学 - 文化体系，支撑、维护着原始经验的诗意涌现这一人类学事实。在全面西方化的当代世界中，这一观念体系可以提供给我们用以对抗西方的文化殖民的古老而又全新的思想资源。以此为参照系，叶维廉的中国古典诗学观念的重新发现、重新阐释，对于中国新诗与诗学问题也就具有了巨大的文化意义与直接的现实意义。

　　原始人的原始经验当然只是具有一种类比与参照的意义，无论如何都不可能回到原始人的时代，诗歌遍地的古典中国也远不是原始时代。叶维廉所梳理出来的中国古典诗学的基本思路是：在"离合引生"的辩证的语言活动中超越语言，走向全面的、整体的、自由的生命感性的还原，以这样的生命感性去化合"具体的经验"："显然地，中国诗要呈露的是具体的经验。何谓'具体经验'？'具体经验'就是未受知性的干扰的经验。所谓知性，如上面先后指出的，就是语言中理性化的元素，使具体的事物变为

---

　　① 叶维廉：《叶维廉文集》第 3 卷，安徽教育出版社，2002，第 163 页。

抽象的概念的思维程序。要全然地触及具体事物的本身，要回到'具体经验'，首要的，必须排除一切知性干扰的痕迹……"[1] 叶维廉列举了中国诗歌的美学特征，从此类特征出发去追索这种诗歌美学的根源：

◎超脱分析性、演绎性→事物直接、具体的演出。

◎超脱时间性→空间的玩味，绘画性、雕塑性。

◎语意不限指性或关系不决定性→多重暗示性。

◎连接媒介的减少→还物自由。

◎不作单线（因果式）的追寻→多线发展，全面网取。

◎作者融入事物（忘我）→不隔→读者参与创造。

◎以物观物→物象本样呈现→物象本身自足性→物物共存性→齐物性（即否认此物高于彼物）→是故保存了"多重角度"看事物。

◎连接媒介的减少→水银灯活动的视觉性加强。

◎蒙太奇（意象并发性）→叠象美→含蕴性在意象之"间"。[2]

分析以上各项，可以发现它们大致能够区分为三类：前三项大致可以归为一类，它们涉及的是"超越"、"离弃"的"离合引生"的语言活动，这几项比较简单，不需要过多的解释，上文在第二节中也已对此作过探讨。接下来的四项，涉及的是"观物"与"物我关系"的问题；最后两项涉及诗境的整体效应的问题。从关于"观物"、"物我关系"的几项看起。按照西方哲学及其影响下的"观物"机制，观看者被当作"主体"，而被观看者（包括被观看的他人、他者）则被当作一个"客体"，其中"主体"是主要的也是主动的，而"客体"则是次要的、被动的，这个主客体的关系是基本的、不可变更的。关于客体的知识、客体的属性甚至于客体的存在本身，都依赖于这一关系，而这一关系主要被当成理性思维及其规定之下的关系。建立在主客体关系基础上的观物机制，被赋予了过高的宰割与裁制万物的权力。对于全面的物性来说，它只能是种抽象与片面的剥离，包含了很大的简缩与简化的成分。对于理性的认识与推理论证来说，在某种意义上这当然也可以意味着深刻化与本质化，但是对于以感性的丰

---

① 叶维廉：《叶维廉文集》第 1 卷，安徽教育出版社，2002，第 72 页。

② 叶维廉：《叶维廉文集》第 1 卷，安徽教育出版社，2002，第 72 页。

富多样性为尚的美学与诗歌的领域，这只能意味着诗性经验与诗性意义的巨大流失。而所谓"以物观物"的态度，从根本上发源于老庄哲学，后来的宋明道学综合儒释道将它发挥得更加具体详尽：

> 所谓"以物观物"的态度，在我们有了通明的了悟之际，应该包含后面的一些情况：即，不把"我"放在主位——物不因"我"始得存在，物各自有其内在的生命活动和旋律来肯定它们为"物"之真；"真"不是来自"我"，物在我们命名之前便拥有其"存在"、其"美"、其"真"（我们不一定要知道某花的名字才可以说它真美）。所以主客之分是虚假的；物既客亦主，我既主亦客。①

自然与诗灵的交会、物与我的融合，不是将自然与诗灵、物与我等量齐观与简单相加，但仅仅是一种重点与方向上的些微的量的不同，也足以造成哲学与诗学甚至于文化整体状貌的巨大差异：役物化我的主体化超越方式，习惯于将自然与客体看作必须穿透的现象与表象，而陶醉于主体理性能力的永动机，以我化物的客体化超越方式，则甘心将现象与表象本身看作最后的实在，并乐于栖居于客体的澄明："'以物观物'，诗人在发声用语之前，仿佛已变成各个独立的物象，和它们认同，依着它们各自内在的机枢、内在的生命明澈地显现；认同万物也可以说是怀抱万物，所以有一种独特的和谐与亲切，使它们保持本来的姿势、势态、形现、演化。"②"以物观物"当然不光是一个诗学命题，而是叠加在一个关于"一种独特的和谐与亲切"的诗意盎然的物我关系的哲学命题之上：以物观物，两不相累，物我之间不需要因为相互之间的依附与宰制关系，而衍生出"媒介"或中介的层叠，它将物本身从各种媒介的割据中释放出来，使物保持在自由的真性中免受戕害与遮蔽；同时，这种观物态度也表明了物我之间的一种平等的、圆通的甚至是可以换位的关系，它不同于（比如西方的形而上学的思维空间与意义机制规定之下）单向度的意义连接与传递关系，是对于单线的、比如因果式的意义关系的消解。在这样的意义机制之下，观物者可以从多样的时间模式与多维的空间角度，对于事物进行往返流观、统照通

---

① 叶维廉：《叶维廉文集》第 1 卷，安徽教育出版社，2002，第 142 页。
② 叶维廉：《叶维廉文集》第 1 卷，安徽教育出版社，2002，第 142 页。

览。这也就是叶维廉讲的"全面网取"、"多重角度"的意思。

这样，一方面，祛除了僵直生硬的时空形式限制与因果性范畴之类的理性隔碍，导致了诗意与意象的直接性，而不再需要经过比喻和象征的意义杠杆："……不必依赖比喻和玄理而存在的文学例证，可见于大量的中国山水诗。简单地说，这些诗不依赖比喻，不依赖象征：山水事物照它们的原貌原状呈现，诗人不用解说干扰，景物直接'发声'直接演出，诗人仿佛已化作景物本身。"① 中国古典诗学的这一特征，常常被粗通西方的理论而又不加细心审查的人们所歪曲和误解，比如诗人于坚把中国古典诗学当作"隐喻的诗学"，可以说是正好完全说反了，由之而来的"拒绝隐喻"也就成了无的放矢。实际上，在东方哲学文化语境中，"象"即实在或实体，并不是因为"象"再现了或者在其背后隐藏着真正的客观实在，而是说"象"与客观实在具有相同的本体论地位，或者更准确地说，是在形而上学的存在层次和本体论格局之外，具备"实体"或"实在"的性质。因此，"象"的这种"实在"或"实体"属性本身，就是对于理性和实用逻辑的整体否定："象"本身超越于虚实体用之外，呈现为真善美融合的诗意盎然的状态。这样，在诗美创造经验中，心灵对意象的覆盖，在更基本的层次上、更大的范围内，便落实为生命趋向客体化维度的超越与栖息。

另一方面，这又导致了诗意的内在性。这里的内在性，是与诗意的客体性与对象性相对而言的。这种内在性，是由"消极能力"或者"负的主体性"通过"对外物的陷入"并与之进行"神秘主义的结合"而达致的。这一过程的结果不仅是对于主体的超越，同样也是对于个体的超越："诗论里不论中西，常以'风吹''鸟鸣'来比况诗，这也可以反面证明诗的一个理想，是要达致超乎语言的自由抒放。这个立场常被抒情诗论者所推许，所以道家的美感立场也可以称为'抒情的视境'，lyrical vision；我要加英文，是因为中文'抒情'的意思常常是狭义的指个人的情，但'抒情'一语的来源，包括了音乐性、超个人的情思及非情感的抒发。例如不加个人情思的事物自由的直现便是。"② 这种超个人、非情感的抒发，构成了"广义的抒情主义"③。

于是，叶维廉对于"什么是诗歌"的基本看法是：

---

① 叶维廉：《叶维廉文集》第 2 卷，安徽教育出版社，2003，第 134 页。
② 叶维廉：《叶维廉文集》第 1 卷，安徽教育出版社，2002，第 141 页。
③ 叶维廉：《中国诗学》，三联书店，1992，第 291～292 页。

　　　　"志"是由"士"及"心"两部分所构成的,《说文解字》里解
　　释为"心之所之"……我们除了在"心意"、"心情"这类词语去解释
　　"心"字之外,我们试从"佛心"、"无心"、"本心"诸词来看,"心"
　　之原意应解释为:"吾人意识感受活动之整体(全貌)。"则所谓"志"
　　在此就应解释为:"吾人对世界事物所引起的心感反应之全体。"因此,
　　我们可以说,早在古人下定义之时,已不强调理性下的思维范畴——道
　　德、说教、载道;亦不强调感伤主义下一度形成的俗人所谓"美"的事
　　物——夕阳、晚霞、春花、蝴蝶、爱、雪、秋月、别离。它强调一种均
　　衡及全貌——对事物(意识感受下的事物)均衡忠实的处理……①

　　对于事物的均衡全面的处理之关键在于,它不仅是对于客观与客体的处
理,同样也是对于主观与主体的处理,直到将这种很容易在认知与功利行为
中滋长并结核的主客关系化解,并汇合为诗意的亲密、纯粹、宁静、和谐。
因此所谓的"诗境的整合"的意义,不仅是打破个体的狭隘的存在空间走向
类的共在,同样也是打破时间的当下在场的限制,而整合进所有类存在的历
史,也即不仅仅是对于空间(与客体相关)的扩展,同时也是对于时间(与
主体相关)的重构。所有这一切都归结为一点,最关键的一点,那就是"陷
入"外物的诗意的内在性与直接性。这是中国诗学传统不同于西方诗学与中
国"现代"的诗学观念,即把诗歌当作外在于生命主体的客体与对象的思考
范型的核心所在。当诗歌被从生存整体上撕裂下来,无论它被编织得如何精
工细密,从"文体"的意义上被锻造得如何完美繁复,它已经从根本上是残
缺不全的了。重申一遍:诗意不仅是外在的作为对象与客体的语言织体,以
符号形式呈现的某种语言的意义,包括一般意义上的所谓"言外之意"——因
为这不过是肯定了语言的符号意义的主体地位之余的小范围的溢出,诗意乃是
与全面的生命感性与生命经验整体相关的类的生存与共在的诗意。

第四节　学科规训的诗性改写与文化
灵魂的本真呈现

　　对于当代诗学建设来说,应该看的主要是哪些研究对于诗学理论做出

---

　　① 叶维廉:《叶维廉文集》第3卷,安徽教育出版社,2002,第182页。

了实质性的贡献，可以充实与丰富人们的思想，可以开放与拓展人们的视野，而不应该以横加在现代学科划分与学术规范之上的那些令人窒息的条条框框自限。其实新的学术范式的引进，可以反观原有范式的有效性及其程度，甚至本身就是原有范式在不同程度上失效的结果。打破那种不正常的、像"纯诗"一样的"纯诗学"的自律，将其放置并且连接在当代历史文化潮汐的涌流与澎湃之中，并将其看作多线的思想与多元的语境碰撞汇合的结果，一直是本书试图得出的结论与展示的目标之一。

按照现代的学科体制与学术规范来说，叶维廉的研究属于"比较文学"，具体来说是"比较诗学"的范畴。然而，比较文学学科范式隐含的、尤其是对于东方文学和文化研究所可能具有的意义，长期以来被忽视、被遮蔽了。大陆学者津津乐道于凭借比较文学"寻求跨中西文化的共同文学规律"，这种思路即使对于西方的文学学科的研究趋向来说，它所包含的也是非常古老的、本质主义的文学真理观念与文学理论意向，相对于无限丰富的美学经验与淳厚真切的文化情境而言，它所导向的也是一种令人失望的、苍白浮薄的文学教条。而对于叶维廉先生来说，它就更是一种深度的误解。在我们看来，叶维廉先生的兴趣所在，从来就不是什么空洞的、东西方文学的"共同规律"，虽然他不是简单地排斥这一点：这首先是出于在东西方之间展开的比较文学、比较诗学，与在欧美文化系统内部进行的所谓比较文学、比较诗学，由于对于东西方的文化系统的巨大跨越，具有、也应该具有深刻的质的不同：

> 因为我们这里推出的主要是跨中西文化的比较文学，与欧美文化系统里的跨国比较文学研究，是大相径庭的。欧美文化的国家当然各具其独特的民族性和地方色彩，当然在气质上互有特出之处；但往深一层看，在很多根源的地方，是完全同出于一个文化体系的，即同出于希罗文化体系。[1]

因此，在叶维廉看来，"……在欧洲文化系统里（包括由英国及欧洲移植到美洲的美国文学、拉丁美洲国家的文学）所进行的比较文学，比较易于寻出'共同的文学规律'和'共同的美学据点'。所以在西方的比较

---

[1]　叶维廉：《叶维廉文集》第1卷，安徽教育出版社，2002，第1页。

文学，尤其是较早的比较文学，在命名、定义上的争论，不是他们所用的批评模子中美学假定合理不合理的问题，而是比较文学研究的对象及范围的问题。"① 只有当比较文学或比较诗学突破了西方文化系统自身的藩篱，它的发展才达到一种前所未有的高度，它的意义也才得以充分地体现。

因此，叶维廉一开始强调的就是通过不断的"整体化"诉求与努力，打破不同文化系统各自孤立的封闭性与阐释偏见，在它们之间建立一种完全开放的平等对话关系，使之彼此"互照互映"、"同异全识"："我们在中西比较文学的研究中，要寻求共同的文学规律、共同的美学据点，首要的，就是就每一个批评导向里的理论，找出它们各个在东方西方两个文化美学传统里生成演化的'同'与'异'，在它们互照互对互比互识的过程中，找出一些发自共同美学据点的问题，然后才用其相同或近似的表现程序来印证跨文化美学汇通的可能。但正如我前面说的，我们不要只找同而消除异（所谓得淡如水的'普遍'而消灭浓如蜜的'特殊'），我们还要藉异而识同，藉无而得有。"② 这一切绝非只是研究思路与重点的些许不同，而是贯穿着某种完全不同的认知与真理观念，而且不仅如此，在理论观念与思维方式转换的同时，比较文学的学科规训在叶维廉那里，本之于东方式的诗性哲学与真理观念，从内部发生了一次根本性的变动。

这种学科规训的改写，不仅仅是视野的局域性扩大与策略的临时性调整，它因为感应与嵌合着东方文化在现代与后现代的全球语境中的某种宿命性的轨迹，而具有一种激动人心而又不动声色的颠覆力量：比较文学必将培育出它自身的辩证对立面，比较文学将被它自身逻辑的充分展开所解构，比较文学将不再是一种跨文化的文学研究与思维范式，而是它自身的学科规训整体上将被完全不同的异质文化系统深刻地改写。在这其间，东方文化对于西方独断性的文化圈的突破与进入，将是最关键与最有意义的步骤：最显在与最表面的变化，就是它从此以后需要以真正的复数的形态出现，而在此背后，是文化差异性的原初呈现和尊重与护持这种差异性的东方诗性真理观念的汹涌登场。根据某种更乐观的预测，这又似乎为东方文化及其价值观念在未来世界的意外胜利，提供了意义空间与客观对应物。叶维廉先生的研究也正是在这样的意义上具有典范性的启示价值：叶

---

① 叶维廉：《叶维廉文集》第 1 卷，安徽教育出版社，2002，第 2 页。
② 叶维廉：《叶维廉文集》第 1 卷，安徽教育出版社，2002，第 15 页。

维廉的比较文学研究，不同于解构主义与文化研究的体制批判的纯粹否定性结果；也不同于后殖民主义理论话语完全立足于西方立场，只是出于道义感情，才对后者进行一些自省与反思性的批评，随后又急忙申辩"东方不是东方"以求改变自身在西方体制中的被动局面；叶维廉先生以诗人的虔诚而本真的文化良知，沟通并启动了一个古老的诗意的思想世界，同时反求诸己，将自己的文化灵魂呼吸吐纳为一种学术高格与一方理论胜景，以正面的建构无声无息地覆盖了解构的废墟。这就为东方的人文学者取用和操持西方的学术范式与理论话语提供了某种榜样。

　　叶维廉本人讲，"在我认识比较文学作为一种学科和进而作深切的哲学思考之前，我已经不知不觉地进入了比较文学的活动。我说'活动'，因为还不是有方法可循、经过分辨思考的研究。"① 进入比较文学的学科范式，对于叶维廉来说并不仅仅是出于理性的选择与功利的目的，而是先天构筑在自身文化灵魂中的精神原型的自然生长与系统展开。因此，这种诗性的真理形态，同样贯通了不同的语言与思维方式之间、甚至于语言－思维与生命存在本身之间的隔阂。叶维廉先生的诗歌散文不必论，即便是其理论与研究论文，读起来的感觉既不像大陆学者一二三四五教案式的排比罗列，也不同于西方理论家翻空出奇的概念舞蹈，其醇厚温雅的文体是一种需要去经验、去体味的东西。因此，对于叶维廉先生而言，他的写作本身就是对于这样的真理观念与真理形态的实证与践履，是一种"哲学实践"（理查德·舒斯特曼）——这也正是这里强调的"规训"（discipline）一词所包含的意味：它不仅仅是原理和公式，同时也是实践的修炼。在此意义上，叶维廉的研究与写作，意味着一个东方人文学者之个体存在方式的大规模的生命还原与诗性整合，弥漫其字里行间的，则是淡泊、宁静的东方心性与诗意灵魂，在日趋干燥的意义荒漠中出入吞吐异质文化之际，升腾掩映着的晶莹润泽、洞幽烛微的迷人光晕。

---

① 叶维廉：《叶维廉文集》第 1 卷，安徽教育出版社，2002，第 20 页。

第九章　古典与后现代的精神会通

自从 20 世纪 90 年代以来，解构主义成为郑敏先生学术话语的主要思想武器与中心观念来源。就郑敏对于解构主义的阐释而言，其实不必拘泥于其对于后者的个别字句概念与局部思想的理解，人们应该珍视的，是其作为一位优秀的诗人出于文化生命最深处的焦虑与渴盼，而以其东方心性与诗化灵魂，对于中国古典哲学、诗学及解构主义所作的总体性的直观体悟和融会贯通，甚至于其有意无意的误读，也可能会给予人们以各方面的启示。所以，本章所要论述的，就是郑敏的解构主义阐释的整体精神氛围与基本精神向度，以及此中所包含的深度发现。郑敏先生是在统观中西的视野中来理解和阐释解构主义的义理的，因而这里相应地也就需要一种比较哲学与比较文化学的背景的铺垫，这将使本章的内容，有时看起来似乎离开主题非常地遥远。

第一节　从现代主义出发：诗思的解放和对于中国古典传统的重新发现

时间进入新时期以后，作为"九叶诗人"之一的郑敏沉睡了 30 年的诗艺得以恢复，重新开始写诗。与此相平行的，是对于美国当代诗歌与西方当代文论的研究。"正因为哲学对我是和诗歌艺术三位一体的，而三者又都是生命树上的果子，我觉得我对理论的研究并不妨碍写诗，在读哲学时我经常看到它背后的诗，而读诗时我意识到作者的哲学高度。因为我并不认为应当将哲学甚至科学理论锁在知性的王国中，也不应将诗限在感性的花园内。而高于知性和感性，使哲学和诗，艺术同样成为文化的塔尖的是那对生命的悟性，而这方面东方人是有着丰富的源流的。"[1] 这段话反映

---

① 郑敏：《诗歌与哲学是近邻——结构 - 解构诗论》，北京大学出版社，1999，第 480 页。

了郑敏写诗和研究诗论的实际情形，不仅对于理解郑敏的诗歌和诗论都有启发意义，而且也表达了郑敏对于诗歌本质和本体性的认识："对于我，诗和生命之间画着相互转换的符号。所谓生命是人的神经思维肌肤对生活的强烈的感受，而诗人在这方面是超常的敏感的……没有人是生活在真空中而自然与客观存在总是丰富得超出凡人所能感受的范围。因此以为只有在轰轰烈烈的场合中生活才能写诗是一种误解。"① 这样的看法，可能更多的是郑敏本人写作体验的表述，但正因此它构成郑敏诗论的原点和基点，它们是充实在郑敏诗论中的实质性内容，也是推动郑敏在诗学理论上不断探索、不断前行的动力源头。它是构成我们时时能在郑敏诗论当中体会到的生命质感和诗的质感的本源性的东西。

作为一位成就卓著的诗人，对于诗歌之为诗歌的基本理论问题素所关注，同时也深有体会。郑敏很早就开始思考诗歌的内在本质、内在构成问题，在郑敏看来，诗之为诗，不在于它是否分行、押韵，是否有节拍有规律，诗歌之所以不同于散文，"二者的不同在于诗之所以成为诗，因为它有特殊的内在结构（非文字的、句法的结构），因此一篇很好的散文即便押上韵、分行，掌握节拍，也不是诗，也达不到诗的效果，反之，一首诗如果用散文的格式来表达，它仍不是一篇散文，而成为'散文诗'。因为从结构上它仍然是诗。"② 诗歌的这种内在的结构性特征，就在于它的构成原则和展开方式，不是像散文和说理文那样以理性的逻辑因素为主线，不是像小说那样以故事为主线，也不是像戏剧那样以矛盾发展、冲突、解决过程为主线，而是通过暗示启发，向读者展示一个有深刻意义的境界，使读者在瞬间恍然大悟：在刹那之间，读者兴奋地感觉到认识的提高、内心的激动、心灵的豁然、智慧的突然爆发，以及与此相伴而来的强烈的情感冲击波。"诗的特殊的内在结构正是为这种只有诗才能有的暗示和启发的效果而服务的……诗的内在结构可以有很多类型，但它的目的都是使诗含蓄而有丰富的暗示魅力。假设将一首诗当作一个建筑物，我已经发现的这类建筑物的结构至少有两种：一种是展开式结构，另一种是高层式结构。"③ 展开式结构像中国传统的庭院式建筑，一步步地将读者领入柳暗花明、豁然开朗的境地。这种展开式结构又可以分为三种形式，即层层展

① 郑敏：《诗歌与哲学是近邻——结构 - 解构诗论》，北京大学出版社，1999，第 417 页。
② 郑敏：《诗歌与哲学是近邻——结构 - 解构诗论》，北京大学出版社，1999，第 3 页。
③ 郑敏：《诗歌与哲学是近邻——结构 - 解构诗论》，北京大学出版社，1999，第 4 页。

开、突然展开和在达到高潮后戛然而止、余味不尽式的展开。这三种展开方式，即层层深入、奇峰突起和引人寻思的展开方式，它们的共同特点是一切寓意和深刻的感情都包含在诗的结尾，诗的结尾是全诗的高潮和精华。[①] 这种展开式结构多见于古典和浪漫主义诗歌。另外一种高层式的结构，则多见于现代派诗歌。这种高层式结构的特点，是同一个诗歌文本具有多个层次的含义，在写实的底层之上所建立的另一层奇特的结构，让读者总觉得在头顶上有另一层建筑、另一层天，时隐时现，使人觉得冥冥中有另一个声音。这样的情形在古典诗歌中很少见。正是这样的诗歌的内在结构，给读者以突然的顿悟和强烈的快感。没有这样的内在结构，无论文字多么精美，细节多么详尽，都不能称之为诗，完成不了诗的功能。在郑敏看来，一首诗的特殊魅力，就在于（一）它使读者惊奇，（二）它所创造的富有感性魅力和理性光辉的意象，（三）它的内在结构[②]。因此，诗的内在结构也是诗歌之为诗歌的特殊魅力的主要来源（"惊奇"也可能与结构有关）。

从这样的对于诗歌本身的体认、感悟和思考出发，郑敏对于当代汉语诗歌提出了她自己的看法。这种看法不是从陈腐、狭隘的艺术观念出发的愤愤不平，而是一位有着广博学识的前辈诗人对于青年诗人写作中所存在问题的善意规劝。在郑敏看来，今天的汉语新诗主要问题在于以下几个方面：一味求新、求变，滥用技艺和对于语言的自由，使诗歌变成纯粹的语言游戏和技艺表演，却没有留住诗的精灵；没有把握住哪个是真正的"自我"，哪个是虚假、表面的"自我"，没有将艺术实验和自我的深度体验结合起来，虽然一味地强调个性和自我，但结果是诗歌表现出来的恰恰是一个毫无个性的"个性"，一个千人一面的"个性"；勤于感受，懒于思维，使得诗歌成为杂乱的没有意义的感受的拼贴，人们感受不到其中的灵魂的声音和诗性的灵动；求变、求新成为偏执，成为负担和包袱，实际只是将一些西方现代、后现代的艺术理论作了肤浅的搬运，表面上的丰富实际上是最大的贫乏；最后，是在有关诗歌的旧的观念框架和模式被打破以后，被"主义"所俘虏，成为名目繁多的各式"主义"的奴隶，而且很多情况下这种"主义"是为了主义而主义，是为了轰动效应、为了追求刺激性和

---

① 郑敏：《诗歌与哲学是近邻——结构－解构诗论》，北京大学出版社，1999，第 12 页。

② 郑敏：《诗歌与哲学是近邻——结构－解构诗论》，北京大学出版社，1999，第 60～68 页。

占山头而主义，因此，这样的"主义"过敏症已经大大地伤害新诗创作，压抑了创作个性。① 应该说，这些问题是全方位和深层次的，要克服这些问题，没有开阔的文化视野和广博的文化素养是办不到的。因此必须建立广阔的参照坐标和发掘深厚的文化资源，才能对于新诗、尤其是当下诗歌写作的问题看得更清楚。

郑敏本人常常将新诗放置在中西诗歌史的视野中来进行观照，越到后来，郑敏越显示出对于中国古典诗歌和文化传统的兴趣。郑敏发表了一系列呼吁回归中国古典文化、尤其是古典诗学传统的言论和文章。这不仅仅是出自学识修养方面的原因和学理上的体认，更不是哗众取宠故作惊人之语，而一定是出自她的文化生命的最深处的焦灼与渴盼。人们不必在每一个具体观点上都同意郑敏，但其真诚与对人们的警醒作用不容置疑。这样的古典式的回望，它内在根据是古典传统本身的现代性因素。就以诗歌而论，中国古典诗歌内部存在着无穷的现代性因素和向现代性展开的可能性，西方的意象派之类的现代主义诗歌只是例证之一。在郑敏看来，在感性与知性相结合而成的"意象"、时空的跳跃、情感的强度与浓缩、时空的转变与心灵的飞跃、格律对于诗歌活力和多层复杂性的充实、精妙绝伦的用字、诗歌的境界等等方面，都是新诗写作可以学习的中国古典诗歌的宝贵传统和现代性因素②。只是我们的诗人或出于无知，或出于由陈旧观念而来的偏执，对于这一切都视而不见，却一味地舍近求远，割断文化血脉去模仿西方诗歌。因此，激活古典传统，充实新诗的文化实质性和历史连续性，应该是新诗求得更大进展的必要工作之一。

当郑敏对于中国古典诗歌和文化传统的回顾与解构主义和后现代主义联系起来时，它就获得了一种更大的言说空间、观念上自由度和现实意义。20 世纪 90 年代以后，中国的社会生活发生了深刻的转型，生活内容、生活方式的变化以及观念与价值领域的日趋多元化，为后现代主义诗歌在更大范围内的出场，提供了更为开阔的空间与更加逼真的氛围。后现代主义的艺术观念与写作方式、文学技巧，在当代诗歌中得到多方面的反映。在诗歌观念的领域，在韩东、李震、沈奇、欧阳江河、臧棣、杨小滨等人的诗歌观念与理论表述中，以各种不同的方式、不同的程度呈现出来。然

① 郑敏：《诗歌与哲学是近邻——结构 - 解构诗论》，北京大学出版社，1999，第 267 页。
② 郑敏：《诗歌与哲学是近邻——结构 - 解构诗论》，北京大学出版社，1999，第 311 页。

而在这一领域，与其他的文学题材如小说的写作领域相比，却又似乎很少有全方位、大面积的贯彻与主张西方的后现代主义写作观念与艺术理论者。引人注目的倒是另一种趋势：在一些诗人与诗论家那里，他们通过后现代主义重新发现了中国古代的诗歌与文化传统，为此，他们付出了对于后现代主义与中国古典传统进行接续与沟通的努力。这样做的可能性，大概在于以下事实：（1）从逻辑上讲，如果我们能列出一张对比的表格，可以看出，几千年间的中西传统差距之大，几乎是以对等或者对立的方式展开的，因此，当后现代主义以彻底颠覆传统的姿态将西方传统在某种程度上倒置、倒转过来时，与中国古典传统之间出现相近、相通的倾向，就恰恰应该是顺理成章的；（2）从价值观上讲，"后现代主义其实表达了一种更为温和乃至保守的价值立场"①，作为后现代主义的对立面的那些庞然大物，在 20 世纪 80 年代已经被以后现代的名义进行了拆解与清理，进入 90 年代以后，那种激进的面孔已经不再有现实意义与针对性，人们在后现代的大船上面临的更为迫切的任务，已经是价值寻索、价值认同方面的思考。在这样的情形下，在认识了对于传统进行"现代性"否定与批判之片面性与偏激之后，中国诗歌的辉煌的古典传统进入人们的视野，是很自然的事情。在这方面，郑敏的许多论述值得我们注意。这位在当代诗坛有重要影响的诗人兼诗论家，走上了经由后现代向古典的回归道路，这一点本身，就足以引起我们对此中隐含的意味与信息的重视。

自从 20 世纪 90 年代以来，解构主义成为郑敏学术话语的主要思想武器与中心观念来源。就郑敏对于解构主义的阐释而言，其实不必拘泥于其对于后者的个别字句概念与局部思想的理解，人们应该珍视的，是其作为一位优秀的诗人，出于文化生命最深处的焦虑与渴望，而以其东方心性与诗化灵魂，对于中国古典哲学、诗学及解构主义所作的总体性的直观体悟和融会贯通，甚至于其有意无意的误读，也可能会给予人们以各方面的启示。这也就是说，人们应该从大处着眼，关注郑敏的解构主义阐释的整体精神氛围与基本精神向度，以及此中所包含的深度发现。郑敏对于后现代的着眼之处在于时代的后现代性，而非作为文艺风格的后现代主义②，作为时代的后现代性，其希望与病症并存。其希望所在是，它本身是一种解

---

① 陈晓明：《剩余的想象》，华艺出版社，1997，第 57 页。
② 郑敏：《诗歌与哲学是近邻——结构－解构诗论》，北京大学出版社，1999，第 135 页。

放，它可能提供一个宽松、多元的社会环境与艺术环境，也是一种全新的视野；当然，同时它也具有后工业社会中的一切商品化、享乐至上、价值迷失的症候。解放首先是人的解放、人的思维的解放，"我希望 90 年代后，中国的新诗能变成真正的多元……诗歌应该绝对自由地发展，应该千变万化地多元。而唯一的尺度是诗人的审美和伦理良知。我们应有真正的宽宏大量的心态，那样，我们的艺术才能真正最自由地发展起来。只要中国人的思维真正变成开放的，并找回自己的遗产，而且把新的生命注入其中，那么，我感到 21 世纪我们这个很伟大的民族就会让它的智慧在诗歌里放出灿烂的光辉。要达到那一天，我们必须真正对自己的思维方法，自己的观念进行一次非常大的突破"。① 因此，当典型的后现代哲学——解构主义进入郑敏的视野之后，郑敏首先着眼的就是它在这方面的意义。

在郑敏看来，解构主义的核心观念在于以下两点，一是非中心论，二是否认二元对抗。一元中心论的实质是理性至上的中心论，是人以一种理性主义的自大，将自身的思维结构投射到广袤无垠的世界中、人为地为世界设置一个假想的中心的结果。但实际上，宇宙是无限多样的，世界也是复杂丰富的，根本不存在一个绝对的中心与终极性的真理，与之相比，人的理性能力极为有限，不能将有限的理性知识当作世界的终极真理，更不能以理性的教条来裁割世界万物的丰富性与多样性。解构主义与后现代主义打破了一元中心论的思想，解放与释放了世界的多元性，这样的思想反映到艺术实践上，就是主张诗歌与艺术应该多元地发展，应该绝对自由地发展；反映到艺术思维上，就是像威廉斯那样，使诗思从超验所指与因果关系中挣脱，走向一种语言的超越工具地位的真正的自由。以语言观念为核心的现代诗歌观念，在中国当代诗坛还大有普及与提高的余地。但同时，后现代观念中反二元对立的思想也有很大的现实意义：我们的新诗从诞生之日起，就是在中国古典诗歌的经典序列的压力下生存的。胡适等新诗的草创者，是通过不断地制造与强化新诗与古典诗歌的二元对立来论证新诗的合法性的，而郭沫若"新新诗"的逻辑，则意味着将新诗与古典传统的紧张关系及新诗否定经典、否定传统的文化基因，带入了新诗自身的文化和历史本质当中。这在新诗诞生之初，有其策略的与现实的合理性，但却不应该成为新诗在后来的历史中拒绝古典传统的理由。后现代哲学

———————————

① 郑敏：《诗歌与哲学是近邻——结构 - 解构诗论》，北京大学出版社，1999，第 471 页。

和解构主义的观念，帮助郑敏跳出了二元对立的思维定势，在通观世界诗歌的宏大格局与东西文化的开阔视野中，重新发现了中国古典诗歌的伟大传统，为中国新诗确立了一个全新的价值坐标。20 世纪 90 年代以后，郑敏的思路基本沿着中国古典与解构主义的比照与会通的线索展开，寻索古典传统的经验与技艺，反思新诗的种种不足与缺憾。反思的言论与文章出自于德高望重、成绩卓著的新诗人之手，形成了较大的反响，也提出了一系列足以让人们认真对待的严肃问题，成为影响 90 年代以后中国诗歌观念领域的一种不可忽视的理论走向。总之，后现代的观念视野使郑敏重新发现了中国古典传统的价值，对于郑敏来说，中国古典传统不仅从逻辑上、学理上对于当代诗学具有示范意义，而且也染上了价值归宿的迷人光泽。这样就有可能使我们更多地汲取后现代观念的启示意义，而又能在一定程度上克服其负面影响。因此，郑敏先生对于解构主义的阐释中，其中最为重要的，就是中国古典诗性传统与解构主义的这种深度精神会通的可能性。

第二节 "无"的发现与"时间"重构：诗歌本体之思的会通

如果把哲学看成是一个意义体系的建构，那么西方哲学之所以能凝聚与展现西方文化的最深层的意义机制，就在于西方哲学、更准确地说是西方"形而上学"传统，保有一种纯粹思维或者说深刻的形式化－实体化的思维特征：

> 词源学的经验主义（所有经验主义的隐蔽之根）解释任何事情，除了在一个给定的时刻隐喻已经被思考作隐喻，也就是说已经被撕裂（意为从经验总体上撕裂——引者注）作为存在的面纱。这个时刻是"存在"之思自身涌现的时刻，隐喻化运动自身。因为这个涌现仍然并且总是在另一个隐喻之下发生。正像黑格尔在某个地方所说的，经验主义总是忘记是它役使语词来成其所是。经验主义总是用隐喻来思考而不把隐喻思考作经验。①

---

① J. Derrida, *Writing and Difference*, The University of Chicago, 1978, p. 139.

德里达所讲述的这个形而上学思维确立的关键过程是由巴门尼德完成的。巴门尼德的伟大之处就在于，将"存在"范畴作为思维形式确定下来，或者说，以"存在"范畴确定了形而上学的形式化的思维模型。这个过程就存在于那个不可窥测的原初"隐喻"的"隐喻化运动"之中：隐喻的本质，在于肯定喻体与本体构成的密闭空间中意义的实存与二者之间的意义的内在性的符合关系。巴门尼德一定在对于存在的"词源学的经验主义"的诗意直观中，玩味到了范畴和思维本身的实体性与形式化意味，从而将古希腊人在涣散的素朴直观中不可理喻地确立起来逻各斯崇拜与人与自然之间的隐喻性的意义内在符合关系，以思维同一性（"思维与存在是同一的"）或形式化思维的杠杆，撬离了前范畴化的经验的地面、"自然"的沙滩。从此形上思维可以翻空出奇，喧腾霄汉。从此，"存在"首先是思维形式或者形式化的思维实体自身的存在，是形而上学思维最完整的自我论证。巴门尼德说，"……存在存在，而非存在乃是不存在的"①。在这里，第一、第三个"存在"是动名词，第二个"存在"是系词，第四个"存在"是现在分词。这样看似毫无意义的同义反复的简短命题中，其实已经包含了形而上学的全部秘密，它是形而上学思维机制的完整呈现：动名词是意义（存在），系词是经验（起源），而分词是思维（形式－实体），在预设与封存意义的原初隐喻的思维之自我论证－反思中，经验（原初"隐喻"的隐喻化运动发生的第一次词源学经验）在趋向意义化的过程中，本身被抽空为形式化的思维自身的历险，意义的经验起源被掩盖、被遗忘了。自此以往，形而上学思维只是以分有原初"隐喻"的最高意义的方式，进行的自我复制与同义反复：隐喻化运动从此只是在思维形式的内在的自我指涉中进行，动词的名词化意味着意义的永恒的在场，名词是动词的起点与终点，而这又将分词本身也即思维形式本身给意义化了。因此形而上学在最深刻的意义上是思维的一种自我论证与同义反复。形而上学思维形式本身就是意义化的，思维的边缘，意义也便断裂了。于是实体便是意义，存在便是本质。意义以对于实体形式的附着的方式维护其无起源的在场的特权。然而这使得意义成为升起在深渊之上的云雾，只能是一种无根的存在。

不管西方两千年形而上学历史怎样辉煌地极尽与展示了人类智慧的可

---

① 苗力田主编《古希腊哲学》，中国人民大学出版社，1990，第90页。

能性，它也必然有其不可跨越的思维阈限，这样它也终将成为人们心智的、当然也是生存意义的桎梏：这也就是在西方的现代与后现代哲学对形而上学的批判中集矢所向的"在场"（presence）的思维。这一点如果对照中国古典哲学的思维－意义机制来看待的话，是异常清楚与触目的，而这里实际上也正是这样做的。同样也正是在这样的背景下，郑敏先生开始了对解构主义的阐释与对中国古典的重新解读："德里达的无形、常变的'踪迹'和'歧异'说必然使他的解构热情转向'不在'（absence）而背弃'现在'（presence 这个词通常译为'在场'——引者）。'现在'受本体－神学玄学崇尚，被认为是神、永在、权威等不朽力量的表象，自然受到解构主义的批判……"①。

映照着中国古典哲学视野，从意义生成的意义机制角度讲，"在场"思维意味着意义的"在场"与意义的"现在"（present），因此从另一个角度讲，"在场"思维可以看作"无"与本真的时间性缺席的结果，或者说与这二者互为因果。

首先需要说明的是"不在"（absence）不等于中国哲学的概念"无"。《庄子·知北游》中讲"……能有无矣，而未能无无也"，"无"虽然不能被意义完全穿透，不能被纳入到思维与范畴形式的掌握之中，但是它却是意义随时可以进入与占领的意义场，它是托举意义的柔波："有不能以有为有，必出于无有，……"（《庄子·庚桑楚》）。总而言之，在哲学的东方视野中，"无"是"有"的意义基底。而对于西方的形而上学传统来说，形而上学思维既然已经形式化、实体化，就像人不能将自己举起来一样，思维本身于是就处于"在场"的"以有为有"的复制与堆积中，所谓"不在"只是意味着思维质料的缺席，并不意味着思维形式本身的解体。形式化－实体化的形而上学思维从经验总体上的"撕裂"，造成意义域的割裂与时间性的残缺，它凭借着超时间的思维形式与"存在"，因而实际是思维自身的内在关联与符合的隐喻性意义关系，展开意义的自我复制与思维的自我论证，却从未、（按照其自身机制）也不可能对这种先天的意义关系本身，进行前形式化起源的反思与前范畴化经验的回溯，"……总是用隐喻来思考而不把隐喻思考作经验"。因而在思维的实体形式之外，就是巴门尼德所说的"非存在"，是无穷后退的黑暗空洞。它并不是思维

---

① 郑敏：《结构－解构视角：语言·文化·评论》，清华大学出版社，1998，第 26 页。

中的否定，而是否定本身也无法抓住的东西，因而它是绝对的"虚无"（nothingness）与吞没一切的绝对否定性，是令人恐惧的深渊，它永远不能被意义的光线照亮与穿透。因此它与中国哲学概念中的"无"的概念的前意义的无言的肯定性质、因而可以作为意义基底的性质，也有根本的不同。

在这种情况下，形而上学思维以分有原初"隐喻"意义的自身形式复制的方式，成为克服对于深渊的恐惧的一种路径。然而在形而上学的思维空间中，由于"在场"思维的实体性对于时间的穿透，使得永恒的"现在"涌满了时间的视阈，一种本真的时间性处于残缺不全的状态。而且，更加不可理喻的是，时间虽然是作为在场者在场的形式，但是在场仍然可以作为实体来穿透时间。或者更准确地说，在场者本来就是穿透时间的。因此，在形而上学的意义天空中，作为经验组织形式的时间本身却无法被经验。时间不过是一道绚烂的彩虹，它只是一种无根的幻影与美丽的谎言。这样，经验本身被"现在"切割成为抽象同质、内在同一的符号化与形式化的存在。经验质料的内在丰富性与复杂性被忽略了，不同的经验之间的不可还原的原初差异被抹平为量上的同质复制。于是在形而上学的意义空间之下，经验经由残缺的时间维度的形式化的中介过程，由下而上地走向意义化。意义在形式化的思维机制中单向度地传递。

正如郑敏先生参照中国的老庄哲学所指出的，德里达的解构工作，正是开始于一种对于"无有"的信念[1]，具体地说，是在对"无"的回溯中展露意义的起源，并且试图重构一种本真的时间性。这就需要深入形而上学思维 - 意义机制的内部，将那些被压抑的东西发掘出来，"即自对方的腹部，自内而外地将其击垮"[2]。为此德里达发明了"踪迹"与"延异"：

> 踪迹不仅是起源的消失——在我们坚持的话语之内，并且按照我们选择的途径——这也意味起源并未消失，它只有反过来通过非起源，通过踪迹，才能形成，因此踪迹成了起源的起源。[3]

---

[1] 郑敏：《结构 - 解构视角：语言·文化·评论》，清华大学出版社，1998，第 27 页。
[2] 郑敏：《结构 - 解构视角：语言·文化·评论》，清华大学出版社，1998，第 25 页。
[3] J. Derrida, *Writing and Difference*, The University of Chicago, 1978, p. 87.

就本章目前的语境来说，"踪迹"是德里达试图穿透形而上学思维，对于后者涌现的最初的"隐喻化运动"式的原始经验的回溯与再造。这种原始经验，在形而上学的意义空间中，必须被压抑回"虚无"的深渊、抛入时间的忘川，如果总是拖着这种原初发生时的原始经验的尾巴，形而上学思维就不能从前概念的经验总体上越起，进行纯思维的形式推理。因此，形而上学思维割断了意义的经验源头，以纯粹的思维形式本身来保证意义的永恒在场。因为，肯定一种意义的经验起源或者说经验化的意义，无异于承认意义只是一种意义经验或者意义化的经验："踪迹事实上是一般意义的绝对起源。这无异于说，不存在一般意义的绝对起源。"① 这一点虽然为孵化形而上学的古希腊以来的西方文化经验所不能容忍，但是在本章看来，或者说在这里从东方哲学的视境看来，却是最真实的存在事实。德里达挟与此相通的后现代洞见，试图将这样的机制带入形而上学思维与语言的内部，这将构成对于后者的最好的消解方式：踪迹的诞生，将意味着形而上学后来在纯思维内部构造的自身发生的"起源"神话的终结，但是这也就说明，任何的思维－意义机制，不管是形而上学的，还是在此之外的思维－意义机制，其本身的发生不可能没有其经验的源头，这种超出自身形式之外、也超出自我论证的起源神话之外的经验，正是"起源的起源"。作为"起源的起源"的是前意义化的经验（质料），而意义本身的起源是作为前经验之"有"的基底"无"。德里达这样来理解胡塞尔的先验还原："这个无（nothing）是允许先验还原的东西，先验还原把我们的注意力引向这个在其中意义的总体和总体性的意义允许它们的起源出现的无"② 胡塞尔的先验还原所要解决的是形而上学思维－意识本身的自然化问题。人们能够看到在先验还原中发生着的两种平行的过程，它可以总结本章这一节的内容：正如黑格尔的辩证法是在"思维的平方"（杰姆逊）中的思维－意识的一种对自身的深刻经验，胡塞尔的先验还原是从一个相反的方向上对意识经验的重构与意识自身的经验化。在这种对于思维－意识本身的经验化重构中，作为意识的本质的"意义"，将人们的目光引向其自身的基底："无"。

踪迹是原始经验，而"纯粹的踪迹就是延异"③。在延异中，一种本真

① 德里达：《论文字学》，汪堂家译，上海译文出版社，1999，第92页。
② J. Derrida, *Writing and Difference*, The University of Chicago, 1978, p. 164.
③ 德里达：《论文字学》，汪堂家译，上海译文出版社，1999，第89页。

的时间性也就是一种经验的本真形式诞生、展开了："……但是，它（différance 延异——引者）以某种方式，或至少较之任何其他的词而言更容易如此地将自己委身于直接衍身于现在分词 différant 的 a，并在它产生某种差异物或差异（différence）的效果之前，使我们接近动词 différer 的行为。"①"延异"是德里达对于形而上学思维发生时的动词名词化过程的反向重构，因此，延异就是要使人们去原始地经验现在分词，也就是形而上学思维穿透与排除的、因而我们在其意义空间中是无法经验的本真的时间性。这种时间性维护了经验质料的丰富性与差异性，而非将其形式化，在形而上学的意义空间之外，它是意义构成与经验意义化的必要条件。

经验本来是无从论证的人们无言地栖息的沃土，时间是经验的形式。但是在东方哲学的视野中，经验与时间互相不外在，也就是说，时间本身也是可以被经验的。这样，虽然时间这种经验形式并不本身就是对于经验的意义化，而只是给出了一种意义化的可能性，但是时间有可能以其可经验的纯粹形式（并置），成为不同的经验之间意义连接的中介。这并不是说经验本身的无意义，而是说，意义化动力本身获自一种更加渊深的肯定性与意义基底，那也就是无。无的意义基底使得时间性的维度从意义化经验的责任中解脱出来，因而也从一维性的绳索中释放出来，因此这时，参照东方哲学的思维与意义机制，这里可以设想一种时间性的多维重构。时间性的多维重构的基本要求在于，时间这时需要具备一种积极的自我解构的性质：在自我解构中，时间必须在相反的方向上给出一种意义的经验化的可能性，并将其包括进扩大了的经验 - 意义整体之内。对于意义的经验化并不是否认意义与经验的意义，恰恰相反，这是一种对于的不可还原的经验质料的丰富性与不同经验的原初差异性的尊重。意义的经验化，是对于德里达所说的原初"隐喻"发生的经验的沃土的痛快淋漓的回溯。在这种回溯中，在单维的时间性中板结僵化的经验被深深地耙梳了一遍，大量的生动的经验质料摩擦被激活：在此基础上，在经验的意义化与意义的经验化的意义对流中与时间的自我解构中，以质料"论证"而非形式推理的方式，走向一种经验与意义的整体同一。

---

① J. Derrida, *Margins of Philosophy*, The University of Chicago Press, 1982, p. 8.

第三节 "人"的自由与"类"的主体：
诗歌主体观的会通

汉语哲学界为将 Being 翻译成"存在"还是"是"或"有"，将 Ontology 翻译成"本体论"、"存在论"、"存有论"还是"是论"、"有论"，多年以来争论不休。这种弱智的争论总是分不清形上思维的内在与外在关系，总是用一种渑漫的自然化的眼光，因而总是受着习惯于将思维作"经验主义本体论"还原的英美经验主义－分析哲学思维方式的干扰，来考量形而上学的形式化的思维－意义机制的。英美传统陷身其中的一个悖论，正是"总是用隐喻来思考而不把隐喻思考作经验"，或套用黑格尔挖苦康德的比喻，他们还只是在岸上手舞足蹈，却认为自己已经在水中游泳。它与形而上学思维的不同在于，在作为经验的系词与作为意义的名词之间，缺少一个作为现在分词的思维－反思的中介。因此，它在根本上讲只是一种残缺与破碎的形而上学。中介的缺乏意味着主体性的缺乏，无主体在形而上学的语境下只能意味着无思维性。从而英美哲学只能是伟大的形而上学大厦的平面图。"是论"、"有论"之类的翻译似乎是想用平面图来矫正实在的建筑。

因此，形而上学所发生的近代转向其程度似乎没有看起来那么大。它将关注的中心从作为动名词的"存在"转向作为分词的"存在"，将形式化的思维实体进一步人格化，将其坐实为作为动名词的"存在"的中心承担者与最后根据的思维永动机，这其中正如郑敏所说，包含与综合着中世纪的思路："但对于启蒙时代以后的哲学家，人的理性似乎为人类所能建筑，用以跨过深渊的桥梁，因为人的理性是创造者在这泥灶中所留下的神圣火种，因此它能成为天与地、有朽与不朽之间的触媒。"① 从此一种人的主体理性的自恋症与理性的神话在近代大幅度蔓延，人成为自身理性的囚徒与奴隶，人的感性生命经验遭到比在相对空灵的（尤其是前亚里士多德的）古代形而上学当中更加体制化的裁割与压抑。近代作为"感性学"而兴起的所谓"美学"，正是在这种体制性的理性监牢中对于主体感性的系统开掘，但是其结果却是更进一步的体制化：在康德那里，审美主体只是

---

① 郑敏：《结构－解构视角：语言·文化·评论》，清华大学出版社，1998，第22页。

一个暂时瘫痪的、停止思维的理性主体和思维机器，美感于是就是对于诸认识能力的谐和而感到的愉悦——囚徒在一种出神的幻觉中，暂时忘记了铁窗的功用，为了其铁条的整齐排列而欣喜。人们不应该对美学抱多大的希望，而应该反对美学出之于其中的形而上学思维的整体。因此："对于反对迷信于超验或经验信条的解构主义来讲，对人的迷信的解构首先就要否定人的理性的全能全知，解构了人的理性的这种超凡入圣的能力也就解构了人对自我的虚妄评价。"①

于是，包括解构主义在内的西方后现代思潮，一起将批判的矛头指向了理性的形而上学。但是形而上学思维传统的强大磁场，常常使得急于挣脱其羁绊的思想由一个极端走向另一个极端。比如，将对于生命经验多样性与丰富性的维护，推向一种生物学的论证与人的动物性的回溯，如柯林·费尔克（Colin Falck）的《神话、真理与文学：走向一种真正的后现代主义》中，也可以看到这种思路不绝如缕的"后现代"版本。它求助于一种前语言的生物状态："在我们是人类之前首先是动物，在我们是言说者和思想者之前是原始人类。进入语言的本质性步骤，必然超出仅仅是生命进化的步骤，而伴以对于世界作为一个与我们自身相区别或可以区别的、位于我们周围的在场的意识的第一道闪光发生……"②，因而"……文学将被看作在容易认出的神话形式中刻写真实"③。这可以看作另一种对于起源神话的编织，而且最后还是归结于一种"动物的"形而上学："不是与自己身体里的野兽战斗，（而是）人可以成为一种更高级的动物"。④

其实对于生命经验的维护本身，首先必须破除与解构的是在古希腊奠基、在近代变得体制化的形而上学思维中的身心二元论的观念。这里，就可以看到中国古典哲学中的生命以及心灵观念，对于克服形而上学的思维困境的意义与价值。就后者的视野看来，生命与心灵是一体的，人的生命之所以不同于鸟兽草木，正在于此心之澄明，心灵不是主词与生命的主体，生命不是心灵的宾词与对象：心灵是生命的形容词，思维、知识只是

---

① 郑敏：《结构-解构视角：语言·文化·评论》，清华大学出版社，1998，第10页。

② C. Falck, *Myth*, *Truth and Literature*: *Towards a True Postmodernism*, Cambridge University Press, 1989, p. 40.

③ C. Falck, *Myth*, *Truth and Literature*: *Towards a True Postmodernism*, Cambridge University Press, 1989, p. 123.

④ C. Falck, *Myth*, *Truth and Literature*: *Towards a True Postmodernism*, Cambridge University Press, 1989, pp. 145 – 146.

生命的功能。心灵活动与思维的进行，都是在时间中展开的生命经验的一种形式。这样，生命经验就卸去了理性主体的沉重枷锁与思维的钢铁栅栏，成为在时间中的生命能量的自由舒展，郑敏也正是这样来理解德里达的解构精神的："当科学已经说明地球终将死亡，人类终将绝迹，世界是有其末日的，而人类还总是兢兢业业地经营着今天和有终的明天是为什么呢？我想就是出于德里达在追求自由解放时所表现的这种知其不可而为之，和他所主张的延宕变异的精神，因为这是一种不必释之以理的生之能。因此也成了在逻辑和理性都暴露了它的无能之后，人所真正保有的唯一的精神力量。"① 在这里，人的"自由"无论如何都不意味着一个道德和政治范畴。它是主体观念、身心观念的整体性重构：在身心为一的基础上，冲破形而上学的在场的观念与孤独的思维主体的理论范型，确立作为"类"存在的经验（与那种形式化的观念不同，我们在形而上学的意义体系之外来使用这个概念）主体的主体观念。类的主体不是思维主体单子的量的叠加，不是个别主体的同质放大（"大我"），类存在的基本可能性，在于对经验质料不可还原的差异性与丰富性的维护与尊重的基础上，通过时间形式的中介实现的意义对流与（意义的）诗性综合。

这里的思路，来自从康德的《判断力批判》中读出的一种前理论的、非先验的经验（"经验"这个词是在本章这里的意义上而非在康德的意义上来使用，当然在本章看来，康德在审美判断力批判中对这个概念的使用，也已经带上了这里所理解的这种意义）的人类学统一性的启发。在这样的主体观念及以此为基础生发出来的哲学视野中，"深渊"并不存在。横在追求自由、真理的本性面前的此岸与彼岸之间的深渊，仍然是来自形而上学在场思维的结果：在场思维将自身的形式所能达到与穿透的领域拥抱为意义之光照耀的此岸，将光斑之外的黑暗排斥为虚无的深渊。但是其实按照形而上学本身的思维组织形式与意义机制，深渊也是像地平线一样无穷后退的，因为这只是形而上学思维试图超越自己的形式－实体的皮肤的结果。因此，深渊的存在并不说明形而上学思维穷尽了一切可认识的领域，走到了世界的边缘，恰恰相反，它只是说明了其形式－实体化的思维机制与思维方式无力把握、无法充分形式化为范畴概念的存在之物，它无从将意义的阳光铺满"无"之基底。然而与此相反，在一种多样性经验的

① 郑敏：《结构－解构视角：语言·文化·评论》，清华大学出版社，1998，第37页。

时间性的意义连接与中介中，则可望在对经验本身的温暖经验（这其中当
然要通过双向意义化的中介）中，填平深渊，通向在空间中、也在时间中
的经验领域的无限延展。

　　因此这样看来，自由既不是如本章在前面所说的，在思维的铁窗内扛
着理性的枷锁承载世界的存在之重，也不是卸去这样的重负之后的孤独个
体在失重与绝望的情况下的恣意堕落。一种真正的自由是，一方面，（作
为一种经验性事实，总是先在的）作为类存在之共在的经验统一性，规
定、引导着人的生命经验的基本形式与方向；另一方面，经验质料的丰富
性与差异性本身得以充分地生长，并且以这种质料性的差异与丰富本身而
非其形式同一性，构造起个体性与主体性的生命经验的意义空间——后者
更准确地说是在生命经验的意义空间中构造起其个体性与主体性：这是中
国古典哲学的主体观念中的真正精神所在，孔子所说的"君子和而不同"，
庄子所说的"不同同之之谓大"、"有万不同之谓富"（《庄子·天地》）正
是这样的意思。

　　意义的经验化与经验的意义化，也是一种辩证法与中介过程，不过这
种辩证法不是在无时间的纯思维中进行，这种中介不是在单一的思维主体
的在场视野的空间中展开，而是在经验主体的（破除了在场的"现在"
的）类存在的时间性中发生的。这种意义机制的双向对流与双向可逆，真
正将人类学的经验统一体建立了起来。海德格尔曾经力图恢复这种"本真
的时间性"，正如德里达所论列的列维纳斯对于海德格尔的评论："这里存
在一种人的历史性与时间性：它们不仅仅是宾词，而且是'他的实体的实
体性'"①。这里权且不按照形而上学的概念来理解列维纳斯所谓的"实
体"与"实体性"之类，但是海德格尔的问题依然在于，他仍将"时间
性"、"历史性"绑缚在了人的"此在"之上，因此，时间性在西方传统中
要么是无意义的，要么就是一条多余的意义的尾巴。不是从多维、多样的
时间性来规定主体经验的丰富性与差异性，进而以此来规定主体性与个体
性，而是将时间性归结为人的属性，这样，时间性的维度与差异就不可能
得到真正的释放：海德格尔在《存在与时间》中对于过去、现在与未来的
时间"三维"的闪展腾挪的编织，最终也还是在一维的河床中滚滚而去，
"三维"实际上还是"一维"。然而，在中国古典哲学的观念中的时间性却

---

① J. Derrida, *Writing and Difference*, The University of Chicago, 1978, p. 87.

完全不是这样：不但是不知晦朔的朝菌、不知春秋的蟪蛄与以八千岁为春秋的上古大椿，因为"物各有性，性各有极，……各信其一方，未有足以相倾者也"（《庄子·逍遥遊》郭象注），因为"……物性不同，不可以强相希效也"（《庄子·逍遥遊》成玄英疏），而得以生活在各自的不相倾轧、不相希效的时间性中，而且庄子也未必会认真反对《天下》篇中引述惠施"今适越而昔来"的命题，在东方式的诡辩之下对于形式思维与理性逻辑的藐视与摧毁之后，所表现出的时间的某种极限性的自由度。

最后，在这一切的基础上，一种以经验主体的类的时间性存在为范型的诗学思维模式可以确立起来：人们此前多见的是从无时间的在场的模式出发，将文本、作者、读者、社会等等当作各自孤立的在场的实体来进行考察；或者考察文本与其他三个因素中的某一个的关系，这另外一个因素的选取标准，就是接近于作为实体的文本的、因而也就是它本身的在场性：比如作者与文本的关系、读者与文本的关系等，这些靠近文本在场的因素往往不能同时地在场，于是不在场者就被抛入无意义的虚无深渊，好像它们与文本的意义生产毫无关系似的；最后再有就是将所有这一切外在地拼合起来，成为一个大杂烩、大拼盘，而诗学思维的范型没有丝毫的实质上的改变。与这一切不同，这里将从对于语言－文本实体的在场思维模式中退身出来，将诗性意义也即诗意本身作为诗学考察的中心，同时将诗意看成是在类主体的时间性存在经验中的意义生产的结果。这里，一定要破除一种实证的与常识化的眼光，那就是将诗歌写作仅仅看成是孤立的个体在真空中的个人行为。实际上，在这种类的存在经验中，在前面所讲的被时间形式中介的、经验的人类学统一体之内的一切，都是对于诗意生产有影响、有意义的，而不管它们是否"现在"地在场：古往今来的形形色色的诗学模式，从各种不同的角度逐次达到对于这些不在场因素的强调，但是也正因此，它们也都恰恰超不出在场的思维模式，它们逐次将不在场的因素升格为在场，以此来达到一种偏激的深刻。这样的形而上学思维范型无疑会遮蔽大量的诗性经验之真实，因此，这里需要的是诗学思维组织模式的整体更新：本章很愿意将"诗学"这个概念，留给"形而上学的诗学"或者"诗的形而上学"作为简称或者别名，而用"诗歌人类学"来命名能够构成与形而上学的诗学思维整体对称与抗衡的新的诗学形态。它不仅是真正的中国古典诗学精神的重新发现，而且也是包括解构主义在内的走出形而上学传统的后现代思维，进行诗学重构的必然的内在取向。

第四节　"言"的超脱与意义"经验"：
诗歌语言论的会通

在逻各斯中心的形而上学意义体系中，逻各斯首先是作为"第一所指"的超越性的意义，其次，逻各斯又必须从自身裂变为某种外在性即"语音"，同时，它还是这终极语音与"第一所指"之间的张力与意义关系本身：保有这一重从能指到所指的意义指向的动力关系，逻各斯才是逻各斯，它才能够具备意义的无限的生产能力，并支持德里达所讲的原初"隐喻"的发生、或者本身就是这样的原初"隐喻"。因此"第一所指"的意思，不是说它是一般的意义，而是意义的意义，是所指的所指，是各种层次上的所指的最终指向、会合与扭结的地方。它不仅在自我论证，而且需要在各个层次上复制其自身。所以最终它不仅规定着一般的能指的序列，而且也规定着各个层次的所指序列。于是一方面，逻各斯必须将自身赋形为某种穿透时间的形式与实体（思维、理性），或者说就是这种对于时间的穿透性：逻各斯通过理性自身的实体形式之作为现在分词的"存在"，在对于时间的穿透性中的形式化的自身经验（系词），完成一轮倾听其自身言说的自我论证。另一方面，逻各斯通过"语音"的外在性来完成对于自身的超越性的确证，同时外在从来都是内在的，这种自身裂变完成的，只是意义传递的动力性与自身作为意义的"投射"与"贡献"。当这二者会聚在对于"在场"的维护的意义秩序中时，它便也完成了对于人作为"理性–语言的动物"的思维–意义机器骨架的搭设，与在"声音中自我在场"的"内部独白的声音原则"与"意义的言说形式"① 的构造。作为符号体系的语言在形而上学意义体系中的位置，也就在这种从外在到内在、从理性–思维与语言到所指与能指的等比序列的论证与复制关系中被决定了，因而在形而上学思维–意义机制中，压抑着对于语言的完整的意义经验：一方面是对于语言–语音的实体–符号的被所指–能指与理性–语言的意义支架抽空了内容的形式化的经验，另一方面是对于语义的纯智性、符号化的理解。这样，语言经验是空洞的形式，而语言意义又是超经

---

① Madan Sarup, *An Introductory Guide to Poststructuralism and Postmodernism*, Harvester Wheatsheaf Press, New York, 1993, p. 36.

验的理智对应物，对于诗歌的诗性意义生产来说，一个与全部个体生命相关的完整的语言意义经验的领域，被割裂成为两个互相不连属的层次。而且，这还不是问题的全部，"只有当先于能指而存在的所指构成的总体监视着它的铭文和符号，并且在其理想性方面独立于它时，能指的总体才会成为总体"，"这种书本观念就是能指的有限或无限总体的观念"。① 在"在场"的语言实体与文本的层次上，能指与所指的序列总体上都是处于次一层级的东西，它们都是二级的能指-所指。它们必须被纳入到无时间的"现在"视阈、处于"能指（在这里是二级的能指与所指的整体）的有限"与"无限总体"观念的张力之中，于是此时，即便是智性的意义与二级所指本身，也只停留在工具性的中介位置上。意义领域本身的完整性也被割裂了，这样，在形而上学的意义体系中，不但抑制着对于语言意义的完整经验，而且也阻扼着将意义本身经验为经验。剩下的只有对于超时间在场的语音、语言、文本、书本实体的残缺不全的形式化经验。

德里达在《论文字学》中，借助于现象学的洞见，将这一层在形而上学的意义体系中被压抑、被割裂的（原始）经验的差异性、丰富性与意义化的相互支持与相互论证的关系揭示出来。从一种正向的、积极的角度来解释这层关系，那就是：经验本身的丰富性与差异性，是在意义化的阳光之下的丰富与差异，否则只是僵死的堆积，而意义化本身又有赖于对于差异与丰富的"原始综合"，同时要将这两个过程看成是对流与可逆的，否则就会陷入一种德里达本人也难以超越的对于"原始性"的无穷追溯之中（在本章中使用的"原始性"只是指对于前形而上学的思维与意义机制回指，因为后者是形式化的）：

> ……语音要素、词项、感性的丰富性，如果没有给它们赋予形式的差别或对立，就不可能如此显示出来。这便是诉诸差别的最明显意义，差别是语音实体的还原。差别的显现并发挥作用取决于不以任何绝对的简单性为先导的原始综合。这是原始的踪迹。没有时间体验的最小单元的保留，没有将对立作为对方而保留在同一物中的踪迹，差别就不可能发挥作用，意义就不可能产生。这并不涉及被构造出来的差别，而是涉及在完全确定内容之前产生差别的纯粹运动。……它并

---

① 德里达：《论文字学》，汪堂家译，上海译文出版社，1999，第23页。

不取决于任何感性的丰富性，不管这种丰富性是声音还是可见物，是语音还是文字。恰恰相反，踪迹是感性丰富性的条件。①

语言是什么？从形而上学的思维－意义空间中（也从对于它的形而上学的理解中）解放与超脱出来，必须将语言设想为是意义经验而不是语词与符号的实体。同样，也必须设想一种与经验本身的意义化相反的意义本身的经验化过程，包含在语言的原始发生中，于是，一种原始的诗意便绽放在这种原始语言或者语言的原始性中。在文明化之后的时代，诗性意义的生成也便有待于对于这种原始性机制的追溯或者再造。一种诗性文化就是其本身大量地保存了这样的意义机制的结果。而在这种情况下，既有的诗歌是使人们不得不将意义经验为经验的东西，因此，从这一角度讲，诗歌往往有一种元意义机制的启示功能。

在《论文字学》中，德里达的解构策略在于，通过文字本身的外在性，来颠覆形而上学的意义等级与意义传递的秩序，同时，坚持在外在性本身中对于文字进行前形而上学的原始经验基底的回溯，这样也便解构了"外在性"与"文字"本身（至少是其形而上学的意义）："我们想指出的是，文字的所谓派生性不管多么真实和广泛，都只能取决于一个条件：具有'本原性'、'自然性'等特征的语言并不存在，它不可能受到文字的影响，它本身始终是一种文字。它是原始文字。"② 然而，当人们将目光转向中国古典的哲学文化语境的时候，在一种绝不是简单的比附与比喻的、而是从形而上学的意义空间与文化土壤之外生长的逻辑必然性的意义上，汉语作为一种"文字语言"（前人有这样的称谓，以区别于拼音语言），具有不同于形而上学意味的本原性、直接性与自然性：在汉语中，是语言依寓于文字而不是文字派生于语言，文字不是能指的能指。占汉字绝对主体（据统计，汉字总数的90%以上属于形声字）形声字，在其内部以一种平行并置的方式建立起能指与所指的关系：声取音而形取意，文字自身就是意义（形），当然它同时也是经验（声），它同时更是这种能指－所指、声－形之间的意义关系。因此在对汉字本身的经验中，经验本身被意义化了，而意义本身又经验化了。本章所讲的东方文化的意义对流的机制，在

① 德里达：《论文字学》，汪堂家译，上海译文出版社，1999，第88~89页。
② 德里达：《论文字学》，汪堂家译，上海译文出版社，1999，第79页。

这里得到具体而微的贯彻，汉字的诗性、汉字的迷人魅力实在于此。在此，虽然不能以实证的眼光将汉字结构中凝缩的这种意义模型，本质化为对于单个汉字的凝视与经验，但它确实是中国古典汉语的经验－意义模式的规定性反映，或者说这种经验－意义模式正是中国古典汉语的本质。它不同于形而上学中的残缺割裂的语言经验－意义范型的地方、作为语言的意义经验的完整性就在于，经验不仅仅是经验，它还是意义，意义不是无根的抽象的意义，它同时也是经验。作为意义经验的语言本身就是世界经验。

海德格尔曾将经验的意义化与意义的经验化表述为"语言的本质/本质的语言"① 的辩证法：在对于语言的经验中经验其本质（意义），同时将这种意义（本质）经验为语言经验。而当人们进入对于既有之诗的语言的经验当中时，也就是在意义的经验化过程中，必然会体验到在相反方向上存在的意义流向，也就是经验本身的意义化。在这种意义对流中，可以经验到一种经验总体本身的差异化、分裂与敞开的过程，这是一种处于意义化之下的经验的丰富多样，与在经验的丰富多样基础上的意义化。如海德格尔所说：

> 语言乃是作为世界和物的自行居有着的区分而成其本质。②
> 语言说。语言之说令区分到来。区分使世界和物归隐于它们的亲密性之纯一性中。③

不过在海德格尔这里，语言本身仍然是实体化并且神秘地人格化的，而人的本真的此在又在这其中消隐了。因此，需要语言经验的维度来消解语言的实体性，以时间性中展开的"经验的意义化/意义的经验化"，来祛除其对于语言的神秘的人格化。

于是，一种"人类学修辞"在语言经验－意义的体系中发生了："人类学修辞"与形而上学意义体系中的修辞模式的区别，是第一——二人称修辞与第一——三人称修辞之间的区别。上文说过形而上学的思维是一种形式化－实体化的思维，作为思维质料与思维对象的正是思维形式－实体本身。冥顽不灵的实体形式本身，不可能生发出一种意义对象的方面的反向的意义指向的动力，因此，它只能在形而上学本身由最初的二元对立与

---

① 海德格尔：《在通向语言的途中》，孙周兴译，商务印书馆，1997，第 167 页。
② 海德格尔：《在通向语言的途中》，孙周兴译，商务印书馆，1997，第 20 页。
③ 海德格尔：《在通向语言的途中》，孙周兴译，商务印书馆，1997，第 22 页。

分层中获得的思维动力的单维指向中，被最初分有的原初"隐喻"的最高意义的单向传递所覆盖。于是，思维在形而上学的意义体系中，唯一的意义指向，是作为思维主体的、独语的第一人称的"我"，指向作为"我"的对象与客体的"他"。在第一人称的"我"与第三人称的"他"之间，缺少一个作为中介的第二人称的"你"。这其中的原因在于，无论是第一人称的"我"还是第三人称的"他"，它们都不是现实中的经验个体，而是面具化的思维范畴与思维形式。作为对象与客体的第三人称"他"，是作为第一人称思维主体的"我"的自我论证，在这种意义的循环中完成对于主客体关系范畴本身的确认。但是，在一种"人类学修辞"的观照之下，在人的类存在的经验整体中，第一人称的"我"的经验主体，在一种意义对流的关系中指向第二人称的"你"的经验对话者，在这种情况下，"我"不可能在"你"作为意义指向者缺席的情况下直接谈论到第三人称的"他"。本章后面会详细讲到，这种意义对流的对话经验本身可以在时间性中达到意义的整体同一化。在这里，作为形而上学修辞的第一——三人称修辞的典型代表是隐喻，而作为人类学修辞的典型是转喻或者中国古典诗学范畴中的"兴"（比兴的"兴"）。之所以说它们典型，就因为它们不仅仅是简单的修辞格，而且在其中凝聚了东西文化中的基本的意义机制。就隐喻来说，如保罗·德曼所说，"……隐喻保证了一种实存，这实存远非偶然，而是被称作本质性的因素，永远地循环往复……"①，这种实存也就是德里达所讲的在原初"隐喻"中对于在场意义的初始设定。从此以后，所有的"隐喻化运动"，已经被先在的超越时间的意义在场与隐喻性内在符合的意义关系规定为隐喻，形而上学思维就是在这种隐喻性的意义关系中的、对这种关系的先于经验进行的"循环往复"的自我论证与自我复制。因此，隐喻本身包含着一种对于自身起源的掩盖与遗忘，用保罗·德曼引用黑格尔的话来说："在虚假的拘于字面意义的作法中，所遗忘的正是一切语言之修辞学的、象征性的性质。隐喻贬谪成字面意义之所以受到谴责，并不是因为它是对某种真理的遗忘，毋宁说是因为它遗忘了非真理，也就是遗忘了隐喻起初所是的那种谎言"。② 隐喻可以说是形而上学思维范式下的意识形态的原型。而对"转喻"或"兴"来说，本体与喻

① 保罗·德曼：《解构之图》，李自修译，中国社会科学出版社，1998，第63页。
② 保罗·德曼：《解构之图》，李自修译，中国社会科学出版社，1998，第152~153页。

体之间的连接不是先验设定的内在性关系，而是时间与经验中的外在的关系，因此"转喻"或者"兴"作为一种意义生产，一定要包含时间与语言经验本身、在时间与语言经验本身中进行，并且表明自身意义的经验起源。这时，这种意义本身是无法复制的，因为这种意义本身是时间化与经验化的。所以，"转喻"与"兴"的修辞与对其意义的理解的前提，是一种作为类存在的意义对流的、对话－交流的经验共同体。

第五节　意义对流与诗性综合：走向"诗歌人类学"的诗学范型

西方自古以来的诗学的主流，是把诗歌看作独立于主体之外的语言－文本结构的实体－客体，把诗意（诗性意义）看成是意识综合与深度探求的结果。这样，在形而上学的诗学框架中，一方面是理性对于语义的攫取，另一方面是对于语言的形式化经验。现代主义诗学观念为了反拨这种趋向而走向另一极端，把诗性意义看成是语言的物质材质的相互关系与作用的结果，则又陷入一种不可救药的形式主义。而且还不仅如此，更为严重的是，这种形式实体依然需要孤立的理性主体的统觉来把握与意义化，诗性意义仍然是以主体单子的意识的形式存在，它所遵循的仍然是"统觉的先验的和必然的统一性"和"从按照某种彻底联接的意识的规则而来的连贯关系"①。

"诗歌人类学"就是要突破在形而上学思维－意义机制规定之下，对于作为语言－文本实体－客体的研究，而转向对于诗性意义（诗意）的研究；同时，不是将诗性意义看作思维－理性主体的产物，而是经验主体的产物，不是个别的经验主体的产物，而是作为类存在的经验主体的产物。"诗歌人类学"的关键在于，冲出诗性意义出自个别主体的先验统觉与意识综合的形而上学的思维磁场，发展一种诗性－人类学的意识形态模式，以解决诗性意义的外在的、经验生成的核心问题。至今为止西方的各种意识形态模式，无一例外地仍然陷身于形而上学的思维牢笼中，无论是马克思式的意识形态理论、精神分析派的意识形态理论、罗兰·巴特的语言模式的意识形态理论以及阿尔都塞式的意识形态模式，都离不开层级的、深度的、再现的形而上学的思维与理论范型，也就是说，形而上学仍然是意识形态理论的意

---

① 康德：《纯粹理性批判》，邓晓芒译，杨祖陶校，人民出版社，2004，第150页。

识形态。形而上学模式下的意识形态，被理解为一种主体意识的异化形式或者意义死结，这只是从正向复制与放大了形而上学思维 – 意义机制的消极面。因此意识形态自身只有一种消极的意义，而意识形态理论只有一种批判工具的价值。本章这里就是要发展一种具有正面意义与价值的意识形态范式，因此，这里本质上也把意识形态看作是一种意义（同一）化的形式 – 机制。

在形而上学的思维与理论范型中所理解的意识形态模式，仍然设想了一种单向度的意义生成、传递方向，这种单向度的意义模式来自对在场特权的认可与维护，来自对一维的时间 – 历史观念的遵循。诗性 – 人类学意识形态模式的意义机制，将形而上学中垂直的由上而下的意义传递方向，改造为一种不同意义传递方向的水平并置的关系：一种基本的错综对流的意义关系，保证了不同经验的最大差异性与对其各自的意义化方式方向的尊重。也只有在这样的意义机制与模式下，伽达默尔、哈贝马斯一类对话 – 交往的理论模式才是真正有效的：对话与交往、交流（communication）当然也可以看成是一种意义对流，但是只有当这种意义对流是在时间性的维度中展开，并且在这种时间性中达成对话经验本身的意义的综合与意识形态化/意义化，才能避免将对话与交往理论变成近代在场主体模式的语言版，也才能克服其乌托邦色彩。伽达默尔对于视域融合怀有浪漫主义式的天真信念，而哈贝马斯将交往理论看成是一种意识形态批判，这样的悖立与争执也可以迎刃而解：

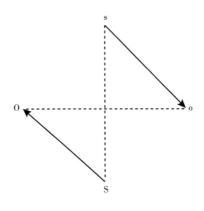

"诗歌人类学"的意义机制图式

西方所有的意识形态理论，基于其形而上学的意义模式，都只看到了纵向聚合的意识形态功能，而忽略了横向组合与形式并置的意识形态功能，也就是说只看到了隐喻的意识形态功能，而没有看到转喻的意识形态功能。在上文的图式中，两个方向交错的箭头表示的意义对流，保证了经验质料本身的最大限度的差异性与丰富性。在此种错位关系中，形式上的呼应关系（O-o，S-s）的达成，产生了一种不同的经验质料之间的整体性的意义化/意识形态化的动力性。于是，在虚线交错的时间性漫过的经验场中，不同的经验形式从各自原初的意义化动力的出发点出发，通过偏离于自己的本来的努力方向之外，而走向整体的同一化即意义化/意识形态化。需要说明的是，如果两个箭头是同一个指向（比如同时朝上或者朝下），那么形式呼应的意义关系（虚线）将变成一个正方形的上下两边，这不是说明了另外一种意义化/意识形态化机制与模式，而是说明了这一经验整体本身的意义统一性，从其内部暂时不需要也不可能产生意义化/意识形态化的动力。不同经验质料之间的整体意义化/意识形态化，表明它的全体将成为经验的对象，但这一经验对象在其他的方向与层次上，却（去意义化而）将与别的经验质料面临新一轮的意义化/意识形态化任务：一种类存在经验的人类学统一性，就是通过这样一个意义化/意识形态化模式的无穷延展而建立起来的。

意义对流的基本方式是意义的经验化与经验的意义化。在《诗经·国风》的"兴诗"的语言结构中，非常质朴但又极其清晰地保存着这种诗性–人类学意识形态的意义机制的踪迹：

桃之夭夭,灼灼其华[O(S)]＝(兴、转喻)＝ 之子于归,宜其室家[s(o)]

"O（S）"表示客观的主观化，意义的经验化，"s（o）"表示主观的客观化，经验的意义化。前两句由于是客观的主观化与意义的经验化，所以看似纯粹的物的表象与能指符号中，实际已经被主观化注入了意义，后两句由于是主观的客观化与经验的意义化，所以看似纯粹的人事议论，实际上拉开了客观的意义距离。而其间的兴与转喻的意义关联，表明一种在时间中的、外在性的意义化合、意识形态化的可能，也就是一种不可还原与归并为单一主体与单向的意义传递的、类存在的意义化的基本可能性。它将以此区别于形而上学中无时间的内在性的单向传递的隐喻性意义机制。而在兴与转喻展开的时间性修辞中，为主体的生命经验与意义留下了充分的舒卷余地与空间。

这种意识形态模式也是中国古代所谓的"诗性文化"的中心意义机

制，一种经验性的类存在的诗意，在华夏文化的各个方面大面积播撒。诗歌是中国文化的核心，这种"诗性文化"的核心意义机制在诗歌中得以保存。对于这一问题的全面探讨超出了本章篇幅的允许，因此这里只能将这种意义机制与其表现形式在《诗经》以后的诗歌史中的演历，作一点非常粗糙的描述。显然，《诗经》以后的诗歌史中，这样的诗意机制逐渐演变得精巧与复杂。但总的来说，中国古典诗歌是发展出了一条借助意象机制，来肯定与包容经验在时间性中展开的差异性与多样性的意象诗学的道路。

（1）在《楚辞》中，借着南方的神巫传统，一种不同于"兴"诗的诗学与意象的"象征主义"似乎建立了起来，然而如果我们仔细体味，仍然会发现，那些充溢了奇思壮彩的令人眼花缭乱的"象征"意象背后，仍然缺乏一种西方的象征主义诗歌中的神秘的意义凝聚点与中心指向。少量的象征所指（如"美人香草"之类的指代物），不仅都是平凡普通的人间之物，而且简单到了仿佛只是（类存在的）意象经验展开的工具和借口，或者用以将意象内涵（类存在）经验化的手段（如《九歌》）。因此，那些纷至沓来意象与其说隐含与要求着一种象征－符号化的意义机制，倒不如说仍然是对于经验本身的着力肯定与强调，及对于经验美感的欣悦与激赏。而那些"同意之象"组成的繁复的意象群落内部，相互之间以其转喻－兴式的意义化合方式，在完成对本来也并不浓厚的象征－符号性的单向度的意义凝结方式方向的解构的同时，在诗的整体结构中，犹如众芳竞艳的处处池塘，对于经验本身进行了爆破式的开掘。

（2）在魏晋以来的玄言诗中，因其淡乎寡味而历来为人们所诟病的原因，其实并不在于其智性化与哲理本身。玄言诗的真正的问题在于，无论是其经验与意义模式还是意象机制本身，都受到了有将老庄的诗化哲学形而上学化的趋向的魏晋玄学的干扰：玄学不管是"崇无"之说还是"崇有"之说，都肯定了绝对的"有"；不管是认为"言能尽意"还是认为"言不尽意"，都把意义客观化为某种与主体无关的实体，把语言当成某种传达意义的纯粹外在的工具："……触类可为其象，合义可为其征。义苟在健，何必马乎？类苟在顺，何必牛乎？"（王弼《周易略例·明象》）在中国诗学中处于核心地位的意象机制，被抽空了经验的依据，成为一种纯粹的意义符号功能。而"六朝绮丽"的雕绘满眼的文字积木游戏，很可能也只是受着魏晋玄风中符号空转的意义机制的影响在另一极端上的表现。

（3）唐诗当然是中国文化与历史的最高峰上的奇迹。在唐诗中，兴和转喻的意义机制，以唐代文化外在化、物质化的囊括一切自然经验的类存在之豪健的文化魄力，与文化本身包容一切的历史经验可能性的类存在之整体的文化自信的形式，被确定下来：诗性综合好像已经在意象内部、在意象生成之前的具有空前整合力与整体感的文化经验本身中完成了，诗性综合中的时间性因素，就体现为越动性的意象（内容）与意象（组合）的越动性。而意象经验整体中所贯穿的意义对流，使得意象受到双向的意义撞击，八面玲珑的意象本身仿佛是透明的，其自身的质性仿佛不存在了，而与世界实在本身获得了同一性。因此，唐诗意象一方面好像都是个别主体的观感经验与激情的产物，它具有《诗经》风诗中的"兴句"意象的意义与经验的开放性，但是，它同时又具有《楚辞》意象的那种只有处于神巫语境中的炽热、神秘、渊深的主体性，才可能具有的深度的类存在经验－意义的"共通感"。因而唐诗意象的类经验－意义的可公度性与可交流性，不仅在广度上而且在深度上达到了某种极致：以至于诗歌整体上与时代的历史气魄和政治功业之间，仿佛重新构成了一种"兴"或"转喻"的意义联结与联系，所谓的"盛唐气象"，应该就是这种意义关联中的诗歌整体上的文化形象和文化力量留给人们的感受和印象。这只能是一种不可超越的整体性的文化奇迹的产物。

（4）随着唐代文化整体中的经验－意义的诗性共通感的消退，与诗歌由唐而宋的内心化、理性化趋势相应，宋诗中言意关系问题凸显了出来，这一问题的凸显，使得"象"的中介性突出的同时，也使得其经验实在性地位变得清晰。"兴象"的概念虽然殷璠、皎然等人即已提出，但由于"兴象"本身所强调的，就是对于语言文字的符号性同样也是对于自身的中介性的超脱，因而只有当"象"本身从唐诗那种"返虚入浑"的混沌的意义空间中取得独立性地位时，才是对于意象经验实在性的真正肯定，才能算作"兴象"的真正确立。"兴象"与唐诗中意象的区别，就是人类学主体、全幅生命主体经验与观感情绪主体经验之间的区别，后者在诗性共通感消失以后，变得浅薄而不足以成就诗性经验－意义的丰厚内涵。于是"兴象"的地位在宋诗写作中的大规模确立，是对于宋代诗学中的言意问题的突破性解决，而"兴象"本身就是《诗经》中"兴"的诗意机制与诗歌人类学精神的又一形式的再现：在宋诗中，这体现为生命经验在外在性与时间中的整体诗化，由此也反映出宋代诗学精神的变迁。严羽诗学以禅喻诗最深刻的地方，就在于超越语言的符号形式－实体性，向着诗歌人类学境界还原的精神指向，在这一点上，严羽诗学是宋代诗学精神的深刻反映。但是由于他没有对唐诗诗境本身与这种人类学精神进行内在与外在的区分，因而他把这种精神境界归之于唐诗，并对宋诗进行了严厉的批评。而之所以如此，却又恰恰因为，这里的唐诗是宋人眼中的唐诗，是宋代诗学精神视野中的唐诗。

中国古典诗学的"诗歌人类学"精神，可以与后现代诗学在断裂与破碎中隐约发现的后现代主义文学之新的经验－意义模式深刻地相通：后者被后现代诗学揭示为从（现代主义的）"隐喻－象征"到"转喻－寓言"式的经验－意义的构成与呈现模式的走向，从空间性修辞走向时间性修辞（保罗·德曼）的文化机制的转换。这其中有着西方形而上学思维－文化机制解体后，在对于经验－意义模式的重构中，走向自身的对立面与互补面（东方的诗性哲学－文化机制）的逻辑与事实上的必然性。

至今为止，本章还基本没有正面讨论过德里达本人的思想限度。郑敏先生对此深表忧虑①，而德里达本人在这一方面似乎倒也不无自知之明②。这其中的原因，一方面在于其"解构"自身的策略所致，另一方面也是法国式的思维方式所决定的。这里只是想指出一点：如果在本章中暂时忽略了解构主义与中国古典哲学、诗学的轩轾隔碍之处，并且也没有认真对待德里达的自我表白及其论证方式与层次，那就是因为考虑到了这一问题，并且认为作为一个不小的题目，此方面的探讨问题超出了本章的可能。

---

① 郑敏：《结构－解构视角：语言·文化·评论》，清华大学出版社，1998，第20页。
② 德里达：《论文字学》，汪堂家译，上海译文出版社，1999，第32页。

第四编

"本体"与"他性"的映照

第十章　历史背影中的理性探究（上）

在朦胧诗以降的当代诗歌与诗学观念领域，有一大批从事诗歌理论和诗歌史研究的学者，他们与汹涌的诗歌潮汐和激烈的观念战场保持着一定的或学理的或历史的距离，但在他们的研究成果中同样清晰、敏锐地映射与反响着诗歌现实，尤其是诗学观念领域的裂变与波荡。没有理由把他们的研究与思潮性质更明显的观念表达赋予实质性的区分（否则本编的设置与排列标准将与其他几编不统一），这不仅是因为他们的探究与前者的观念表达形态一起相互接续、相互补充地构成了历史的整体，而且考察这种处于历史背影中的富于理性色彩的诗学探究，它们处理历史的态度与面对历史时的距离，完全可以看成是由观念内容本身所决定的结果，而不是相反。因为这可以由它们的学术品质、观念的深广内涵和研究者的诗学人格等方面得到积极地体现和保障，而并非是某些消极因素的后果。

第一节　诗歌的精神价值与文化向度

像当下许多经历了新时期以前的当代历史阶段，又经受了新时期的阳光洗礼的诗歌研究者与诗论家一样，诗歌的"新时期"的历史变革，在杨匡汉的诗学理论中留下了深刻的观念折光与理论印记，同样也使其诗学理论充满了丰厚的历史感和历史内涵。对于新时期之前的当代诗歌历史有所记忆的人都记得，那种被一些抽象的、空洞的文艺教条所消磨得百花凋敝的诗歌园地；同样，经历了朦胧诗阶段的剧烈的观念与美学变革之后，新生代诗歌的良莠不齐、泥沙俱下的写作群体中，同样存在着不少在或辉煌或晦涩的写作或者其他的哲学理念笼罩下的艺术上苍白与平庸的情形。这两种情况不管在表面上存在着多么巨大的区别与反差，它们二者之间有一点是共通的，那就是概念大于现实，理念决定艺术，主观压倒客观。而这样的情形竟然共同体现在有着天壤之别的历史境遇与艺术实践当中，只能表明我们诗歌的艺术及文化生态与生存环境上的残缺与不健康。杨匡汉的诗歌美学主张，实际上是建立在对于这两种似乎毫不相干艺术实践形态的双重否定基础上的："我以为，在批评实践中，我们大可不必把诗歌的功能与美学价值问题放到高尚的精神生活所远不可及的玄虚幻境中去，我们也不能让它被凝固的概念或僵化的抽象带走而留下一片经院式的天空。……诗歌的功能和价值不是只靠一个外部标准或一种客观模式才能确认，它作为自由的象征和精神的呈现，是在丰富和完满的审美感受中，才获得自己丰富和完满的存在，才获得属于诗的功能与价值的本原。"① 主体对于诗歌的审美感受和对于诗美的审美判断，是诗歌功能与价值实现的中介环节。这里的关键问题在于，把作为客体对象的诗歌与主体对于诗美的审美感受、审美判断区分开来：

> 诗歌领域的整体和解是需要由美学出面媾和的。在多数情况下，诗在某些层次上被人们跟美的概念相重合或简单地混同。我们的论题则要求首先区分诗歌和诗美这两个概念。诗歌作为复杂的文化现象是一种客体的存在。诗美相对于诗歌现象来说，更侧重于主体的审美判断。②

关于"美"的客观性与主观性问题，在中国当代学术史上也是具有历史渊源的、至今难有结论的问题，也许本来就是一个伪问题。但在此区别客观与主观、标举诗美的主体属性，却并非是一个美学问题，它体现了一种在新的历史条件和艺术实践场景中的更加开阔的文化、价值视野："诗是由多种价值、多重意识复合的有生命的美感载体，如果只从某个认为唯一可能的截面去考察它，就会导致把立体的精神现象挤压成一个平面。对包括审美价值在内的丰富的精神价值的尊重，就使以往视为金科玉律的诗学逻辑开始失灵。"③ 将诗美的属性归属于主体，恰恰是限制了主体也限制了理论的宰制艺术实践与艺术本体的权利。诗歌的精神价值不但不是一些美学和诗学的概念所能规范的，而且它具有超出诗歌审美主体之外的、为审美主体所不能限定的广阔丰富的精神内涵与精神实质。将诗美归结于主

---

① 杨匡汉：《诗美的积淀与选择》，人民文学出版社，1987，第 2~3 页。
② 杨匡汉：《诗美的积淀与选择》，人民文学出版社，1987，第 4 页。
③ 杨匡汉：《诗美的积淀与选择》，人民文学出版社，1987，第 7 页。

体属性、限制了主体的权利的结果，恰恰是对于作为独立自在的客体存在的诗歌本体、诗歌本质属性的尊重。这不仅从理论上呼应着当代诗歌的艺术观念与实践走向，而且是当代诗歌的更加广阔的文化生态与文化品质的理论反映。

　　于是在这里，在与其说是坚持、不如说是包容了诗美中介环节的一个更加开阔的诗歌观照视野、一个更具开放性的诗学范式，合乎逻辑地展开了："我所倾心的，是把历史——文化——美学的观念投射于诗歌；是尽力发掘诗歌的一些内部规律；是在以往诗歌演化基础上研究可能调控文本生长的某些样态；是对处于时间之伤和空间之隔中的诗性智慧节奏与生命情调进行异己的发现或命名；是企图把最古典的和最现代的汇通起来作一番整合的思考，一句话，渴望能使诗学研究落实在一个更为博大和更为深邃的背景上。"① 这样的新的诗学视野建立在"诗性智慧"基础之上，而对于"诗性智慧"的系统探究，也构成了可能是杨匡汉最重要的一部诗学专著的理论基地和首要篇章。中国当代诗学理论建设，在新时期以前不必说，就是在朦胧诗的崛起以后，也并没有与繁盛的诗歌写作领域一道产生理论的想象力，说来说去就是"语言"、"隐喻"、"反讽"、"张力"、"叙事"少数几个概念颠来倒去地自我复制。因为缺少一个开阔的理论参照系统和思想坐标，这种紧盯诗歌"本身"或"本体"的诗学话语，成为诗歌写作场域近距离的自我论证、循环论证的工具，典型地体现了中国当代诗学领域的智识缺席与身份迷失。超越这种狭隘的理论视界，重新获得思想的生产能力和表述能力，是当代诗学自我更新的必要前提。而从"诗性智慧"出发，无疑是一个令人振奋的理论基点：

　　　　诗人因是人类最敏感也最脆弱的器官而灵魂不得安宁。他们时刻思考着如何以人类的语言揭橥事物的客观规律，展现人们仓促一生的永恒基础，昭示被千差万别所掩盖的内在的和谐，并提前感受着理想实现后的迷狂般的喜悦。诗要为人类的思想和智慧提供悠久的栖所。②

　　对于真正意义上的"诗性智慧"来说，它远远超出了通常意义上的美

① 杨匡汉：《诗学心裁》，陕西人民教育出版社，1995，第470页。
② 杨匡汉：《诗学心裁》，陕西人民教育出版社，1995，第5~6页。

学和诗学的范畴，它不是原始蒙昧的同义词，也不是现代的理性化了的文化所可以"提升"和"取代"的对象，它是构成浩瀚的人类生存领域的广泛基础的东西，而理性化了的现代文化机巧倒更像是漂浮在诗性海洋上的几片小岛。只不过，"诗性智慧"被追求功利、实用和技术性的现代文明、甚至被现代的诗人所遗忘了，现代诗歌也仅只是对于"诗性智慧"的非自觉的远距离折光。诗歌被人们当成情感抒发、个体经验、思想理念乃至修辞技艺的产物。重新获得"诗性智慧"的理论视野，其意义并非是又增加了一种诗学建构范式和一些诗歌理论话题，而是对于诗性本原及其文化机制的重新体认、诗学观念与诗学体系的整体转换，提供了一个新的理论基点与契机。在此，诗学思考的一个比美学视野更为广阔的文化维度和"整体性思维"必须被引入："我们太需要对封闭的诗域进行文化调整。我们也需要打破那种唯求内在之极的静态平衡而实现自我革新的更高平衡。那么，当我们强调诗感，就意味着强化文化意蕴；当我们注重文化观照，就意味着深化诗感和提高诗质"。① 这样的诗学视野的基本特征，可以通过它引进的一个关键性概念"诗感"来考察。"诗感"是一个连接主体与客体、理性与感性、美学与文化的中介。在作为"感性学"的美学范畴中，考察的是人或主体的感性构成与感性机制，然而，这个感性主体或者主体的感性本身，在美学视野中却永远是抽象地等同的：它是一个抽象的感性主体或者主体感性的理论抽象，它被抹去了一切经验现实的与文化的踪迹。而"诗感"概念，由于放弃了美学思维背后的先验哲学的沉重武装，它只能是对于主体的从经验层次进行的反向厘定与经验还原。这时，"诗感"一方面是个别主体的观感情绪与个性体验，另一方面，它从理解、感悟、评判、仪式化等层次又受制于类存在经验与民族文化模式，总体上呈现"诗感"与文化相互激发、相互作用、相互生产盛况："我们不必过分地看重某一种文化方式。每一种方式都有其价值和功能，从它们之中获得的具体模式，都会从特定的角度表现诗感的特征。然而，我同时也认为，任何一种方式，都应当力求摆脱对具体情绪刺激的专注，力求超越对单一情绪反应的偏执，而要把它提高到'文化精神'的高度"。② 这样，我们就看到了一种包容了美学、但又超越了美学的宏阔视野与诗性追索维度。而以诗美

---

① 杨匡汉：《诗学心裁》，陕西人民教育出版社，1995，第 44 页。
② 杨匡汉：《诗学心裁》，陕西人民教育出版社，1995，第 43 页。

与诗的审美功能为中介，重视诗歌（包括诗学）的精神价值与文化向度，是杨匡汉诗学理论的基本特征，也是其别出"心裁"的过人之处。它可以给予当代诗学建设以多方面的启示。

第二节　全面、辩证、历史的理论态度

蓝棣之从事诗歌理论研究的特点是一种"全面"、"辩证"、"历史"的理论态度①。在我们的生活语境中，"全面"、"辩证"、"历史"这些话头，是属于那些所指最为含混的、再熟悉不过的词汇，然而在蓝棣之那里，它们却有着清晰实在的所指。

首先，这种"全面"、"辩证"、"历史"的理论态度，是一种理论人格和理论准备。蓝棣之在《现代诗的情感与形式》的序言中自述：

> 我常常在理论、批评与文学史研究三者之间徘徊，本书的书名"现代诗的情感与形式"就是徘徊的结果。看起来这是一本理论著作，但其中的内容多数都是文学史研究性质的，而在文笔与写法上，尤其是在与当代诗坛脉络的连结上，我却取了批评的姿态。就我此刻的心态与愿望来说，我更希望做一个批评家，希望有更多的时间关注当代中西方的文学理论和文学批评的动向和新成果，更多地关注当代诗歌及其走向，从而把现代与当代连结起来，把理论与批评内在地结合起来。

从蓝棣之的研究成果看来，这样的表述是符合实际的。而且，它不仅限于《现代诗的情感与形式》一书，也贯穿于其全部的学术研究当中。这种徘徊于理论、批评与文学史之间的全面的理论人格与理论准备，可能具有一种全方位的敏锐通透的学术眼光与洞察力，见旁人所不能见，道他人所不能道。在一个学科分工无比细碎与其各自的学术规范高度体制化的年代，这一点其实是很难能可贵的。

其次，这种"全面"、"辩证"、"历史"的理论态度，还是理论思维与理论观念的特征。要研究和解读诗歌，离不开各种批评理论和批评话

---

① 蓝棣之：《重构诗歌批评话语》（《现代诗的情感与形式·序言》），华夏出版社，1994。

语。面对包括诗歌在内的 20 世纪的文学写作的各种新变,这个世纪的各种批评话语和批评观念也层出不穷,令人眼花缭乱。蓝棣之对于这些理论都有着广泛的兴趣与关注,在对于这些理论话语与理论观念进行全面梳理和整体平衡的基础上,蓝棣之提出了两个方面的辩证统一与平衡:(1)是形式与内容的平衡,"形式主义美学只是从形式的角度观察或分析艺术作品,并不否定形式的内涵,形式的意义,或形式的积淀,并没有抛弃关于内容与形式这对对立统一辩证法理论范畴",因此,"内容即形式",而"形式是完成了的内容"。①(2)是形式、语言与其社会历史内涵的平衡,面对西方当代文学批评观念从形式、语言为中心转向历史、文化、社会、政治的综合研究,"至少我们可以考虑在文本的形式语言与历史境遇之间建立某种平衡,并以此来建构诗歌批评话语,这或许可以稍稍减少一些我们的片面性,使我们从某些牛角尖走出来,重新全面地、辩证地和历史地考虑我们所面临的问题"。②通过这样的对于诗歌批评话语的辩证平衡与重构,蓝棣之形成了自己的诗歌观念框架。对于现代诗歌来说,从浪漫主义到现代主义的转向是一个关键性的过程,蓝棣之将这种过程归结为以下三个方面的变化:从主情抒情到反对感伤,放逐抒情;从生活的逻辑到艺术的秩序;从比兴到刻画。虽然有这样的概括,蓝棣之仍然将之赋予一种理解上的辩证的复杂性:"诗的确要强调思考性、知性和智慧。然而诗的动因和效果,永远都是感情的",因此,我们需要看到"在放逐抒情诗的底层的下面,那深深埋藏的真情实感"。而现代诗的"艺术逻辑"要求诗人用智慧打破生活逻辑的常规和惯例,创造性地为读者布置一种美的经验、美的秩序。同样,所谓的"刻画",也不是向写实转移,这种"刻画"是"内指"的、诗性的。对于现代主义之后的后现代的诗歌观念,蓝棣之同样注意从一个更高的视点上进行辩证的认识权衡:比如对于后现代诗歌观念的反语义、反主题、反意象、反文化的观念,蓝棣之都主张将偏激的理论表达还原为其观念内涵与观念语境的辩证的复杂构成。

　　以上这些,有蓝棣之这代人的所受思想教育与学术训练方面的因素,但同样也是基于他对于诗歌现实、尤其是中国当代诗歌的文本现实的缜密观察与悉心体验。因而,这些"辩证"地抹去了过度的理论思维"锋芒"

---

① 蓝棣之:《重构诗歌批评话语》(《现代诗的情感与形式·序言》),华夏出版社,1994。
② 蓝棣之:《重构诗歌批评话语》(《现代诗的情感与形式·序言》),华夏出版社,1994。

的诗歌观念框架，建立起了一个颇为实用的、视角周全的批评理论架构，构成其展开诗歌批评与文本分析的基础。

最后，正因为以上两个方面的原因，这种"全面"、"辩证"、"历史"的理论态度，具体落实为一种批评方法与批评视角的性质。蓝棣之把自己的文学批评理论命名为"症候分析理论"，把自己的诗歌批评理论命名为"诗中主要情感分析理论"。[①] "症候"理论的现代起源大概主要是精神分析学派，它被一些具有结构主义背景的理论家如拉康、阿尔都塞等所发展而变得与文学批评和阅读理论有关，比如阿尔都塞就提出"症候式阅读"的理论。在此，所谓的"症候"指的是文本中被显在意识所压抑的意义死角，然而，它却正是潜意识涌现的所在与表征。因此它可能也是理解这个文本的深层主题与潜意识表达结构的关键所在。发现一个文本的"症候"所在，分析它背后的深层内涵，不仅需要有敏锐的眼光和对于文本的感受力，而且，只有在辩证的、历史的、周全的比照权衡和整体观照的基础上，才能准确地辨别与发现文本的"症候"。而只有建立在全面、辩证、历史的理论态度之上的具有同样性质的批评方法，才能对于这样的"症候"作出恰如其分的、充分的分析论证。"诗中主要情感分析理论"也是同样的道理。蓝棣之认为，"对于好些诗人来说，都可能有这样一个藏在深处、深不见底的、可望而不可即的'内核'。例如卞之琳的《圆宝盒》，何其芳的《预言》，穆旦的《一个民族已经起来》，余光中的《乡愁四韵》，郭沫若的《女神之再生》……它是一个内在的尺度和母题。有时也可以从问题进入，比如艾青诗中的象征和刻画，卞之琳诗中的'知性'或'智慧之美'，穆旦诗的'用身体思考'等，从这些通常只有似是而非界定的重要难题，也可以进入一个诗人创作的同一性和从内部把握的整体性"[②]。诗中的"主要情感"，诗的"内核"，是相对于"次要情感"与"边缘"或"外延"而言的。可想而知，一首诗的"主要情感"与"内核"的发现，对于这首诗的分析是多么的重要和有利，然而，也只有将"主要情感"和"次要情感"、"内核"与"边缘"或"外延"作为一个全面的整体来进行审度，才能对于这种区别进行辩证的区分，有了这种辩证的区分，也才能对于诗作作出全面的、历史的评判。是人们在大多

① 蓝棣之：《九叶派诗歌批评理论探源》，《作家》2001年第1期。
② 蓝棣之：《现代诗的情感与形式·新版自序》，人民文学出版社，2002。

数情况下将"辩证"、"历史"的一类观念与方法，当成了干枯空洞的教条，将这样的字眼当成了句段中的起保护作用的或是可有可无的装饰品，才把它们所包含的可贵的思维机制与理论内涵抹平为平庸的思维甚至语言的空套的。

蓝棣之自己讲，他的思考与写作采取的是一种"对话"的态度：

> 总之，我要求自己对于任何问题都要有一种辩证的态度和历史的态度。同时，我把本书看成是一种对话，是我与本书所论及的诸多诗人、作品和诗论的对话，也是与当代各种诗学理论方法的对话，最后，也将是与不吝赐教的广大相识和不相识的读者的对话。我所期待的，是永远在各种方向和各种层次上，与不同时空下的诗人、读者、文本和理论进行对话。这样，就会相互生长了。①

"辩证法"的古老含义就是"对话"。它在这一古老含义下的特征，就是不仅将作为真理的结论给出来，而且也将达到真理、推导结论的思考与辩难过程展示出来，这是一种比最后结论更真实的东西：结论需要结合具体的理论情境，可以作伪，而思维的过程却是确定难移的，是无从伪饰的。由此也导致了"辩证法"的近代含义：思维对于自身的凝视与审察，思维对自身的思维。在蓝棣之的研究中也能够发现"辩证法"的原始含义：他不仅仅将最后的新奇的、别出心裁的结论给予我们，同样也将得出这一结论的思考的过程展示给我们，比如对于艾青诗歌的"艺术刻画"特点的研究就是典型的例子，其中研究者与作品、也与自己对话的踪迹清晰可见，这样的研究不仅用其结论给我们以教益，同样也给我们以思考与研究方法上的启示。

第三节　理论和历史的相互阐释

骆寒超从事诗歌研究，习惯于从史、论结合的地带表述自己的理论观念与学术见解。这一方面与其学术个性、知识结构的构成有关，与其对于诗学、诗歌研究如何确立自身的知识地位的认识有关："文学作为特定的

---

① 蓝棣之：《重构诗歌批评话语》（《现代诗的情感与形式·序言》），华夏出版社，1994。

审美对象，不能等同于对其他审美对象的理解，而应从大量文本创造中去
寻求其内在规律，如果以抽象的美学概念去套，或者说，以文学现象作例
来印证一番美学概念，奢谈一通对美的定性，而对文本创造中如何呈现美
这个根本问题不着边际，那又何必再作文学研究呢？……这种从文本创造
的实际出发提纯出诗学理论的做法，我以为才是比较标准的诗学研究"。①
这属于骆寒超对于诗学理论研究的看法。另一方面，或许在骆寒超看来，
这样的研究格局和研究路径也与研究对象、或与研究者对于对象的应该具
备的某种态度相关：

> 应该说：新诗在20世纪艰难的探索中，诗潮、诗质、形式诸方面
> 都还是有某种突破性成就的，并因此而确立起了新诗的传统，我们首
> 先得对这个传统作全面考察和实事求是的评价，并给它在中国诗歌史
> 上作出科学的定位。②

如此的过程与程序，不应该是局部的、临时的和可以一次性地完成
的，而是应该作为一种近似信念、甚至信仰的态度，贯穿于研究者的研究
历程与学术生涯中，应该作为一种思想的规范性的力量，决定与影响研究
者对于新诗所作的一切思考与学术思路。这样，在尊重与认同历史的前提
下从中进行理论提纯，同时从切合实际的理论出发对于历史进行合法性的
抉择与考量，就是从研究对象的自身属性出发确立起来的有效研究路径。
因此，史与论结合的研究路径、从低空进行的理论提纯与抽象，就不是偶
然的决定，而是可以看作对于历史对象深度掌握之余作出的必然性选择。

在现行的文学学科的框架体系中，与新诗理论研究相关的主要是文艺
学学科与中国现当代文学学科。如前面引述的骆寒超所言，脱离文学实
际、玩弄概念的"过度理论化"的情形不是没有，但同样也存在着另一种
相反的情形——从数量上或许更多，即"过度历史化"的情形：任何的东
西如果不能从史料的堆积中演绎出来，好像就不能具备合理性或合法性似
的。与辉煌的中国古代文学相比，新诗本来就几乎没有什么"历史"，在
这单薄的历史中，也不可能有太深厚的理论积累。甚至可以说，新诗整体

---

① 骆寒超：《诗的真实世界·序》，《诗的真实世界》（沈泽宜），南京大学出版社，1993。
② 骆寒超：《20世纪新诗综论》，学林出版社，2001，"引言"第5页。

上自来就是反历史的，或者说是在反历史中确立自身的合法性的，一定要从历史序列与历史格局中求证其合法性与艺术及理论资源，实属强人所难。从这个意义上讲，骆寒超这种讲历史不忘理论、讲理论也不忘历史的史、论结合的研究路数，也许值得新诗研究者效法。

从这样的研究路径出发，以诗歌本体为依据，骆寒超的新诗理论研究既注重宏观的理论概括与总体把握，同时，也不乏微观的深入探究与细部考察。就宏观而言，骆寒超坦言，其兴趣在于构筑一个诗学理论体系①，为了实现这个目标，骆寒超的研究分步实施，采取了如下的步骤："……为了考察革命现实主义诗歌创作之路应该如何走，我以'中国诗坛泰斗'为解剖对象，向读者呈现了自己的第一部诗学著作——《艾青论》；为了考察诗歌动态现象与时代、审美规律之间的辩证关系，我以中国现代诗歌为解剖对象，选择九个点，组成一个中国现代诗潮流变的系统，向读者呈献了第二部诗学著作——《中国现代诗歌论》；为了考察诗歌本体的创作艺术特征，我仍以中国现代诗歌为解剖对象，横向地作了系统的理论提纯，向读者呈献了第三部诗学著作——《新诗创作论》……我将不遗余力地去把计划中的《中国现代诗歌史》、《中西诗学比较论》写出来，然后在这些研究的基础上，最终去完成一部《现代诗学》"。② 在以上的学术规划中，以中国新诗为中心涉及了方方面面的问题，展开了一个全方位的学术格局。在已经完成的宏观研究中，以"诗潮论"的研究最能显示出骆寒超的研究特色。在《新诗主潮论》等著作中，以新诗文本与文学史事实为依据，骆寒超进行了一种系统的理论思考：首先，他从"诗歌表现人和如何表现人"③ 为逻辑根据，将诗歌诗潮作了现实主义、浪漫主义、现代主义的区分，同时又把它们作为一个系统来进行整体观照，对它们的内涵进行了重新界定。比如骆寒超将浪漫主义从自我表现出发界定为"生命自主"和"生命化解"两类，而不以"积极"和"消极"来区分；再如将现代主义分为超现实、新浪漫两类等，这些都前所未有的见解。这种对于现实主义、浪漫主义、现代主义的定义进行的改写，一方面，这种改写有助于更进一步地深入新诗的历史事实，理解和把握诗歌史的实际情形，另一方面依据诗歌史的事实对于经典定义进行的改写，也有助于通过历史事实来

---

① 骆寒超：《骆寒超诗论集》，浙江大学出版社，1991，第522页。
② 骆寒超：《骆寒超诗论集》，浙江大学出版社，1991，第522~523页。
③ 骆寒超：《新诗主潮论》，上海文艺出版社，1999。

深度说明理论观点，增强了理论的说服力和历史依据。

就微观言，骆寒超就新诗涉及的一系列诗学问题，诸如诗歌把握世界的方式、诗歌抒情的层次、诗思意识、诗歌的意象、诗歌的声韵节奏系统等问题，都有系统深入的探究和独到的结论。比如对于诗歌把握世界的方式问题，骆寒超提出"人化自然"、"自然化人"、"宇宙化万汇"三种方式①，这可以说是建立在对于大量古今诗歌进行潜心考察基础上的理论总结，有较强的理论概括性。再比如对于诗思问题，骆寒超认为，"诗思是思想情感的诗美旨意化体现"，"诗人在把握诗歌真实世界时，如何去发现那个受制于自己思想情感的独特契入角度，是对诗思路子的探求；诗思路子确立以后，如何体现在艺术创造中以获得真实世界的扩大和诗美意蕴的深沉，就显示为对诗思路子的拓展"②。诗思概念的提出，实际上在作者的原生态的"思想感情"与诗歌最终的艺术文本构成之间找到了一个中介，体现了对于诗歌艺术特征的尊重和对于诗歌本体理解和把握的深入。对于意象问题，骆寒超不仅有像对于艾青诗的意象结构系统的个案研究③，同时，也有对于"意象流动"的"语言策略"的出人意表的匠心独用④。从这样的角度出发，对于诗歌意象机制的探究找到了新的途径，而且将意象机制与语言策略联系起来，使得对于意象的探究更见系统性和有迹可寻。

在骆寒超的诗歌理论研究当中，表面看来，似乎宏观的研究更容易和诗歌史或历史的论述相结合，而微观的研究更集中于理论的表述。实际情形并不完全如此，在骆寒超那里，宏观的历史论述同样被强烈的理论意识笼罩，常常从中归结出根植于丰富的历史事实依据的理论结论来，或者将局部的理论总结投射进广阔的历史空间，用以考索历史，检验自身；反过来，微观局部的理论总结由于其丰富的经验事实支持和广阔的历史考索面，而具有了强大的理论涵盖性，它来自对于中外古今诗歌历史和文本现实的反复权衡和梳理归纳。因此，在骆寒超那里，无论是宏观研究还是微观研究，史与论在十字交叉的相互支撑与相互论证中，指向对于诗歌本质的深入把握。

---

① 骆寒超：《骆寒超诗论集》，浙江大学出版社，1991，第80页。
② 骆寒超：《骆寒超诗论二集》，南京大学出版社，2001，第250页。
③ 骆寒超：《论艾青诗的意象世界及其结构系统》，《文艺研究》1992年第1期。
④ 骆寒超：《骆寒超诗论集》，浙江大学出版社，1991，第101页。

骆寒超诗歌研究中的这种历史和理论的相互阐释的状况，最好不要把它看成是一种研究个体知识结构的展示与研究个性的体现，它同样也是新诗的历史成就和理论现状的反映，因此，它在作为一种便利的研究格局和理论优势成就了个体研究者的学术业绩的同时，也提示我们，新诗无论从艺术上还是从理论上的建设都还有很长的路需要走。

第四节　变革时代的"变"的艺术

吴开晋诗论文章中用的最多的词语群之一，大概就是有关"变"（以及蕴含"变"的意义）的词语：蜕变、裂变、聚变、再生、超越、转型……当然，这里的"变"可以基本分为两种向度，即共时的横向的与历时的纵向的。在吴开晋那里，似乎是把"变"本身把握为新诗的某种艺术的和历史的本质，而这只能是处于变革时代的新诗的"变"的艺术和历史本质的反映。

从横向上讲，在多向发展与多元融合中强调新诗的立足当下的主体性，是吴开晋诗论的第一个特点。吴开晋强调，"一种新诗体的产生，是和时代生活的变革与诗人思想的解放分不开的"①，中国新诗的产生就更是这样，正如"新诗"的概念本身所标示的那样，它本身是在新的历史时代中的个性解放与主体觉醒的产物，它的艺术形式具有强烈的历史性和时代性：

　　实际上，古典诗歌的艺术成就不论多高，也只是达到了封建社会的辉煌高度，并不能代替反映现代生活的新诗；而西方现代诗歌的艺术造诣无论多深，也只是西方近代资本主义文化的一个代表，我们的新诗也不会照搬。从严格意义上讲，我国社会主义的现代化新诗还没有完善地建立起来。目前还只是一些可喜的雏形，未来的新诗到底怎样，还靠广大诗人去探索。②

新诗是在经历了"五四"和"新诗潮"两次由思想与社会变革支持下

---

① 吴开晋：《现代诗歌艺术与欣赏》，河北人民出版社，1986，第233页。
② 吴开晋：《当代新诗论》，山东友谊出版社，1999，第14页。

的艺术变革的高峰，在审美心理结构深刻变动的情况下，新诗不断地自我超越、自我更新着它的审美价值体系。仅就新时期以来的诗歌艺术构成而言，从艺术表现上讲，呈现出哲理性和思辨性、抽象性和符号性、隐喻性和模糊性、整体性和史诗性等多样性的新的特征①；而从诗的功用上讲，也呈现了直接社会功能、心理表述功能、单纯审美功能等多元化、多方位发展的态势②；从诗潮走向与观念内容上讲，又呈现出"纯诗与不纯的统一"、"忧患意识与生命哲学的渗透"、"中西文化碰撞后的超越"等的复杂构成③。在这种情况下，对于艺术创造来说，不仅需要一种开放的心态，更需要一种主体能动的意识："新时期诗歌中这种多元化艺术思维的各个方面不仅可以并存，而且还可以相互交融、渗透，从而为出现一种崭新的社会主义现代化的诗歌而创造条件。这种新诗歌可以广泛吸收外国诗的营养，但又不是对外国诗的模仿，而又有着自己民族文化的根；可以更深入地吸收古典诗的营养，但又不走向复古而把对外开放的门关闭；可以向民歌借鉴，使作品更具民族特色和生命力，但又不同于过去对民歌的简单仿制；还可以从'五四'以来的新诗中总结经验，吸取各个时期一些著名的不著名的诗作中的养分，又不重蹈前辙。"④只有这样才能在综合融通中超越与提升，创造出全新面貌的、多姿多彩的新诗歌。

从纵向上讲，强调新诗的发展与在发展中继承传统、超越自身，是吴开晋诗论的第二个特点。吴开晋将新诗的发展历史与两次艺术变革的高峰联系起来："一次是'五四'新诗的崛起，对代表着传统的古文化的一部分——旧诗，进行了一次冲击和扫荡，建立了自己独立的审美体系，使作为表现艺术的诗歌，开始了内向性的转化，在我国文化史上，创立了丰功伟绩；另一次则是粉碎'四人帮'后新时期诗歌的崛起发展，可以说，在某种意义上，它是第一次诗潮的延续，并具有了许多新的特点"。⑤这是吴开晋新诗历史观念的基本谱系。在此前提下，他对于新诗的发展的具体问题，有着一系列独特的认识与辨析：第一，新诗自来是在多重的矛盾中发展的，这些矛盾的构成，有来自新诗自身的规律的因素，也有人为加剧矛

---

① 吴开晋：《当代新诗论》，山东友谊出版社，1999，第10~13页。
② 吴开晋：《当代新诗论》，山东友谊出版社，1999，第21~22页。
③ 吴开晋：《当代新诗论》，山东友谊出版社，1999，第24~32页。
④ 吴开晋：《当代新诗论》，山东友谊出版社，1999，第22页。
⑤ 吴开晋：《当代新诗论》，山东友谊出版社，1999，第6页。

盾的倾向。作为人为因素，肯定是对于新诗的发展有妨害的，因此，解决矛盾，澄清是非的关键在于多元的观念与宽容的态度，只有这样才能促进新诗的繁荣。① 第二，对于新诗发展的具体历程来说，也要有一个辩证的、历史的观点。比如对于近些年来的新诗的低潮现象，人们有各种说法。吴开晋经过仔细的辨析后认为，这其中有客观的比如社会的、经济的原因，但也与新诗自身发展规律有关系："压抑后的高扬，分流后的交汇，喧嚣后的冷静，蜕变后的升华，都是文学艺术发展规律之必然。"② 因此，要求新诗的发展历史永远处于高峰高潮阶段是不现实的，和其他的事物一样，新诗本身呈现螺旋式的发展态势是合乎客观规律的。第三，强调在发展中继承传统。传统不是无生命的死物，对传统的继承也不是退回到过去的岁月中抱残守缺，而是要在坚持发展中去继承传统。这样对传统的继承也就成为了新诗自身的自我超越、自我生长，同时也激活了、延伸了传统。如果将继承传统与新的发展对立起来，那只是误解了传统，也错失了今天。吴开晋在近年来做的一项主要工作，是对于东方文化传统中的诗学传统——禅道精神、"东方神秘主义"，与诗歌的现代主义的结合的倡导与研究。吴开晋把这看作新诗的东方文化因子的强化、东方文化精神的回归与东方智慧的延伸。对于新诗来说，这样的工作无疑是有意义的，同时也实践与论证着吴开晋本人的新诗的历史观、传统观。

第五节　诗歌的"美学"执着

李元洛是新时期以来，特别是 20 世纪 70 年代后期到 80 年代在诗坛有重要影响的诗歌评论家。在 80 年代初的朦胧诗论争中，在关于诗歌发展的道路问题上，李元洛是坚持以古典诗歌和民歌为基础发展新诗的观点的。在诗歌表现自我的问题上，李元洛认为："'我'指的是诗人对生活的独特的发现和诗的独特的表现，而不能说，诗就是'自我表现'。他认为'小我'只是手段，表现'大我'是目的，通过'小我'表现'大我'。如果我们承认诗是社会生活的反映，又说是'自我表现'，实际上就陷入'二元论'了。"③

---

① 吴开晋：《当代新诗论》，山东友谊出版社，1999，第 108~109 页。
② 吴开晋：《当代新诗论》，山东友谊出版社，1999，第 23 页。
③ 吴嘉、先树：《一次热烈而冷静的交锋——诗刊社举办的"诗歌理论座谈会"简记》，《诗刊》1980 年 12 月号。

李元洛对于新诗理论的研究面比较广，既有诗歌美学的系统建构，也有一般性的诗歌理论和诗学问题的探讨，还有专门的诗人论和作品评论。在这方面，《诗美学》可能是李元洛最具系统性和代表性的新诗理论专著，属于作者诗歌观念的系统性表述："中国的新诗应该纵向地继承传统，横向地向西方借鉴，以中为主，中西合璧；解决好社会学与美学、小我与大我、传统与现代，中国与西方，再现与表现，作者的创造与读者的再创造的辩证关系；力求民族化、现代化、艺术化和多样化。"① 通观《诗美学》，可以看出《诗美学》的理论建构，就是从美学的层次上对于这一系列问题的系统探究与回答："在这本《诗美学》里，我试图从美学的高度解释诗歌创作这一文学现象，我从诗的审美主体的美学心理机制出发，探讨诗歌美学中一系列重要问题，最后归结到诗人与读者的共同审美创造。""美学" - "心理"、"主体"等理论出发点，一方面可能与 20 世纪 80 年代当时的一些文艺思潮和理论动向有关，另一方面，可能也与它的考察对象（诗歌）的艺术特质有关，或者说，是作者以系统理论思考的方式，在当时的文学观念和文艺走向变动的影响下，对于新诗艺术本质与艺术理想的充满激情的维护与表达。在今天的人们也许感觉不到，在当时，提到"美学"概念、进行"美学"的探讨本身，可能就需要极大的勇气，承受巨大的压力。"诗美学"这三个字组成的论著标题，作者仿佛是要用这种简单得不能再简单的文字结构，将每个字都赋予承载和刻写历史本质的重量，以求最有力地击中读者心灵。据作者在该书《后记》中交代，该书属于本时期诗歌美学领域的破冰之作，因此，其开创之功功不可没。

在《诗美学》的具体展开中，对于美和美的概念的进行了笼罩性和包裹性的强调，将美的概念覆盖在了主体论、本体论、创作论和风格鉴赏论等等方面之上。作者以"诗人的美学素质"和"诗的审美主体之美"开篇，弘扬了诗歌之美的主体性维度，这本身就包含了对于忽视诗人创造的特殊才能的机械反映论的强烈反叛，形成一种隐含的论战性的思维起点。此外，属于本体论的有诗歌的"思想美"、"感情美"、"意象美"、"意境美"，可以看成创作论范畴的有"想象美"、"时空美"、"通感美"、"语言美"等，属于风格学范畴的有"阳刚美与阴柔美"、"含蓄美"、"中西交

---

① 李元洛：《诗美学》，江苏文艺出版社，1987，第 714 页。

融之美"等，属于鉴赏论的有"创作与鉴赏美学"的章节，另外还有专论当代山水诗美学的篇章。当然，这种划分不一定符合作者的原意，这部著作的主要贡献也不在于体系框架方面，而在于内容。这种内容方面的突出特点，又在于两个方面：首先是学术观点和理论上的突破和新意。比如在论到诗歌的思想美时，作者先从审美的角度肯定了诗歌中的思想之"美"、"思想美"的价值，这就解决了思想与诗和美之间关系。其次作者又强调了思想美的构成特征，"诗的思想之美，总是和真与善携手同行的，没有真与善，也就没有美。在这个前提下，衡量思想之美还有一些其他的尺度。因此，诗的思想的美与不美，有正误、善恶、高下、深浅之分"[1]。这就又指明了思想美不同于其他诗美范畴的独特之处。最后，作者又从诗歌思想美创造的角度指出，诗歌的思想美不是思想和概念，而是艺术中的思想美，是和诗情结合在一起的……这样，诗歌思想美的范畴，从不同的方面和层次上得到了比较完满的界说和解决。本书的另一方面的特征，是该书的体验化和通俗化的展开和写作方式。该书没有多少纯粹理论的推导和演绎，而是在结合众多的实例和诗歌写作、阅读的体验中展开，这种写作方式，对于非专业的普通读者来说，可能更容易接受，对于诗歌写作者来说，可能也会有更大的帮助。

除《诗美学》之外，李元洛对于众多诗学理论问题都有所发明。这些问题多数都不限于"诗美学"问题，可以与《诗美学》相互补充。在李元洛关于诗歌理论和诗歌问题的多方面探讨中，中国古典诗歌传统和古典诗论，不仅在实质上是李元洛诗歌观念的一个重要来源和思想坐标，而且也有不少篇章是专门论述古典诗歌理论的。在一篇论述古典诗论中"诗中有画"的观念时，李元洛一方面说明这种观念的合理性，另一方面也指出，"'诗以意为主，意犹帅也'，它最终是以'画中有诗'即寓意深远为依归的。只有'画'与'诗'（即'景'与'情'）的完美融合，才能构成美好感人的意境。因此，脱离深厚生活基础和体验的剪翠裁红，缺乏美好深刻的思想感情的描形状物，绝不可能写出真正动人的诗篇。"[2] 再比如，李元洛在一篇论述古典叙事诗的文章中，将中国古典叙事诗的艺术特点，概括为"情韵"、"剪裁"和"凝练"[3]，比较准确地道出了中国古典叙事诗

---

① 李元洛：《诗美学》，江苏文艺出版社，1987，第51页。
② 李元洛：《诗歌漫论》，长江文艺出版社，1979，第77页。
③ 李元洛：《诗学漫笔》，花城出版社，1983，第81页。

的基本美学品质。另外，对于中国古典诗歌中律诗的对偶艺术，对于律诗的起句和结句等问题，李元洛也都有着比较深入的论述。在古典诗论方面，李元洛不拘泥于古典，而是批判地继承其中的优秀成分，为现实服务，为新诗的理论建设服务，是李元洛在这一方面研究的基本特色。在其他理论问题和诗歌艺术问题上，李元洛也有不少值得重视的论述。他曾经对于"以议论为诗"和"以议论入诗"进行了区分①，提出，"以议论为诗"是违反艺术规律的，但"以议论入诗"，如果能够符合艺术创作规律和审美规律，做得好可以起到新奇别致、丰富诗歌艺术品类的效果，所以对于"以议论入诗"不应该简单地加以排斥。包括诗歌在内的各种艺术，要到达其预期的审美效果、感染读者，就必须要能创作出新颖、别致的艺术形式和形态，而力戒平庸、刻板、模式化，因此这就不能不讲究艺术表现上的辩证法。李元洛因此论述了"大小相形、巨细映衬"、"正反相形"、"反常合道、奇趣横生"等充满艺术辩证法精神的表现手法，给读者和诗歌写作者以启示。在诸如此类的问题上，李元洛都能自出见解，言之成理。

诗人诗作的研究和评论，也是李元洛诗歌理论研究的一个重要方面。在这方面，《诗卷长留天地间——论郭小川的诗》②，可能是这类研究的代表作。诗人郭小川是作者敬重的诗人，曾经给予作者以教诲和鼓励，当"文革"结束后，作者本以为可以有机会直接聆听郭小川的教诲和指点了，但却突然传来诗人去世的消息。于是作者将自己对于诗人逝去的哀思和敬意凝聚成这部书稿。整部书稿从人论到诗，从诗人对于民歌的学习，论到古典传统对于诗人的影响，从诗人的叙事诗论到抒情诗，可以说是一部相当系统的研究，而引用杜甫的诗句"诗卷长留天地间"作为书名，则更表明了作者对于诗人郭小川及其作品的推许和总体判断，在同类著作中也有自己的特色。除了郭小川之外，对于贺敬之、李瑛、未央、管用和、张觉、臧克家、骆文、郭风、刘湛秋、熊召政等诗人也都有专文进行评论，有的还不止一篇。总体上看，这些评论之作涉及面较广，加之作者对于诗歌美学、诗歌理论素有研究，所以往往能够切中要害，道旁人所未道。同时反过来，这些评论文章也不是无谓之作，它们反过来必定对于李元洛的

---

① 李元洛：《诗学漫笔》，花城出版社，1983，第30页。

② 李元洛：《诗卷长留天地间——论郭小川的诗》，人民文学出版社，1982。

诗歌美学、诗学理论的研究，具有滋养、检验、充实、提高的作用，在很大程度上，可以与前者构成相互补充、相互生发的关系。

第六节　新诗理论的古典镜像

陈良运早期主要从事新诗写作和评论，后来主要研究中国古典文艺理论。陈良运年轻时热衷于诗歌写作，上大学之后，开始注重理论上的提高，尤其注意中国古典文论方面的资料的收集。这决定了他以后学术研究的道路和特点。"文革"结束以后，陈良运从写诗走向新诗的理论研究和评论工作。他的经历决定，从一开始，陈良运就不属于热衷于故纸堆的纯粹的书斋化的学者，在他的诗歌观念当中，一直饱含强烈而具体的现实关注，充满着被诗性所汇聚、处置和折射的丰富的时代精神："时代精神有着异常丰富的内涵，它表现为一个时代里全体人们思想意识的总体流向，汇合并升华人们在一个特定的历史环境里、在有所界定的时、空领域中，所产生的喜、怒、哀、乐、惧、爱、恶、欲的情绪与情思。"① 但陈良运与很多当代诗歌批评家不同的是，从他从事新诗评论开始，中国古典诗学就是他的一个重要的理论坐标和观念来源，他常常非常自觉地运用古典诗论中的概念、范畴和理论资源，来进行新诗艺术问题上的考察和评判。这最初只是出于当时的新诗理论根底浅薄、语汇贫乏的或许是不得已之举，不仅使陈良运后期将中国古典诗学和文论作为主要研究对象，而且这种古典资源与现实精神、时代精神的会合，也给陈良运的诗歌理论和诗学观念（当然也包括他古典理论方面的学术研究）带来一种强烈的历史感。仅仅沉迷于古典世界中，往往并不见得有历史感和历史意识；而将视野完全锁定在当下，更容易迷失在眼前浅薄的纷繁复杂与众说纷纭当中。历史感只能来源于历史和当下的汇通和互动。

陈良运的这种历史感从纯学理的层面上，体现为对中国古典诗学传统的自觉接续和继承的要求。他不仅写过《读点中国古代诗论——写给新诗界的朋友》②，举诗人孔孚等为例，说明中国古代诗论中所包含的艺术经验对于当下诗歌写作、尤其具有东方特色的诗歌境界形成的重要性，而且在

---

① 陈良运：《中国新诗与现代意识》，《文学评论》1988 年第 1 期。
② 《诗刊》1997 年第 12 期。

这方面有过系统的思考。在陈良运看来，当代中国的新诗理论建设应该有三个基础：第一是新诗本身历史经验和理论经验的总结，第二是中国古代诗学遗产，第三是西方诗学理论。在这其中，"古代诗学是一个尤其重要的中介部分。新的理论，当然不能是对古代诗学被动的继承，但在诗的美学本质方面却有着斩不断的承接关系。有些重要的基本的诗观，古今不可移易，并且中、西皆然；有些属于艺术表现方面的东西，具备古今人类所共有的心理特征，如果因其'古'摒弃，那就实质上摒弃了诗。"具体讲来，（一）"本于心"，仍是古今中西不变的意识法则和本质原理，新诗和古典诗歌不管表现形态有多大的差异，在"本于心"这一点上是共同的，它可以跨越和整合众多的诗歌观念形态和诗学理论观点；（二）"无外之境"，也就是"广大而无边无际的境界，这是人的精神舒展畅游之所在"，这是中国古典诗学"意境"范畴的核心内容，体现"无外之境"的"意境"并不存在时代性限制的问题，每个时代都可以赋予其新的内涵，因此，在新诗审美境界的开拓方面，"无外之境"和"意境"，仍是新诗应该追求的最高目标；（三）"无迹可求"，是中国古代诗学在诗歌语言方面的审美要求的典型表达，它比瓦莱里"纯诗"论中所说的"词语消失"和有形语言"在亮光中融化"的境地表达得更为透彻清晰，与中国古典诗歌出于同一民族文化传统的新诗，在诗歌语言方面，没有理由不以"羚羊挂角、无迹可求"，"但见性情、不睹文字"的美学标准为最高的艺术理想。[①]总之，如果在 20 世纪 80 年代初期，走向中国古典诗学传统，还是在一种理论贫乏状态中的下意识和不自觉之举，那么进入 90 年代乃至新世纪之后，我们就必须要以更为虔诚、更为积极的、更加开放的心态，自觉地以中国古典诗学传统为主要资源和基础，建构具有中国文化传统特色的诗学理论体系，间接地促进当代诗歌写作走出困局，走向成熟。这是新诗和新诗理论在新的文化现实和文化前景面前的历史性任务。

陈良运诗歌理论中的这种历史感，不仅仅体现在纯粹学理层面上对于古典诗学和学术文化传统的自觉继承和接续方面，而且在一个更为广泛的意义上体现为一种贯穿在其学术研究当中的内在精神、观念视野和思维方式。这种意义上历史感，首先体现为在一种学术上的开放心态当中，建立起广泛的参照系统和多元化的价值取向，在一种思维的纵深感和纵贯系统

---

① 陈良运：《新诗理论建设对古代诗论的承接》，《文艺理论研究》1992 年第 4 期。

当中，展开其诗学观念和学理探索。在诗歌发展的问题上，陈良运批评了那种线性思维的狭隘和简单："今日诗坛，新诗的发展已愈来愈明显地呈现多元走向的趋势，彻底改变了以往那种呈线性发展的状态。我们既然尝够了单调的乏味，现在就应该维护和稳定这种多元发展的局面，不要搞非此即彼、厚此薄彼。但是在今日诗坛还时有一种线性思维起着潜在的支配作用。有的同志总有定某种新诗形态于一尊的欲望，孜孜以求定势与定向。"面对这样的情况，陈良运提出，应该彻底打破这种线性发展、单一状态的观念定势，使诗歌呈现一种"辐射状地多方位发展"态势。① 在此基础上，陈良运又提出"两种诗歌观念和两种价值取向"的问题。他认为，不管是在中国的诗坛还是外国的诗坛，本来存在着两种诗歌观念且都由来已久，只是人们长期将其中的一种当作正统，而另一种却受到压抑和排挤，与此相关的是对于两种诗歌观念各自的价值取向的混淆。当今诗坛的很多争论就是两种诗歌观念和两种价值取向混淆的表现。纵观中西诗歌史，这两种诗歌观念和价值取向一直存在，这就是"为人生"的诗和"为艺术"的诗。这两种诗歌观念本来可以并行不悖，也都有各自存在的理由，同时在诗歌史上也都产生了大量的好诗。但人们总是出于各种偏见和局限性，互相攻击、互相否定，导致种种不必要的纷争。只要以开放的心态对待，二者并存，只会促进艺术上的丰富和繁荣。② 与此对应，陈良运希望诗人能够同时一手写"常规诗"，一手写"实验诗"，建立起双重的"效应结构"，为诗歌的自由创造多提供一片回旋余地。③

其次，陈良运的这种历史感，还体现为在关注当下的同时，具备一种发展性的、前瞻性的学术眼光。历史感不仅从历史指向当下，也从当下指向、延伸进未来。因而当下与未来的统一，也许是历史感的又一重体现。陈良运对艺术作品"应时性"与"永恒性"关系的探讨④，或许是从艺术创造的角度指明了这种历史感的复杂性和重要性。陈良运认为，包括诗歌在内的艺术作品，不能简单地以"轰动效应"来评判其是否具有长久的生命力，而应是取决于艺术作品内容与形式熔铸成的内在质地。作品的"应时性"是对于历史当下的一种回应，在特定的历史条件下，"应时性"的

---

① 陈良运：《线性思维与多元取向》，《诗刊》1988 年第 7 期。
② 陈良运：《两种诗歌观念与两种价值取向》，《文学评论》1989 年第 4 期。
③ 陈良运：《诗，期待着新的崛起》，《诗刊》1989 年第 12 期。
④ 陈良运：《艺术创造的"应时性"与"永恒性"》，《文艺理论家》1991 年第 12 期。

作品有其存在的合理性，也可以产生优秀作品。但那些伟大的、具备永恒魅力的艺术作品，也并非就是"应时性"的简单对立面，而只是在创作成果中化解了最初比较直接的"应时性"的创作动机，创造出的卓越的艺术构造。因此，"应时性"与"永恒性"、当下与未来最终是统一的，艺术作品价值的"永恒性"，也可以看成是一种广义的"应时性"。这样一种眼光，也体现在陈良运对于新诗与旧体诗词的关系的看法上。在陈良运看来，新诗与旧体诗词的审美趣味有可能交融，但在人们的审美观念与审美形式方面，毕竟大不相同了。旧体诗就如同古典风味的时装，少量的出现，能引起人们的兴趣，但如果大批量地向古典复归，则实属煞风景之举。因此，陈良运表示他并不反对旧体诗的重新兴旺发达，"从整个中国诗界繁荣出发，新、旧体形成竞争的态势有助于二者的发展，它们相互挑战，相互促进，更能显示中国诗坛的蓬勃生机。但如果以旧体之长贬新诗之长，我则毫不犹豫、理直气壮地标举新诗"[1]。陈良运从历史发展的眼光出发，旗帜鲜明地表明了他对于新诗文化价值方面的无所保留的认同态度。

　　按照本书的安排，本章论述的是侧重从系统理论方面的对于当代诗学观念的"理性"探究，下一章涉及侧重诗歌史研究方面的诗学观念，但正像上文讲的，思潮性质的观念表达与"理性"探究没有实质性的区分一样，这样的次一级的区分更没有实质意义，纯粹是出于临时的选择和论述方便的目的。而且，至少在本章中，这种"论"与"史"的关系的一层更深长的意味，可以为这样的区分的非实质性作出论证：至少在本章中所论述的理论研究和观念展开中，"论"和"史"的相互融通、相互结合绝非外在的，而是一直深入到了学术理性和观念的深处。这一点，正如在本章中不止一次、不止一处所提示过的，不是任何外在的智力结构形式和现实表现形态所能决定的，而是取决于当代诗学观念的深层的历史本质。这同样是本章的关注重心和主要结论之一。

---

① 陈良运：《理直气壮举新诗》，《星星》1992 年第 11 期。

第十一章　历史背影中的理性探究（下）

本书第十章论述的是从系统理论方面对于当代诗学的"理性"探究和观念表达，本章涉及侧重从诗歌史研究和史论方面展开的诗学观念。将新诗的发展历史赋予一种文学史思维的规范和历史叙事的表达，这本身就反映了某种强烈的学术理性的伸张和观念化意向。其原因，不仅在于新诗分外崎岖和不规则的历史进程，没有巨大的观念化努力是无法将其整合进历史叙事的，而且，这种历史的观念化和观念的历史化的相互作用，是历史超出无名状态，被认知、命名和延续的必要条件。与通常对于这一类型的研究（在被指认为处于"历史背影中"的情形下尤其）容易产生的误解相反，历史的"背影"位置本身，正是出于一种观念表达方式和角度的自觉选择，而且具有强烈的观念负荷和观念化内容。这样的选择似乎尤其适用和有利于诗史研究的学术规范和表达图式。因此，与系统的理论性的观念表述相比较，这样的观念化方式更加、至少同样不该受到质疑。

第一节　诗史观念的"现代"还原

陆耀东的学术研究体现了鲜明的文学史家的特点。这首先体现为研究态度的认真、严谨。对于学术资料的收集工作，陆耀东非常重视，经常谈到关于收集资料之难，这体现了史家的学术态度。这样的态度同样体现在对于历史事实的严谨上，比如陆耀东对于郭沫若自己记述做诗起始时间的质疑："我不敢相信诗人的'1916 说'。这不是对谁尊重或不尊重的问题，而是是否坚持科学的历史观。也就是说，不看是什么人说的，而是看符合不符合历史的真实？"[①] 再比如，陆耀东对于"九叶派"的命名一向不认

---

①　陆耀东：《回眸五十年——陆耀东先生答记者问》，《东方论坛》2005 年第 4 期。

同，而是坚持一种历史的态度、回到历史真实的态度①。这样近似苛刻的谨严，在如今的学术界恐怕是不多见的。

其次，这种史家的学术特点同样体现在学术眼光和学术方法上。它体现为对于历史的客观性的一种尊重："'新诗史'顾名思义，应坚持'美学的观点和历史的观点'。'史论'很重要，但反对'以论代史'，'论'是不能代'史'的，也'代'不了'史'；我也不同意'以论带史'。历史有它自身运行的轨道，并不按某个人或某些人的指令或主观愿望向前发展"。② 这样的历史态度体现在具体的研究当中，就是进行历史还原，将历史事实的真相还原到最初始的错综复杂的历史肌理、历史网络当中去，反对任何的简单化与主观态度。陆耀东强调"从终极来说，客观是决定性的，从诗的形成过程来说，则主观是决定性，现实主义以外的诗歌流派尤其如此。"③ 这里虽然涉及了谈诗的生成一方面的问题，也即主观性的问题，然而问题的另一面，却恰恰是强调历史的客观性与客观方面的重要性。陆耀东对于新诗与中国古典诗歌的关系的研究就是这样的历史方法的具体体现。对于中国古典诗歌与新诗，人们往往根据各种各样的"宏大叙事"不加思考地得出一些简单化的结论。陆耀东没有听从流行的看似合理的说法，而是从扎实的材料中进行了细致的考辨与分析，最后得出结论，"'五四'前夕诞生的中国新诗，与中国古典诗词的关系，是一个'剪不断，理还乱'的问题。我对此作了粗略的考察，发现它们之间有着千丝万缕的联系；某些方面、某些观念，又有重大的变异与发展，也可以说有所'断裂'"。④ 在此，陆耀东分别从新诗的形式与内容两个方面讲述了关于联系与断裂的具体情形，观点细密，令人信服。由此可证，笼统地说"断裂"并不完全符合历史真实。此方面研究，还有《闻一多新诗与中国古代诗歌的联系》⑤，则是此方面观点方法的具体而微的展示，正因为问题更为局部与具体，也就更能见出研究者材料考辨与思考问题的功力。

最后，这种史家的研究特点并不只是一味地谨小慎微——这是人们往往容易导致的误解。陆耀东将胆识问题与学术研究的成就高低联系起来。

---

① 陆耀东：《回眸五十年——陆耀东先生答记者问》，《东方论坛》2005 年第 4 期。
② 陆耀东：《回眸五十年——陆耀东先生答记者问》，《东方论坛》2005 年第 4 期。
③ 陆耀东：《回眸五十年——陆耀东先生答记者问》，《东方论坛》2005 年第 4 期。
④ 陆耀东：《"五四"新诗与中国古代诗词》，《湖南科技大学学报》2004 年第 4 期。
⑤ 见《武汉大学学报》1999 年第 3 期。

学术研究追求的是创新，创新就有危险，因此如果怕事，这里就会寸步难行，就不会取得成就。陆耀东经常引用胡适（在《独立评论》142 号《编辑后记》当中）论及"全盘西化"时的一段话：

> 此时没有别的路可走，只有努力全盘接受这个新世界的新文明。全盘接受了，旧文化的"惰性"自然会使他成为一个折中调和的中国本位新文化。……我们不妨拼命走极端，文化的惰性自然会把我们拖到折中调和上去的。

在这其中当然有胆识的问题，但同时也还有策略与智慧的因素在内。陆耀东从此得到的启示是，鉴于以往有着长期忽视诗艺、忽视艺术的偏向，他本人在研究中竭力向艺术方面倾斜，以求达到矫枉过正的效果。

从具体的学术观点上讲，一方面，陆耀东在坚持诗歌的艺术本质的同时，采取包容与开放的观照态度与学术眼光。在陆耀东看来，诗歌不是生活的原生态的反映，而是一种经过了如同粮食酿酒过程的升华后的反映，因此，陆耀东认同"第三自然"说，承认其合理性。[1] 这样的观念中隐含了对于艺术的丰富性与独立性的尊重："诗必然首先是诗，'诗史'必须首先是'诗'之'史'，不能也无法用别的什么取代它。在评价诗人及其作品的时候，在为每一诗人定位时，力求贯彻这一原则"。[2] 在此前提下，陆耀东对于诗歌持一种包容与开放的态度：对于诗歌的发展道路，陆耀东认为诗歌的道路很多，每个人都有最适合于他的诗歌之路，因此不要强作规定、强人从己；对于诗歌的民族传统，陆耀东认为，一方面正如"世界文学"的观念所主张的，民族特色会逐渐有所淡化，但另一方面，只要民族差异还存在，诗歌的民族特色就不会消失；对于诗歌的艺术风格与艺术流派问题，陆耀东认为百花齐放是正常现象，各种风格流派各有所长，也各有所短，不应该以己度人，而应尊重差异；对于具体的诗人而言，在坚持自己的艺术立场的同时，应该转益多师，广泛吸收艺术营养，丰富自己的艺术创作；对于诗歌的大众化与非大众化的问题，陆耀东也持一种通脱的看法，他认为大众化是需要的，但大众化的诗歌整体上讲，毕竟艺术水平

---

① 陆耀东：《华文新诗之我见》，《中国文化研究》1994 年春之卷。
② 陆耀东：《回眸五十年——陆耀东先生答记者问》，《东方论坛》2005 年第 4 期。

比较低，同样也不是诗歌越难懂越晦涩就越好，关键还在于诗歌本身艺术水平的高低，而非读者的多少；对于诗歌中的情与理的问题，在陆耀东看来，各种各样的感情都可以进入诗歌，但是这样的情感要有个性和独特的表达方式，同样，诗歌中的理不能是直白的道理陈述，而必须与情感与意境融合，才能获得诗意。① 此外，对于诗歌的内容与形式的问题，陆耀东反对机械的二分法，"内容是形式的内容，形式是内容的形式（表现），水乳交融，密不可分；如果在理论上对二者有偏至，必然会产生消极后果"②。所有这一切，都贯穿了尊重历史的态度，而在这里尊重历史体现为尊重艺术的历史存在的客观性与多样性。

另一方面，陆耀东在坚持中国新诗的独立的文化品质的同时，也重视外来传统对于新诗的影响，但尤其强调新诗的民族文化的中国本位。陆耀东充分肯定五四时期新诗革命的合理性，并且经常将它放置在辉煌的中国古典诗歌史的坐标中来对其进行评价，对于新诗所取得的成就进行了充分的肯定："估价新诗在现代文学史上的地位，我以为，不同文学样式的作品难以比高低、排座次；如果硬要比较的话，除小说外，就要数新诗的成就最高了"③。在此，陆耀东特别指出了新诗外在于中国古典传统的文化独立性与所接受的外来影响的关系："中国新诗的诞生虽与近代的'诗界革命'有关系，比如黄遵宪等人所倡导的'诗界革命'，为'新诗'诞生准备了某些条件，可以说是中国诗歌由旧体诗到现代新诗的桥梁。但我以为更主要的是外国影响"④。但与此同时，陆耀东又不赞同林毓生在《中国意识的危机》中主张的五四文化的"断裂"论⑤。前面已经讲过的陆耀东对于新诗与中国古典诗词的关系的探讨，就是对于这一问题的正面应对。陆耀东在重视新诗接受外来影响的同时，坚持将新诗的问题放在民族文化传统与汉语语言文字的特征的前提下来进行考察。作为汉语新诗，陆耀东强调：（1）必须重视意境的创造。这里的意境，是从宽泛的概念来讲的，"它是诗情、诗意、诗境、诗趣的契合或妙合，是诗人从诗情的最初生发到作品的完成全过程的产物和结晶"。（2）必须能够恰到好处地发挥汉语

① 陆耀东：《华文新诗之我见》，《中国文化研究》1994 年春之卷。
② 陆耀东：《回眸五十年——陆耀东先生答记者问》，《东方论坛》2005 年第 4 期。
③ 《中国新诗研究的历史与现状——访陆耀东》，《湖南社会科学》1989 年第 3 期。
④ 《中国新诗研究的历史与现状——访陆耀东》，《湖南社会科学》1989 年第 3 期。
⑤ 陆耀东：《回眸五十年——陆耀东先生答记者问》，《东方论坛》2005 年第 4 期。

言文字的特点与长处，汉语文字有广义的象形特点，汉语有四声之妙、音韵格调之美，调停得好，完全能够创造出神、情、声、韵俱佳的杰作来。①陆耀东的这些建议是很中肯的，在当代诗人的诗歌创作中，应该引起重视。

陆耀东的新诗理论研究，基本上保持在现代文学史的"现代"阶段，在保持学术的严谨和专精的同时，如果能将当代尤其是当下的诗歌情状纳入学术视野的话，相信这种视野的扩张将会带来学术观念上的某种本质性的变更与更大的启示意义。

第二节 "解诗学"立场的诗歌史研究

孙玉石主要从事现代文学与现代诗歌史的研究与教学。因此，在他的研究当中，最为显著的特征，是一种历史意识始终贯穿其中。这种历史意识，第一方面体现为一种对于历史事实的尊重。历史事实存在于那里，是一个客观的现实，谁也没有办法改变它。当孙玉石开始他在新时期的拓荒性研究时，当时离"文革"结束时间不长，人们受极"左"的残余思潮与观念的束缚还很严重，对于中国现代文学史上的客观存在的象征主义、现代主义诗歌潮流竭力予以抹杀，更不承认它在中国现代诗歌的艺术探求方面所作出的不可替代的贡献。甚至对于鲁迅《野草》中的现代主义手法与鲁迅对于象征主义与现代主义客观评价，也百般抵赖、巧为回护，总是不敢正视事实。孙玉石通过对于历史的细心而冷静的审视，被那些令人震惊的艺术创造所感动，坚定地得出了如下的结论："……它们是一种存在过的客观历史现象。科学的态度应该是对任何一种客观历史现象作出实事求是的分析和说明"。② 抱着这样的态度，孙玉石走进了中国现代主义诗歌艺术的殿堂。从此，中国的现代主义诗歌成为他的主要研究领域，这样的状况在以后的二十多年中坚持下来，并一直持续到今天。而这样的态度反映在治学方式方法上，就是力求逼近历史的真实，最大可能地还原历史的真相："不但要系统地了解和考察自己研究对象的历史，翻阅大量的创作的成绩和诗人们的美学的与创作思路的表述，了解产生这些诗歌现象的社会

---

① 陆耀东：《回眸五十年——陆耀东先生答记者问》，《东方论坛》2005 年第 4 期。
② 孙玉石：《中国初期象征派诗歌研究》，北京大学出版社，1983，第 245 页。

的现实的背景和作者生活心境的历史，而且要了解这一创作的个别现象和普遍性的潮流所产生的历史的和文化的氛围，它们在当时所引起的种种不同的，甚至完全相反的反响。把所研究的对象放在当时的历史环境中去进行思考和判断"。① 因此，对于历史研究的对象，要尽量寻找出其多向度的参照系，在广泛的联系中来进行分析判断。此外，对于历史的尊重，也意味着尊重历史上的研究成果。

这种历史意识的第二方面，就是一种历史的"当代性"或"现实性"的意识。今天的历史就是昨天的现实，而今天的现实在明天也会成为历史。把历史当作与现实无关的封闭的时空博物馆或者故纸堆，可能恰恰是一种非历史的观念，因为它割裂了历史，扭曲、简化了历史。但历史的"当代性"或者"现实性"，并不等于认同"一切历史都是当代史"的说法，"研究历史的当代性，不能把历史当代化。我所努力的让历史发言，不是借历史作现实需要的传声筒，而是在历史中寻找出它所蕴藏的属于现在或永远的东西来。让它们的历史存在经过发掘，给当代人以创造、追求或警醒的启示。"② 总而言之，就是"让历史对现实发言"，这样，"历史就不仅仅是一个故纸堆叠成的历史，而可以在我们每个创造现实的人们的心中复活了"。③ 这样的观念贯穿于孙玉石的文学史、诗歌史的研究中，构成这种研究的主要出发点与学术原动力。

因此，孙玉石通过审慎的诗歌史研究，除了对于大量的诗歌现象与诗人作出的细致的梳理、辨析与探讨之外，其主要理论贡献表现在如下方面。

第一方面的贡献是关于"东方现代诗"的理论构想。一开始，孙玉石首先讲明了他关于"现代诗"的看法："我这里讲的现代诗，指的是受西方象征主义、意象主义以及现代派诗潮影响产生的中国现代主义诗歌潮流的诗人和流派"④。这一潮流与浪漫主义、写实主义成为中国现代诗歌史上并行发展的三大艺术潮流之一，形成了其自觉的诗人群体与理论形态，并且已经开始了异质文化吸收与传统诗歌借鉴之间沟通的追求。⑤ 要在西方

① 孙玉石：《中国现代主义诗潮史论》，前言，北京大学出版社，1999，第14页。
② 孙玉石：《中国现代主义诗潮史论》，前言，北京大学出版社，1999，第15页。
③ 孙玉石：《中国现代主义诗潮史论》，前言，北京大学出版社，1999，第15页。
④ 孙玉石：《中国现代主义诗潮史论》，北京大学出版社，1999，第458页。
⑤ 孙玉石：《中国现代主义诗潮史论》，北京大学出版社，1999，第459页。

诗歌与中国传统诗歌的"沟通"与"融合"的基础上，寻求中国新诗的现代发展之途，需要解决下列几个问题：首先是中西诗艺的融合点问题；其次是内心与外在世界如何在诗的形象世界中统一的问题；最后是隐藏与表现之间的"度"的美学问题。① 孙玉石认为，通过中国现代主义诗歌的艺术实践检验，在东方现代诗中沟通中西诗艺的融合点是"意象的营造"、"含蓄与暗示的沟通"和"意境与'戏剧性处置'的尝试"②。注重意象的营造是中国古典诗歌的突出特征，在中国现代主义诗人那里，新颖精巧的意象创造与传统意象的现代转化，承担起了传达现代意识的责任。而象征主义的暗示手法，与中国传统诗歌注重含蓄的特点也有异曲同工之处，这方面也将成为现代诗人努力寻求的中西诗艺融合点之一。另外一些现代诗人，通过对于抒情诗的小说化、戏剧化处置，也在中国传统的诗歌美学范畴现代化方面作出了有益的尝试。在如何构造统一的诗歌形象世界的问题上，孙玉石指出，20世纪40年代的中国现代诗人群体，付出了将西方以艾略特为核心的现代诗审美取向东方化的艰苦努力，并得出了以下三个方面的理论原则：（1）忠于时代精神与忠于艺术创造统一的原则；（2）间接地标明情绪的性质；（3）建设现实、象征、玄学的新的综合传统。这样的一些原则和标准，孙玉石认为它们为中国民族现代主义诗歌建立了秩序和标准，成为预示中国民族现代主义诗潮趋向成熟的标志。此外，寻找"隐藏"与"表现"之间的"度"，也是融会东西诗艺、建设东方现代诗需要从理论与实践上着力加以解决的重要问题之一。注重隐藏含蓄之美，是中国古典诗歌的主要审美特征之一，而象征主义诗歌也经常使用暗示的手法传达深奥复杂的思绪，二者在这方面存在着会通的可能性。应该说，中国古典诗歌在处理"隐藏"与"表现"之间的关系时，尺度与分寸掌握得非常好，对于新诗有很大的借鉴价值。就新诗来说，如何能够做到既避免初期写实主义与浪漫主义诗歌直白浅露，又避免照搬西方象征主义诗歌而带来的晦涩艰深，找到一种美学上的平衡，是问题的关键所在。在这方面，问题集中在隐藏度的是否适中或适恰上："所谓隐藏度的适中，就是现代诗用语言、意象和组织传达信息与读者可接受性之间关系的审美把握问题。度就是作者自我的审美制约。过分表现自己则流于直

---

① 参见孙玉石《寻梦的回响：东方民族的现代诗》，《诗探索》1996年第2辑。

② 孙玉石：《中国现代主义诗潮史论》，北京大学出版社，1999，第467页。

白，过分隐藏自己则流于晦涩。现代派诗人受到这种自我的审美制约，往往追求朦胧而反对晦涩，在朦胧中寻找一种可被接受的美"。① 由此，中国现代派诗人通过创作的主体性作用，实现了西方象征派、现代派诗歌的审美特征的"意识转化"。孙玉石认为三重因素制约着这种审美转化："第一是创造者本身恪守的审美原则，第二是读者审美承受力的制约，第三是中国传统诗歌的审美范畴具有的稳定性特质"。② 这三重因素作用于创作主体，使得"欧化"成为"化欧"，东方现代诗的美学品质，就在"化欧"与"化古"的双重努力中确立了起来。

第二方面的理论贡献在于"现代解诗学"的重建努力。孙玉石将"现代解诗学"归结为新诗现代化趋向的产物，也可以说就是中国的现代主义诗歌的历史的产物。它是适应中国现代主义诗歌的美学品格的诗学批评的理论与实践形态："中国现代解诗学，以理解作品为前提，在理解中实现对作品本体的欣赏和审美判断"。③ 孙玉石将"现代解诗学"的理论内涵归结为以下几个方面：（1）"现代解诗学"是对于作品本体复杂性的超越；（2）"现代解诗学"是对于作品审美性的再造；（3）"现代解诗学"是对于作品本体理解歧异性的互补。"协调作者、作品、读者三者之间的公共关系，理解趋向的创造性和本文内容的客观性相结合，注重形式和内容的统一，始终是中国现代解诗学的特征"。④ 与此同时，突出的实践特性是"现代解诗学"的主要特征之一，因此"现代解诗学"的展开，也需要注意如下的实践原则：（1）正确理解作品的复义性应以本文内涵的客观包容性为前提；（2）理解作品的内涵必须正确把握作者传达语言的逻辑性；（3）理解或批评者主体的创造性不能完全脱离作者意图的制约性。突出历史性依据与实践性特征，应该是"现代解诗学"作为一种理论形态的主要品格。这同样可以看作对于中国古典诗学的传统品性的某种继承，同时也需要在今天的各种理论建设中加以弘扬。如果说，"东方现代诗"的理论探究是孙玉石从事新诗的学术研究的最终目标指向与理想境界的话，那么，"现代解诗学"就是孙玉石的学术研究的指导原则和实践规范。追求客观公允的历史判断是"现代解诗学"理论意向，它具体体现在孙玉石本

---

① 孙玉石：《中国现代主义诗潮史论》，北京大学出版社，1999，第 473 页。
② 孙玉石：《中国现代主义诗潮史论》，北京大学出版社，1999，第 476 页。
③ 孙玉石：《中国现代诗歌艺术》，人民文学出版社，1992，第 111 页。
④ 孙玉石：《中国现代诗歌艺术》，人民文学出版社，1992，第 121 页。

人的学术研究的展开当中，在某种意义上，"现代解诗学"可以说是诗歌史家的诗学理论。

就中国新诗这一文体本身的文化特征来说，其观念与艺术上的开拓性可能要远远大于它对于传统（无论是它自身的传统还是悠久的中西诗歌的传统）的继承性；同时文学与诗歌固然有在艺术上继承传统的一面，但它对于现实经验的处置与表现的艺术方式方法，也应该与世推移，不能以传统自限。这也就是说，并非只是传统上和历史上已有的东西，才是正确的和需要遵循与继承的，否则就没有办法解释文学史和诗歌史是怎样形成、怎样发展的。孙玉石在中国现代主义诗歌史的研究方面作出了谨严和扎实的努力，标示了一条稳健却也相当艰难的研究路径，面对当今世界的纷繁复杂的日常经验与极大丰富的理论资源，需要后继者以更大的艺术探求和理论观念上的开放性去充实与发展它。

第三节　反思历史的诗歌尺度

洪子诚长期从事当代文学史与当代新诗史的研究与教学，清醒的历史反思立场是洪子诚的学术观念与诗歌理论中的一个突出特点。当然，洪子诚他们这一代人的经历与知识人格的构成，都不允许他们将历史看作纯粹是一种叙事和文本。他们的态度，是首先建立在一种"历史信仰"基础之上的历史反思："虽然重视历史的文本性质，重视它的'写作'层面……我们仍然信仰历史叙述的非虚构性，对真实、真相、本质仍存在不轻易放弃的信仰。设想一下，如果这点'信仰'也放弃了，那可不是好玩的。那可能会失去'安身立命'的根基，我们长期培育的探索的动力，也会失去。"[①] 历史"信仰"的表述很有意思，它昭示了一个文学史家的历史态度：这一态度并非是理论的，而是实用的，它从理论上可能很难确立也很难论证，但在文学史的研究实践中却可能非常"有用"。在大多数情况下，这应该也是一种进入历史与理解历史叙述的一般态度，纯粹从理论的整一的、绝对的立场入手，往往难于理解史家的难处与苦心。

这种历史反思的立场，在进入具体的文学研究与诗歌史写作的程序中

---

① 洪子诚：《问题与方法》，三联书店，2002，第 24 页。

时，就具体化为一种"批评立场"。新时期以来尤其是 20 世纪 90 年代以来的当代历史与社会生活的急剧变动，使得原先被视若天经地义的人们思考问题的方式、角度，乃至于一些基本的观念范畴，一再地"失效"。这样，当面对那些日新月异、纷繁复杂的文学与诗歌现实时，首先需要解决的，就是批评的"立场"的有效性及立场重建的问题。在洪子诚看来，在变化了的现实与当下文化处境之中，批评立场的重建，需要建立在如下的基础之上：（1）正视现实困境包括思想的困境，保持人文关怀；（2）回溯历史、经典重读、自我反思；（3）价值中立；（4）以个体性与差异性为前提。① 作为文学史研究学者，洪子诚的这些主张，并非是对于思想史观念的大而无当的空洞演绎，而是有着明确的对象指向与应用目的的，甚至于一定程度上讲，它本身就很可能是受到研究对象的感召，从研究对象的时代特征与精神内质中归纳、绎绎出来的。应此，当洪子诚带着这样的观念框架进入诗歌史与诗歌批评的领域时，其"批评立场"就既具有思想史的穿透力，又有着对于诗歌史现状准确地应和、切入的现实性：

> 问题不仅限于对情况必要的了解上，也还有对诗说话的人对自己的立场、观念必需的审视与反省上。对诗发言的批评者，也要返身看看自己借以品评、判断的依据。……也许，反思自己应成为所有参与诗歌阅读和写作的人对诗说话时的一个起点。②

这样一种态度不是局部和临时的策略，而是根植于研究对象的本质属性之中，同时也是诗歌史研究与治史经验的总结。从这样的态度和立场出发，洪子诚从两个维度上反思与总结当代诗歌史。

从共时的维度上，诗歌与现实的关系是洪子诚诗歌史考察的主要向度。这既与洪子诚他们的基本的历史态度，即前面所说的"历史信仰"、历史本体论观点有关，也与诗歌在当代社会的历史境遇与历史现状有关："诗与现实社会生活，特别是与现实的政治事件、政治运动的密切关系，是我国当代诗的最重要特征。当代诗在评价诗人、作品和一个时期的创作倾向上，首先依据的衡量尺度，就是诗与现实生活、与现实政治关系的广

① 洪子诚：《当代文学概说》，广西教育出版社，2000，第 56 页。
② 洪子诚：《如何对诗说话》，见陈超编《最新先锋诗论选》，河北教育出版社，2003，第 93 页。

泛与密切的程度"。① 诗歌在当代中国历史中的位置,当代诗歌史的状况,很大程度上就在这样一种关系中被决定了。

总体上讲,"在 20 世纪中国,诗歌的地位已经有很大下降,小说、戏剧成了更重要的文类。不过由于当代文学与政治的紧密关系,和诗在社会生活和政治运动中可能发挥的作用,新诗在当代仍然受到相当重视。"② 在这样的格局中的中国新诗,在其进入文学史的"当代"之后,诗歌与现实政治及社会生活的关系,决定了新诗史的道路与当代历史状貌:诗歌经典的选定、诗人的现实命运、诗歌的形态等等方面,都受到了政治要求的裁割与深刻影响。进入当代诗歌史主流的是那些与革命、政治贴近的诗歌与诗人,判别诗歌的价值标准,是能否和在多大程度上"反映"革命历史与现实政治——后者就是"现实生活"或者"现实主义"中的"现实"范畴的真实内涵。这在相当程度上减缩了现代诗歌史上的艺术的多样性、丰富性与探索性。这样的状况直至"朦胧诗"的出现才得以改观:这时,"现实"内涵得以丰富与深化,个体价值得到尊重,艺术探求获得了地位,总的来说,是改变了诗歌与现实之间的那种简单、单向关系,而在二者之间形成和建立了一种复杂的关系结构,"这反映了诗人以艺术为中介所形成的与现实的多种层面的关系。这种'多元'的局面的出现,是诗走向正常状态的一个重要的征象"。③ 进入 20 世纪 90 年代之后,随着更加深刻的社会转型与历史变动,"朦胧诗"所呈现与积淀出的艺术价值原型在更深层次上得以贯彻与展现。艺术探求的深入和诗与现实之间关系的进一步复杂化,使得诗歌难以与"现实"清晰、简单地区分开来,诗歌本身就是必须予以认真面对与思考的严肃的"现实"。从作为现实的简单、单向的反映,到沉潜为逼迫人们不断反省自己的思考取向与思维范式的"现实"本身,诗歌本体构成的这种变动表现了中国当代诗歌与当代历史本身的深度演变,同时也使得从此出发的学术观照与文学史考察本身也充满了深刻的历史感。

从历时的角度讲,"当代(诗歌)"与"史"的关系,是洪子诚首先要思考的一个主要问题:

---

① 洪子诚、刘登翰:《诗与现实关系的调整——八十年代新诗发展的一个侧面》,《福建论坛》1993 年第 3 期。

② 洪子诚、刘登翰:《中国当代新诗史》(修订版),北京大学出版社,2005,第 9 页。

③ 洪子诚、刘登翰:《诗与现实关系的调整——八十年代新诗发展的一个侧面》,《福建论坛》1993 年第 3 期。

我们处理、评述的对象，是刚发生不久、甚而正在发生的事情。学术界曾有过关于"当代"能否写"史"的争论。即使从语义学的角度看，"当代"与"史"就是矛盾的……既然如此，我们这本叫做"当代新诗史"的书里选择这么些诗人，做出这样那样的评述，并常常对他们的得失成败讲得凿凿有据，其实很可能都属于主观武断。[1]

这样的问题，更加具体化为以下两点，一是对写作者的评述和其自身的诗艺把握能力的关系的反省，二是"文学史尺度"与"文学尺度"的不一致的问题。[2] 这一类问题似乎是经常困扰洪子诚的问题，因为在其著作中曾屡屡提到。洪子诚在这样的问题上既显示了一个学者的谨慎态度，同时也在一定程度上体现了他所秉承的那样一种历史观念仍然存在拓展与更新的可能性。这势必会影响到观念深度与历史反省的彻底性。实际上，这种困扰是完全不必要的。以上的问题，可能会在文学史写作的实际操作中造成一些事实上的困难，但这样的困难并非在原则上说明了当代不能写史。因为在以上的困惑中，仍然假定了"客观公正"的文学史或诗歌史的存在，假定了诗歌史写作者与诗歌文本、"文学史尺度"与"文学尺度"之间客观距离不断缩小，乃至消失的需要与可能性。然而实际上，以上的假定如果完全实现了的话，就不再有或不再需要有文学史的写作了。文学史的"非客观性"或其主观性维度，正是文学史存在的理由，而历史写作与历史对象之间、"文学史尺度"与"文学尺度"之间的客观距离，也正是历史写作之所以可能的必要前提。史家的正直与勇气不仅在于其敢于"客观"地再现史实与真相，也在于敢于秉笔直书并坚持主观的见解。这当然与"谨严"、"实录"这一类传统的史家美德并不矛盾，但对于它们应该有全面的、超然的理解，而不应该成为束缚自己的枷锁和畏首畏尾的理由。否则，最终效果只会适得其反。当然，以上这样的困惑在相当程度上也是学界普遍存在的困惑，这本身也许就反映了我们所处的历史情境的某些问题和特征，因此，它们的解决或无法解决，也不完全是观念与理论上的问题。

其次，如前面所讲，从诗歌由被当作现实的简单复现与狭隘反映，到

---

① 洪子诚、刘登翰：《中国当代新诗史》（修订版），后记，北京大学出版社，2005，第420页。

② 洪子诚、刘登翰：《中国当代新诗史》（修订版），北京大学出版社，2005，第1页。

成为逼迫思维不断产生自我意识的现实构成本身，这其中不仅反映了现实与历史的变动，也体现了思维主体自身的观念与认识能力的升华。在这样的前提下，洪子诚沿着历史的脉络顺流而下，力图揭开历史的直线的、整一的、透明的、堂皇的面纱，从正反两个方面，对于复杂的历史真相作出立体式的把握。"断裂"、"承续"、"转折"、"选择"、"隐失"、"遮蔽"、"分裂"、"重叙"、"迟到"、"发掘"、"游离"、"偏移"……这样一批多数是描述性的概念术语，为我们支撑起了一个完全不同的历史观照角度与理解方式，后者不同于我们长期以来主动被动地接受的对于当代诗歌史、文学史乃至整个当代历史的观念谱系。洪子诚的诗歌史写作，一方面，在对于过往历史的考察中深刻地揭示了历史的被建构、被叙述的实质，同时也注重发掘历史建构、历史叙事背后的权力与体制的运作与构成。《中国当代新诗史》的开篇，就从有着较为丰富多样的艺术发展空间的"40年代后期的诗界"状况讲起，洪子诚描述了在权力话语——主要是政治权力的宰制与要求之下，新诗怎样通过诸如"'经典'的选定与确立"等途径，被体制重新建构和改造的同时建立起自身的当代体制。论述简明扼要，令人信服。另一方面，洪子诚又在历史叙述中特别关注被各种历史话语、历史叙事所压抑、遮蔽、忽略了的东西，关注历史叙事尤其是当下的历史叙事的片面性与有限性。比如，洪子诚在论述"走进当代的老诗人"时，在以往的诗歌史与文学史容易作出简单的或片面的处置的地方，论述了这批"老诗人"的不同处境与复杂心态，论述了从艺术主张、政治取向都迥然不同的"中国新诗派"与"七月诗派"由于不同原因、以不同方式"隐失"的过程。此外，还专门论述了艾青与田间的写作"危机"。同时，洪子诚对于"文革"诗歌也进行了简洁而系统的探究，使读者对于这一阶段的诗歌具有一个完整的印象。再有，洪子诚在论述"复出"的诗人时，专门涉及了"迟到"的写作者，在论述"朦胧诗"的盛况时，首先着重"发掘"了"地下诗歌"及"白洋淀诗群"，在论述20世纪90年代诗歌时也不忘"游离"与"偏移"于一般人主要关注对象之外的诗人与诗歌写作，努力提供给人们一幅尽量完整的当代诗歌地图。就是在这两方面的有时是自挖墙脚、自我解构的历史叙述话语中，洪子诚的诗歌史写作展示了历史真实的复杂性，它常常是自觉不自觉地在相当程度上克服了其基本历史观念方面存在着的局限性，给人以出乎寻常的、意外的丰富的启示性。这些可能正是历史与历史写作的魅力所在。

第四节　"隔岸观诗"的史论建构

古远清著作等身，涉及面很广。在新诗理论方面，他的研究特点，首先是标举理论，直接进入新诗本身和本体研究。对于什么是新诗的"本身"和"本体"，当然不是一个很容易说清楚的事情，不过在当代新诗和新诗理论批评的研究领域，要想排除那些无谓的纷争和无聊的话题，却不算一件很困难的事情。这样做的好处，就在于可以避免介入许多在今天看来并不一定很有意义的观念拉锯，集中精力钻研学问。这在当时也许不一定是一种完全自觉的选择，但今天看来却也未尝不是一种幸运。在这方面，古远清的第一部起到观念清场作用的著作是《中国当代诗论 50 家》①。新中国成立以来的几十年间尤其是新时期之前的近三十年里，诗歌走上的是一条越来越狭窄的道路。这期间，诗歌观念与诗歌理论作为一种与社会生活和意识形态有着很复杂关系的构成，在特定的历史条件和时代背景之下，对于当代诗歌发展所发生的规范和影响的实际作用，很可能是以往任何时代都无法比拟的。在这种情况下，清理这一时段的诗歌理论，总结经验教训，无论是对于以后的诗歌发展和建设，还是对于自己的学术道路，都是一个关键性的环节。于是，古远清选取这一历史时段中的 50 位具有代表性的诗论家，对于他们的诗学观念进行了系统的分析和评判，不为尊者讳，也不抹杀实际成绩，都能够实事求是地作出自己的学理判断。在风起云涌、思潮激荡的 20 世纪 80 年代初、中期，要做到这一点，不仅需要一种学术的理性，可能也需要一种内心的清明和超然的定力。古远清的这一著作，不仅奠定了他以后相关研究的基础，可能也影响了其他学者的类似研究。

在清理了诗歌理论和诗学观念之后，古远清进入了诗歌分类学和诗歌修辞学的研究。"诗歌分类学，是对各类诗歌的特点、诗体的划分及其产生、发展和流变进行专门考察和研究的一门新兴学科。它的主要任务是研究各种诗体产生、发展的规律及其艺术特征。同时还要对相近的诗体进行归类，以便分门别类地把握各种诗体的特点和质的差别，更好地按照各种诗体的规律去进行创作和欣赏。"② 诗歌分类的问题，看似简单，实则不

---

① 古远清：《中国当代诗论 50 家》，重庆出版社，1986。
② 古远清：《诗歌分类学》，中国地质大学出版社，1989，第 1 页。

然，诗歌的分类由于其历史性和相对性的特征，所以产生了各种不同的划分标准和划分角度。古远清论述了从四个大的方面对于诗歌进行的分类：从有无较完整的故事情节和人物形象的角度，诗歌可以划分为抒情诗和叙事诗两大类，其中抒情诗又可分为爱情诗、讽刺诗、田园诗、哲理诗、咏物诗、咏史诗、吊亡诗、游仙诗、政治抒情诗、街头诗等，而叙事诗也可以包括史诗、剧诗、诗体小说、小叙事诗等；从诗歌的表现形式上分，可以分为旧诗与新诗两大类，新诗可包括自由诗、现代格律诗、十四行诗、小诗、民歌、散文诗、朗诵诗、歌词以及"楼梯体"诗之类；从诗歌的题材选取上分，又可分为乡土诗、城市诗、军旅诗、工业诗、边塞诗、科学诗、儿童诗、童话诗、寓言诗、题画诗等；除上述几类之外，还有喻体诗、唱和诗、赠答诗、回文诗、打油诗、谜语诗、集句诗、图像诗等杂体诗。这些分类不可能包罗所有的诗歌体式，但这种从不同角度出发的诗歌分类方式、方法，反映了对于诗歌艺术构成本身的认识的深入，对于诗歌写作和批评鉴赏都有促进作用。诗歌修辞学则是建立在文艺学和语言学二者之间的一门交叉性的学科，它是以中外诗歌作品的修辞现象作为研究内容的一门学科，它的任务是从语言运用的角度，阐述诗歌修辞的特殊方法和规律，总体上说，"诗歌修辞学就是研究诗人如何高效能地运用语言的艺术的一门学问。"① 在诗歌修辞学当中，古远清采取宏观研究和微观研究、动态研究和静态研究、传统方法和新兴方法相结合的方式，展开诗歌修辞学的基本构架，从词句修辞、篇章修辞、辞格研究和诗歌风格等各个方面建立起诗歌修辞学的初步体系，在这个方面的开拓之功功不可没。

古远清诗歌理论研究的第二方面的特点，是在诗潮之外观诗潮、流派之外看流派的"隔岸观诗"的远距离观照。在这方面，不是说古远清没有加入或者引发一些争论和纷争，恰恰相反，他的包括诗歌理论在内的学术研究和学术观点引起了不少的争议。但引起争议不是古远清的本意，他的本来目的是还原历史真相，追求历史真实，至于别人如何看待，那就可以完全置之度外了。因此，实际上，我们可以看到，往往是处于风波核心的古远清，其学术心态非常冷静和超然。比如，古远清在讲到大陆和台湾两岸关于台湾文学诠释权的争夺时，举了他所著《台湾当代文学理论批评史》一书引起台湾诗评家萧萧关于"大陆学者拼贴的'台湾新诗理论批

---

① 古远清、孙光萱：《诗歌修辞学》，湖北教育出版社，1995，第4页。

评'图"的指责的例子，并心平气和地评论道："其实，萧萧先生过虑了。
大陆的诗作与诗评大批登陆台湾，是无法取代台湾的诗作与诗评的。两岸
诗作互登、互评，这本是一场文学的友谊赛，完全用不着神经过敏，担心
台湾诗评家从此会'失掉发言权'。"① 通过这些，我们可以想见，如果论
争的双方都能够有这样的心态，其实可能根本就不会产生这些不必要的争
执。至于说"隔岸观诗"，这不仅是指古远清对于台湾等地的汉语诗歌研
究，而是指他与研究对象之间总是具备一种或许是有意寻求的心理距离，
这一点，则不仅仅是学术心态的问题，而且也涉及学术方式、方法和思维
习性等方面因素。或许正是因为台湾、港澳和其他海外华文诗歌恰好能够
适应他这种心理观照的距离感，所以才引起古远清的兴趣。紧随着大陆朦
胧诗高潮，古远清曾经有《台港朦胧诗赏析》② 之作，就将"朦胧诗"的
命名抛向遥远的海峡对岸和香港，这曾被台湾诗人向明认为是在追溯大陆
朦胧诗作为一种"精神污染"的源头。③ 这样的对于历史和现实完全缺乏
了解的批评，反而在某种意义上更加反衬出古远清从容的学术心态和这种
观照方式的优越性。

　　关注于新诗本体建设，同时能够超然于诗潮、流派和纷争之外，这使
古远清的立场和眼光具有开阔性和整合性的优势。这形成古远清新诗理论
研究的第三方面的特点。古远清的诗歌研究从地域上讲，从大陆诗歌开
始，逐步扩展到中国台湾、香港、澳门乃至马来西亚、新加坡、菲律宾、
美国等世界各地的华文文学和诗歌研究；从研究对象上讲，既有新诗，也
有古典诗词，既有作为主流的自由体诗，也有散文诗等比较边缘性的诗体
类型，既关注创作，也关注论争和思潮；从研究成果的形态上讲，既有纯
理论的研究，也有诗歌史、诗歌理论批评史的研究，还有赏析性的研究和
普及性著作，此外也有工具书和工具手册性著作的编著，同时还注重于研
究资料和史料的收集、整理、编订、出版工作；从读者对象上讲，既有写
给专家学者的，也有写给普通读者、初学写作者和青少年读者的……在当
代学者当中，在新诗理论的研究领域，从涉及面之广、著述之丰富和读者

① 古远清：《两岸是如何"争夺"台湾文学诠释权的?》，《文汇读书周报》1999 年 12 月
　4 日。
② 古远清：《台港朦胧诗赏析》，花城出版社，1989。
③ 向明：《不朦胧，也朦胧——评古远清〈台港朦胧诗赏析〉》，台北《台湾诗学季刊》创
　刊号，1992 年 12 月。

对象的范围之大等方面来讲，恐怕能够和古远清比肩的是不多见的。当然这些在作为优点的同时，也带来一些不足和缺陷，比如，在"博大"的同时，在"精深"方面有欠缺，开拓有余，专精方面有些不足：无论是理论著作还是史著，摆明事实方面很充分，是非判断也很清晰，但更深层的问题发掘则有些不足；另外有些著作和文章总体观念和观念内核上比较陈旧，缺乏足够的新意。但不管怎样，古远清在新诗理论研究方面的研究成绩是有目共睹的，后来者可以在他开拓的领域上继续前进，可以超越他，但却是别人所无法替代的。

当这一批学者在新的历史条件下开始他们的诗歌史研究的时候，大体上也正是"朦胧诗"的"崛起"的时候。像陆耀东、孙玉石、洪子诚、古远清这样一批学者好像并没有太多地直接介入"崛起派"批评家对于"朦胧诗"的辩护，他们选择了另外一条道路，另外一种方式。读读孙玉石《中国现代诗歌艺术》的"题辞"和洪子诚、刘登翰的《中国当代新诗史》的出版"后记"，就会知道他们同样是充满了火热的诗意情怀的学者。他们将自己的观念和结论、将自己的激情建筑在了谨严的学理的基础之上，路径不同，却同样是难能而可贵的。他们与"崛起"派的批评家构成互为表里的关系，一起为中国新诗理论史做出了不可替代的贡献，丰富了当代诗学的观念空间的构成。

第十二章　"同代人"的历史通感与理论积淀

如果说，在"朦胧诗"的崛起过程中，主要是一批当时处于诗人群体之外的中年批评家起了维护和为之辩护、申诉的作用，那么到了"新生代"诗歌群落，除了在其内部出现了像周伦佑这样的诗人型的诗论家之外，一代青年诗论家群体也出现了。他们除了对于"新生代"的诗歌发言之外，也触及了更广泛的诗歌批评领域。与前面章节着重讲到的韩东、周伦佑等不同，他们的诗歌观念与理论表述不只对于自身诗歌群落内部的写作有效，而且也有着更为广泛的诗学意义。表面上看来，这一批青年诗论家群体，可以分为诗人型的评论家与学者型评论家两个群落，但实质上，这种外在的职业身份并非本质性的区别，他们之间，以及他们与其所批评阐释的诗人之间，基于历史经验的共通感而来的某种更深层的身份认同，才是影响其理论批评的取向与成绩的更重要的因素。

第一节　"同代人"的诗歌阐释者

在某种程度上，批评家和作家一样，都有与其全部学术或艺术的内在生命构成深层对应的书写对象。什么构成这样的对象，以及它在何时、怎样出现，与批评家或作家的个性兴趣、人生经历有关，与历史时代有关，与学术或艺术风尚有关，也与种种偶然的因素有关。总之，或许与这一切都有关。虽然程光炜在 1990 年就出版了他的第一部诗歌研究专著《朦胧诗实验诗艺术论》，成为他 80 年代诗歌批评与诗歌研究的总结，但是，程光炜作为诗歌批评家与诗歌研究者产生更重要的影响与作用是在 90 年代，尤其是在对于"90 年代诗歌"的批评与研究当中。这是因为，80 年代的程光炜的批评虽然杰出，但是别人不见得不可以做到，而 90 年代的程光炜却是不可替代的。

对于程光炜这一代批评家与学者来说，历史观念与对于历史的理解是其学术研究和诗歌批评展开的前提。不过与谢冕、洪子诚这一代学者不同——在谢冕这一代学者那里，"历史"不脱其终极依据或信仰、价值依据的意味，在程光炜这代人这里，"历史"更像是某种生存和思想的不可超越的限制：或者像某个参照系，或者像杰姆逊所说的，是某种"必然性的经验"，借此来理解诗歌，同样也借以理解自身。同时，这样的历史理解也与更年轻的后来者对于"历史"的无动于衷不同，因为在这种理解中，扬弃、综合了以往年代，尤其是20世纪80年代那种简单化的历史结论与历史观念，因此同样也综合了这一代人在曾经的不平凡的年代中的历史经历，以及在他们现在的年龄段才能够具有和表达的深沉的历史体验与感喟。因此，作为理解依据的历史，同时也是理解的结果，这就使他们对于历史的理解变得格外"复杂"起来。

中国当代历史在20世纪80年代末、90年代初发生了深刻的改变，整个的社会精神和文化氛围在一夜之间改弦更张。对于敏感的诗歌来说，这种改变显得格外剧烈与沉痛：

> 在我看来，所谓的"90年代"不仅仅铭刻在时间的记忆中，或者说，它不只是一个时间的领域，而是远比时间深刻的属于观念上的一种东西。它亦不只是旋律的调整，叙事的转换，写作方式的变异，而是一种"告别"，更是在这一痛苦过程中属于精神、心情、姿态这些层次上的茫然难定。①

在这种改变当中，历史作用于生活、作用于个体与诗歌写作的方式，也与以往大不相同了。支撑以往的历史观念和历史话语的国家意识形态的宏大叙事终结了，不过历史作为"缺席的原因"仍然在起作用。这时，文学和诗歌批评、研究所需要面对的事实是，历史以"文本化"的方式在场，因此，在阿尔都塞的意义上，意识形态仍然是语言和诗歌中的现实："一方面，90年代诗歌写作充分显示了民间话语的多声部本文效果和个人的差异性；另一方面，又程度不同地隐喻着处理意识形态的功能。"② 在这

---

① 程光炜：《90年代诗歌：另一意义的命名》，《学术思想评论》1997年第1期。

② 程光炜：《误读的时代》，《诗探索》1997年第1辑。

种情况下，以往的诗歌写作模式，面临大范围的失效的可能和历史语境的严峻考验，诗歌写作要保持其有效性，需要具备以下条件：（1）它必须是某一种知识气候和历史语境的最有力的、不可替代的见证；（2）它具有一种不断超越的语言可能性，同时由单向度的抒情转向包容丰富复杂的经验内容，并以之开掘、丰富读者的经验。① 诗歌的知识型构与诗歌氛围因此也发生了根本性的变化：写作再也没有一套可以不假思索地分享和依循的庞大的观念系统与象征体系，同时也不能从与后者的对立与对抗中获取生存、思想与写作的动力；诗歌写作因此也丧失了那种历史的崇高感与贯穿其间的政治张力，也不再具有明确的政治指向和政治意味；诗歌写作与历史的关系不再是对于后者的再现与表征，甚至也不是对于历史的批判与反抗，而是与历史构成一种互文、摩擦的关系；诗歌写作因此变成一种个体行为，所谓个体，主要是就写作与历史和政治的这种关系而言的，它维护和追寻一种复杂的诗歌技艺，并从中获取真实而有限的写作快乐。所谓的"知识分子写作"，不是一般意义上的对于写作者的身份、阶层的确认，"而是对当代思想文化中种种'知识分子概念'的驳难、质疑，以期在更宽阔和复杂的文化背景中加以修正。这种'修正'的工作提出了两个问题：第一，作为一个诗人，他必须坚持一种理想化的灵魂状态；第二，在这同时他深切地意识到了，'坚持'这一状态之不可能……'知识分子性'指涉的显然是当代思想文化史的意义，诗人们着意揭示的则是一部充满诗意和戏剧性张力的思想文化史。"②

在以上前提下，程光炜对于诗歌写作的技艺层面的东西相当重视，并赋予了其超出技艺本身的重要意义。程光炜把诗歌技艺看作深入当下生存、提升语言处理当下复杂的历史经验的存在论层面的东西："现今的诗歌技艺意味着与一个抒情的、解释学的、先锋性的时间记忆的'脱钩'，它是朝着诗人当下境遇像锤下一颗钉子般地深深揳入"③。从这样的角度而不是从外在的方面来看待诗歌技艺，是符合现代诗歌与中国当下诗歌写作的实际的。同时，这其中包含的另外一层含义是，不能用诗歌文本与写作以外的经验事实来核准诗歌的叙事策略，文本的内在需要与语言现实，是诗歌技艺与写作策略的最终指向："基于现代生活在本质上缺少可靠性，

---

① 程光炜：《90 年代诗歌：另一意义的命名》，《学术思想评论》1997 年第 1 期。
② 程光炜：《不知所终的旅行》，《山花》1997 年第 11 期。
③ 程光炜：《叙事策略及其他》，《大家》1997 年第 3 期。

将'我是谁'的尖锐诘问逼向语言的现实，正是诗歌写作在今天所不能规避的道义上的责任。"① 这本身正是基于当下生活的本质与历史经验的本质，写作所不得不向自身生成的当下的历史性本质。在这样的基础上来看待 20 世纪 90 年代诗歌在技艺层面所发生的变化，就比较容易得出符合实际的结论。比如，对于 90 年代诗歌的"叙事性"问题，程光炜就给出了既不神化也不偏激的清晰的揭示，同时也多次地指出其限度和负面影响②。在这些地方，程光炜表现了一种既不同于诗人式的表述，也与别的年龄层的批评家不同的批评的理性与智识的清醒。

程光炜多次表述过这样的意思，即批评对他们这一代人来说，是一种自我理解、自我批判，是一种对于自身命运的表达，③ 甚至在此意义上，是"非常典型的诗歌的写作"与"施展诗歌抱负的机会"④。考察程光炜关于"90 年代诗歌"的一系列批评文章和像《王家新论》这样的文字，可以看出，这样的表述是符合事实的。或许正是在这样的意义上，这样的批评才是不可替代的；同样，或许只有这样的批评，才在发掘了一种诗歌的本质的同时，完成了某种批评自身的本质。

第二节　面向新诗本身的思想执着

王光明从事新诗理论方面的研究，没有简单地追随各种喧嚣的思潮和表象，也没有拿令人眼花缭乱的观念的抛掷和表演就事论事。王光明一方面带着强烈的理论意识、问题意识出发，另一方面，又将这种理论意识和问题意识投射为历史问题、历史事实的辨析与论证。他力求从"同"中发现"异"，从"异"中发现"同"，在"同"与"异"的张力与背反中，保持着思维展开与学术掘进的动力。

在"同"中发现"异"，是理论思维在对于历史的锐利切入中的"具体化"，于是在"理论"中发现了"历史"。王光明认为，对于新诗而言，还是存在着一些基本的标准的，他本人比较认同的是一种从语言出发的标准：与实用语言重视语言传达的信息而对于语言的全面效果的忽略不同，

---

① 程光炜：《叙事策略及其他》，《大家》1997 年第 3 期。
② 程光炜：《不知所终的旅行》，《山花》1997 年第 11 期。
③ 程光炜：《90 年代诗歌：另一意义的命名》，《学术思想评论》1997 年第 1 期。
④ 程光炜：《不知所终的旅行》，《山花》1997 年第 11 期。

诗歌通过对于语言的美学因素的开发，保持了语言的诗性，同时也使语言得到更新与活力。① 可以看出，这样一种标准仍然是一个开放性的标准。王光明坚持从语言出发的诗学标准，是与新诗的历史与现状联系在一起的，在这样的理论选择与坚持中，包含了或者不如说指向了历史化的理论立场与审度眼光。从这样的立场与视野出发，王光明离析出三个与中国现代汉语的语言演变联系在一起的中国新诗的历史概念：白话诗、新诗、现代汉诗②。当然，问题不在于这几个概念的叫法本身，而是在它们背后各自包含了一套知识谱系与思维逻辑，它们也因此笼罩了新诗的不同历史时期的历史形态与历史本质，而它们总体上又反映了新诗本身的复杂构成与艰难演进。在"同"中求"异"，并不是有意标新立异，而是包含了学术研究尤其是理论思维的某种真谛：只有不断地从"同"中发现"异"，才能在别人看不到问题的地方发现问题，才能将笼统的思维推向深入、具体与丰富。比如，出于或者是无批判的肯定或者是全盘简单否定的态度，一般人往往将 1949—1976 年的诗歌看作一种一体化的状况，但无论是由于一种情感的好恶还是一种思想的惰性而导致的结果，这样的看法都是简单化的，并因此缺乏真正的学术态度和学术价值。在王光明看来，"这时期中国新诗所具有的复杂性，至少并不比此前的任何发展阶段更为简单"③，在那看似单调和空乏得让人无话可说的历史境况与文本构成中，王光明硬是发掘出"都市记忆与乡村情结"这一贯穿其间的内在的观念悖谬与精神冲突，将一种美学上的简陋还原为文化与历史的复杂机理。王光明的研究反映了一种在对新诗的"本体反思"中还原概念与理论的复杂历史内涵的思维路径，同时在这样的思维具体化过程中，坚持不放弃理论立场和理论维度，这样的思考与研究可能具有较大的学术意义和启示价值。

在"异"中发现"同"，是历史对于缜密、深入的理论思维呈现出自身内部的深层网结与因果关联，于是在"历史"中发现了"理论"。王光明注重在具体的历史事实和历史经验的层次上考察新诗问题，不过，注重历史并不意味着用历史材料的罗列来掩饰思想的贫瘠与思维的怠惰，在王光明那里，这事实和经验仍然承受着强大的理论压力，带有强烈的理论负

---

① 王光明：《新诗的现状与功能》（对话），《当代作家评论》2000 年第 1 期。
② 王光明：《中国新诗的本体反思》，《中国社会科学》1998 年第 4 期。
③ 王光明：《都市记忆与乡村情结——当代诗歌的一个思想理论背景》（与谢冕合作），见谢冕著《新世纪的太阳》附录，时代文艺出版社，1993。

荷,最终凝聚为一个坚实的思想的整体。这里,在事实与经验层次上的差异性,上升为一种思想的丰富性,一种理论的整合力量和覆盖性。比如对于"新诗潮"与"新生代"的诗歌,人们大多看重它们之间的巨大的观念和艺术实践上的反差,而王光明却看出了它们二者在精神上的相通之处:它们的边缘与民间状态,它们的美学上的异端色彩。进而,总体上将二者之间的继承与深化的关联揭示出来:"新生代诗歌与其说是对以'朦胧诗'为代表的新诗潮诗歌的反叛,不如认为是一种交织着上升与下落、前进与迂回复杂景观的深入和展开"①。同样,对于20世纪末的"知识分子"与"民间"写作之争,王光明也从坚持个人立场与对语言表现力的重视等方面,将它们视为在深层次上"相通"与"互补"的写作②。20世纪90年代以后,中国社会文化状况大面积转换,一个消费的、非诗的商业化时代来临。"在非诗的时代展开诗歌"③的状况,展示了诗歌在历史变动中持存的坚韧与执着,而在这样的结论本身当中,王光明的异中求同的思维机制也再一次展示了它的思想生产力——在这种对于历史现实的精当写照中,其实我们很难说究竟是思想恰巧击中了时代的现实状况,还是悖论性的时代状况本身像作为推动诗歌写作的动力一样,也深刻地印证着那样一种思想生产机制。

如果说在新时期以前的新诗理论考察中,王光明同中求异的思维方式占了主体,那么在新时期以后的研究中,则在异中求同上王光明更为用心。这不是偶然的巧合,而是在其中贯穿着必然性的因由,大概讲来原因有如下的两个方面:第一,总体上说,新时期以前的中国新诗历史,虽然也有纷繁复杂的局面,但由于各种原因,主要是政治功利方面的原因,呈现一体化的性质与状况比较多,因此只有求异思维才能更多地发现问题,走向学术研究的深入;而对于新时期以后的诗歌状况来说,眼花缭乱的情形令人无所适从,因而只有求同思维才能显示理论的概括力量并发现问题的深层本质。第二,新时期以前的历史与今天已经有不小的时空距离,很多事实和问题已经有定论,因此,只有求异思维才能不断开拓新的学术视野;而新时期以来的历史距离今天相去未远,只有异中求同,整合视野,

---

① 王光明:《不断破碎的心灵碎片——论"新生代"诗》,《文艺争鸣》1996年第1期。
② 王光明:《相通与互补的诗歌写作》,《南方文坛》2000年第5期。
③ 王光明:《在非诗的时代展开诗歌——论90年代的中国诗歌》,《中国社会科学》2002年第2期。

才能不断将这些纷乱的历史事实纳入学术视野的掌握之中，否则只能徒增混乱。

王光明的学术态度，表现了强烈的理论主体或研究主体的在场感、现实感，而不是满足于"范式"、"资源"和各种理论话语的拿来主义，同样也不是一上来就宣布放弃做结论、放弃下定义的思想萎靡。对于今天的文化语境与思想状况来说，我们不认可绝对真理、终极真理，不等于就可以放弃认知、放弃思考。在对新诗作"本体反思"的同时，"本体"也向着求索的思维自我生成：

> 也许，无论是西方的现代主义，或是传统中国的山水诗，对新诗而言，都只能作一个策略性的对话对象，我们只能依靠自觉、平等的对话中产生的"剩余价值"（包括弊端的察觉和新价值、新形式的领悟），生成和建构现代汉语诗歌。其实，诗意生成的基本机制就是一种对话生成的机制，即：存在＋存在＝新的存在。这种生成机制，有利于我们通过语言构造新的自我，同时使当代经验形式化。[1]

在某种意义上讲，对于"本体"、本质的执着，可以看作一种思想的执着：牢牢地盯住问题本身，让思维自身变得复杂起来；同时在材料的聚合中呈现出坚实的理论力量——在以上的两种相互作用的过程中，体现出的是研究主体与研究对象、理论与历史的相互辩驳、相互征服而又相互支持、相互论证的学术力量。这可以看作王光明的诗学思考和新诗理论研究的特点。

第三节 生命诗意的理论承诺

与许多当代诗人与诗论家一样，沈奇的诗学观念的核心，也可以称之为是一种"生命诗学"。不过，就沈奇而言，"生命"对于他来说既不是一种写作动力、题材主题，也不是一种中心观念与优势话语。沈奇可能要着重强调的是，生命的诗意不能仅仅存在于诗歌写作主体的心意能力与运思

---

[1] 王光明：《解困：我们能否作出承诺——关于叶维廉的比较诗学》，《上海文学》1995年4月号。

方式的层面上，而是要求着一种破纸而出的、直接的生命践行感。因此，沈奇的"生命诗学"，不是多种理论架构甚至也不是不同的"生命诗学"的理论观念中的一种，而是笼罩理论个体的生命展开的精神气压，是"融语言的真实与人的真实和世界的真实为一的境界"：

> 由诗性的歌唱转而为诗性的言说，由想象界转而为真实界，由神转而为人，这是更为智慧、更需要意志力而非仅凭激情与想象力的写作。这种写作不只是找到了一种与当代人生命质素更相适应的表层形式，同时更表达了对一种生命形式的寻找——本色、真实、直面存在、体认普通生命的脉息与情绪，投射出健康而富有骨感的人格魅力——由此诗主体发出的言说，具有更单纯的力量和更高的内涵，消解了为想象而想象的矫饰、为抒情而抒情的虚浮，同时便也拆解了想象界与真实界、说"诗话"与说"人话"亦即可说与不可说的界限……①

现代诗歌从总体结构上无不氤氲着观念的雾霭，而不是单凭观感情绪就可以促生并被把握的——这与现代生存的观念化特征相对应。但是沈奇所要求的，取代这种文本结构与语言的本体论的，是并非理论意义上、即并非仅仅作为一种理论观念的"生命本体论"，他拒绝存在于生命本体与语言的置换之间的任何中介环节与公共话语的隔碍与侵扰，这其中也包括诗学甚至一般意义上的"生命诗学"的观念形态本身。因而，这种置换似乎是在这种"生命诗学"的精神压力圈内部完成的，诗歌写作本身沉潜入生命的水深处展开，构成一次透明的"水晶之旅"。与通过"意象化语言"营造的由语言的歧义性与张力感带来的繁复朦胧的美感效应不同，沈奇主张一种通过对于"叙述性语言"的再造而抵达的单纯透明的美："注重事象与意绪的诗性创化，减缩意象，并有机地引进口语，以高僧谈家常事说家常话的手法，追求文本内语境透明而文本外意味悠长，有弥散性的后张力……那是一种将语言逼回到最单纯的深处，再重新发掘其可能的诗性品质乃至再造其命名功能的探求"。② 诗歌因此便是在这种精神压力之下的生

---

① 沈奇：《拓殖、收摄与在路上——现代汉诗的本体特征及语言转型》，《沈奇诗学论集》第 1 卷，中国社会科学出版社，2005，第 162 ~ 163 页。
② 沈奇：《小析"语境透明"》，《沈奇诗学论集》第 1 卷，中国社会科学出版社，2005，第 113 页。

命的涌流与自然生长。这里的关键步骤，就在于"将语言逼回到最单纯的深处"的这种生命与语言之间的深度协调机制。但随之而来的问题是，如何既避免再现式的简单直白，又保持一种可进入交流领域的公共诗性（而非只是一种禅宗式的"妙不可言"的主观感受），以此将深层的生命机制与生命语法置换为语言构造，其间可能还要有不少步骤需要展开。

未曾引起人们注意的是，沈奇所强调的诗歌写作对于这种生命透明性的抵达，对于中国的诗歌写作者来说，可能意味着东方式的诗人心性的本真呈现，因而，这一点正是对于中国当代诗歌写作可能最具有示范性意义的地方。这样，对于沈奇来说，诗歌写作就具有了一种彻底意义上的"前观念层次"的居留特征，与对于生命本体的内在性特征。而如此意义上的"生命诗学"，意味着全体生命气象与生命履迹的整合形态。这大概是与中国古典诗学精神有着相通性的地方。

需要加以说明的是，以上所说，并不仅是就沈奇对于诗歌写作的问题、诗学问题的理论结论和观念内容而言，同样也适用于其诗论本身的写作。我们在这里并不仅仅是指后者的诗化语言与个体化的体悟特征，而是因为出自于某种"结构性"的必然性：沈奇意义上的"生命诗学"，同时也必然决定了任何理论形态与概念织体的非自足性、非独立性。不知是否与沈奇成长与生活的千年古都的文化土壤有关，沈奇在这一点上，也自觉不自觉地接续了中国古典诗学的精神血脉：沈奇有不少的诗论文本，采取了沈奇为之骄傲的"现代诗话"形式，在诗与诗论合集《淡季》中，他也曾自觉地摘选与整理过成规模与成系统的"现代诗话"辑录。在此，对于这些"新诗话"的文本来说，不管它们的来源如何，它们都曾经是充分地浸染了生命灵性的部分与生命深层感动的对应物，它们的摘录、删汰、遴选、汇辑本身，便意味着一种大规模的生命还原与诗性整合，而这一切又肯定是来自作者对于自身生命本真形式的顿悟与皈依。"诗话"的形式，在非系统、不完整的表象之下，正是对于生命诗意之完整性与纯粹性的维护。在这一意义上，"诗话"完全可以看作是一种正面意义上的"观念诗"，而诗歌反过来又是目击道存的观念的具体化形式。对于当代中国诗学的建设来说，这些问题值得人们注意与深思。

除此之外，沈奇也是致力于台湾诗歌研究的成绩突出的当代诗论家之一。对于沈奇来说，如何将对于某一流派的诗歌写作与观念表述的偏好与诗歌批评及诗学建构要求的理论涵盖性与客观性协调起来，如何将诗歌写作的实际情形与诗人的观念表述之间的相互支持、相互引申又相互遮蔽、相互否决的复杂关系充分考虑进来，如何将"板块"式思维的概括性与历史的甚至理论思维本身要求的复杂性与具体性结合起来，可能是一些需要进一步加以考虑的问题。

第四节　向历史展开的诗歌想象力

耿占春的诗歌理论的写作可以分为前后两个明显的阶段。在早期的诗论写作中间，占据其理论观念的核心位置的是"想象力"与"隐喻"。关于想象力，耿占春将它赋予一个远远超出文学创作的心理机能与诗歌文体的突出艺术特征的地位：

> 它使人的精神超越现象事物的界限，超越概念上的思考方法的平庸水准，超越理知的虚假而短视的合理性。这是基于意象的思考，它把人的精神引向并还原于根据。①

想象力在这里被当成是人类生存的本真的自由与创造性之源，并将它与理性的、技术的、历史的生存与创造活动对立起来，尤其突出了想象力超越于这一切之上的优先性与优越性。当将想象力作这样的理论定位时，一方面，这本身可以看作对于当时的诗歌潮流的反思、总结与理想化："'今天'诗的价值在于……把想象作为人类能动存在的一种美和自由的表现形式，并竭诚提醒人们意识到这一点，使它成为扩大了的生存方式"。②同时，另一方面，这种典型的 20 世纪 80 年代的思路，这种作为对于想象力本身进行的理想化"想象"的理论话语，也有着明确的历史经验依据与现实历史的指向："思想的解放给诗带来了想象力的解放。因为，感受美的机能并不直接是情感更不是理智，而是想象力。想象力不是一个封闭的领域，它将美的光芒迅速而强烈地辐射到情感和理智的领域，从理性和知性中解放了生存的整体"③。可以看出，这样的表达带有强烈的当代现实气息与观念的折光。而关于"隐喻"，在 80 年代人们所着眼的，是它那种作

---

① 耿占春：《改变世界与改变语言》，社会科学文献出版社，2000，第 3 页。
② 耿占春：《改变世界与改变语言》，社会科学文献出版社，2000，第 8 页。
③ 耿占春：《改变世界与改变语言》，社会科学文献出版社，2000，第 4 页。

为意义机制、意义生产的超历史的自身复制、自我规定的能力："隐喻的领域恰与意义的世界在功能上相互暗含。隐喻本身透露了意义世界透露了未曾言说之物的玄学本性"。① "隐喻"式的思维，对于"隐喻"的意义方式的顶礼膜拜，实际上对应着对于 80 年代社会历史中的"生存的形而上学"的理想化想象。除了有关耿占春本人之外，在此强调这些的原因是，尽管我们并不认为 80 年代的思想和艺术的"实绩"更为优秀，但是，在 90 年代以后"历史性"和"历史感"成为流行的"行话"，在人们纷纷转向对于 80 年代的否定和对于历史"断裂"的强调的情况下，可能有一种很成问题的思维方式在其中。

90 年代以后，"历史的转场使思想的古老形象与诗歌的行话顷刻间失去了它们的意义，种种幻象式的文化身份不可能再继续掩饰住我们在真实的历史境遇中的生存"②。在这样的情况下，耿占春的诗歌理论观念也发生了改变，开始强调一种"批判的"诗歌立场："诗歌与思想受到来自语言的引诱也受到生存世界的引诱……我们和自己的时代既处在共谋关系中又处在冲突与紧张关系中。也许我们时代的诗歌将开始进入一场诗学和社会学的漫长的争吵。诗歌必须保持着它对历史的批判性的想象力"。③ 人们往往过分低估了与今天距离久远的那些"超历史"的理论构造形式的历史相关性，正如人们往往过分强调了今天的理论研究的历史关联与"历史性"一样，这一切反映的还是主体的思维中介的匮乏，表现了一种思维主体的缺场、不在场感。这时，作为思维的主体（是否还是思维的主体？）拥有的仅仅是一些稀薄的历史记忆（这时它是健忘的），与一些"感同身受"的主观情绪（这时它是夸张的、反应过分激烈的），而非能动的、普遍性的思维范畴：只有思维范畴，才是可以思维的，思维终究只是对于思维本身的思维——黑格尔的本体论意义上的辩证思维机理至少在历史性的思维学层次上是正确的。人们往往过分依赖了一个叫做"个体"的经验与情感。然而，只有经历一种将经验自我普遍化与客观化的痛苦过程，才能完成思维机制与思维主体确立的关键程序：当主体将自己作为自己的思维客体时，思维主体性才确立了起来。通过思维主体的中介，理论思维与历史是一种相互生产、相互规定的东西。实际上，面对那种过度夸张历史情境

① 耿占春：《改变世界与改变语言》，社会科学文献出版社，2000，第 132 页。
② 耿占春：《改变世界与改变语言》，社会科学文献出版社，2000，第 392 页。
③ 耿占春：《改变世界与改变语言》，社会科学文献出版社，2000，第 401 页。

的规约性的"历史决定论"来说，总是需要强调的是理论思维的能动性与普遍客观性，而对于理论范式的超历史幻觉，则需要着重提出历史经验对于理论的思维形式的规定意义。

耿占春的诗歌理论写作带有显著的个人的体验色彩，或者说，个人体验的成分在其中占有比较重要的位置。耿占春在这一点上是很典型的例子。在这个方面，文体风格上的特点倒是表面和次要的，问题的关键在于，这种体验能否支持理论思维的主体性、作为理论思维的起点与甚至代替严格理论的思考。前面我们已经讲到，20世纪80年代的那些"超历史"的理论构成并非是没有历史性的内涵与历史依据，而90年代以后又突然产生了大批量的"历史意识"与"历史感"的"行话"，这一切只是说明了理论思维主体的缺场、不在场，这里并不是否认作为个体经验与个人体验的真实与真诚性，但是问题依然在于，我们还没有为当下的历史性问题以及"历史意识"、"历史感"本身，找到从理论思维的主体性出发的丰富的、恰当有力的概念表达形式。

第五节 "散点"和"过程"中的诗学开掘

从陈仲义的论著目录就可以看出，陈仲义的新诗理论研究既宏观又微观，既照顾整体又细致入微。就已完成的论著而言，就涉及创造论、诗潮论、诗人论、美学论、形态论、技术论、综合论、鉴赏论等等方面。这一方面是其"深挖一口井"的治学精神的体现："展现在眼前的无数可能，引出无数话题，是那么令人困惑又诱人刺激。我仅瓢取一勺，必须毕生煎熬。不敢说已展开某一诗学领域，只是在现代诗批评研究的'众声喧哗'中，不断发出自己的声音。我主要以新时期（1976年至20世纪末）这二十年为关注重心，因为它积淀着新诗史以来的一些重大问题，而且处于现代关键转型。"① 这"一口井"当然不是随便选择的，选择对了挖掘点，从这一个点上生发开去，再加上持之以恒的坚持，于是触类旁通、渐成系统，恰恰被证明是一种明智的学术路径，最后收获自然丰厚。

另一方面，这也是陈仲义在"深挖一口井"的基础上，对于新诗研究

---

① 陈仲义：《深挖一口井——我的写作与诗学道路》，《扇形的展开》，代跋，浙江文艺出版社，2000，第397页。

和新诗理论的学术品格的自觉追求的结果。陈仲义在"深挖一口井"的前提下,进一步提出对于新诗理论研究的基本品性要求:经验、原创、实效。将新诗本身作为一个相对独立的研究领域的前提,就是对于新诗本身的艺术规范和文化状态的特殊性的认定,既然如此,这就要求学术探讨和理论研究不能离开诗歌领域的现状和现实这一基本层次。陈仲义自认为自己"本质上是个经验主义者",因此特别重视审美经验、艺术经验、感性经验在理论中的作用,要求理论不能离开经验,强调在经验的基础上做理论归纳和理论提升。"原创"性的要求,看似和经验性取向有些矛盾,实际上,只有真正地深入经验、理解了经验,才能在别人看不到问题的地方看到问题,在别人没有感觉的地方发现问题、产生自己的问题意识。由此才可以穿透经验、超越经验,拿出自己的独创性见解。经验和原创的共同目的,就是实效性。所谓的实效性,按照陈仲义的说法,就是要求批评理论对于诗歌写作实践的"求证"与"提升"作用,批评理论的最终价值在这里实现和得到验证。脱离了批评理论对于诗歌实际的介入、引领作用,批评理论也就成了无用的摆设和奢侈的装饰品,反过来也不利于批评理论本身的健康发展。陈仲义本人的一系列论著,正可以看做是上述要求的具体体现与展开:陈仲义的这一系列著作,就是在与诗歌现状、诗歌态势的近距离接触中来砥砺自己的问题意识,在始终坚持对于核心关注点(新时期以来)的聚焦的情况下,多侧面、多角度、全方位地展开对于当下诗歌的理论评判、理论总结、理论提升与理论介入。它对于当代诗歌的贡献有目共睹,并且还将持久地继续发挥其作用。

陈仲义的诗歌理论研究不回避重点、难点问题,始终以一种实事求是的态度来面对这些问题,迎难而上。这样的面对和处理问题的方式和态度,不管其最终结果是否完美,在学理上有多少可以商榷之处,这种态度和它引起的问题意识和问题探讨本身,就有很强的现实意义。不是亲自尝试过这样的研究、深知其间甘苦的人,很难理解这样的研究的难度。当然同为难度,也各有不同,各有各的难处。

(1)像《朦胧诗人论》《诗的哗变》分别是对于朦胧诗和第三代诗歌做出的及时而又系统的论析,这其中的难度,就在于被论述和被探讨的对象还在发展过程中,很多问题还不明晰、不确定的情况下,要对之进行全面的和整体性的判断和探究。这其间不仅对于研究者本人的思考力、判断力、学术积累、学术功底是一种考验,而且还要冒很大的风险,同时还得准备面对出版问题上的困难。最后的结果表明，陈仲义的这类著作尽管由于出版问题拖延了一些年头，但即便如此，它们以其自身的学理厚度和问题反映的及时性，仍然无愧于这类问题、这一领域中的开拓性、奠基性的研究专著。

（2）像《台湾诗歌艺术六十种》将现代诗歌的诸如投射、畸连、隐喻、戏剧性、灵视、知性、禅视、原型、幻化等 60 种写作技艺一一罗列论析，对于写作者进行的是"手把手"式的训练和示范；像《扇形的展开》，则避开传统的单一本体论，试图从生命、语言、神性、解构、女性等多种多样的"本体"性出发，在多元和动态中，探讨诗歌的"本体论"构成，于是作者从现实出发，一口气列举了 16 种诗歌本体论形态。这一类研究和著作的意义，不在于它们穷尽了问题的全部（诗歌技艺和本体形态）的可能性——在求全责备的眼光下，它缺点和缺失甚至更容易被指认，但它们的意义，就在于它们本身就是对于根本性问题和难点问题的一次冲击和展示。它们的难点，就在于如何充分地展示出难点本身，而不是将问题简单化、封闭化。在这一义无反顾的过程中，它们本身根本就没有打算做到完美，而只是充分展开问题的可能性和思维空间，为将来的研究留下前行的方向和启示。

（3）当下诗歌问题丛生，其中很多的问题在于各个层面上的诗歌"标准"的缺失。然而在新诗的问题上，在其标准问题上达成哪怕只是某种程度上的一致，又谈何容易。但问题就在于这里，如果每个人都认为新诗没有标准、新诗根本无法确立标准，那新诗肯定就确实没有标准了。陈仲义对于诗歌标准问题可能一直关注，在继 2002 年以来《诗刊》等刊物的新诗标准问题的讨论之后，2008 年，在陈仲义的主持下，《海南师范大学学报》就"新诗标准讨论"问题，开了一年的专栏，发表了 20 多篇文章。在这其中，除了陈仲义本人的《感动撼动挑动惊动——好诗的"四动"标准》就是一篇正视难题、严密细致的文章因而值得重视之外，这样的讨论尽管没有结论，但再一次把人们的目光引导到对于诗歌标准问题的关注上来，也再一次表征了诗歌标准的缺失和对于"标准"的迫切需求。这有可能使人们逐渐注意那些使标准成其为标准、标准建基于其上的东西，为人们在诗歌标准问题上前行探路和创造条件。

我们阅读陈仲义的著作，突出的感受，就是觉得它们既先锋又朴实。"在新锐们的眼光中，我自然不够先锋，不时回望传统，比起老派们，我又过于超前，不断鼓倡萌芽状的东西。"① 很多的思想者都有过类似的感慨，实际上，对于大多数人来说，注定都是过渡者和行走者，因此永远会存在这样的新与旧、先锋和传统集于一身的问题。问题在于这二者是以何种方式、何种形式聚集在自己身上的：是一种积极的形态，还是一种无奈的结果。如果是前者，那很可能兼收新与旧、先锋与传统两个方面之长，如果是后者，则可能是集双方的缺点于一身。对于陈仲义，可能很多人会同意这样的看法，他恰恰是结合了先锋和传统各自的长处，而不是相反。这一点，可能既是主客观的条件决定的，也是陈仲义本人自觉追求的结果，既是其本人的努力和付出的回报，也是当今诗坛的幸运。

第六节 立体化的诗歌"本体"之思

李怡主要从事现代文学史研究，对于新诗和新诗理论问题，除了文学史式的叙述之外，李怡的研究也很有自己的特点，往往道旁人所未道。在五四前后诞生的新诗，直到今天也仍然是问题重重。这些问题不仅包括写作上的，同样也包括对于新诗的认识、阐释和评价方面的。这其中的原因，大约就在于新诗无论从何种意义上讲，都处于语言和生存、观念和现实、中国文化和西方文化等方面的多重摩擦与冲突的交汇点上。因此某种意义上，新诗可以看成是中国新文化或现代文化的"问题大全"和问题标本。于是，一种具有诱惑性的思路是，如果我们能够先将新诗的"本身"、"本体"之所在确定下来，然后以此为中心和着力点，发散开去，问题就容易解决了。然而，确定新诗"本身"和"本体"之所在，这正是问题的全部，人们想当然地、异想天开地找到的"本身"和"本体"，往往只不过是褊狭的一隅之见和浅陋的面壁虚构。面对新诗写作和阐释上的困难，李怡也提出"进入新诗本体"的主张，但他对于新诗"本体"的认识和进入"本体"的方式却与众不同："进入文学的所谓'本体'还只是一种比较抽象的理想，归根结底，任何历史形态的存在其实也并不会有一个什么纯客观的'本来'、一个纯客观的内在的'本体'……对'本体'和'本身'的阐释也不会只有一个，站在不

---

① 陈仲义：《扇形的展开》，浙江文艺出版社，2000，第403页。

同的观察角度就会得到不同的阐释，于是本体或本身也就有了不同的侧面。"在这样的情况下，对于新诗的本体和本身的认知和阐释，就不能从一个抽象、固定的理论预设出发，不能将问题简单化，而是需要不断将问题具体化、复杂化："相对来说，中国新诗的不成型特征会让我们单一的观察陷入窘境，比较接近事实的策略应当是多重观察的'视界融合'。进入新诗本体和回到新诗本身都意味着从多种文化的价值标准出发来'恢复'新诗固有的'立体特征'。"① 在此前提下，李怡首先找到的进入和阐释新诗本体的路径，是从中国古典诗歌传统与现代新诗的关系角度，来进行切入。

在这一维度上，李怡将新诗的"本体"放置在两种冲突中来考察，由此展示了新诗的"本体"构成和文化构成的复杂性，展示新诗作为文化存在本身的具体性。一方面，李怡将新诗的"本体"构成，看成是中西方文化冲突中的存在。在李怡看来，在所有的文学体裁中，诗歌与民族文化传统的关系最深刻，也最有韧性，因为诗歌所表现的往往是人们内心最深层、最稳定的一面，因此，诗歌的变革，尤其是白话新诗取代中国古典诗歌的辉煌传统这样的变革，来得格外的艰难与复杂。古典传统根本没有也不可能那么简单地一刀两断，它极其顽固地存在于诗人的内心深处和诗歌的写作机制、文化构成和诗歌理想当中。"从总体上看，中国现代新诗与古典诗歌传统的关系时隐时显，时而自觉，时而不自觉，时而是直接的历史继承，时而又是现实实践的间接契合"，李怡将这种古典诗歌原型在现代复活的基本特征，总结为"不完整性"、"时代性"、"被改造"和"中西交融"四个方面②。在此前提下进入具体的问题层面，李怡提出一系列颇具启发意义的新见：比如，李怡一方面论述了中国古典诗歌的比兴传统所代表的"物态化"文化特征对于新诗的规定性影响，同时也注意到西方诗歌的"意志化"的文化特征，在现实的层次上，新诗的具体构成和文化特征就是由"物态化"和"意志化"的此消彼长所决定的；再比如，李怡认为，屈骚为代表的自由形态、魏晋唐诗宋词为代表的自觉形态、宋诗为代表的"反传统"形态和《国风》《乐府》为代表的歌谣化形态，深刻地影响了新诗的历史形态，在新诗的很多方面都体现着这种影响的历史投影

---

① 李怡：《中国现代新诗与古典诗歌传统》，西南师范大学出版社，1999，第7页。
② 李怡：《中国现代新诗与古典诗歌传统》，西南师范大学出版社，1999，第15页。

和折光；在文本结构和诗歌的文法构成上，李怡也辨析了中国古典诗歌传统中"明辨"与"忘言"、也即"辨"与"忘"这两种文法追求及其循环往复对于新诗发展历程的遥远规约……在所有这些问题上，李怡的具体说法可能不是所有人都认同，对于一些问题的概括、尤其是中西诗歌传统的概括，可能也有些简单化，但它们将新诗本体构成和文化存在，展开在中西文化碰撞与摩荡的开阔视野与文化具体性当中，这样的思维进路仍然是富有启发性的。

另一方面，李怡也将新诗放置在观念和现实的冲突中来考问新诗"本体"问题。新诗的"本体"构成，不仅存在于中西方文化的冲突当中，也同样存在于诗学观念与诗歌写作及生存的文化现实之间的背离与悖反关系当中。如果说前一方面的东西文化冲突是一种水平关系，那这后一方面就是一种垂直方向上新诗本体的考察维度。这一纵一横的考察，将问题不断推向深入，将思维方式不断地具体化了。比如在论述关于新诗"物态化"的文化特征时，就充分地注意到了这一点："将世界的本然状态认定为和谐，并由此推导出'天人合一'，牵引诗人由体物而物化，由物化而物我两忘，这恐怕仍然不过是人的一种观念，比如，如果沿着西方进化论的思路走下去，我们不又可能把世界的本然状态认定为竞争吗？重要的又在于，物态化追求对于20世纪的中国诗人究竟意味着什么？它意味着观念与现实的分离越来越大。"然而这种分离状况，正是"物态化"的中国传统诗学观念发挥作用的现实场景，"物态化"正是在这样的前提下影响和改变着新诗的基本面貌和当下文化特征："在这样的'分离'当中，如何将七情六欲的现代人'超度'到物态化的审美心境中去，就成了中国新诗颇难解决但又极想解决的问题。于是乎，'兴'的诗学价值的再发现就成了中国新诗'物态化'走向的第一步，也是必不可少的一步。"① 对于新诗来说，诗歌观念尤其是中国传统的诗学观念往往并不是一种简单的继承关系，当然也不是简单的颠覆与否定，而是以各种各样的不同的方式进入新诗本体的文化构成。这比之东西文化冲突的关系更内在，也更复杂，只有将这样的一些层面从学理上充分展开，才能不断接近新诗本体的真正状貌。

如果从古典诗歌传统与现代新诗的关系着眼进入新诗本体属于时间

---

① 李怡：《中国现代新诗与古典诗歌传统》，西南师范大学出版社，1999，第49页。

维度上的考察，那么从地域文化的角度探究新诗的文化构成，就属于一种空间维度上的聚焦。在这方面，李怡有《大西南文化与新时期诗歌》之作。之所以单独选择大西南文化来作为典型个案，这方面李怡有着明确的考虑："对整个中国文化而言，大西南现象或许是一个'个案'，但这却是一个包容了众多普遍性的'个案'，况且它还不是简单地包容了这些普遍性，甚至还因为有区域因素的存在而使得某些文化现象获得了更清晰更坦白的表现，也就是说，进入大西南，我们不仅可以对大西南诗歌与大西南文化本身进行检点、梳理，我们其实也是在一个独特的角度上对整个中国新时期诗歌的演变情况进行深入的考察和分析。"① 在考察了新时期诗歌，尤其是"第三代"诗歌与大西南文化的深度关系以后，这样的地域性视野生动地展开为它的"普遍性"目标和结论："显然，在我们一些诗人的精神世界中，真正属于现代知识分子的独立的精神和价值观念还没有得到充分的培育和生长。来自中国文化边缘地区的这种义无反顾的叛逆主要反映了一种文化的'轻负'，'轻负'带来了'突围'的快捷和某些行动的自由，同时也为长远的文化创造工程留下了持续发展的隐忧。当'反传统'的激情裹挟着年轻的智慧呼啸而过，一大片缺少深厚思想、深厚资源填充的真空地带也便暴露无遗了。恰恰是在这些现代思想的空白之处，传统专制主义文化的烙印依稀可见，最后，当新文化的能量被'轻快'而又'轻率'地消耗殆尽时，我们的'第三代'诗歌的田野上也就果实寥寥了。"② 确实如李怡所言，这样的状况，可以看成是"中国现代文化与现代新诗的一种缩影"，因而富有启发意义。当然，地域文化的视野，可能一个"个案"还不够，可能至少需要若干个"个案"和若干个层面，李怡这方面的工作可能也只是一种尝试和开始，我们可以期待这方面的进一步的成果，以推进新诗"本体"钻探的不断丰富和深入。

与"朦胧诗"时代的诗人不同，"新生代"尤其是 20 世纪 90 年代以后的诗人，具备理论上的兴趣与发言能力是一个比较普遍现象。这或许与他们不同于"朦胧诗"人的年龄结构、知识准备、教育经历有关，也可能与他们所写作的诗歌的深层性质有关。"新生代"诗歌、尤

---

① 李怡等：《大西南文化与新时期诗歌》，西南师范大学出版社，2002，第 1~2 页。
② 李怡等：《大西南文化与新时期诗歌》，西南师范大学出版社，2002，第 19~20 页。

其"90 年代诗歌"中，理性与思考的成分普遍大大加强了，由这样的诗歌走向理论思考与表述并不隔膜和生硬，甚至于，这样的诗歌本身可能就潜在地包含了其理论的层面或向度，作为"同代人"的理论家和批评家把它用理论文字表达出来，不过是把这潜在的东西给显在化罢了。这是一个自然而然与顺理成章的过程。

结束语　从"观念"向"学理"的积淀

本书在导论中已经对于"观念"与"理论"进行过区分。就像马克思对于"意识形态"和"科学"的区分，或者像阿尔都塞坚持马克思主义传统，对于"意识形态"与"理论"进行的区别一样，一方面，这种区分在一定的限度内是必需的，因为它们出自不同的学术目标、观照角度、思想方法，于是对于诗学观念的研究就不同于诗歌理论史的考察，前者更关注观念所自来的历史情境、生成机制、主体条件，而后者更加侧重于理论本身的积累与演进以及它们所具有的学理价值——本书选择了前者而非后者作为展开方式；但是另一方面，这种区分又并非是绝对的，在很多情况下，"观念"和"理论"之间是相互包含的关系，某些显然是学院中人与学院化的表达中，也无疑可以包含着风潮性质的诗学观念与文化动向，20世纪80年代的"崛起"派诗论是这样，而90年代以后产生很大影响的"学人"叶维廉、郑敏等人也是这样，因此这里作为选材标准的，显然不是观念主体的实际职业身份与具体表述方式。

此外，"观念"与"理论"之间的区分之所以不是绝对的，是因为还存在着一个由"观念"向着"理论"的不断的积淀过程。作为精神产物，"观念"具有一种不断地走向"理论"的意向，一定的"观念"获得了其理论化与学理化的表达的时候，虽然并不就意味着它超出了意识形态的不透明性质与历史语境的具体规定而获得了中立性与精准性，但却是其摆脱纯粹的主观状态，走向客观化与具体化的一种方式；同时"观念"往往大而化之，而理论则是一种思维的精雕细刻的工作，它需要格外付出艰苦的努力。正是在这样的意义上马克思主义的传统将理论工作当作一种特殊的劳动。因此，从"观念"走向"理论"的过程不是逻辑的，而是历史的。这一过程也不是一蹴而就的，而是一个不断进行着的、循环往复的过程。具体到诗歌领域而言，无论是对于诗歌写作还是诗歌评论的实践来说，对于历史真实的勘探不是最终目的，更有意义的事情也显然不仅仅是测绘诗学观念构成的图谱，而是在此基础上将非自觉的、散漫的观念形态转换为严谨精深的理论话语。观念考察深入发掘历史情境与精神状态的深度真实，它仿佛是一种打地基的工作——不理解的人或许会认为是在作着无用的负功，理论则建构的是耸立于其上的巍峨大厦，尽管后者仍然会成为新一轮的观念考察的对象，但这并不妨碍它在理论史的意义上所具有的渐进的学术累积的价值。

虽然有关后一方面的问题的讨论，不再是本书的任务，但它与观念考察毕竟有着相关性，因此这里仍然有必要简略地指出其之于中国诗歌的迫切性。观念只是自发的意识运作的结果，而理论则需要展示缜密的思维过程。自从新诗诞生以来，多的是你来我往的争执与喧嚣一时的风潮（这些在新诗本身的艰难生存境遇中相当程度上也是必要的，但仅仅如此却也是远远不够的），而这一切又通常是围绕着对于一些庸常观念的攻击与维护，以及对于这些观念的浅表化的理解与播扬展开的。在这样的整体氛围中，思想的力量不仅被这种低层次的观念抛掷与表演所耗散、淹没，而且也很难超出那种一体化了的思维水平，获得纵深的伸展与开掘。正如前面讲过，观念是人们生存状况的反映，它无所谓对错，只有真实与虚假之分；同样理论也不能简单地用正确与错误来进行判别，它只有深刻与浅薄的不同。深刻的理论能启人心智，但它却恰恰是对于观念形态的自发、散漫的自然化（它是"理论化"的反面）的思维方式的反叛：从经验与常识的角度，谁也体会不出"美是理念的感性显现"（黑格尔）的妙处，从庸常的思路出发，"语言是存在的家园"、"是语言在说而不是人在说语言"（海德格尔）也显得不可理喻。实际上，以上这些表述，只有置入它们各自所从出的波澜汹涌的伟大思想的整体中，同时人们自身也能够进入并且适应了这样的思想的轨道的时候，才可以见出它们所包含的惊人的理论概括力量。从总体上看来，中国新诗的诗歌理论建设与学理研究可能还是远远不够的。中国式的理论思维可能受到民族思维传统的制约，太喜欢黏滞于经验与常识的层面以自然化的方式展开，但却又失去了古典思维传统中的那份诗化的灵性与穿透力，太习惯于在平均化了的观念层次上打转，也包括可能被标准化的观念体系规约了太长的时间，因此诗学理论的建构中，受某种流行观念（比如，像关于"现代性"、"后现代性"的观念等等）的波及与影响，将其锋锐的理论激发力量抹平，用它来组织陈陈相因的理论部件、像搭积木一样重搭一个造型者多，而能就这种观念本身通过深沉的理论反思，结合本土经验与历史语境，将其升华为一种整体出新的、严密的理论构造的则很少。因此，今天中国的理论建设往往成为以本土的、新生的文学经验，对于西方的或是陈旧的文学观念的不同程度、不同层次上的印证与复述，而缺乏深刻的理论思维突破流行的观念形态的笼罩，牢牢盯住问题本身，抓着自己的鞋襻将自身提举起来（杰姆逊）的巨大的思维勇气，与一以贯之的思维自律的信心。总结以上的意思，简单地说，就是当下中国的诗学理论，有很大一部分还处于观念的仿写的层次上，而缺乏理论本身的应有品格。

以上的问题到了 20 世纪 90 年代以后，显得更加突出。随着社会历史处境的深刻变化，90 年代以后的诗歌领域，一方面显得相对沉寂，但是另一方面也仍然保持着低调中的生机与活力，诗歌的可能性不是缩减而是丰富了，诗歌的生命力不是枯竭而是更加敦实了，种种诗歌观念虽然失去了以往的轰动效应，也没有了思潮性的笼罩力量与整一性，但是也层出不穷地显示着另一种繁荣与复杂。同时随着诗歌写作者的身份与知识结构的改变，他们也往往具有理论上的表述能力与表述欲望。然而，作为诗歌知识与诗歌观念的主要生产者的诗歌批评领域，既聚合不起某种足以覆盖多样的诗歌现象的观念统一性，来与写作领域的观念演示相对抗，同时又无法提供令人信服的、深度的理论说明。统一的诗歌观念已经不复存在，但是从理论上、学理上对于诗歌现象作出的强有力的解释与规范却还远远不够，本书认为这是 20 世纪 90 年代以来，造成诗歌领域的混杂无序的重要原因之一。

当然以上只是问题的一个方面，即使就诗歌理论的建设来说，问题也还有值得乐观的更为积极的一面。按照在本书中进行的观念考察的结论，90 年代以后的观念错综与语境叠加，不仅呈现了历史经验的空前的丰富性，而且也提供了自由的思想空间与巨量的灵感源头，这些都是思想激扬与理论创造的必要条件。在这样的历史际遇中，在这样的立体性的舒展与充实面前，我们希望并且相信，现在正是处于一个可以寄予希望的时刻。

参考文献

[1] 谢冕:《湖岸诗评》,云南人民出版社,1980。

[2] 谢冕:《北京书简》,人民文学出版社,1981。

[3] 谢冕:《论诗》,青海人民出版社,1985。

[4] 谢冕:《中国现代诗人论》,重庆出版社,1987。

[5] 谢冕:《诗人的创造》,三联书店,1989。

[6] 谢冕:《地火依然运行》,上海三联书店,1991。

[7] 谢冕:《新世纪的太阳》,时代文艺出版社,1993。

[8] 谢冕:《浪漫星云——中国当代诗歌札记》,广东人民出版社,1999。

[9] 孙绍振:《文学创作论》,春风文艺出版社,1987。

[10] 孙绍振:《美的结构》,人民文学出版社,1988。

[11] 孙绍振:《审美价值结构与情感逻辑》,华中师范大学出版社,2000。

[12] 徐敬亚:《崛起的诗群》,同济大学出版社,1989。

[13] 徐敬亚:《不原谅历史》,东方出版中心,1997。

[14] 吴思敬:《诗歌基本原理》,工人出版社,1987。

[15] 吴思敬:《诗歌鉴赏心理》,辽宁人民出版社,1987。

[16] 吴思敬:《心理诗学》,首都师范大学出版社,1996。

[17] 吴思敬:《诗学沉思录》,辽宁人民出版社、辽海出版社,2001。

[18] 吴思敬:《走向哲学的诗》,学苑出版社,2002。

[19] 唐晓渡:《不断重临的起点》,文化艺术出版社,1989。

[20] 唐晓渡:《唐晓渡诗学论集》,中国社会科学出版社,2001。

[21] 王家新:《人与世界的相遇》,文化艺术出版社,1989。

[22] 王家新:《夜莺在它自己的时代》,东方出版中心,1997。

[23] 王家新:《没有英雄的诗》,中国社会科学出版社,2002。

[24] 陈超:《生命诗学论稿》,河北教育出版社,1994。

[25] 西川:《让蒙面人说话》,东方出版中心,1997。

［26］李震：《母语诗学纲要》，三秦出版社，2001。

［27］于坚：《棕皮手记》，东方出版中心，1997。

［28］于坚：《拒绝隐喻》（《于坚集》卷5），云南人民出版社，2004。

［29］叶维廉：《中国诗学》，三联书店，1992。

［30］叶维廉：《叶维廉文集》第1～3卷，安徽教育出版社，2002～2003。

［31］郑敏：《英美诗歌戏剧研究》，北京师范大学出版社，1982。

［32］郑敏：《结构－解构视角：语言·文化·评论》，清华大学出版社，1998。

［33］郑敏：《诗歌与哲学是近邻》，北京大学出版社，1999。

［34］杨匡汉：《诗美的奥秘》，百花文艺出版社，1985。

［35］杨匡汉：《缪斯的空间》，花城出版社，1986。

［36］杨匡汉：《诗美的积淀与选择》，人民文学出版社，1987。

［37］杨匡汉：《诗学心裁》，陕西人民教育出版社，1995。

［38］蓝棣之：《现代诗的情感与形式》，华夏出版社，1995。

［39］骆寒超：《骆寒超诗论集》，浙江大学出版社，1991。

［40］骆寒超：《新诗主潮论》，上海文艺出版社，1999。

［41］骆寒超：《20世纪新诗综论》，学林出版社，2001。

［42］骆寒超：《骆寒超诗论二集》，南京大学出版社，2001。

［43］吴开晋主编《新时期诗潮论》，济南出版社，1991。

［44］吴开晋：《当代新诗论》，山东友谊出版社，1999。

［45］陆耀东：《中国新诗史（1916～1949）》第一卷，长江文艺出版社，2005。

［46］孙玉石：《中国初期象征派诗歌研究》，北京大学出版社，1983。

［47］孙玉石：《中国现代诗歌艺术》，人民文学出版社，1992。

［48］孙玉石：《中国现代主义诗潮史论》，北京大学出版社，1999。

［49］洪子诚、刘登翰：《中国当代新诗史》，人民文学出版社，1993。

［50］洪子诚：《中国当代文学史》，北京大学出版社，1999。

［51］洪子诚：《问题与方法》，三联书店，2002。

［52］程光炜：《朦胧诗实验诗艺术论》，长江文艺出版社，1990。

［53］程光炜：《雨中听枫》，湖北教育出版社，2000。

［54］程光炜：《中国当代诗歌史》，中国人民大学出版社，2003。

［55］王光明：《艰难的指向》，时代文艺出版社，1993。

[56] 王光明:《面向新诗的问题》,学苑出版社,2002。

[57] 王光明:《现代汉诗的百年演变》,河北人民出版社,2003。

[58] 沈奇:《沈奇诗学论集》第 1~3 卷,中国社会科学出版社,2005。

[59] 耿占春:《改变世界与改变语言》,社会科学文献出版社,2000。

[60] 袁可嘉:《论新诗现代化》,三联书店,1988。

[61] 唐湜:《新意度集》,三联书店,1990。

[62] 唐湜:《一叶谈诗》,广西教育出版社,2002。

[63] 任洪渊:《墨写的黄河——汉语文化诗学导论》,北京师范大学出版社,1998。

[64] 吕进:《中国现代诗学》,重庆出版社,1991。

[65] 吕进:《文化转型与中国新诗》,重庆出版社,2000。

[66] 朱先树:《新时期诗歌主潮》,作家出版社,2002。

[67] 潘颂德:《中国现代新诗理论批评史》,学林出版社,2002。

[68] 陈仲义:《现代诗创作探微》,海峡文艺出版社,1991。

[69] 陈仲义:《扇形的展开》,浙江文艺出版社,2000。

[70] 姜耕玉:《跨世纪中国诗歌描述》,百花文艺出版社,1995。

[71] 李振声:《季节轮换》,学林出版社,1996。

[72] 刘纳:《诗:激情与策略——后现代主义与当代诗歌》,中国社会出版社,1996。

[73] 张清华:《内心的迷津》,山东文艺出版社,2002。

[74] 西渡:《守望与倾听》,中央编译出版社,2000。

[75] 陈旭光:《中西诗学的会通》,北京大学出版社,2002。

[76] 王珂:《诗歌文体学导论》,北方文艺出版社,2001。

[77] 梁云:《中国当代新诗潮论》,春风文艺出版社,1998。

[78] 袁行霈:《中国诗歌艺术研究》,北京大学出版社,1987。

[79] 陈良运:《中国诗学批评史》,江西人民出版社,1995。

[80] 胡晓明:《中国诗学之精神》,江西人民出版社,1993。

[81] 肖驰:《中国诗歌美学》,北京大学出版社,1986。

[82] 陈植锷:《诗歌意象论》,中国社会科学出版社,1990。

[83] 刘士林:《中国诗性文化》,江苏人民出版社,1999。

[84] 姚家华编《朦胧诗论争集》,学苑出版社,1989。

[85] 周伦佑选编《打开肉体之门:非非主义:从理论到作品》,敦煌文艺

出版社，1994。

[86] 孙文波、臧棣、肖开愚编《语言：形式的命名》，人民文学出版社，1999。

[87] 肖开愚、臧棣、孙文波编《从最小的可能性开始》，人民文学出版社，2000。

[88] 王家新、孙文波：《中国诗歌九十年代备忘录》，人民文学出版社，2000。

[89] "现代汉诗的百年演变"课题组编《现代汉诗：反思与求索——1997年武夷山现代汉诗研讨会论文汇编》，作家出版社，1998。

[90] 老木编《青年诗人谈诗》（非正式出版物），北大五四文学社，1985。

[91] 杨匡汉、刘福春编《中国现代诗论》（上、下），花城出版社，1985、1986。

[92] 吴思敬编选《磁场与魔方——新潮诗论卷》，北京师范大学出版社，1997。

[93] 陈超编《最新先锋诗论选》，河北教育出版社，2003。

[94] 汪剑钊编选《中国当代先锋诗人随笔选》，中国社会科学出版社，1998。

[95] 干恩裹编《艾略特诗学文集》，国际文化出版公司，1989。

[96] 赵毅衡编选《"新批评"文集》，百花文艺出版社，2001。

[97] 杨匡汉、刘福春编《西方现代诗论》，花城出版社，1988。

[98] 耀斯：《审美经验与文学解释学》，顾建光、顾静宇、张乐天译，上海译文出版社，1997。

[99] 尼采：《古修辞学描述》，屠友祥译，上海人民出版社，2001。

[100] 大卫·宁等：《当代西方修辞学：批评模式与方法》，常日富、顾宝桐译，中国社会科学出版社，1998。

[101] 弗朗索瓦·于连：《迂回与进入》，杜小真译，三联书店，1998。

[102] 燕卜逊：《朦胧的七种类型》，周邦宪等译，中国美术学院出版社，1996。

[103] 德里达：《论文字学》，汪堂家译，上海译文出版社，1999。

[104] 大卫·雷·格里芬等：《超越解构——建设性后现代哲学的奠基者》，鲍世斌等译，中央编译出版社，2002。

［105］詹姆逊：《政治无意识》，王逢振、陈永国译，中国社会科学出版社，1999。

［106］詹姆逊：《快感：文化与政治》，王逢振等译，中国社会科学出版社，1998。

［107］伊格尔顿：《审美意识形态》，王杰等译，广西师范大学出版社，2001。

［108］齐泽克等：《图绘意识形态》，方杰译，南京大学出版社，2002。

后 记

本书的主要部分，是我于 2005 年完成的博士论文。明眼人或知情人可以看出，从内容到形式，它都是多方"迁就"和"妥协"的产物，不过到现在总算形成了一个好像比较周全的样子。后来分两次增补进去的内容，是我参加吴思敬先生主持的国家社会科学基金项目"中国新诗理论史"（04BZW009）写作所完成的部分章节——这项课题近期获得"国家出版基金"资助，4 月份我才完成我负责的那一部分的校对工作，该课题成果好像也快要在人民文学出版社出版了。因此，需要说明的一点是，本书的各个部分和章节有其特定的因缘，对于具体的论述对象来说，所用篇幅的长短，并不总是代表一种评价尺度。

博士论文主要写于 2004 年后半年，于 2005 年年初完成。当年夏天，在由北京大学中文系孙玉石教授，中国社会科学院文学研究所杨匡汉研究员，中国人民大学文学院程光炜教授，北京师范大学文学院张清华教授，首都师范大学文学院王光明教授、陶东风教授、王德胜教授、邱运华教授组成的答辩委员会上，论文通过了答辩。尽管我对于论文很不满意，但在会上和会后听说，一些老师对它给予了在我看来是过高的评价，这让我感到十分惭愧。这其中的部分原因，我愿意看作老师们对于当时心灰意懒的我继续从事"诗歌研究"工作的一种鼓励。他们的好意，是需要永远铭记的。

做了吴思敬先生多年的学生，最让先生失望的，大概就是我不能做一个专门的诗歌研究者。尽管如此，先生并没有过多地表露失望之情，多年来只是默默地纵容了我的"胡作非为"，这是我对于先生最为感佩也最为歉疚的地方。而一批诗歌研究领域的师友，大概从来都没有搞清楚我究竟在干什么。其实，我也很羡慕别人能把精力集中于一个比较确定的领域，然后孜孜不倦地去钻研，这无疑是很符合当今学术体制的要求的。我也经常试图这样去做，但始终也没法做到。我似乎对什么问题都感兴趣，我有时怀疑我的兴趣范围究竟有没有一个边界，这令人有时感到很荒诞，有时又觉得很无奈。

之前的几本书出版时，都只有"后记"，没有"序言"。我是这样想的，书本身就是某种"序言"，是关于"人"或"生活"的序言。只不过，眼前这篇"序言"的作者已经面目模糊，令我感到陌生：他在写作这篇"序言"的时候，既不了解"我"，也正对他自己处于困惑当中。这也是这本书这么多年之后才出版的部分原因。这本书 2008 年曾经整理过一次，不过后来并没有出版，这篇"后记"的主体，也是那次整理时写的。这次出版，首先要感谢"天津社会科学院后期出版资助项目"将此书纳入资助范畴，使这本我自己都快要遗忘了的著作得以顺利出版。其次，要感谢社会科学文献出版社和责编桂芳老师为此书付出的辛劳，使得此书以如此之高的效率和质量问世！此外，天津社科院科研处的同事，尤其刘家宁在联络出版方面做了许多工作，在此一并致以谢意！

张大为

2008 年 5 月 2 日

2014 年 6 月 22 日修改

图书在版编目（CIP）数据

当代诗学的观念空间/张大为著．—北京：社会科学文献
出版社，2015.5
　（天津社会科学院学者文库）
　ISBN 978 - 7 - 5097 - 6772 - 6

　Ⅰ.①当…　Ⅱ.①张…　Ⅲ.①诗学 - 研究 - 中国 - 当代
Ⅳ.①I207.2

　中国版本图书馆 CIP 数据核字（2014）第 267481 号

·天津社会科学院学者文库·
当代诗学的观念空间

著　　者／张大为

出 版 人／谢寿光
项目统筹／邓泳红　桂　芳
责任编辑／桂　芳

出　　版／社会科学文献出版社·皮书出版分社（010）59367127
　　　　　地址：北京市北三环中路甲 29 号院华龙大厦　邮编：100029
　　　　　网址：www. ssap. com. cn
发　　行／市场营销中心（010）59367081　59367090
　　　　　读者服务中心（010）59367028
印　　装／三河市东方印刷有限公司

规　　格／开　本：787mm × 1092mm　1/16
　　　　　印　张：16　字　数：267 千字
版　　次／2015 年 5 月第 1 版　2015 年 5 月第 1 次印刷
书　　号／ISBN 978 - 7 - 5097 - 6772 - 6
定　　价／79. 00 元